DU MÊME AUTEUR :

Le Chant de la Praude
L'Appel de la rivière
Editions Lucien Souny

Le Gardien des sables
La Porte des maudits
La Baronne blanche
Du Rhône à l'Adour
Une Fille de plâtre
Editions Princi-Neguer

Madeleine Mansiet-Berthaud

LA CHÂTELAINE EN SABOTS

Lucien Souny

Editions Lucien Souny, 2006
Le Puy Fraud • 87260 Saint-Paul

I

Sur l'ordre du cocher, les chevaux marquèrent une légère pause avant de s'engager sur le pont qui enjambait les douves sèches. D'impressionnants remparts cernaient la forteresse, bastion imprenable. Le fourgon cellulaire s'arrêta devant le bâtiment de la conciergerie dont le fronton s'ornait des mots infamants: Maison Centrale de Force et de Correction.

Le portier encadra son visage bouffi derrière le guichet avant d'ouvrir à l'aide d'une lourde clef. Le véhicule avança de quelques tours de roues sur les pavés grossiers, jusqu'à la grille défensive, forte comme les herses qui défendaient d'anciennes places fortes. D'un coup d'œil à l'intérieur du fourgon, le greffier vérifia la marchandise dont il allait prendre livraison.

Deux femmes descendirent en titubant de la prison roulante. A première vue, elles paraissaient bien fatiguées. La durée du voyage, ajoutée à l'état pitoyable des chemins, les avait réduites à de pauvres loques. Elles chancelèrent en retrouvant le sol stable, comme si elles étaient encore bringuebalées par les cahots, dans le bruit des roues métalliques écrasant les cailloux. A la suite du portier, elles pénétrèrent dans une salle de dimensions modestes où elles étaient attendues. Le directeur examina les arrivantes. Le greffier se saisit du registre d'écrou qu'il ouvrit. Il nota la date du jour, 20 mars 1839, puis il posa les questions inscrites sur le grand livre de la prison et qu'il complétait en faisant crisser sa plume sur le papier. Tout d'abord, le signalement: nom, âge et lieu de naissance, ainsi que les particularités physiques.

La première interrogée déclina son identité. Quand il fallut donner sa date de naissance, elle répondit d'un air buté :

— Je ne sais pas.

Le commis aux écritures nota donc : ne sait pas.

N'étant chargée d'aucun bagage, dans la colonne désignation des effets, valeurs, vêtements dont les arrivantes faisaient le dépôt, le fonctionnaire écrivit : ne possède rien.

Il apprit que la peine de la délinquante, coupable de vols dans un jardin, était de deux ans.

Vint le tour de la suivante :

— Quel est ton nom ?

— Cassen.

— Prénom ?

— Joliane.

— Joliane… Quel âge ?

— J'ai dix-huit ans.

— Profession ?

— Fileuse.

— Dernier domicile connu ?

— J'habitais à Duras.

L'homme nota le nom de la ville et le département : Lot-et-Garonne.

Il l'examina et énuméra les parties de son visage :

— Cheveux châtains, yeux noisettes, nez fin, menton fossette, bouche jolie, teint rosé. Pas de signe particulier.

— La taille. Déchausse-toi et place-toi sous la toise.

La toise ? Elle regarda l'objet qu'on lui désignait, ôta ses sandales et, à reculons, s'exécuta. Le gardien-chef annonça d'une voix forte :

— Un mètre cinquante-sept !

Il fit une mimique semblant signifier que c'était une belle taille. La majorité des pensionnaires ne dépassait guère le mètre cinquante. L'examinant avec attention, il ajouta :

— Motif de la condamnation : meurtre.

Joliane baissa la tête.

— Durée de la peine : vingt ans !

Les personnes présentes ne marquèrent aucun étonnement.

Cependant, le concierge estima l'arrivante d'un œil inquisiteur. Qui avait-elle tué ?

Ici, l'infanticide était le crime le plus courant parmi les détenues, comme dans les autres établissements pénitentiaires du pays. Le plus souvent abusées par des maîtres qui outrepassaient leurs droits sans risquer la moindre sanction, les jeunes filles enceintes de ces relations forcées se retrouvaient à la rue et, dans un geste de désespoir, sacrifiaient le fruit de ces amours ancillaires ou de ces viols. Etait-ce le cas de celle-ci, ou bien avait-elle tué un mari brutal ? Non, elle était célibataire et n'avait pas l'air d'un monstre. Rien de mauvais ne se lisait sur son visage. Mais sous une apparence angélique pouvait se dissimuler une âme des plus noires. S'adonnait-elle à la sorcellerie ? A la prostitution ? Elle avait tué ; son dossier n'en révélait pas davantage sur sa personnalité.

De quelle arme avait-elle usé pour se débarrasser du gêneur ? Un couteau ? Le poison ? Reconnue comme celle des faibles, c'était l'arme qu'utilisaient la plupart des femmes.

Le greffier compléta le document en indiquant la Cour et les tribunaux qui avaient statué sur son cas. Sur la ligne date de sortie, il inscrivit : 20 mars 1859, avant de refermer le registre et de le replacer sur son étagère.

Répondant à un ordre, la malheureuse remit son baluchon dont le contenu fut vidé et inventorié. Ce qu'elle avait emporté se résumait à peu de choses : un cotillon, une brassière, un gilet de coton, une coiffe, deux mouchoirs, des bas et un habillement. Comparé à celui de sa compagne de voyage, c'était un trousseau presque convenable. Un crayon roula sur la table. Elle ébaucha le geste de le retenir, mais il tomba sur le dallage de pierre. Il était bien rare que le sac des voleuses et des criminelles contienne des outils du savoir. Il est vrai que ce crayon ne prouvait rien.

Tout ce qui appartenait à sa vie de personne libre fut confisqué, même la bague de métal argenté qu'elle portait à l'annulaire de la main gauche. Elle regarda disparaître le gage de l'amour de son promis qu'elle ne reverrait jamais avec au cœur un pincement. On lui remit une paire de sabots et la tenue de prisonnière qu'elle devait revêtir avant de pénétrer dans l'univers carcéral qui se refermerait sur elle. Devait-elle se changer devant ces hommes ? Le gardien la houspilla. Il avait à faire ! Elle recula dans un coin de la pièce. Les regards posés sur sa nudité lui firent monter au front le rouge de la honte. Terriblement gênée, elle s'empêtrait dans les étoffes. Triste uniforme informe, mais quelle importance ? Elle possédait si peu avant d'arriver là ! Pourtant, ce si peu était beaucoup puisqu'il lui appartenait en propre. De ses vêtements, elle avait tissé l'étoffe sur son rouet. Puis elle en avait coupé, assemblé et patiemment cousu les différentes pièces. Ils représentaient de longues heures de travail, parfois à la lumière d'une chandelle. Ils lui ressemblaient. En les quittant, elle se séparait de ce qui pesait le moins et ne tenait dans aucun bagage : la liberté.

Joliane réalisa que commençait pour elle une existence où tous ses gestes et toutes ses actions lui seraient dictés. La robe grise trop courte dégageait ses chevilles. Elle la serrait un peu à la taille. Elle tira sur les manches. Quand elle découvrit une bande de tissu marquée d'un numéro, elle reçut un premier choc. Que devait-elle en faire ?

— Le brassard se porte sur la manche gauche, la renseigna le concierge qui l'observait depuis un moment.

Le chiffre 01-25 avait sans doute appartenu à une condamnée libérée. Joliane se plut à penser que cette femme avait quitté le lieu de sa détention par la grande porte, ainsi qu'elle l'espérait pour elle-même. Que serait-elle alors ? Serait-elle encore vivante dans vingt ans !

Le costume se complétait d'un châle, qu'elle noua par-devant, et d'un mouchoir blanc, qu'elle ajusta sur sa tête en resserrant ses cheveux. Toute sa personne se trouvait ainsi enfermée, emprisonnée. Les murs ne suffisaient pas à l'isoler du monde ; il fallait y ajouter l'humiliation de faire disparaître sous d'affreux chiffons les attributs charmants que lui avait donnés la nature. Puis elle chaussa les sabots réglementaires.

Avant de sortir, elle déposa les vêtements qu'elle venait de quitter avec ceux que contenait son sac. Le tout lui serait remis à sa sortie de prison, si ce jour arrivait.

Le concierge dit encore :

— La surveillante-chef vous mettra toutes les deux au courant du règlement de la maison.

Ce mot résonna dans sa tête comme un havre où l'existence était douce.

Précédée du gardien, la jeune fille regardait son nouveau domaine. Derrière elle marchait la pauvre fille sans âge et sans bagage, transparente tant elle était insignifiante.

Il était visiblement impossible de s'évader d'une telle forteresse ceinte de tous côtés par des murailles et de hauts bâtiments. Pour répondre aux besoins de ses nouvelles fonctions, deux ailes avaient été ajoutées. L'une abritait l'appartement du directeur et de sa famille. Dans celle qui lui faisait face étaient installés les ateliers où, à cette heure de l'après-midi, travaillaient les prisonnières. Joliane remarqua les ouvertures barricadées. Chaque fenêtre était bardée de ferraille, de grillage, celles du château comme celles des bâtiments construits pour le travail des ouvrières et des femmes de peine.

La cour d'honneur, devenue cour d'horreur, lui apparut plus que sévère dans sa géométrie parfaite, malgré les tilleuls dont la présence aurait dû humaniser l'espace. Quelques fleurs printanières tentaient d'égayer les plaques herbeuses alternant avec le pavement gris des allées. En elle-même, la cour offrait l'image d'un lieu clos, propice à la promenade méditative.

Du clocher de l'église Saint-Martin chutèrent cinq gouttes de plomb, lourdes de sens. Aucune remise de peine ne viendrait alléger celle de Joliane. Mieux valait qu'elle s'adapte tout de suite à la maison centrale. Parmi toutes ces femmes, le temps aidant, et celui-ci, hélas ! serait long, elle se ferait bien quelques amies. Une épreuve partagée crée forcément des liens. Elle tiendrait ! Même si elles lui paraissaient une éternité, ces années de travaux forcés n'étaient pas la perpétuité. D'ailleurs, elle s'était distraite à les calculer : 365 jours multipliés par 20, cela donnait 7 300 jours, plus 5 pour les années bissextiles. De quoi vous donner le vertige !

Joliane savait lire, écrire et compter. Bien que celles-ci fussent limitées, elle s'estimait assez fière de ses connaissances. A quoi lui serviraient-elles désormais ? Surtout, ne pas se laisser abattre par la sévérité du jugement prononcé. Une faute doit s'expier dans la souffrance, quels que soient les mobiles qui vous ont poussé à la commettre. Elle se sentait prête à cette expiation. S'attrister sur son sort ne ferait que l'affaiblir, alors qu'elle avait besoin de toutes ses forces.

Au gardien qui la remit à la surveillante en chef, la prisonnière adressa un pâle sourire. L'homme la dévisagea sans comprendre. Essayait-elle de l'aguicher ? Croyait-elle acheter sa bienveillance ? Elle déchanterait vite.

Félicien regarda s'éloigner cette prisonnière : une fille plutôt jolie et qui portait un bien curieux prénom. Elle était faite à ravir, et maintenant, sous cet uniforme, elle ressemblait à toutes les autres. Hélas ! le temps ferait son œuvre. Combien en avait-il vu passer, de ces femmes jeunes et fraîches, que les conditions de vie entre ces murs avaient rendues méconnaissables. Celle-ci avait un air intelligent. Après quelques mois d'enfermement, elle paraîtrait aussi abêtie que les autres. Elle ne songerait plus à sourire. Elle en aurait perdu le réflexe et l'habitude. Ici, on n'ouvrait la bouche que pour avaler la nourriture frugale servie dans le réfectoire.

Le chef des gardes-chiourmes – il fallait bien leur reconnaître ce titre – renseigna les nouvelles sur l'emploi du temps qui serait le leur :

— Lever à 5 heures. Après l'appel et la prière, entretien et travail en atelier. 9 heures : repas, suivi de la promenade dans la cour. 10 h 30 : reprise des activités. 15 heures : repas et promenade obligatoire. 16 h 30 : atelier. 20 heures : prière du soir et coucher.

— Et pour la soupe, c'est à quelle heure ? demanda timidement Joliane.

La Debardi éclata de rire et répondit sèchement :

— Tu as droit à deux repas par jour, ma jolie. Tu devras t'en contenter. La vie de château n'est pas ce que tu imaginais. Et pour commencer, enfonce-toi bien ce conseil dans le crâne. Un conseil qui est une interdiction : dès maintenant, défense absolue de parler.

— Même pour demander quelque chose ?

— Tu n'as rien à demander. Juste à obéir. Toute infraction au règlement sera punie.

Joliane regarda sa geôlière d'un air éperdu. Celle-ci ajouta :

— Dès cet instant, tu apprendras à te taire, sinon il t'en cuira. Tu n'es pas une invitée du duc d'Epernon ! Il y a beau temps qu'il ne reçoit plus dans les salons. Cet endroit est une prison, s'il faut le préciser !

Elle ajouta en ricanant :

— Si monsieur le duc revenait, il serait bien surpris de voir ce qu'est devenu son palais. Et sache que les esprits rebelles, on les mate !

L'accent était suffisamment féroce pour intimer le silence et laisser augurer à la jeune fille ce que serait sa vie carcérale, et le regard qui s'attarda sur elle avait quelque chose d'indéfinissable. Certes, en débarquant dans ce palais reconverti en bagne, Joliane ne s'attendait pas à un accueil débordant de chaleur. Il lui faudrait se répéter sans cesse qu'on la traiterait pour ce qu'elle était : une criminelle. Le ton établissait d'entrée une distance entre les condamnées et les surveillantes, qui disposaient d'armes bien peu dissuasives dont elles usaient pour se protéger : l'autorité, la menace et l'application des sanctions.

Au milieu de ces centaines de femmes, jamais Joliane ne s'était sentie aussi seule. Elle était derrière des murs et des grilles, interdite de communication avec ses semblables, doublement verrouillée, souffrant plus cruellement de l'isolement moral que des barreaux qui limitaient son champ d'action.

Au terme de cette première journée, elle s'effondra sur son lit. Le seul secours à attendre lui viendrait de cette faculté qu'elle gardait de se transporter dans un monde où la laideur n'existait pas.

Etait-ce l'écho des fêtes d'autrefois, les fantômes en habits et perruques poudrées de ces têtes couronnées qui surgissaient pour insuffler à son esprit la force et l'inspiration ? Joliane s'engouffrait dans cette brèche ouverte sur une autre vie qu'elle tentait de recréer. Les genoux remontés sous le menton, recroquevillée dans la position fœtale, elle s'y réfugiait comme au sein d'une grotte ou dans la chaleur du ventre maternel.

Elle se tourna sur sa couche et reprit le fil de son rêve. Qui était-elle ?

« J'ai 18 ans et je m'appelle Joliane. Pourquoi ma mère m'a-t-elle donné ce prénom d'héroïne de roman ? Je ne lui ai pas posé la question et je ne le saurai jamais. Tout comme je ne saurai jamais qui était mon père. Mon père… je l'ai tellement imaginé. Tantôt un vagabond qui passe comme le vent et sème sa graine dans les terres fertiles qu'il ensemence avant de disparaître. Tantôt un prince aux manières courtoises vivant derrière les hauts murs de son château que j'habite aujourd'hui, comme pour donner corps à mes rêves d'enfant. Je peux me croire princesse ou duchesse. Parée d'une robe aux couleurs de l'aurore, je m'apprête à faire mon entrée dans le monde. Je pénètre dans la salle de bal tout illuminée. La musique m'emporte. Je ne distingue pas les visages. Je ne vois que l'immense salle aux murs recouverts de portraits d'ancêtres ou de lourdes tapisseries : verdures et scènes de chasse. Le plafond ressemble à un paysage, une mosaïque aux tons chauds. Aux branches des lustres de cristal sont accrochées des pendeloques multicolores. Je pourrais les cueillir, tels les fruits d'un arbre magique.

« Ce décor m'écrase. Mais ces témoins d'une gloire passée, d'une vie de fêtes perpétuelles, m'aident à poursuivre mon rêve. Je voudrais que jamais les lumières ne s'éteignent, que les instruments ne cessent de jouer. J'aimerais ne plus me réveiller pour croire à la vie de château que je m'invente afin d'échapper à cette terrible réalité, car dans celui de Cadillac, transformé en prison pour femmes, je purge une peine de vingt années de détention.

« De ce dortoir de plus de cinquante lits, je m'évaderai chaque nuit. Je ne puis traverser les murs mais je les habille d'anciennes parures. Mon imagination ressuscite les fastes d'antan. Après avoir longtemps ri et chanté, ces murs se font maintenant l'écho du martèlement des sabots des prisonnières vouées au silence absolu. Je suis l'une de ces femmes que la société rejette et enferme afin de se protéger. Et je sais que la vie en ces lieux me brisera. »

Si ce n'est dans son ancien fief, qui se souvenait encore du duc d'Epernon, dont le nom évoquait en son temps les plus grands, ceux qui survivent dans toutes les mémoires.

Bâti pour incarner sa puissance, ce château symbolisait l'ascension sociale d'un cadet de Gascogne promu à la plus haute destinée. Une maison ressemble souvent à son propriétaire, comme un animal de compagnie à son maître, et de celui de Cadillac on devinait le caractère hautain. Les cheminées monumentales surchargées de sculptures en témoignaient encore.

On ne passait pas devant cet ancien palais sans éprouver un frisson d'horreur. Les voleuses et les criminelles étaient heureusement bien gardées. Cependant, on était en droit de redouter qu'une fois libérées, elles ne reparaissent dans la société pour commettre de nouveaux forfaits. Aussi les Cadillacais nourrissaient-ils un sentiment de peur mêlé à une vive curiosité à l'égard de cette population, personne n'ignorant dans quelles conditions épouvantables vivaient ces femmes.

Pensée et construite pour dominer, en imposer et recevoir, la forteresse avait subi d'importants outrages. Quelque trente années avant qu'elle ne devienne prison, la Révolution lui avait asséné des coups de bélier qui l'avait laissée exsangue, vidée de ses tripes.

« Au château! Au château! » Ce cri avait plus d'une fois résonné, poussé par une foule hurlante et déchaînée, assaillant l'orgueilleuse demeure afin de lui ravir ses attributs royaux: armoiries, blasons, écussons et chiffres. Tout ce qui symbolisait l'aristocratie abhorrée, détentrice de l'argent et des privilèges, fut démantelé. S'ensuivit le pillage des meubles et objets précieux réunis par l'héritier de la résidence, et le feu de joie allumé sur la place célébra le massacre de trésors inestimables.

Quelque temps après, le corps de la bâtisse souffrit d'une mutilation plus grave encore. Haranguant la foule du même cri, on lui arracha tout ce qui pouvait être monnayé. Le monument fut étripé, déchiqueté, dépouillé de ses richesses architecturales. Il n'était plus qu'un sombre squelette privé d'âme, livré aux pires agressions de la nature.

Ayant trouvé un exutoire à sa colère dans le saccage de l'opulente et arrogante demeure, le peuple pouvait désormais contempler les irréparables dommages. En était-il pour autant apaisé? Nombre d'habitants de la bastide considéraient avec la rage au cœur cette part de leur patrimoine lardé de profondes blessures. Les fortifications restaient intactes.

Après une longue période de croupissement, le palais désarticulé fut aménagé pour devenir une prison. La façade fut défigurée. D'élégante, elle devint sinistre. Les magnifiques fenêtres à meneaux furent en partie obstruées, armées de grillages et de barreaux d'une laideur absolue.

Une nouvelle vie commençait pour le château qui, pendant près de deux siècles, avait reçu des carrosses conduits par des cochers en livrées amenant de hauts personnages cousus d'or et parés de titres de noblesse.

II

Joliane perçut, venant de très loin, le tintement impératif d'une cloche. Son corps se détendit. Elle prit peu à peu conscience de son état, du lieu où elle se trouvait. Elle se pinça le nez pour ne pas respirer cette pestilence, mais elle ne put tenir que quelques secondes. La réalité de son existence de détenue la poignarda. Sous le faible éclairage des chandelles, elle mesura du regard la hauteur du plafond : vertigineuse ! Face à son lit, la vue de la fenêtre grillagée et armée de barreaux lui glaça le sang. Autour d'elle, un étrange ballet de fantômes d'un blanc grisâtre se mettait en mouvement.

— Debout ! lança une voix impérieuse.

Elle s'assit sur sa couche, ressentit une douleur dans la tête, comme si celle-ci s'emplissait soudain du malheur dont elle s'était vidée pendant son sommeil. Elle serra le drap entre ses mains, puis se laissa glisser hors de son lit. Déjà, la plupart de ses « compagnes » avaient refait le leur. Joliane se hâta de tirer sur la toile et de rabattre sous le matelas les pans de la couverture. D'autres revêtaient leur uniforme, accomplissant leurs gestes avec un automatisme parfait. C'est tout juste si un raclement de gorge était toléré. Le personnel se montrait implacable sur le manquement à cette règle si cruelle. Un simple reniflement pouvait être interprété comme un signal ou l'élément d'un code secret.

Elle ôta sa chemise de nuit, qu'elle secoua et suspendit au pied de son lit, ainsi que le stipulait le règlement. Elle enfila les sous-vêtements puis la triste robe et l'ample tablier. Où était l'écharpe ?

Sa voisine de droite se pencha en la bousculant. Son geste avait-il une signification ? Elle faillit lui parler mais se retint et comprit le sens de sa brusquerie en découvrant sous son lit l'accessoire tombé pendant la nuit. A la hâte, elle attacha ses cheveux et noua son mouchoir de tête, renonçant à toute coquetterie en ce lieu d'où l'élégance et les plaisirs étaient définitivement bannis.

Un gardien se tenait à l'entrée du dortoir tandis qu'une surveillante s'assurait que chaque détenue obéissait à ses injonctions. Une prisonnière n'avait pas bougé. Joliane remarqua son immobilité, d'autant qu'elle occupait un lit voisin du sien : une quarantaine de centimètres les séparaient, juste de quoi permettre le déplacement d'une personne. Que se passerait-il lorsque la Debardi constaterait qu'elle n'était pas obéie ? Allait-elle la frapper, la dénoncer au directeur, ou le gardien se chargerait-il de virer la paresseuse ? Les sabots rabotèrent le plancher. Ce bruit assourdissant réveilla l'étage tout entier. Quand il se fut calmé, chaque détenue, debout devant son lit, se prépara à répondre à l'appel. La dormeuse ne bougeait toujours pas. Les numéros tombaient, le mot « présente » tombait lui aussi de chaque bouche, l'interdiction de parler n'étant levée que pour répondre deux fois par jour à ce rituel, ainsi que pour dire la prière. Cependant, selon le choix du directeur, une femme par dortoir s'acquitterait de cette fonction. Un seul nombre resta sans écho. Apercevant le lit toujours occupé, la Debardi fonça. Poussant Joliane, elle se précipita, attrapa la couverture qu'elle tira violemment afin de découvrir la coupable, en criant :

— Alors ! On se prélasse ? Madame est fatiguée ?

N'obtenant aucune réaction, elle appela :

— Blaise ! Je crois que celle-ci est morte. Il faut l'évacuer.

L'homme traversa la salle où les femmes, figées devant leur lit de fer, éprouvaient soit un sentiment de totale indifférence, soit de la pitié, soit une peur animale de la mort, cette ennemie invisible qui pouvait mettre fin à leur calvaire aussi bien que les priver à jamais de leurs plus folles espérances.

— Je vais vous aider, proposa la surveillante.

— Inutile, répondit Blaise. Elle ne pèse rien. Elle a dû mourir hier soir ; elle est déjà toute raide.

Il la souleva dans ses bras, petite chose inerte et livide :

— Encore une qui n'a pas supporté le régime. Trente-deux kilos d'os et de peau.

— Voulez-vous bien vous taire !

— La consigne ne m'interdit pas de parler en travaillant, et vous n'avez aucune autorité sur moi. Je ne suis pas le prisonnier de cette maison et encore moins le vôtre.

— Bel exemple de solidarité entre gens du même métier !

— J'ai le droit d'exercer le mien à ma manière et d'avoir mon opinion sur ce qui se passe entre ces murs.

— La prière ! ordonna la surveillante d'un claquement des mains. 42 ! nous vous écoutons.

Le numéro appelé s'exécuta dans le silence des codétenues qui lui prêtaient une oreille absente.

Pas un mot ne fut prononcé sur la disparition de la pauvre fille, victime d'un système répressif barbare. Etait-elle deux fois condamnée ? Et par la justice des hommes et par celle du Tout-Puissant que l'on disait pourtant miséricordieux ? Qu'avait-elle donc commis de si horrible pour qu'on ne lui accordât même pas l'aumône d'un adieu ?

De qui pouvait-on attendre un secours dans cet univers impitoyable ? Mais comment traiter des voleuses et des criminelles sinon par le mépris et la brutalité ? « J'ai tué, je dois payer. » Joliane se martelait le crâne de cette phrase.

Elle n'entendait pas les mots de la prière. Concentrée sur son examen de conscience, elle analysait sa faute et trouvait sa peine justifiée par l'horreur de son geste. Elle travaillerait chaque jour à sa réhabilitation. Mais elle se demanda si un retour à une existence normale était concevable pour une personne marquée du sceau de l'infamie. Celui-ci n'était-il pas indélébile ? Elle ne voulait pas connaître la réponse à cette question formulée en son for intérieur.

Le Notre Père s'achevait. Sur un second tintement de cloche, en respectant l'ordre que leur attribuait leur numéro, les prisonnières quittèrent le dortoir à la suite de leur chef de file. Il était 5h30. Joliane ressentait de violents tiraillements d'estomac. Manger ! N'importe quoi pourvu qu'elle ait ne fût-ce qu'un croûton à se caler dans les joues ! La bâtisse retentissait des bruits les plus divers : d'une cuisine, celui des chaudrons que l'on remue ; des escaliers, le cliquètement des bouteilles remontées de la cave et qui s'entrechoquent ; d'un couloir de surveillance, les pas d'un gardien, pesants et assurés, dissuasifs dans leur façon de frapper sèchement le dallage.

Encadrées par des gardiennes surgies de leur cellule, les femmes descendirent les marches du grand escalier dans le vacarme du bois heurtant la pierre séculaire. Joliane ne connaissait pas celle qu'on emportait dans le dépositoire. Elle n'avait pas eu le temps de voir son visage. Arrivée de la veille, écrasée par les émotions et terrassée par une immense fatigue, le sommeil l'avait emportée dans un de ces paradis qui n'existent que dans les rêves. Elle souhaitait qu'il en fût ainsi de chacune de ses nuits. Ses genoux se mirent à trembler. Supporterait-elle cette dure existence ?

Mais elle n'allait quand même pas flancher dès le premier jour. Elle apprivoiserait la souffrance. Voilà ce qui la sauverait. Serait-il possible de mettre une distance entre elle et cette réalité sans joie ? D'autres s'y étaient sûrement essayées. Il n'était que d'observer les visages sur lesquels n'apparaissait nulle lueur d'espoir pour se convaincre de l'inutilité de l'entreprise. Combien de ces femmes seraient encore vivantes après avoir purgé leur peine ?

Alors que le jour commençait à s'infiltrer dans la cour et à en chasser la noirceur, la maison centrale était parfaitement éveillée, le système prêt à fonctionner avec ses pions placés sur les cases du vaste échiquier d'où ils interviendraient pour sanctionner le moindre écart. Suivant l'ordre immuable, la file s'ébranlait.

— 45 ! Aux cuisines ! claironna une voix.

Une détenue sortit du rang et se dirigea vers le fond d'un corridor d'où parvenait le bruit de chocs métalliques.

— 38 ! 25 ! Corvée de baquets !

Joliane en vit une autre quitter le rang. Elle se retourna pour chercher qui était l'autre appelée. Instinctivement, elle palpa sa manche : « Je suis le 25 ! » En pénétrant à l'intérieur de ces murs de la honte et de l'ignominie, elle avait non seulement perdu sa liberté mais aussi son identité. Ici, on n'était personne. Vêtu d'un uniforme reproduit à plusieurs centaines d'exemplaires, on devenait un numéro. Autant dire que l'on était presque mort. Elle n'était plus Joliane mais le 01-25 ; elle appartenait à la première section et, sur les cinquante-deux femmes de cette unité, le hasard lui avait fait revêtir ce chiffre, seul signe qui la distinguait, si peu toutefois, des autres pensionnaires.

— 25 ! aboya férocement le dogue impatient.

Surtout ne pas se laisser classer d'emblée parmi les insoumises. Elle n'y gagnerait rien, au contraire. Elle suivit docilement le 38 – fallait-il employer le ou la ? A quoi bon s'interroger ! – et toutes deux montèrent l'escalier conduisant à l'étage. Joliane avait une grande envie de parler, au moins autant que de s'alimenter, mais la 38 gardait un visage hermétique. Une longue pratique semblait avoir figé ses traits. Bouche close, elle traversa le dortoir entre les rangées de lits pour se diriger vers la monumentale cheminée en partie masqué par un rideau. Elle écarta les pans du tissu. La 38 et la 25 se penchèrent pour saisir l'anse du seau contenant les déjections de la nuit. Le couvercle gisait sur le sol. Joliane crut défaillir. L'insupportable odeur d'urine et d'excréments imprégna aussitôt ses muqueuses nasales et s'infiltra jusqu'au fond de sa gorge. Elle toussa comme pour tenter de chasser cette putréfaction dans laquelle elle se sentait baigner. L'autre ne manifesta aucune gêne, armée qu'elle était contre toutes les agressions, verbales ou olfactives. De cette charge lourde et malodorante, Joliane reçut une giclée, juste comme elle empoignait la partie recourbée de l'anse pour soulager sa compagne qui la serrait déjà. L'avait-elle fait exprès ? Comment le savoir ?

— Pouah ! pesta la 25 tandis que la 38 la foudroyait du regard.

La robe de Joliane était éclaboussée d'urine, ses pieds nageaient dans ses sabots. Attirée par l'exclamation qui avait fusé malgré l'interdiction – la nouvelle n'était pas encore rompue aux habitudes de la maison – une surveillante apparut. Devant le visage impassible de la 38 et l'émotion lisible sur celui de la 25, elle fut rapidement édifiée quant à la responsable de ce laisser-aller. La sanction tomba, brève et sèche :

— L'eau et le pain sec t'aideront à réfléchir sur ta maladresse et ton incorrection.

Retenant des larmes de rage et de désespoir, Joliane trouva le courage de redresser la tête. Elle sentait maintenant aussi mauvais que le contenu nauséabond de ce seau. Pleurer ne servirait qu'à se rendre encore plus ridicule, et peut-être que la condamnation s'en trouverait aggravée. La meilleure attitude restait celle de la 38, qui avait appris à maîtriser ses émotions jusqu'à, semblait-il, n'en plus éprouver. Cependant, la jeune fille se posait une question : « A quelle heure avait-on le droit de se laver ? » Le règlement n'en faisait pas mention. Elles descendirent l'escalier d'honneur du château, veillant à ne pas chavirer le récipient qu'elles allèrent vider dans une fosse septique. L'intérieur des viscères des malheureux dégageait d'épouvantables odeurs de putréfaction. Celui des riches et des gens honnêtes était-il différent ? Mieux nourris, ceux-ci déféquaient-ils sans répandre la moindre odeur ? Leur noblesse les préservait-elle de ces désagréments jusque dans cette humiliante fonction commune à tous les humains ?

Après cette écœurante vidange, la 38 se dirigea vers le puits. Un seau rempli d'eau s'y trouvait abandonné sur la margelle ; elle le saisit, en vida une partie dans celui de la nuit et jeta le reste sur sa compagne. Au moins serait-elle plus fréquentable. Surprise par cette douche inattendue, la 25 en eut le souffle coupé. Si ces quelques litres d'eau devaient être ceux de sa toilette matinale, alors ils étaient les bienvenus. Elle adressa au 38 un regard de gratitude et, au remuement de sa bouche, celle-ci comprit le sens du mot qui se dessinait en deux syllabes. Dans l'esquisse de ce merci parfaitement inaudible, Joliane venait de prendre un risque. Elle eut conscience de son imprudence en voyant s'avancer un gardien. N'avait-il rien remarqué ou préférait-il ignorer le signe discret qu'il devait avoir surpris ? Les membres du personnel de la maison centrale n'étaient peut-être pas tous des êtres insensibles. Etait-il possible que certains d'entre eux pussent être touchés par le spectacle de ces malheureuses vaincues par un système qui les dépossédait de toute dignité ?

Les femmes qui s'étaient répandues dans les différentes pièces du château afin d'en assurer l'entretien revenaient se placer en ordre dans la cour afin de regagner les ateliers. Avaient-elles trouvé le temps de se laver, de se peigner ? Les bacs étaient aussi peu nombreux que les cabinets d'aisance. Aussi fallait-il jouer des coudes pour espérer s'en approcher.

Un moment plus tard, Joliane tenait entre ses mains son premier travail. Elles étaient une centaine d'ouvrières dans cette salle du premier étage aux ouvertures barricadées comme celles du dortoir, à la différence que celles-ci n'étaient pas murées jusqu'aux deux-tiers de leur hauteur. Il fallait bien laisser entrer la clarté du jour dans ces ateliers où s'effectuaient des travaux manuels souvent délicats. Placée près de l'une des fenêtres, elle avait vue sur la cour, une vue cependant fragmentée par un grillage aux mailles serrées. Son regard plongeait sur les tilleuls qui tendaient leurs branches comme s'ils s'étiraient pour reprendre vie après le long endormissement de l'hiver, cherchant à conquérir l'espace et la lumière. A la lueur des chandelles, les femmes tiraient l'aiguille dans un silence de cathédrale. Joliane s'étonna de les trouver aussi appliquées, la tête baissée sur le calicot des chemises qu'elles piquaient sans relâche. Elle comprit la raison qui rendait fébriles les moins habiles lorsque la surveillante les interpella :

— 18, 35, 92, 47, 79 et 37 ! Pour n'avoir pas remis votre travail en temps voulu, vous serez privées de cantine pendant une semaine.

Cela signifiait qu'elles devraient se contenter de l'ordinaire servi à table. Les six femmes portant les numéros cités ne bronchèrent pas. Elles baissèrent la tête sur leur ouvrage, dans un air de profond accablement. La sanction était dure mais elles s'y attendaient.

A la nouvelle arrivée, on avait confié la confection de boutonnières. Elle souffrit un peu sur les premières ; ses points manquaient de régularité. Ce reproche tomba sur elle tel un couperet. Allait-elle endurer une peine supplémentaire à celle qu'on lui avait déjà infligée pour un mot malheureux ? Elle redoubla de sérieux et d'application dans l'exécution des suivantes. Crispée sur son ouvrage, elle n'eut ni le temps, ni le réflexe de rattraper le dé, qui tomba et s'en alla rouler sous les chaises. Ce léger bruit tira de leur demi-torpeur quelques ouvrières qui regardèrent en direction de la maladroite. Celle-ci continua de tirer sur son fil, attentive à suivre les conseils de la surveillante. Le dé lui faisait défaut lorsqu'il fallait enfoncer l'aiguille à travers la double épaisseur d'un tissu raidi par l'apprêt du neuf. Elle devrait pourtant y arriver. Au risque de se voir classée dans la catégorie des incapables, elle ne pouvait se permettre de décevoir dès le premier jour. Elle glissa l'acier effilé dans la fente de la boutonnière, piqua l'étoffe d'un geste précis, exactement au bon endroit, entre les fils serrés du tissage, et poussa l'outil qu'elle tenait entre le pouce et l'index. Pourquoi tant de résistance ? L'aiguille était-elle ébréchée ? Elle s'en serait aperçue ! Le dé lui manquait pour forcer la récalcitrante. Elle insista : « Aïe ! » Comme le « pouah ! » qui lui avait valu sa première punition, cette exclamation ne laissa pas la gardienne indifférente. La 25 venait de se blesser ; le chas s'était enfoncé à la base de l'ongle. Le sang tachait déjà le tissu blanc sur lequel elle travaillait. Afin de calmer la douleur fulgurante qui lui arrachait des larmes, la jeune ouvrière porta son doigt à sa bouche. Devant le désastre de ses premiers essais, elle attendit que s'abatte sur sa tête la colère de la surveillante qui en référerait au directeur pour savoir quelle suite donner à cet incident.

Après avoir ramassé le dé, Joliane prit sa place dans le sinistre cortège pour quitter l'atelier. Alléchées par l'odeur de la soupe, les femmes hâtaient le pas. Au moment de s'asseoir à la table commune, on apporta à la 25 un verre d'eau. Le croûton de ce premier repas du jour lui fut supprimé. En remplacement, elle laverait la chemise souillée de son sang. Elle ne vit du réfectoire qu'une salle sombre et voûtée. Elle connaîtrait plus tard le confort relatif des bancs. Jamais elle ne tiendrait jusqu'au prochain repas ! « Inutile d'espérer un geste de solidarité, se dit-elle en jetant un coup d'œil sur ses compagnes d'infortune dont les yeux brillaient à l'approche de la pitance. Rompues aux privations de toutes sortes, elles ne sont capables d'aucune entraide. D'ici quelque temps, toi aussi tu deviendras une bête. »

Plus tard, elle se joignit à la promenade obligatoire qui suivait chacun des deux repas quotidiens et dont la direction fixait le nombre de tours. Les sabots martelaient le sol ; certains se traînaient de découragement ; d'autres paraissaient plus allègres. La fureur se devinait au choc des semelles qui se répondaient. Les prisonnières étaient-elles parvenues à inventer un langage propre, substituant à celui des mots la percussion du bois contre les pavés ? Entre les anciennes, ce genre de communication, à la fois subtile et primaire, devait sûrement exister.

Dans ce claquement infernal, elles marchaient l'une derrière l'autre. Spectacle hallucinant que celui de ces silhouettes absolument identiques arpentant méthodiquement les allées. Quelles pensées pouvaient bien s'agiter dans l'esprit de ces êtres dont les condamnations sanctionnaient le plus souvent le vol, l'avortement, la prostitution, quelquefois le crime, mais aussi le simple vagabondage. Des innocentes côtoyaient les pires échantillons de la population. Ce séjour en prison les rendrait à la société plus corrompues que quand elles y étaient entrées.

Dans cette marche forcée, Joliane se concentrait sur son équilibre. S'étant à deux reprises signalée par une conduite répréhensible, elle essayait de se faire oublier en alignant son pas sur celui de la pénitente qui la précédait. Sur les pavés irréguliers, ses pieds dérapaient. Il lui fallait alors faire un effort pour se maintenir debout. « Si je tombe, je suis perdue, se disait-elle. On me ramassera pour me jeter dans une fosse sans même vérifier si je suis morte ou vivante. Et je veux vivre pour retrouver un jour la liberté ! Un jour… »

Après l'appel et la prière du soir, alors qu'allongée sur sa couche elle passait en revue les détails de cette journée, elle se demandait comment elle avait pu tenir sans avoir absorbé la moindre nourriture pendant près de 36 heures. Qu'elle était bonne cette soupe, pourtant maigre et fade, consommée au milieu de l'après-midi et qui constituait le deuxième et dernier repas des prisonnières ! Elle salivait en se remémorant les morceaux de chou et les haricots blancs qu'elle avait gardés longtemps en bouche, laissant ses papilles s'imprégner de leur saveur sucrée et de leur moelleuse consistance.

Manger ! Cette activité deviendrait-elle son unique souci durant ses années de détention ? Cette préoccupation tournait déjà à l'obsession alors qu'elle venait d'être enfermée derrière ces grilles. Si les 7303 jours qui restaient ressemblaient à celui-ci, les vingt années en paraîtraient quarante. Fêterait-elle jamais ses vingt printemps ?

Ses lèvres prononçaient la courte phrase : « J'ai faim ! », mais sa gorge restait sèche et muette. Et c'était comme un sésame pour accéder à la grande salle à manger éclairée de mille bougies où un somptueux banquet était offert par le duc d'Epernon aux quelque quatre cents invitées de son château devenu prison.

C'est alors que dans la pénombre propice du dortoir, habité de plus de cinquante corps aussi puants que l'air exhalé par leurs soupirs, la 01-25 redevenait Joliane, héroïne du roman qu'elle imaginait.

« — Cher duc, comment avez-vous appris que j'avais vingt ans aujourd'hui ? — Sachez mon enfant que je ne vous perds pas de vue. Ne suis-je pas votre parrain ? Vous n'ignorez pas que je n'ai aucune descendance directe. Aussi, ces murs vous appartiendront-ils lorsque j'aurai rejoint ma chère Marguerite dans le mausolée que je lui ai fait élever. — Je me refuse à penser que ce jour puisse arriver. Vous m'attristez en me parlant de votre mort, mon cher parrain. Goûtons plutôt à ces mets qui me paraissent délicieux. — J'ai à mon service le plus prestigieux maître-queux d'Aquitaine. — Un des plus puissants personnages du royaume ne peut être servi que par le meilleur des cuisiniers. — Tenez, mon enfant, je vous recommande ces terrines ; elles sont absolument sublimes. Elles laissent en bouche un parfum de forêt et de gibier, c'est à en mourir de plaisir ! — Assez parlé de mort, mon parrain ! Que ce soit de vieillesse ou d'indigestion, l'idée même de ce mot m'ôte tout appétit ! — Loin de moi l'idée de vous priver de ces jouissances du palais. Ce sont bien les seules qui me restent. Tenez, voici que l'on apporte des salmis de perdreaux et des lièvres en civet au vin de Duras. Que préférez-vous ? — Je ne sais. A trop lorgner les filets de chevreuil grand veneur, je les sens déjà fondre sur ma langue. Il y a bien ces jeunes pigeons dodus à souhait et ces faisans en leurs plus belles plumes... C'est trop de tentations que vous proposez à ma gourmandise. — Nous aurons le temps d'apprécier toutes ces entrées et tous ces rôts. Ce dîner sera heureusement suivi d'un souper. Nous mangerons pendant vingt heures d'affilée. Le règlement le prévoit ainsi en ma demeure pour chaque célébration d'anniversaire. N'avez-vous pas vingt printemps ce jour, ma pupille ? — Si fait. Et vous me voyez ô combien reconnaissante devant cette table si richement garnie pour me fêter, moi, pauvre affamée. — Mangez ! Mangez ! De la hure de sanglier, des ortolans, des pois au lard, des œufs à la ravigote... — Assez ! Assez ! Ne voyez-vous pas que je suis sur le point de me trouver mal ? — Des sels ! Vite ! Qu'on apporte des sels ! — C'est trop de nourriture à la fois. Je vais en rendre l'âme. — Cependant, ma chère, vous n'avez encore rien mangé. — La vue de toutes ces viandes dorées, juteuses et parfumées, ces odeurs à vous faire défaillir, suffisent à me gaver. Qu'on m'apporte un croûton de pain et un verre d'eau ! — Pour un repas d'anniversaire ? Vous n'y songez pas ? — Mon estomac ne supporte pas les mets délicats. Il ne connaît que les nourritures rustiques. — Je ne puis infliger cet affront à mon maître-queux. Il quitterait sur-le-champ ma maison. Ne pouvez-vous faire un effort en goûtant de ce potage si tentant ? — Il est encore trop riche pour l'ascète que je suis devenue. — Dans ce cas, vous me voyez marri de n'avoir pu vous combler. Que l'on serve à ma filleule du pain sec et de l'eau, selon son légitime désir ! — Grand merci, mon parrain, mais je ferais aussi bien de regagner mes appartements avant que la cloche ne sonne l'heure du coucher. Vous savez combien est strict le protocole qui régit votre maison centrale de force et de correction. J'ai été infiniment heureuse de ce moment passé en votre compagnie. — Moi de même, chère amie. Je suis flatté de constater que ces murs édifiés à ma seule gloire résonnent maintenant d'une vie nouvelle. Je commençais à souffrir de l'oubli, surtout depuis la destruction de mon mausolée. Ah ! la Révolution ! Elle m'a enterré une seconde fois, et définitivement ! »

Joliane ressentit un spasme violent qui lui tordit les tripes. La douleur la dressa sur son séant. Dans sa tente percée d'un guichet, la surveillante l'avait repérée. La 25 plaqua sa main gauche sur sa bouche, comme pour s'interdire d'en faire sortir un son, et rejeta vivement sa couverture. Sur ses pieds nus, elle courut tout droit vers la cheminée et tira brusquement le rideau qui fermait le foyer. Dans le baquet de nuit, elle vomit toutes ces viandes délicieuses ingurgitées en pensée au banquet donné en son honneur par le duc d'Epernon et auquel son imagination l'avait conviée. Anéantie par l'effort que lui avait coûté cette crise, elle s'effondra près du seau, qu'elle ne songea même pas à refermer.

Dans la guérite en toile, une paire d'yeux accoutumés à scruter les ténèbres suivait le moindre de ses mouvements. Une toux rauque ajouta au trouble qui avait rompu le calme du dortoir. La 25 regagna son lit à tâtons. Avec le revers du drap, elle essuya ses joues humides de larmes et ses lèvres. Le goût amer de la bile les fit s'étirer en une vilaine grimace.

Ce repas chez le duc était décidément trop lourd… et bien indigeste.

III

L'infirmerie était installée au rez-de-chaussée, dans les anciens appartements de madame la duchesse. Un poêle tiédissait l'air ambiant. Il y faisait donc beaucoup moins froid que dans les dortoirs où les imposantes cheminées avaient été reconverties en cabinets d'aisance. Les occupantes s'y trouvant en nombre plus réduit, l'air était aussi moins vicié. Bien que les fenêtres fussent grillagées et traversées de barreaux, on ne les avait pas murées. Les rais se heurtant à cette ferraille, la lumière pénétrait par effraction. Et parce que la santé passait par une élémentaire hygiène corporelle, il avait bien fallu adjoindre à l'infirmerie une salle destinée aux ablutions. Les malades y étaient conduites à tour de rôle. Elles appréciaient différemment l'immersion dans la baignoire en zinc, selon qu'elles aimaient l'eau ou se complaisaient dans leur crasse. Cette épreuve étant obligatoire, personne ne se préoccupait de leur sentiment.

A peine arrivée dans son lieu de détention, la 25 se faisait déjà remarquer. Aidé par la surveillante qui avait pris le relais dans le box en toile, le gardien-chef l'avait ramassée quand elle s'était écroulée pendant la prière du matin. Les gifles restant sans effet, il avait fallu la descendre à l'infirmerie pour la réanimer. Un visage dépourvu d'hostilité se penchait sur elle :

— Dites-moi si je vous fais mal.

Et du bout de ses doigts, un homme en blouse blanche palpait son ventre à travers l'étoffe de sa chemise.

— Quand j'appuie là, par exemple.

Joliane fit non d'un mouvement de la tête. L'examen minutieux ne révéla rien qui pût orienter l'homme de science.

— Avez-vous ressenti une douleur avant de vous évanouir ?

Voyant que sa patiente n'osait proférer un son, il insista :

— J'ai besoin de savoir, et vous avez le droit de répondre à mes questions. Avant de tomber en syncope, qu'avez-vous éprouvé ?

La 25 regarda en direction de la surveillante présente à l'examen. Le médecin intercepta ce regard. Comprenant sa réticence à parler, c'est à la geôlière qu'il s'adressa :

— Que s'est-il passé ?

— Cette femme a parlé et je l'ai punie.

— Sans en référer au directeur ?

— Je n'ai fait que la mettre au pain sec et à l'eau.

— Et ensuite ? s'informa-t-il sans la quitter des yeux.

— Deux fois dans la même journée, c'était trop. Nous avons supprimé le pain. Nous sommes là pour faire respecter le règlement.

Le médecin l'entraîna à l'autre extrémité de la salle :

— Il ne vous appartient pas de décider des punitions.

— Je ne l'ai pas enfermée dans un cachot !

— Vous avez usurpé un droit en vous substituant à une autorité. Vous êtes aussi coupable que cette femme que vous avez privée de nourriture pour bavardage.

— Elle ne bavardait pas. Elle a crié sous l'effet de la douleur.

— Ce n'était donc pas prémédité, souligna le médecin.

— Le règlement m'obligeait à sévir.

Sur un mouvement brusque qui trahit sa mauvaise humeur, le médecin se retourna vers la malade. Il n'admettrait jamais ce règlement stupide et selon lui inhumain. Certes, dans une telle concentration de personnes qui n'étaient pas des modèles de bonne conduite, la discipline était nécessaire. Cependant, obsédé par le souci de l'observance des règles d'un système trop répressif, même le personnel en devenait la victime.

Il se pencha vers Joliane :

— Votre malaise est sans gravité. Je suppose que vous avez faim ?

Les yeux de la jeune fille brillèrent de convoitise.

— Alors, dites-le avec des mots.

— J'ai faim, articula-t-elle à pleines lèvres et sans solliciter ses cordes vocales.

— En élève obéissante, vous avez retenu la leçon. Vous avez raison de vous protéger. On retient mieux ce que l'on apprend à ses dépens.

Et, se tournant vers une prisonnière de service :

— Apportez à manger à cette femme ! Je ne vois pas de remède mieux adapté à son mal.

L'autre opina du chef et sortit pour se rendre aux cuisines.

Joliane revivait la scène qu'elle s'était inventée avec un parrain de comédie. Elle était obligée de reconnaître que celle-ci avait infiniment moins de panache.

Secondée par une détenue, une religieuse administrait des soins aux malades qui occupaient une dizaine de lits. Les observant dans leur travail, Joliane se dit qu'il lui plairait d'adoucir les maux de ses semblables atteints dans leur corps. N'avait-elle pas soigné sa mère pendant des années ? Apprendre ce métier de dévouement ne serait-il pas une façon de se repentir de son crime ? Voilà d'où pourrait lui venir sa rédemption. Il lui semblait que rien ne saurait la rebuter dans cet exercice requérant habileté, douceur et patience. Elle avait développé ces qualités pendant assez longtemps pour se sentir capable aujourd'hui de les mettre au service d'une communauté. Respirer les odeurs fétides de la maladie et celles, puissantes, des désinfectants, n'était pas pire que d'inhaler celles produites par les respirations de cinquante maudites. En incorrigible utopiste, elle échafaudait déjà des projets de reconversion. Cependant, jamais on ne confierait à une criminelle la tâche de s'occuper d'autrui. Ignorante de ce détail, elle se projetait dans des lendemains ouvrant sur un avenir aux couleurs de son rêve.

Les condamnées à la réclusion employées à l'infirmerie bénéficiaient-elles d'un régime spécial ? Elle se posait la question au moment où on lui apportait une assiette de soupe et un morceau de pain. Oh ! bonheur ineffable ! Une tranche de lard surnageait parmi les légumes composés de choux, de poireaux et de pommes de terre. Le bouillon clignait de dizaines d'yeux gras. Sous l'effet des vapeurs odorantes, son estomac se creusa un peu plus. Elle le sentit descendre au fond de son ventre. Avant de retourner à d'autres tâches, la prisonnière lui glissa à l'oreille :

— C'est la soupe du personnel.

La phrase fut prononcée si bas que la 25, en son état de grande faiblesse, devina plus qu'elle ne comprît ces quelques mots soufflés pour exprimer l'intention d'un soutien moral. Ce geste inattendu de la part d'une autre prisonnière la réconforta autant que le contenu de l'assiette rapidement avalé.

Depuis son arrivée, elle avait été témoin d'algarades et d'échanges de vues entre les membres du personnel ; ceci signifiait que certains éprouvaient des sentiments humains, bien que subissant la pression du règlement et de la relégation volontaire comme une forme d'humiliation, au même titre que les détenues.

La surveillante en chef entra, et avec elle un peu de cet air du dehors qu'elle transportait sur son visage avivé par la fraîcheur du vent et sur ses vêtements humides de l'averse qui laverait momentanément l'espace enclos de la cour de ses miasmes en suspension. Ayant déclaré Joliane inapte au travail jusqu'à trois heures de l'après-midi, le médecin subit l'agression de la Debardi avec son flegme habituel.

— Cette femme est guérie ; elle n'a plus rien à faire à l'infirmerie.

— Elle est épuisée. Elle a besoin d'une matinée de repos. Et ce ne sera pas de trop.

— De quelle maladie souffre-t-elle si ce n'est de la paresse ?

— Dans son état de faiblesse, elle serait inefficace. A quoi sert de l'envoyer en atelier pour me la ramener à moitié morte avant ce soir ?

— Je ne fais que transmettre l'ordre de monsieur le directeur.

— En tant que médecin de cette maison, je n'ai aucune leçon à recevoir sur la façon de traiter les malades. La 25 rejoindra son groupe lorsque je l'estimerai hors de danger.

La Debardi sortit en claquant la porte. Joliane réalisa qu'elle venait de se faire une ennemie. Comment lui ferait-elle payer ce qu'elle jugeait comme une faveur ?

Dolente, elle s'abandonna à la paresse, essayant d'oublier l'endroit où elle se trouvait. Derrière un paravent, une femme geignait doucement. De ses poumons brûlés par la tuberculose on entendait siffler sa respiration. Elle se consumait lentement, telle une bûche que plus aucune flamme ne venait caresser et qui se mourait de l'intérieur. Il était trop tard pour l'évacuer dans une maison de santé. Le médecin était formel : le voyage lui serait fatal. Il aurait fallu l'envoyer avant l'aggravation de son état. Le docteur en place à ce moment-là avait fait preuve d'une évidente négligence, et maintenant le service entier était menacé par la contagion. Le médecin ne décolérait pas. L'agonie serait longue et douloureuse. Il devenait indispensable et urgent de l'isoler, ce qu'il s'était refusé à faire jusqu'alors par simple esprit d'humanité.

Joliane formula cette prière : « Faites qu'elle guérisse ainsi que toutes les autres. » Ce dieu qu'elle connaissait si mal pour l'avoir si peu fréquenté allait devenir son interlocuteur muet. Elle grimpait d'un échelon dans la hiérarchie de ses partenaires en conversations intimes. Après le duc d'Epernon, monologuer directement avec l'Etre suprême, sans même passer chez le roi, voilà qui la haussait considérablement.

Entrée par la porte principale, elle avait été reçue chez le duc en son palais aux fenêtres aveugles. Pour une fille de condition modeste, quel plus grand honneur ? Après une telle reconnaissance, nul doute que Dieu qui aimait jusqu'aux plus pauvres, aux plus abjectes de ses créatures, ne daignât se pencher sur celles que le monde rejetait avec horreur. Lui seul comprenait la détresse de ses enfants. Elle se promit de lui ouvrir son cœur et de l'entretenir de ses souffrances passées et présentes.

Allongée sur son lit de fer, elle admira le merveilleux plafond. Sur les poutres apparentes et les solives étaient reproduits des cartouches au chiffre du duc d'Epernon. Mais ce qui ravissait le regard, c'étaient les paniers de fleurs et de fruits peints de jaunes, de bruns et de rouges. Des guirlandes de feuillages et d'églantines couraient sur le bois patiné par le temps. Elle aimait les craquelures du fond de peinture de couleur crème. « Les choses qui vieillissent gagnent en beauté », se dit-elle. Hélas ! il n'en était pas ainsi des êtres de chair et de sang. Il n'était qu'à voir ces pauvres débris gisant sur leurs lits de souffrances. Elle aurait volontiers goûté de ces poires et de ces pommes si bien rendues qu'elles en paraissaient presque vraies. Ces fruits lui rappelaient l'histoire de la genèse et de ce paradis perdu qu'était son village natal. Derrière la maison, il y avait un petit verger. Qu'elles étaient bonnes, ces calvilles qu'elle croquait à pleines dents ! Fermes, légèrement acidulées, elles avaient du caractère. Elle aurait beau tendre la main, elle ne cueillerait jamais plus de ce fruit défendu.

Jamais ! Bannir ce mot de son vocabulaire ! Désormais, elle s'interdirait de le penser.

Cet alignement de poutres décorées des mêmes doubles motifs en polychromie laissait deviner ce qu'avait dû être cette pièce du temps de la duchesse d'Epernon, née Marguerite de Foix Candale, qui régnait alors sur ce domaine. Joliane n'avait cependant aucune idée de la splendeur de l'appartement de cette grande dame dont elle occupait à cette heure l'antichambre. Il fallait plus que les délires d'une simple paysanne pour en restituer l'image fidèle. Le mobilier manquait pour compléter la magnificence du décor. Dans sa maison de Duras, le plafond était aussi soutenu par des poutres: elles étaient toutes noires. Quand elle reviendrait, elle les peindrait de ce blanc crème si doux à l'œil et elle reproduirait de mémoire ces dessins si délicats. Combien y avait-il de ces madriers ? Un, deux, trois, quatre, cinq... dix... seize... Elle sentit ses pupilles clignoter et ses paupières s'alourdir. La gymnastique devenait trop pénible. Avec la perspective, les pièces de bois semblaient se toucher. Il était impossible de les compter toutes, et le sommeil vint la prendre pour la soustraire à une opération compliquée.

Deux heures plus tard, elle s'éveillait fraîche et dispose. La jeunesse possédait des réserves d'énergie insoupçonnées. Redécouvrant ces lits rudimentaires, conçus pour meubler les salles des hôpitaux des pauvres, alignés sous la richesse des lambris, elle fut frappée par cette incongruité. Le médecin n'était plus dans la pièce, l'infirmière pas davantage. Le personnel de surveillance avait disparu. Une évasion était-elle possible ? La porte du fond communiquait avec deux autres dortoirs où reposaient d'autres malades. Elle entendit la voix de l'infirmière, des plaintes, des chocs d'objets rencontrant des supports métalliques. Elle se leva et se dirigea avec une certaine crainte vers l'autel appuyé contre le mur extérieur du bâtiment. Porterait-elle éternellement sa croix, tel le Christ qui n'en finissait pas de mourir sur la sienne ? Un repentir sincère suffirait-il pour mériter son pardon et retrouver la paix du cœur ? Seul le temps chasserait ses doutes et apaiserait son esprit. Quant à cette folle idée d'évasion, il valait mieux l'oublier. Tenter une telle aventure exigeait une parfaite connaissance des lieux et une audace à l'épreuve du vertige et de la peur. Beaucoup de chance aussi. La forteresse dressait ses arguments inattaquables, du dehors comme du dedans.

Une femme de service entra.

— Puisque vous voilà remise, passez à la chambre des bains avant de réintégrer votre section.

Intriguée, la 25 suivit son guide non sans accorder un regard de mansuétude aux misérables dont la plupart étaient soignées pour des maux incurables. Tant qu'elle tenait sur ses deux jambes, elle pouvait s'estimer privilégiée. Dans dix ans, dans vingt ans, qu'en serait-il de sa jeunesse et de sa belle santé ? Dans la pièce où on la conduisit, deux prisonnières aidaient une surveillante à faire entrer de force une malade récalcitrante dans la baignoire. Celle-ci griffa furieusement l'une des femmes. Elle se débattait tellement qu'il fallut appeler en renfort Félicien, le gardien-chef. Il maîtrisa aisément la forcenée en la frappant de ses mains qu'il avait larges et puissantes. On réussit enfin à la plonger dans le bain. Calmée parce qu'à demi-assommée, elle se laissa enfin nettoyer.

— Elle se pisse dessus, quand ce n'est pas pire. Je suis sûre qu'elle le fait exprès.

La pauvre vieille se mit à geindre. Ses gémissements trahissaient-ils une réelle souffrance ou les bienfaits de l'eau agissaient-ils malgré sa peur irraisonnée de cet élément ?

Joliane se lava sommairement dans une cuvette. Elle aurait bien échangé sa place avec la malheureuse que son incontinence condamnait à ce régime humiliant. Elle peigna ses cheveux et les rangea sous le mouchoir qu'elle noua serré derrière la tête. Elle était prête à regagner le troupeau.

A ce moment précis, la cloche sonna le début du travail en atelier.

Félicien, qui avait repris sa faction entre le hall d'entrée et les couloirs, se chargea de la conduire à sa section. Il la lorgna sans déplaisir. Les jolies fleurs étaient rares dans cette pépinière de plantes sauvages dévastées par les privations et les tempêtes. A peine éclose, celle-ci ne tarderait pas à souffrir de la sécheresse du climat. Il la cueillerait avant qu'elle ne s'étiole. Tel un chasseur à l'affût, il savait lire le désarroi dans un regard et interpréter à sa démarche les signes de fatigue chez une détenue. Pas plus que les précédentes, celle-ci ne lui résisterait. D'ailleurs, il ne lui laisserait pas le choix.

Avançant docilement dans ce ballet des ouvrières, elle se trouva devant le guichet où on lui remit les pièces de tissu et les outils. Dans l'ordre de défilement, elle retraversa la cour pour gagner la salle de couture, de broderie et de tricot.

« Quand j'étais petite et que je rechignais à rendre un service, ma mère me racontait une histoire, toujours la même. Je la connaissais par cœur, ce qui prouve mon manque d'enthousiasme pour le travail, à cet âge tendre où l'on ne pense qu'à jouer. Depuis, j'ai bien changé. Il arrivait que je la reprenne sur un terme. Cela lui arrachait un sourire. J'aimais beaucoup lorsqu'elle s'asseyait en prenant un air inspiré : "Il était une fois…"

« Pourquoi les histoires destinées aux enfants débutent-elles presque toutes par ces mots magiques ? Ces simples mots me transportaient en un temps qui nimbait les personnages d'une espèce de brume opaque dont il fallait les tirer avant de les animer d'une nouvelle vie ; une vie qui appartenait au conteur et à ceux assis en rond pour l'écouter avec des regards émerveillés.

« Aujourd'hui, mon tour est venu de prendre le relais. Mon auditoire se compose de plusieurs dizaines de femmes de tous âges, penchées laborieusement sur leur ouvrage. Taisez-vous, les ciseaux ! Ces cliquetis sont assommants. Ils troublent ma réflexion et me font perdre le fil de mon récit. J'essaie de démêler, pour celles qui ne m'entendent pas, les nœuds de l'histoire qui retiennent les mots sur mes lèvres.

« Il était une fois… Voilà que je ne me souviens plus. Absorbée par mon travail minutieux, je calcule, fixe le point exact où je dois planter mon aiguille et l'histoire m'échappe, comme l'autre jour le dé. Dans le fatras de mes pensées, je vais la retrouver… Elle se passait dans une famille : le père, la mère et leurs trois filles. Ça y est, je l'ai retrouvée !

« La mère avait acheté pour son époux un pantalon neuf en grosse toile qui lui allait parfaitement. Cependant, les jambes étaient trop longues. Il fallait couper et refaire l'ourlet. La pauvre femme, dont la vue avait beaucoup baissé, ne voyait plus ni le chas, ni la pointe d'une aiguille. Les travaux de couture lui étaient devenus impossibles. Elle pria sa fille aînée de couper dix centimètres du tissu et de refaire l'ourlet. La jeune fille lui répondit qu'elle avait autre chose à faire et ne pouvait lui rendre ce service. La mère se tourna donc vers sa seconde fille et lui demanda de bien vouloir raccourcir les fûts dudit pantalon de dix centimètres. Celle-ci répondit qu'elle n'aimait pas coudre, qu'elle ratait tout ce qu'elle entreprenait et qu'il valait mieux qu'elle s'adresse à sa sœur cadette, plus douée qu'elle pour les travaux de couture. Entendant cela, la troisième fille se sauva afin d'échapper à la corvée. La pauvre femme eut beau se plaindre et supplier, aucune ne céda.

« Le soir venu, dans le silence de sa chambre, l'aînée cherchait en vain le sommeil. Ses pensées la renvoyaient à cette scène de l'après-midi. Taraudée par le remords, elle se leva sans bruit, sortit ses outils, tailla, faufila, cousit l'ourlet ainsi que sa mère l'en avait vainement priée. Enfin apaisée par cette bonne action, elle retourna se coucher.

« Sous l'effet d'un cauchemar épouvantable, la seconde fille s'éveilla en sursaut. Sa méchanceté de la veille lui revint à l'esprit. Elle allait, de trois coups de ciseaux et quelques tours d'aiguille, donner un exemple de serviabilité à ses sœurs qui s'étaient montrées tellement égoïstes. Elle quitta son lit, prit le bleu de travail qu'elle trouva étalé sur le dossier d'une chaise alors qu'elle se souvenait l'avoir vu replié sur le coin de la table. En moins d'une heure elle achevait son travail. Fière de son action, elle poussa un soupir, remit en place ses accessoires et laissa le pantalon bien en vue. Sa nuit se termina sans que le moindre cauchemar ne vînt la visiter.

« Et c'est à ce moment-là que je m'écriais : “Que va-t-il se passer maintenant ?” “Tu ne te rappelles pas ?” disait ma mère. “Raconte !” Et je faisais mine d'avoir tout oublié pour lui laisser le plaisir de voir mes yeux briller.

« Elle reprenait : “La benjamine était capricieuse mais elle avait un cœur d'or. Rendre un service ne lui coûtait pas d'effort à condition qu'elle choisisse le moment pour accomplir cette tâche. Elle n'avait plus alors l'impression d'obéir à un ordre, mais plutôt à une envie de faire plaisir. Torturée par un sentiment de culpabilité, elle exécuta la mise à longueur du pantalon de son père. Elle se promit, à l'avenir, de se conduire en fille serviable, tout en sachant qu'elle aurait à lutter contre une nature impulsive."

« "Et alors ?", demandais-je à ma mère. "Et alors, reprenait-elle, je te laisse imaginer la surprise du père quand il enfila sa culotte ! Il se trouva pour le moins ridicule et penaud devant sa famille qui se retenait pour ne pas se moquer du pauvre homme ainsi fagoté !"

« L'air de ses trois filles contemplant leur ouvrage, je me le représentais parfaitement. Je n'entendais même plus la voix de ma mère. Je souriais benoîtement à cette image et à celle du père dont le pantalon neuf s'arrêtait à la hauteur des genoux. Leur stupéfaction à tous ne laissait pas de me réjouir. Ma mère insistait cependant sur la morale qui se dégageait de ce récit, ainsi qu'il en était de la plupart des fables dont se délectent les enfants. »

Joliane releva un instant la tête, imaginant un gardien en semblable situation. Connaissant le tarif d'un seul manquement, elle se retint de sourire.

La ramenant à la réalité, la voix de la Debardi la cingla :

— 25 ! Le croûton se paie en petits points et pas en rêvasseries !

IV

Comme toutes les personnes employées au château, Félicien vivait en prison. Certes, il allait et venait à sa convenance, surveillant les couloirs, les ateliers, le réfectoire, traquant les insoumises, prêt à prêter main-forte à ses camarades en difficulté. Il avait le don de flairer le complot, de percevoir les premiers signes de rébellion qui flottait dans l'air. Garder des femmes était infiniment moins risqué que des hommes. Toutefois, face au nombre, les quelques gardiens préposés à ce travail de surveillance avaient à lutter contre un relâchement possible de l'attention. Parmi les condamnées, il savait celles dont il fallait se méfier. Ces dangereuses criminelles qui purgeaient une peine de perpétuité n'avaient plus rien à perdre. La liberté ? Un mot vide de sens. En fait de liberté, elles n'avaient plus que celle de leurs pensées, et derrière les fronts butés, on en devinait l'absence de profondeur. Quelles méthodes utiliser pour tenir en respect un tel troupeau affamé de nourriture, d'indépendance, d'affection ? Quelles armes employer quand on est une douzaine d'individus face à plusieurs centaines de prisonnières ? Même malades et faméliques, elles pouvaient devenir redoutables. Leur nombre était une force. Le plus sûr moyen de se préserver était de brandir des menaces, de faire régner la terreur au sein de leurs rangs. Mais ces armes, mal maîtrisées, se retournaient inévitablement contre leurs utilisateurs dont la violence devenait vite une seconde nature. Ainsi germaient lentement, dans le ferment de la peur, des graines de mauvais sujets, fruits d'un système de répression féroce.

Enfermé avec toutes ces femmes derrière les murs et les grilles de la honte, Félicien souffrait des mêmes maux. Il respirait leur pestilence. Les remugles de leur intimité de femelles le rendaient fou. Doté de cet instinct primaire qui différencie l'animal de l'humain, il flairait celles que les tourments phalliques tenaillaient.

Partir ? Pour aller où ? Ici il était logé, nourri et blanchi. Il touchait un salaire décent. Dehors, où il se rendait chaque fois que cela lui était possible, il entendait les rumeurs d'une population qui souffrait de la dureté des temps. Lui était à l'abri du chômage, et si son métier lui valait un certain mépris de la part des gens étrangers à la prison, au moins pouvait-il leur opposer tous ces arguments qui les amenaient fatalement à reconsidérer leur point de vue. Ce qu'il taisait, c'était la promiscuité des chambres à partager avec les autres, ceux que le dénuement avaient amenés à cette fonction de garder le bétail humain que le vice, le hasard ou la misère avait réduit en cet état. Quand il sortait pour prendre l'air de la cité, il lui semblait être lui-même un prisonnier en cavale poursuivi par les regards mauvais de certains Cadillacais prêts à le provoquer, à le chasser de leurs ruelles qu'il osait fouler de ses pieds sentant la charogne. Chercher une compagne alors qu'il vivait dans cet univers ? Après plusieurs refus, il en abandonna bien vite l'idée. Renseignements pris, aucune jeune fille ne désirait devenir l'épouse d'un garde-chiourme. Alors il lui fallait bien puiser dans la réserve de viande plus ou moins défraîchie qu'il tenait sous sa coupe. A la maison centrale, personne n'ignorait ses habitudes, non plus que ses méthodes. Plusieurs fois dénoncé pour ses agissements abusifs, il n'avait cependant pas perdu son emploi, ainsi qu'il l'avait craint. On avait trop besoin d'agents dans les geôles du royaume, et peu de prétendants visaient ce genre de poste. Finalement, il y trouvait son compte. Il se consolait en se disant qu'il pouvait donner libre cours à ses penchants pour le sexe. Oh ! il n'était pas trop regardant ; la figure lui importait peu. Les femmes étaient à prendre dès leur arrivée, avant que la dénutrition ne les ait rendues squelettiques. La maison centrale suffisait donc à combler tous ses appétits. Et, se disait-il en y réfléchissant, il n'avait pas à supporter les reproches d'une compagne perpétuellement insatisfaite, toujours à court d'argent pour finir le mois, à le harceler pour savoir avec qui elle partageait ses faveurs. Chef redouté d'un important cheptel, il n'avait à craindre ni les foudres d'un directeur qui préférait fermer les yeux sur ses pratiques, ni les plaintes des prisonnières interdites de parole. D'ailleurs, en cas de nécessité, il avait préparé sa défense. Parmi ces criminelles, certaines étaient capables, en unissant leurs forces, d'obtenir les services d'un homme. Entre le fonctionnaire qui prouverait son intégrité et la sincérité de ces femelles en manque de tendresse, qui croirait-on ?

Ainsi buvait-il chaque jour à la santé des braillards qui auraient pu encombrer sa maison et manger son salaire et à celle des enfants mort-nés de ses victimes, dont il avait bien voulu calmer les chaleurs. Conçus dans leurs ventres glacés, aucun n'avait survécu.

Joliane avait pris le rythme de la prison. Elle en connaissait maintenant le fonctionnement. Son corps était tellement habitué aux horaires qu'elle savait à quelques minutes près le moment des promenades, celui du travail en atelier, et son estomac lui rappelait infailliblement celui de la soupe. La qualité des repas ne s'améliorait pas. L'entrepreneur qui procurait du travail aux détenues pourvoyait aussi à leur nourriture, ainsi qu'à toutes les dépenses entraînées par leur enfermement. Le cahier des charges définissait même la composition du pain, fait de froment et de seigle, et le pourcentage exact de chacune des deux céréales. Chaque femme en recevait par jour 750 grammes et consommait 420 grammes de soupe distribuée au cours des deux repas, servis l'un à 9 ou 10 heures, selon la saison, et le dernier à 15 ou 16 heures. Il fallait tenir jusqu'au moment du coucher avec ces rations de survie. Un peu de graisse de porc enrichissait ce bouillon dans lequel la prisonnière trouvait une pomme de terre, une petite carotte, 5 grammes de farine de pois ou d'une autre légumineuse, 25 grammes de pain et un soupçon de beurre ou de matière grasse. Ces assiettées constituaient la ration mathématiquement calibrée de ces différentes denrées.

Il ne fallait pas s'étonner d'assister au délabrement physique des plus faibles et des plus âgées, dont l'organisme ne résistait pas longtemps à cette nourriture dépourvue de protéines. Ajouté à la dureté de la vie en vase clos, dans des lieux sans chauffage, où la lumière pénétrait avec parcimonie, ce régime de restriction favorisait la mortalité. La sélection naturelle opérait de larges coupes dans le contingent des détenues.

Joliane supportait vaillamment son incarcération. Elle n'avait pas encore vécu l'hiver entre ces murs dont l'épaisseur ne suffisait pas à empêcher le froid de pénétrer.

Une voiture entra dans la cour pour se ranger devant l'un des ateliers. L'entrepreneur apportait des lots de tissu, de la laine, et différentes fournitures qui seraient remises aux détenues. C'était du pain, de la soupe, du bois et du charbon pour les cuisines et l'infirmerie, du savon, des tenues neuves, mais aussi des cercueils pour celles dont les habits étaient devenus inutiles. Il chargea son véhicule des vêtements dûment confectionnés par les ouvrières durant les heures interminables animées seulement par le bruit des outils.

Avant de repartir, il rendit visite au directeur dans le bureau attenant à son logement, qui tournait le dos à la cour d'honneur, les fenêtres ouvrant largement sur une terrasse et un jardin particulier séparés du préau des convalescentes par un mur de béton. Cette partie du bâtiment avait été construite pour répondre à la nouvelle destination du château qu'elle enlaidissait passablement. Au son de cloche qui régissait l'emploi du temps des captives, Joliane réagit sur l'instant. La cantine était ouverte. Son salaire de dix-neuf centimes par jour ne lui permettait pas des orgies de bouche, mais de ne pas mourir de faim. Au début de sa détention, elle avait bien pensé à amasser son pécule. Il lui servirait à recommencer une vie de femme libre. Mais dans vingt ans, serait-elle encore vivante si elle ne se soutenait pas à l'aide de rations supplémentaires ? Elle voyait trop ce que devenaient ses compagnes. Il n'était pas nécessaire qu'elles se racontent. Leur dépérissement parlait pour elles. Alors, à quoi bon envisager l'avenir ? Vivre au jour le jour. Tenir pour qu'au terme de sa détention, si elle quittait cet enfer, elle ait encore figure humaine.

Au guichet où elle se présenta, elle acheta deux œufs dur et cinquante grammes de fromage qu'elle dévora en se disant qu'elle venait d'engouffrer en quelques minutes plus d'une journée de son salaire. Ah ! cet estomac ! Que d'exigences n'avait-il pas ! Ne pouvait-il comprendre et admettre qu'elle n'avait pas les moyens de calmer ses capricieuses contractions ? Elle n'était là que depuis six semaines et elle nageait dans la robe qui la serrait à son arrivée. Autour d'elle, les « longues peines » négligeaient complètement leur apparence. Deviendrait-elle sale et triste, à l'image de ces déchets humains qu'une société implacable entassait à l'abri de ses couvents et de ses châteaux désaffectés ? Face à ce déplorable exemple, mais en se gardant bien de juger ces femmes, elle se faisait violence pour se laver chaque matin dans l'eau froide d'une cuvette. Ainsi se donnait-elle l'illusion de se purifier, de se débarrasser de toute la crasse ambiante. Elle en faisait une question de dignité, de respect de sa misérable et criminelle personne.

— 25 ! ordonna une voix derrière elle.

Déjà terrifiée par le poids de la sentence, elle se retourna d'un bloc. Qu'avait-elle commis de blâmable ? C'était Félicien, le gardien-chef à qui elle avait adressé un vague sourire le jour de son arrivée. Un sourire qui sollicitait l'indulgence et qui exprimait toute la détresse d'une femme dépassée par le drame dans lequel son geste l'avait précipitée.

— Suis-moi !

Le ton était impératif. L'homme qui commandait la petite escouade des gardiens et des surveillantes était au sein de leur groupe une autorité incontestable. Elle lui emboîta le pas. Ils descendirent des escaliers, traversèrent des corridors. Il poussa de lourdes portes qui se refermèrent brutalement sur leur passage. Il lui sembla qu'ils débouchaient dans une tour. L'escalier étroit et raide en avait la forme. Ils empruntèrent des boyaux sombres. Où l'entraînait-il ? Un cri venu des hauteurs lui donna la chair de poule. Accrochée à la rampe, elle faillit tomber. L'homme avançait en soufflant bruyamment. Soudain, une odeur de vinasse qu'elle connaissait bien lui monta au visage. Encore quelques marches et ils se trouvèrent dans une cave où s'alignaient des tonneaux contenant la réserve de vin.

— Remplis ces bouteilles ! dit le gardien en lui désignant les litres rangés dans des casiers.

Il prit un gobelet posé sur un fût, y versa du vin et le lui tendit :

— Avant, bois ça !

Comme elle hésitait, il lui mit le verre sous le nez :

— Bois ! C'est un ordre !

Sous la pression du regard qui ne la lâchait pas, elle vida le contenu du verre. Elle s'apprêtait à exécuter le travail pour lequel il l'avait entraînée dans les profondeurs de la terre, là où les premiers coups de pioche avaient préparé les fondations. Son gardien soutirait et vidait verre après verre.

— Pour toi, dit-il encore en s'approchant.

Elle détourna le visage et s'intéressa au casier dans lequel elle prit une bouteille.

— Je t'ai dit de boire !

Il éructa. A travers sa coiffe, il la saisit par les cheveux, lui renversa la tête en arrière et l'obligea à avaler le contenu du gobelet. Le vin coulait sur son menton, glissait sur son cou et s'infiltrait sous son corsage. Dans le regard du gardien-chef, elle lut un éclair de folie. Bien qu'assuré dans sa démarche, il était évident qu'il était ivre. Elle tenta de se dégager mais l'étreinte était si forte qu'elle ne pouvait lutter.

— Bois et laisse-moi faire, sinon…

La menace était claire. Sa faiblesse et son impuissance la mettaient à la merci d'un adversaire solide et qui détenait tous les droits. Il la repoussa contre une barrique remplie du sang de la vigne. Le gobelet chuta sur le sol recouvert d'un mortier grossier. Elle essaya de résister, se débattit. L'homme haletait. Elle était incapable de se défendre, de se dégager. Ce qu'elle avait bu agissait déjà, la privant de toute volonté. L'alcool amollissait ses jambes, brouillait son esprit.

Dans sa tête sonna l'hallali. Félicien le chasseur ne vit pas les larmes perler dans les yeux de la biche effrayée, contrainte par la violence. Dans l'assouvissement du plaisir de l'un et la cuisante humiliation de l'autre, l'acte fut accompli avec fureur, scandé par le brame du mâle et les gémissements plaintifs poussés par la victime de la bête en rut.

« Mon Elie, mon aimé, je ne t'ai pas trahi. Mon amoureux de la Saint-Jean, toi qui m'avais choisie pour sauter par-dessus les flammes, où es-tu en cet instant ? Nous nous étions promis de nous aimer toujours. Malgré cette ignoble souillure, je suis fidèle à ce serment. Pourtant je me sens avilie, sale. Toute l'eau de notre rivière ne suffirait pas à me laver de ce déshonneur. Tant de catastrophes s'abattent sur moi que je me demande pourquoi tous ces faits tragiques surviennent dans ma vie au moment où j'allais être heureuse avec toi. Par ma faute, nous voilà séparés. Porterais-je malheur à ceux que j'aime ? Je ne trouve pas d'autre explication dans l'enchaînement des tristes événements qui surviennent et m'accablent. Si seulement je savais dans quelle prison « ils » t'ont enfermé, toi qui n'es coupable que d'avoir voulu me sauver. Elie ! Tes yeux, tes bras, tes lèvres, ta douceur et ta chaleur, ta fièvre et le goût de ta peau, ta virilité qui me cherche et m'appelle ! Que n'ai-je cédé à tes supplications ! Que ne t'ai-je offert mon innocence avant que de subir cette ignoble flétrissure ! Je pouvais supporter la prison et ses barreaux, la honte et l'oubli, mon estomac criant famine, le supplice de la bouche close, l'uniforme de l'infamie. Je pouvais rêver de toi, continuer de t'aimer sans retenue puisque je t'appartenais de toute mon âme. Ma force, c'était de me garder pure pour le jour où je te retrouverais. Cette certitude que nous nous reverrons, je ne veux pas la perdre. Elie, mon cœur, ma vie, si tu savais ! Je n'ai pas pu me défendre.

« Si seulement tu avais été là ! Toi, si vigoureux, tu l'aurais renversé d'un coup d'épaule. Tu l'aurais frappé de tes poings en pleine poitrine, en pleine tête. Je le vois basculer, tomber à terre. Tu t'acharnes sur lui pour lui faire payer le mal qu'il m'a causé. Il crache ses dents, te supplie d'arrêter. Du sang ! Du sang partout ! Le sien, le mien. Oh ! le mien ! Ce premier sang que je te destinais ! A le voir couler d'entre mes cuisses, cela te rend fou. Tu cognes plus fort encore. Tue-le ! Mais tue-le donc ! Il le mérite cent fois car cent fois il recommencera. Je le crains. Il me poursuivra, il me poussera dans les coins sombres, me ligotera, m'assommera, pour me violer encore et encore jusqu'au moment où, anéantie d'horreur, entre deux sanglots, je saisirai une pierre ou une bouteille et lui fracasserai le crâne.

« A moins que, douée de cette faculté de me transporter hors du temps réel, je ne réussisse à substituer ton image à la sienne. Alors, mon aimé, si mon cri traverse les murs et te parvient, si tu l'entends, ne pleure surtout pas. Si, par la seule puissance de mon esprit j'ai pu te réinventer, si mon corps t'a reconnu, c'est que mon amour pour toi est toujours vivant.

« Non, je ne t'ai pas trahi. Mais pourquoi ai-je tant de difficulté à respirer, à trouver le sommeil, et même à avaler cette soupe ? Mes poumons sont fatigués, mon estomac s'est refermé. Ah ! si je pouvais hurler pour extérioriser cette souffrance pire que la mort !

« Elie, pourquoi ne me suis-je pas donnée à toi ce fameux soir où nous avons roulé dans l'herbe tendre de l'été, où tes lèvres ont murmuré : “Je t'aime” ? »

C'était une nuit de pleine lune, de celles qui réveillent chez l'homme des instincts sauvages. Félicien avait agi, poussé par ces forces obscures, et aussi par l'effet de l'alcool dont il abusait afin de se donner le courage de supporter l'emprisonnement.

Une clarté blafarde balayait le plafond, éclairant faiblement le dortoir. Sur le marbre de la cheminée, la flamme d'une chandelle brûlait. Elle fumait et grésillait par instant. L'odeur âcre qu'elle dégageait ne parvenait pas à chasser celles putrides qui montaient des profondeurs de l'âtre. Guidée par cette lumière, une femme s'y dirigea d'un pas mal assuré.

Joliane se retourna sur sa couche. Dans sa ligne de mire, elle vit une forme ramassée sous un lit, un corps recroquevillé. Rêvait-elle ? La forme bougea. C'était la 17, arrivée du matin. Elle l'avait remarquée pour sa petite taille et son air de chien battu qui s'attend à tout moment à recevoir des coups. Vol et vagabondage, supposait-elle ; c'était la condamnation la plus courante. La pauvre fille n'avait jamais dû dormir entre des draps, sinon elle ne se réfugierait pas sous le lit tel un chien sous la roulotte de son maître. Sans s'en expliquer la raison, Joliane avait envie de la connaître, de l'aider, de la protéger.

Elles avaient peu de chance de se frôler dans leurs activités. Parler, crier, chanter pour ne pas sombrer dans l'abrutissement, dans la folie !

V

Le vin avait réveillé chez Joliane un plaisir oublié. A Duras, on en buvait depuis l'enfance.

La plupart des femmes allaitaient leurs enfants jusqu'à l'âge de deux ans. Quand leurs mamelles étaient taries et que les bambins tétaient encore pour satisfaire un besoin de succion, elles les sevraient avec de l'eau rougie qu'ils prenaient au biberon. Ainsi deviendraient-ils des hommes vigoureux. Les filles n'ayant pas à faire valoir leur robustesse, Joliane n'avait goûté au sang de la vigne que vers ses six ou sept ans. Fier de l'initier à la coutume en vigueur chez les paysans et les vignerons, son grand-père lui avait appris à faire chabrot, le vin étant considéré comme une nourriture, au même titre que le pain. Le jus du plus noble des fruits ne pouvait que fortifier l'organisme des enfants et les aider à grandir. Mais celui qu'elle avait bu dans une cave du château et sous la contrainte l'avait écœurée. Pourtant, quand elle se présenta au guichet de la cantine, le surlendemain de cet épisode, elle en acheta un gobelet. Sa belle couleur la réchauffait déjà. Elle le but par petites gorgées, dans de légers bruits de bouche, selon le rite observé autour d'elle. Pas trop lourd en alcool, riche en tanins, elle le trouva bon. Un vin de cantine tout à fait acceptable. Dès son absorption, elle s'en trouva revigorée. Des picotements lui chatouillaient agréablement les joues. Aucune nourriture solide n'avait ce pouvoir de chasser les idées noires. Elle poussa un soupir de bien-être. Le soutien qu'elle ne pouvait espérer de quiconque, ce nectar des dieux le lui apporterait. Elle n'était d'ailleurs pas la seule à chercher dans la boisson un peu de réconfort. Dans ce pays de viticulture, qui songerait à l'en blâmer ?

Forte de ces considérations qui la rassuraient, elle prit l'habitude d'en consommer et lui découvrit des vertus thérapeutiques que prônait son cher grand-père, et même des propriétés euphorisantes qui lui permettaient de s'évader de son univers clos par des murs infranchissables.

Lorsque sonnait la cloche, l'on voyait de plus en plus souvent la 25 se présenter au guichet de la cantine. Les gobelets qu'elle vidait lui donnaient un nouvel entrain. Cependant, les quantités étant réglementées, un marché noir s'établit entre les consommatrices régulières et celles qui ne buvaient que de l'eau. Joliane repéra très vite le manège. Tout se passait sans un geste, sans un mot. Juste un regard. Un verre échangé contre un morceau de viande dont le prix était plus élevé. Les moments les plus propices étaient pendant les jours de pluie, lorsque la promenade était supprimée et que les prisonnières se répandaient sous le préau.

Depuis deux jours, la Debardi demeurait invisible. Son absence était ressentie par toutes comme un soulagement. Secrètement, chacune l'espérait malade, car le relâchement de la discipline favorisait le petit trafic.

Il fallait bien que l'adjudicataire sur qui reposait l'économie de la maison centrale écoule sa marchandise auprès de ses « protégées » et pour son plus grand profit. Au moment où s'ouvrait le guichet, on tolérait donc un certain laisser-aller. Toute bousculade étant néanmoins interdite, chaque femme devait se présenter seule et regagner son rang une fois servie.

L'entrepreneur était légalement le fournisseur des denrées vendues à la cantine. Ainsi que le prévoyait le contrat d'adjudication, il empochait les bénéfices de ce marché. Les ouvrières qu'il affamait dépensaient les maigres salaires qu'il leur versait pour acheter ces suppléments cédés au prix fort. Malgré ce honteux négoce connu de tous, il se trouvait encore des personnes pour lui attribuer des mérites et le louer pour son œuvre qualifiée de philanthropique.

A l'atelier de couture, une des religieuses préposées à la surveillance de la section numéro 1 se trouvait seule. Les ouvrières en profitaient pour s'adonner au plaisir défendu du bavardage et il était bien difficile de s'imposer dans ce tumulte. Dans le remuement des sabots, elles parvenaient à étouffer les chuchotements, mais la cornette n'était pas dupe. Voyant qu'elle n'en viendrait pas à bout – qu'avaient-elles donc aujourd'hui ? – elle leur demanda de dire avec elle une prière. La stupéfaction ramena un instant le silence. Puisque la langue les démangeait tellement, autant que les mots qu'elles prononçaient ne soient pas inutiles. Après le rituel Notre Père suivit la litanie des dix commandements : « Un seul Dieu tu adoreras… Homicide point ne seras… Le bien d'autrui tu ne prendras… »

Qu'espérait-elle faire entrer dans la tête de ces malheureuses ? Le sens de l'honnêteté ? Le goût du partage ? Le respect et l'amour du prochain ?

Parmi ces femmes, combien étaient réellement touchées par la prière ? Celles du premier rang répétaient après la sœur. C'était une occasion d'ouvrir la bouche pour une autre fonction que celle de la mastication. La plupart d'entre ces maudites n'étaient pas des enfants de Marie. Le sachant, la religieuse s'accrochait à cette certitude qu'elles étaient avant tout des créatures du Seigneur et qu'elle ne devait pas les abandonner à leur misérable condition. Avilies par le milieu dans lequel elles avaient grandi, la vie en avait fait des êtres dépravés, irrécupérables par la société. Et ce n'était pas en macérant dans cette tombe qu'elles trouveraient le chemin du salut.

Sa patience était immense, autant que la tâche à accomplir. L'épouse de Dieu en avait conscience, comme elle avait conscience de la vanité de sa mission dans ce vaste champ de ruines humaines confiées à une poignée de laïques sans aucune formation. « Il faudrait, se disait-elle, que nous, les Filles de la Sagesse, soyons présentes à toute heure du jour et de la nuit auprès de ces malheureuses. »

Pour l'heure, elles n'étaient que trois dépêchées par l'hôpital psychiatrique pour encadrer les prisonnières. Les gardiennes voyaient d'un très mauvais œil leur incursion dans un domaine qui leur appartenait depuis sa création. Formées aux soins des malades mentaux, les cornettes savaient, en certaines circonstances, se montrer des plus efficaces en alliant persuasion et grande fermeté.

Sœur Humilienne avait l'expérience des grands malades en cellule d'isolement, de ceux qui circulaient librement dans les salles et dans les couloirs et que les traitements mettaient hors d'état de nuire. Les cris de ces êtres atteints de maux mystérieux pour lesquels la science était impuissante ne l'atteignaient guère. « Quand on vit dans l'antichambre du diable, pensait-elle, on est à l'épreuve des flammes. » Avec les deux autres sœurs qui assistaient les prisonnières pendant la journée, elle regagnait chaque soir le plus important hôpital de France, qui soignait sans espoir de guérison ces malades très spéciaux.

La très ancienne place forte de Cadillac qui avait vu passer tant de noms illustres, dont le cœur avait battu et tremblé aux récits de leurs épopées ou s'était enflammé aux échos de leurs fêtes, n'était plus aussi fière des âmes perdues qu'elle hébergeait désormais entres ses murs épais. Les grilles étaient-elles suffisamment solides pour pallier les dangers d'une fuite ou pour endiguer une révolte ? Enfin, le personnel avait-il les compétences requises pour opposer une résistance suffisante dans le cas d'un soulèvement ? Du côté de l'hôpital, on avait de doux dingues, mais aussi des fous, des forcenés capables de tuer dans une crise de démence les gens dévoués qui consacraient leur vie à les soigner. Savoir que le personnel était nombreux à les entourer rassurait la population. Ils étaient bien gardés, et les craintes étaient peu fondées de les voir recouvrer une liberté par la ruse ou la violence. Quant aux détenues du château, elles intriguaient bien davantage les Cadillacais. Depuis la place de la bastide, on pouvait presque sentir l'odeur mauvaise qu'elles dégageaient et qui montait de la cour d'horreur. Et l'on se posait la question: « Les gardiens, en si faible effectif que cela en était un défi à la raison, étaient-il armés en cas d'urgence ? Car enfin, ces femmes n'étaient pas toutes des ombres faméliques ! Elles étaient capables de s'organiser pour fomenter une révolte. »

La sœur ne sortait jamais dans la ville, mais elle connaissait, elle devinait les craintes de ses habitants. Aujourd'hui, dans cette salle où elle sentait les femmes s'agiter, elle réalisait que sa seule arme était la prière: bien dérisoire défense face à ces condamnées sans foi ni loi.

Elle frappa dans ses mains jusqu'à en avoir mal. Fallait-il crier pour que cesse le vacarme des sabots et des voix et pour ramener le silence sur ces chaises et ces bancs ?

— C'est comment ton prénom ?

La 25 regarda sa voisine d'un air étonné. C'était la première fois depuis qu'elle était entrée dans la maison centrale qu'une pensionnaires osait lui adresser la parole. Il fallait cette agitation inhabituelle pour déclencher un mouvement de curiosité. Ses yeux se mouillèrent d'émotion. A moins que ce ne fût l'effet du breuvage magique, celui qui peignait la vie aux couleurs de ses rêves.

— Joliane, dit-elle en se penchant vers la jeune fille. Et toi, tu t'appelles comment ?

— Sidonie. Tu me donneras du vin, dis ?

— Demain, je te le promets.

— Je n'ai rien à t'offrir en échange.

— Tu m'as parlé ; c'est un cadeau.

Un lien venait de se créer. Pour l'une autant que pour l'autre, un rayon de soleil pénétrait dans la noirceur d'un univers glacé.

Du fond de la salle, deux femmes s'étaient levées. Menaçantes, elles s'invectivaient. La religieuse s'avança pour leur intimer l'ordre de s'asseoir et de se calmer. Elle ne maîtrisait plus la situation. Les insultes pleuvaient. S'ensuivit une empoignade qui fit voler les mouchoirs de tête. Le travail avait cessé dans l'atelier. Toutes les ouvrières étaient tournées vers les deux furies qui s'affrontaient et continuaient à vociférer. La plus grande, mais aussi la plus hargneuse, attrapa l'autre par les cheveux. Elle réussit à l'attirer contre elle. La maintenant fermement, elle la contraignait à l'immobilité. L'autre lui asséna dans les tibias deux coups violents de son sabot, ce qui arracha des cris de douleur à l'attaquante.

— La garce ! Elle m'a cassé la jambe, hurla-t-elle.

La nonne sortit pour appeler de l'aide. Pendant ce temps, la bagarre se poursuivait entre les antagonistes. Parmi les membres de la section I, deux clans se formèrent. A défaut de leurs prénoms, on scandait les numéros de l'une et de l'autre, cette identité honteuse qu'elles portaient sur la manche de leurs robes. L'excitation gagnait les plus éteintes, celles qui, résignées à leur triste sort, traînaient leur boulet comme une fatalité.

Où était donc passé Félicien que la religieuse cherchait et appelait à son secours ? Un gardien apparut. Voyant la pauvre femme dans cet état d'affolement, il comprit toute la gravité de la situation. Serrant son gourdin, il courut à la rescousse.

Mystérieusement averti par une espèce de faculté de perception développée par une nécessité pratique, Félicien accourait pour prêter main forte à son collègue.

La 19 lâcha la 30. Echevelée, elle souleva son cotillon pour découvrir ses jambes qui venaient de subir l'assaut meurtrier des sabots. Le sang coulait de la blessure. Redressant la tête et tirant son foulard sur sa chevelure, elle nargua l'adversaire :

— Garce ! Salope !

L'autre la regardait d'un œil mauvais :

— Avorteuse ! Tueuse d'enfants !

— Maquerelle ! Voleuse !

— Moi je ne suis pas une criminelle ! Et tu es bien trop moche pour faire la putain ! Même un porc n'en voudrait pas !

— Arrêtez ! criait la nonne effrayée par la tournure que prenait la querelle. Arrêtez tout de suite où vous serez punies de cachot !

La 19 poussa un rugissement. Elle regarda autour d'elle, trouva l'objet qu'elle cherchait, s'en empara et, tenant les ciseaux dont l'acier brillait dans sa main, les brandit à hauteur du visage de la 30 qui blêmit.

Le silence se fit dans la salle.

— Je te crèverai, sale bête !

A l'instant où elle prononçait cette phrase, la 19 planta les ciseaux dans l'œil de la 30 qui demeurait hypnotisée par la soudaine férocité de son adversaire.

Un cri d'épouvante monta tandis que les gardiens surgissaient. Devant ce spectacle, ils foncèrent en écartant brutalement les prévenues agglutinées. Félicien asséna un coup de trique sur la tête de l'affreuse harpie. La victime était tombée en arrière, retenue par les bras d'une prisonnière qui détournait la tête avec horreur. Aidés d'un autre gardien, les deux hommes la portèrent évanouie à l'infirmerie.

— Ces chiennes ont besoin d'être matées ! On n'est jamais assez prudent ni assez sévère avec ces vauriennes.

— Tu as vu sœur Humilienne ? Elle affirmait qu'on pouvait tenir ces crapules en prêchant la parole divine. Même l'autorité d'un homme ne suffit pas ; le travail est sans cesse à recommencer. Elles ne connaissent que les menaces ! On ne les punit pas assez. Tu vas voir qu'un jour elles s'en prendront à leurs surveillantes.

— On devrait leur interdire le vin. C'est ça qui les rend folles !

— J'en parlerai au directeur.

L'affaire était déjà connue de tous les services.

Quant à Félicien, qui s'imposait auprès de ses collègues par son titre de chef, il évitait depuis quelque temps de traîner dans le secteur du bureau du directeur. A la suite d'une dénonciation, celui-ci l'avait convoqué. Bien qu'il se fût âprement défendu des accusations portées contre lui, le doute demeurait. Il sentait qu'on le surveillait. Un gardien sous surveillance, c'était un comble ! Il se promit de redoubler de prudence. Ces garces auxquelles il s'était attaqué auraient-elles parlé ? Les rumeurs provenaient de l'infirmerie. Il l'aurait parié ! Il en eut la confirmation lorsque son regard rencontra celui du médecin qui pâlit en voyant la blessée que les deux hommes déposèrent sur une table :

— Nous vous amenons une urgence.

— Comment est-ce arrivé ? Oh ! et puis, peu importe ! Je devine que ce n'est pas un accident.

— Bon, on y retourne avant qu'il y en ait d'autres.

Et ils s'enfuirent, soulagés d'avoir déposé leur fardeau.

L'arrivée de la 30 dans le service suscita un grand trouble parmi les malades. L'une de celles qui s'étaient redressées pour mieux voir passer l'arrivante perdit connaissance. Impressionnée, la cornette se signait. Le médecin lui-même en avait l'estomac remué. Et pourtant, il en avait vu depuis qu'il exerçait dans cet établissement !

— Je vais avoir besoin de vous, ma sœur.

— Je ne serai pas une bonne assistante. Je n'ai pas l'habitude de ce genre de travail. Les malades de l'esprit sont ma seule spécialité.

— Je sais. Mais qu'est-ce que je dois faire ? L'infirmière est occupée, la Debardi est malade… Je ne vous demanderai que de me passer les pansements et les outils. Pour le reste, vous n'aurez qu'à fermer les yeux.

Et ce mot seul la fit frémir.

Dans l'atelier, les ouvrières reprenaient place. La récréation était terminée. Joliane n'avait jamais autant parlé depuis son incarcération. La 24, qui était sa voisine de lit, de réfectoire, d'atelier et de promenade voulait savoir d'où elle venait, depuis combien de temps elle était entrée, la durée de sa peine. Tout cela dans des chuchotements légers comme des caresses. Sidonie trouvait sa compagne si douce, si jolie et tranquille qu'elle ne put retenir la question qui lui brûlait les lèvres :

— Qu'as-tu fait pour être ici ?

Elle se repentit aussitôt de son indiscrétion. Pour avoir écopé de vingt ans, il fallait au moins avoir commis un crime.

— Ne réponds pas, lui souffla-t-elle. Attention ! Ils arrivent.

Et elles reprirent docilement place sur leurs sièges avant que les gardiens ne les y contraignent par la force. Bientôt, encore tremblantes, elles se penchaient sur la percale et la fine batiste. Enfin neutralisée, la 19 fut traînée hors du local par des poignes vigoureuses. On entendit décroître le bruit de ses sabots raclant le sol inégal.

— Je ne la croyais pas si lourde, remarqua l'un des responsables du maintien de l'ordre.

— C'est un sac à vin ! La chopine, ça nourrit.

— Elle aura tout le temps de cuver au trou.

« Maintenant je me souviens. Ce matin j'ai eu le pressentiment qu'il allait arriver un malheur. C'était quand nous sommes descendues. Ma mère disait toujours qu'il ne faut pas dépasser quelqu'un dans un escalier, quel que soit le sens dans lequel on l'emprunte. Il paraît qu'inévitablement une querelle se produit dans les heures qui suivent. Mais là, elle a vraiment mal tourné. Il faut avouer que la 19 a une tête d'assassin. Je ne devrais pas dire cela. La surveillante n'a rien remarqué mais moi, je l'ai vue bousculer la prisonnière qui la précédait en descendant les marches. Comme si elle était pressée ! Elle a pris sa place et n'a regagné la sienne qu'au moment de franchir la grande porte. Elle n'avait aucune raison de le faire. C'était uniquement par bravade.

« Moi, je crois aux superstitions. Le jour où j'ai rencontré Elie pour la première fois, j'avais trouvé un fer à cheval sur le chemin. Je sais, ce n'est pas une trouvaille exceptionnelle. Il passe tellement de charrettes que les chevaux perdent forcément des fers quelquefois. Quand j'étais petite, je les ramassais pour les porter au forgeron. Il me donnait un petit sou en échange. C'était du temps où j'étais heureuse. Mon grand-père était encore vivant. Il m'expliquait les mystères de la nature. Un jour, il m'a montré un rouge-gorge et il a dit : "C'est un animal sacré. Le tuer porte malheur pendant la vie entière." Il avait entendu raconter qu'en tentant de délivrer le Christ, cet oiseau minuscule avait reçu une goutte de sang sur sa gorge qui, depuis, portait cette tache rouge.

« Je l'écoutais. Je croyais tout ce qu'il m'enseignait. Aujourd'hui, je ne sais plus. Peut-être avait-il inventé cette histoire seulement pour me surprendre. En revanche, ce qui est certain, c'est que le matin du drame, un chat noir a traversé la cour. J'aurais dû me méfier. Les sorcières ont la mauvaise réputation de se glisser dans la peau de cette bête pour jeter une malédiction aux pauvres humains de leur choix. Tous mes malheurs viennent de ce satané chat de gouttière ! Si j'avais pu prévoir ce qui suivrait... On ne change pas son destin. »

La journée avait été chaude. Ebranlée par l'atroce image de ces deux prisonnières dressées l'une contre l'autre, et surtout des ciseaux plantés en pleine face de la 30, Joliane se raidissait sur sa couche. Plus jamais ça ! Pauvre 30 ! Quoi qu'elle ait commis dans le passé, cette punition était d'une abominable cruauté.

Dans le dortoir régnait un calme étrange. Cependant, aucune femme ne dormait. Elles revivaient en pensée cette scène hallucinante. Venant du box en toile, un ronflement fit s'agiter quelques corps sur leurs lits. La surveillante n'avait pas résisté à la tension insupportable de l'après-midi. Ses deux heures de garde l'aideraient à se remettre. Mieux valait cependant qu'elle ne fût pas prise en flagrant délit de négligence.

Dans l'obscurité à peine traversée par la lueur fumeuse de quelques chandelles, Joliane aperçut des formes floues qui bougeaient, comme si elles se déplaçaient au fond de l'eau. Elle sentit un corps frêle se glisser à ses côtés. Une main enserra sa taille. Une tête se nicha contre son épaule. Elle enlaça Sidonie. Elles restèrent longtemps à mêler leurs chaleurs, unies dans le même souffle.

VI

La prison était une véritable manufacture. On y fabriquait des chapeaux, des parapluies, des objets de vannerie, de la lingerie fine, des corsets. Ce système qui procurait du travail aux détenues n'était pas sans soulever des crises sporadiques de la part des patrons et de la population active travaillant hors les murs, tous ceux que cette concurrence privait d'emploi. Cette main-d'œuvre sous-payée enrichissait doublement l'adjudicataire grâce à la mise en circulation immédiate de l'argent gagné. Le circuit en boucle ramenait immanquablement dans son tiroir-caisse toutes les sommes qu'il en avait tiré. Dans l'ensemble, l'ouvrage donnait satisfaction. Les prisonnières avaient tout intérêt à soigner leur travail. Elles remettaient au guichet les pièces qu'elles étaient venues y chercher et, sur chaque lot, figurait leur numéro. Il était donc aisé de connaître la responsable de chaque couture, du moindre tressage ou point de broderie. Un mauvais travail pouvait dans ce cas être sanctionné et les 19 centimes revenant à l'exécutante se trouver rognés en fonction du nombre de pièces gâchées. L'entrepreneur se montrait intransigeant sur la qualité. Il avait une clientèle exigeante à satisfaire. Sur les 57 centimes que représentait le montant du salaire journalier de chaque femme, il lui en revenait 19. La même somme venait grossir le pécule à remettre aux prisonnières le jour de leur libération, et elles touchaient l'équivalent pour cantiner. Ainsi se répartissait l'argent avec plus ou moins d'équité, selon le point de vue des parties.

Beaucoup de ces hommes et de ces femmes qui peuplaient les prisons du royaume étaient de basse extraction.

Depuis moins de dix ans, chaque commune possédait une école publique. L'instruction primaire n'étant pas encore obligatoire, les enfants qui la fréquentaient restaient peu nombreux, spécialement dans les campagnes où l'on avait besoin de tous les bras au moment des récoltes. Le droit d'apprendre était encore réservé aux privilégiés. Certains esprits avisés pressentaient déjà tout ce que le savoir apporterait aux pauvres. Cependant, il faudrait du temps avant que la déclaration des droits de l'homme ne génère une société nouvelle. De la proclamation à l'application il y avait un monde à faire bouger. La révolution qui avait secoué la France et coupé des têtes avait ouvert une voie vers l'égalité des citoyens par le nivellement des couches sociales. Dans le domaine de l'instruction, il restait une œuvre immense à accomplir.

Tous les meurtriers et les délinquants n'étaient pas des analphabètes ; cependant, l'ignorance dans laquelle étaient maintenus les pauvres favorisait le crime. Ceux qui croupissaient dans les geôles manquaient singulièrement des connaissances les plus élémentaires, de celles qui éveillent la conscience, développent la curiosité et permettent l'épanouissement de la personne.

Tout était à faire auprès de ces nouvelles « châtelaines » de Cadillac. Leur apprendre l'alphabet, les rudiments de la lecture, c'était faire reculer l'illettrisme et leur donner un espoir de communiquer avec l'extérieur. Les plus optimistes, ou parfois même les plus désespérées, acceptaient de se lancer dans l'aventure de l'apprentissage de la lecture. Rien ne les y forçait. Au sein de la prison, l'enseignement n'était pas une obligation. Certaines commençaient et, devant les difficultés rencontrées, abandonnaient l'entreprise. L'intérêt évident, c'était de pouvoir formuler des sons, de prononcer des mots.

Pour les rares détenues possédant un acquis dans ce domaine réservé jusqu'alors aux nantis, l'école offrait l'opportunité de progresser et de s'évader de cet univers concentrationnaire dans lequel elles étouffaient. Joliane l'avait vite compris. Au début de son incarcération, elle n'avait pas pu y assister, les cours ayant été suspendus par manque de personnel compétent. Une des trois sœurs de la Sagesse s'étant proposée à cette fonction d'enseignante l'avait fait savoir. C'est dans un silence mi-intéressé, mi-hostile qu'on l'avait écoutée. La lecture et l'écriture les aideraient-elles à sortir de leur trou ?

Timidement d'abord, quelques prisonnières avaient investi la petite salle de classe contiguë au réfectoire. Un mouvement s'était organisé. Le découragement, le manque d'enthousiasme en avaient chassé plus d'une, préférant user leur patience et leur énergie sur des travaux qui leur rapporteraient quelques centimes supplémentaires. De la menue monnaie à transformer en nourriture, alors que de celle de l'esprit on ne pouvait espérer retirer qu'une aléatoire satisfaction d'amour-propre ; un sentiment bien insaisissable pour qui était surtout à l'écoute des affres de son estomac. La 25 devint une assidue aux leçons qu'elle trouvait toujours trop courtes. Sœur Céleste s'aperçut très vite des dispositions de son élève et de son zèle à vouloir apprendre. Dans l'exercice de la lecture, elle triomphait de tous les obstacles. L'écriture lui était moins aisée, mais elle y mettait tant d'application, tant de bonne volonté que ses progrès étaient tout simplement remarquables, spectaculaires si l'on considérait le contexte dans lequel étaient dispensées les études.

La religieuse se prenait à rêver : si elle parvenait à lui donner une instruction capable de l'élever au-dessus de sa condition et qu'un jour cette jeune fille sorte grandie de l'épreuve de l'enfermement, quelle formidable ascension.

La réalité venait aussitôt freiner son ardeur. Comment raisonnablement imaginer qu'une femme enfermée pendant vingt longues années puisse reprendre un jour sa place dans un monde qui l'avait condamnée ? Il n'était pas de rédemption possible pour une personne coupable d'un acte aussi odieux. Mise définitivement au ban de la société, où qu'elle aille, son crime la suivrait aussi sûrement que son ombre. Elle ne pouvait donc que lui dispenser un peu de son savoir pour l'aider à supporter le fardeau de sa vie. Le plaisir que la 25 éprouvait à étudier se devinait à l'éclat de ses yeux fixés sur le tableau noir, à sa quête incessante de connaissances. Parler était interdit, mais cette interdiction devenait caduque dès lors qu'il fallait déchiffrer un texte, dire la prière ou répondre à l'appel. Dans le cas présent, les élèves manifestaient un vif désir de s'exprimer, ceci étant leur principal prétexte à suivre ces cours durant lesquels on était bien obligé d'oublier la loi du silence. A dessein, Joliane forçait la voix pour le plaisir de sentir vibrer ses cordes vocales. Elle qui aimait tellement chanter se trouvait bien privée de ne pouvoir s'adonner au jeu des vocalises qu'elle pratiquait, avant... Car dans sa vie, il y avait un avant. Avant le drame, avant l'arrestation et l'engrenage qui l'avait conduite dans cette fosse. Parfois, elle se laissait distraire par les larges envolées de manches de la robe noire de la sœur. Alors, elle se surprenait à rêver être un grand oiseau pour s'arracher de cet endroit maudit. Que n'était-elle un de ces rapaces au regard aigu, au bec et aux griffes acérées, doté de ces attributs symboles de la liberté ; deux ailes toutes raides d'amidon partant de la coiffe qui enserrait la tête, encadrant le visage de la même pâleur crayeuse, et deux autres longues et noires qui se déployaient comme pour prendre la mesure de l'espace avant de s'y élancer.

Cette ample robe des ecclésiastiques avait-elle été conçue pour permettre aux représentants de l'Eglise de gagner plus vite et plus sûrement le paradis, ainsi que l'affirmait son grand-père ? Lui-même tenait cette fable de son oncle curé, qui lui avait enseigné le catéchisme. Pour avoir dormi plusieurs fois au presbytère, il avait partagé son intimité et se plaisait à dire : « Sans son habit, un prêtre n'est qu'un homme ordinaire, un peu plus instruit que le commun des mortels et plus charitable aussi, mais il a les mêmes besoins, les mêmes travers, et il souffre des mêmes maux. » Toutefois, il avouait que la fréquentation de ce personnage l'avait enrichi. C'était bien la preuve que le savoir influençait grandement le mode de pensée. Ce que son aïeul avait appris de cet homme d'Eglise, il l'avait transmis à ses deux filles, comme on lègue un héritage. Elle en avait aussi bénéficié. La mort de ce philosophe qui lui avait servi de père l'avait précipitée dans un gouffre. Cette perte laissait dans son esprit un vide que personne n'avait su combler. Il lui semblait qu'elle resterait à jamais une œuvre inachevée. Sa mère l'avait mise au monde. Son grand-père lui donnait chaque jour la vie. Depuis sa disparition, elle s'était mise à régresser. On n'abandonne pas quelqu'un après l'avoir porté comme il avait su le faire. Son départ, elle l'avait ressenti comme une trahison.

La voix de sœur Céleste lui parvenait, lointaine et feutrée. Que disait-elle ? Ses manches avaient cessé de ponctuer chaque mot d'amples gesticulations. Penchée sur son texte, elle lisait, levant parfois les yeux sur ses élèves, satisfaite de les voir attentives. Joliane soupira. Ayant maintes fois entendu ces histoires sur la vie de Jésus et des saints, elle s'ennuyait. Les leçons se limitant essentiellement à l'enseignement du catéchisme, qu'apprendrait-elle qu'elle ne sache déjà ? Ces récits qui l'avaient passionnée durant son enfance ne l'amusaient plus aujourd'hui. Elle en avait assez de ces discours sucrés, de ces paraboles à visée moralisatrice. Les gens d'Eglise se nourrissaient-ils uniquement de récits ennuyeux dans lesquels les sentiments autres que religieux n'avaient aucune place ? Son grand-père en connaissait de savoureux qu'il tenait de son oncle. Sa mère s'en offusquait même un peu, trouvant certains propos bien légers venant d'un curé. Mais son aïeul pratiquait l'humour comme d'autres s'adonnent à une passion et, quand il avait quitté ce monde, la maison était soudainement tombée en léthargie. Gagnée par un mal sournois, sa mère avait commencé à souffrir. Joliane demeurait convaincue que son grand-père avait jusqu'alors tenu la maladie en respect, sinon, pourquoi se serait-elle déclarée juste après son décès ?

On dit que les maisons ont une âme parce que les femmes qui les ont habitées y ont laissé leur empreinte. C'est pourtant un homme qui avait marqué de son aura impalpable la maison des vignes si chère à son souvenir. Il lui semblait qu'elle en était partie depuis des années ! L'attendrait-elle au terme de sa peine ainsi que le font les êtres de chair ? Les murs sont-ils fidèles à ceux qui les ont aimés ? Si elle sortait un jour de son enfer, elle le saurait tout de suite.

La voix de la religieuse se tut. Elle reposa son livre. Les ailes repliées sur la couverture se détendirent, ne faisant plus qu'un avec la jupe sur laquelle pendait un rosaire aux grains lisses et luisants à force d'avoir été roulés entre les doigts. Elle observa son auditoire composé de femmes jeunes, celles ayant dépassé l'âge de vingt-cinq ans ne voyant pas la nécessité de s'instruire. A moins que l'idée d'être placées face à leur inculture ne les effrayât. La plupart des élèves étaient des « courtes peines ». Sidonie était de celles-là. Avide d'apprendre, elle avait l'attitude humble d'une mendiante qui implore du geste et du regard pour qu'on lui donne de quoi survivre. Tendue dans son effort à vouloir comprendre, elle était touchante. Cet aliment de l'esprit qu'elle n'avait jamais goûté, la prison le lui offrait, comme une gourmandise à déguster entre privilégiées. Et bien que les plats servis dans cette salle de classe fussent d'aussi pauvre consistance que ceux du réfectoire, elle s'y jetait néanmoins avec ce besoin vital d'assouvir une faim inextinguible. Cette heure de cours lui faisait oublier toutes les autres. Plus que les 420 grammes de soupe bien insuffisants, elle comblait son manque de nourriture. Assise à son pupitre, la 24 découvrait un bonheur qu'elle n'eût pas cru possible en un si sombre lieu. Elle se prit d'une admiration sans limites pour la 25, assise à son côté. Joliane, qui connaissait la science des mots, savait les dessiner, les assembler, les faire parler, et enfin était capable de poser des chiffres, de les ajouter, de les soustraire. Elle aurait voulu s'entretenir avec elle en dehors des cours. Rien ne lui paraissait plus important que cet apprentissage qui la transportait hors des murs épais. Pendant les heures d'atelier, elle se répétait mentalement ce qu'elle avait appris et, le soir, c'est en comptant sur ses doigts qu'elle finissait par s'endormir.

Depuis ce fameux soir où elle s'était subrepticement glissée dans le lit de sa compagne, celle-ci était devenue, à son insu, sa lumière : une consolatrice muette dont la seule présence avait le don de l'apaiser. Elle n'avait pas tenté d'autre rapprochement ; c'était vraiment trop dangereux. Dans le box en toile veillait une gardienne qui n'avait rien d'un ange protecteur. Elle brûlait encore au souvenir de ce contact charnel sans très bien s'expliquer sur le trouble qu'elle avait ressenti dans la proximité de ce corps chaud et doux qui dégageait une odeur d'enfance. Elles étaient restées soudées l'une à l'autre jusqu'à ce qu'un claquement de porte les avertisse de l'heure de la relève. Sidonie avait alors quitté la couche de Joliane. Leurs mains s'étaient frôlées dans une caresse d'une infinie douceur. Frissonnante, elle s'était allongée entre ses draps froids qui lui avaient paru hostiles. Les genoux ramenés sous le menton, elle avait écouté son corps orphelin de tendresse. La petite fille qu'elle était encore avait pleuré. En silence cependant, car elle n'ignorait pas qu'entre ces murs autrefois tout vibrants de musique et de chants, les émotions les plus violentes se devaient de rester muettes. Elle avait étouffé cet incompréhensible tumulte intérieur en mordant dans la toile de lin. Sa poitrine lui faisait si mal ! Dans le lit voisin, Joliane s'était retournée. Au bout d'un moment, elle avait entendu son souffle régulier. Comment pouvait-elle dormir ?

La remplaçante avait trouvé sa collègue profondément endormie. Constatant qu'elle avait failli à sa mission, elle l'avait secouée en la rabrouant. Pendant ses deux heures de veille, personne n'avait bronché dans le dortoir. Nul accès de toux, pas d'éternuements, de reniflements. C'est tout juste si les prisonnières ne s'interdisaient pas de rêver dans la crainte de se laisser surprendre en plein cauchemar. Depuis ce moment où Sidonie s'était lovée comme un enfant dans le giron de Joliane, elle avait tenté de nouveaux rapprochements sans obtenir le moindre encouragement. Pire ! la 25 l'avait repoussée. Etait-ce par crainte de se voir surprise et punie ? Après un premier élan d'amitié et cet instant d'une intimité partagée, elle ne comprenait pas sa froideur. Joliane assistait à ce débordement d'affection dont elle était l'objet sans pouvoir y répondre. C'était trop visible, trop évident que la 24 lui vouait une admiration démesurée. Elle la sentait capable de prendre des risques, aussi s'efforçait-elle à l'indifférence afin de se protéger, de les protéger des représailles qui en découleraient fatalement. Se parler, se toucher étant formellement interdit, toute tentative vous conduisait au cachot, punition suprême dont on ne sortait pas indemne.

Sœur Céleste se tourna face au tableau noir. Sidonie en profita pour se rapprocher de sa voisine. Sans brutalité mais avec fermeté, Joliane l'écarta d'un coup de pied. Elle redoutait par-dessus tout de se compromettre en ce lieu qu'elle vénérait.

Un bourdonnement détourna son attention. Une abeille volait autour de sa tête. Comment avait-elle pénétré dans cette salle du sous-sol où la lumière était si rare à certaines heures ? Cet insecte dont elle craignait le dard lui parut intéressant par ce qu'il colportait d'images et de souvenirs venus de l'extérieur. Elle le suivit dans son vol zigzagant comme elle suivait jadis son grand-père dans cette merveilleuse campagne aux collines moutonnantes. Avec lui, elle avait découvert le monde mystérieux des abeilles. Elle en aurait oublié bien des détails si Elie n'avait nourri la même passion. Et, miraculeusement, tout un vocabulaire acquis à côtoyer ces deux apiculteurs chers à son cœur lui revenait en mémoire. Comme piquée par l'aiguillon d'une idée soudaine, elle se mit à écrire. L'orthographe de la plupart des mots lui échappait, mais elle se sentait parfaitement à l'aise dans la construction des phrases :

« Bonjour l'abeille ! Quelles prairies as-tu visitées avant d'arriver jusqu'ici ? Quelles fleurs as-tu butinées pour remplir tes corbeilles d'un précieux pollen ? Te voilà égarée dans une ruche qui n'est pas la tienne. Nous sommes des ouvrières organisées en société, comme vous qui fabriquez le miel si doux au palais. Nous portons toutes le même uniforme d'un triste gris de poussière tandis que dans votre corselet brun cerclé d'or, vous rayonnez. »

Elle leva la tête, contempla la religieuse et poursuivit :

« Notre reine a le même ventre rebondi, mais les ailes de la vôtre ont la transparence fragile d'une mousseline fraîchement repassée. »

Que pouvait-elle encore inventer dans ce jeu des comparaisons qui mettrait en parallèle deux ruches et leurs populations si dissemblables ?

« Votre colonie bourdonne de votre activité. Dans la nôtre s'entend le clac des outils ou s'élève la voix impérieuse qui ordonne et sanctionne. Entourée de ses servantes et prisonnière de la ruche, notre mère abeille ne pondra pas d'œufs. Elle est trop vieille et trop laide. Si dans la cour se forme un essaim qui s'agglutine sous les branches d'un tilleul, on le disperse à grands cris.

« Enfin, jusqu'à récemment, je pouvais affirmer que les abeilles de notre colonie ne piquaient pas, que seules les suceuses de nectar étaient armées d'un dard. Elie m'avait même expliqué qu'en s'attaquant à l'homme, elles y laissaient leur vie. Toi qui me cherches noises, ne t'avise pas de planter ton arme dans ma chair. La 19 a planté la sienne dans l'œil de la 30. C'est une histoire horrible. Aucune de ces deux ouvrières n'est morte. La 30 a repris sa place dans notre ruche avec un œil d'un blanc glauque. Elle est tellement abattue qu'elle ne parle plus, ni du regard, ni des sabots. Elle mange à peine. La 19 est toujours au cachot. Parfois, je me demande si elle n'est pas morte des suites de la blessure infligée à la 30. Si tel était le cas, nous l'aurions su. Hier, le corbillard est entré dans la cour. Il a emporté la dépouille d'une détenue morte à l'infirmerie ; il s'agit de la tuberculeuse. Non seulement l'entrepreneur a perdu une ouvrière qui ne mettait plus les pieds dans l'atelier depuis longtemps, mais il a dû payer pour le cercueil, le transport et aussi pour l'enterrement. Que devient le corps lorsque personne, pas même la famille, ne le réclame ? Inscrit-on sur la croix le numéro d'écrou ou le nom de la défunte ? J'aimerais savoir ce que je deviendrai, après… A propos de croix, la criminelle que je suis y aura-t-elle droit ? »

Clac ! L'abeille venait de recevoir une grosse claque. Les ailes repliées, les pattes et les antennes déjà raidies par la mort, ses gros yeux noirs saillant hors de la tête surmontée du minuscule triangle des ocelles, elle gisait sur la table.

Dommage ! Son bourdonnement qui agaçait les nerfs meublait si bien le silence…

VII

Un élégant coupé s'engagea sur le pont qui enjambait les douves. Dans la petite lucarne du guichet, deux yeux inquisiteurs scrutèrent l'extérieur. Après examen d'un laissez-passer, l'épaisse porte en bois de la conciergerie s'ouvrit. Quelques tours de roues et le cocher tira de nouveau sur les rênes. Le fringant cheval bai obéit à l'injonction de son maître et s'arrêta. Une première porte qui se ferme, une seconde qui s'ouvre. Le martèlement léger rendait un son joyeux qui n'avait aucune comparaison avec celui des sabots auquel le sol pavé était accoutumé. Le couloir franchi, la voiture alla se ranger devant le logement du directeur. Celui-ci quitta son bureau afin d'accueillir le visiteur. Vêtu comme un prince, monsieur l'inspecteur serra la main qu'on lui tendait tout en gardant une prudente réserve. Il n'était pas venu pour une visite de courtoisie mais pour effectuer une inspection qu'il mènerait de façon minutieuse afin d'établir un rapport sur le fonctionnement de cette prison. Son regard embrassa les lieux. L'amoureux des belles demeures reçut un choc. Déjà, de l'extérieur, il avait pu apprécier l'imposant édifice. Il considérait le corps du magnifique château meurtri dans sa chair, avec ses fenêtres bardées d'une ferraille qui le défigurait, les bâtiments hideux fermant cette cour qui avait dû être si belle, si majestueuse ! Ne disait-on pas que l'illustre Molière, à la fois auteur et acteur de ses pièces, invité par le duc d'Epernon, y avait installé ses tréteaux ? Il imaginait *Don Juan* ou *Les Femmes savantes* déclamées dans l'ancienne cour d'honneur, mais il fallait pour cela faire l'effort de gommer ces récentes restaurations ou ces ajouts au goût douteux, enfin, oublier la tristesse qui émanait de cet endroit sinistre.

Il n'était pas là pour philosopher, encore moins pour s'attendrir sur une page d'histoire. Une prison n'était ni une maison au luxe tapageur, ni un refuge douillet pour soigner quelque maladie de langueur dont souffriraient de belles esseulées. Des malades imaginaires... Molière savait comme personne tourner en dérision certains pédants de la société de son époque ; il dénonçait joyeusement l'hypocrisie dans des comédies et des farces, sous la haute protection du roi, car jamais Louis le quatorzième ne s'était élevé contre les satires du grand dramaturge qui tant l'amusait ! Moins indulgente, l'Eglise excommuniait tous les comédiens en interdisant qu'ils fussent enterrés avec un service religieux. Fallait-il aimer le maître pour encourir un tel risque et s'attirer l'inimitié de ceux qui se reconnaissaient dans le feu roulant des bons mots !

Intrigué par son air lointain, le directeur de la maison centrale observait monsieur l'inspecteur.

— Je viens à Cadillac pour la première fois, avoua-t-il. Savez-vous qu'après Chambord, Versailles et Paris, Molière est venu dans ce château, invité par le duc d'Epernon ?

— Je l'ignorais. Je ne suis guère amateur de théâtre.

Celui qu'il avait chaque jour sous les yeux semblait lui suffire.

— Voyons ensemble comment vous gérez cette maison.

Les deux hommes entrèrent. Le greffier déposa le registre d'écrou sur le bureau. L'inspecteur l'ouvrit et le feuilleta longuement en prenant des notes. Ce qui l'intéressait ne relevait ni du signalement des prisonnières, ni de leurs lieux de résidence ou des cours et divers tribunaux qui les avaient jugées et condamnées, encore moins de l'inventaire de leurs baluchons. Non, ce qui amenait sur son visage un froncement des sourcils qui allait en s'accentuant au fur et à mesure qu'il tournait les pages, c'était, parmi les dix-sept colonnes, celle des décès. Chaque fois qu'une date y était mentionnée, le fonctionnaire hochait gravement la tête et ajoutait une croix sur son calepin, comme pour assurer une sépulture au nom de la personne et surtout au numéro inscrit dans la marge. A moins que ce ne fût une marque de tardive et posthume commisération.

Cet examen terminé, il referma le grand livre à la couverture cartonnée et laissa tomber :

— On meurt décidément beaucoup dans votre établissement.

— La vie en prison n'est pas une vie de château.

— Je vous l'accorde. Cependant, je note que la plupart de ces femmes sont bien jeunes pour quitter ce monde.

— Elles sont moins résistantes que celles d'âge mûr, et moins aguerries au froid et aux privations.

— En Gironde, les hivers ne sont ni très longs, ni très rigoureux.

— Détrompez-vous. L'an dernier par exemple…

— Les dortoirs sont-ils chauffés ?

— Seulement ceux de l'infirmerie, ainsi que les ateliers. Les salles sont si nombreuses et les plafonds si hauts qu'il est impossible d'entretenir du feu dans tout les corps du bâtiment.

— Les cheminées seraient-elles en nombre insuffisant ?

— Je ne pense pas que dans tout le royaume on puisse trouver un château qui en compte autant et d'aussi magnifiques.

— A quoi sont-elles donc utilisées si ce n'est à tiédir un peu l'atmosphère ? L'entrepreneur ne pourvoirait-il pas à les alimenter correctement ?

— Certaines ont été encagées. Ce sont des chefs-d'œuvre qu'il fallait préserver d'éventuelles dégradations. Nous ne sommes plus dans les salons du duc.

— Et les autres, celles qui ne sont pas… encagées ?

— Il fallait bien prévoir des lieux d'aisance pour la nuit. Alors…

— Dans les cheminées ? demanda le visiteur interloqué.

Le directeur acquiesça :

— Je ne suis pas responsable de la reconversion de ce mobilier remarquable, quasiment unique. Il faut chercher les auteurs de cette initiative dans les bureaux parisiens ou bordelais.

L'inspecteur pensait que ceux-ci avaient fait travailler leurs méninges à l'économie. Aller à la solution la plus simple, c'était faire fi de toute décence à l'égard de ces femmes que leurs faux-pas condamnaient à une promiscuité humiliante.

Médusé, l'inspecteur dit encore :

— Des cheminées transformées en commodités… ou encagées, dites-vous ? Je ne veux pas repartir sans avoir visité toutes les installations.

Il ôta son binocle qu'il rangea dans un étui de cuir fauve et se leva vivement, renversant presque le siège de bureau. Doutait-il de ce qu'il venait d'entendre ?

Le petit groupe de trois hommes traversa la cour vide à cette heure d'atelier et s'arrêta devant le pavillon central. Le visiteur leva la tête sur les figures allégoriques qui ornaient le fronton. Il remarqua l'emplacement des armoiries détruites et la plaie qui subsistait au cœur de la pierre fine de Saintonge.

Au sommet du perron, la grande porte s'ouvrit sur le vestibule. Servile, le gardien-chef se précipita.

— Conduisez-nous à l'étage, demanda le directeur.

Et d'un geste empressé, il désigna à son hôte l'escalier d'honneur. Ils gravirent les marches en file indienne et dans le silence, selon la règle en vigueur au sein de la maison centrale à laquelle, curieusement, ils venaient d'instinct de se plier. Parvenu sur le palier, le gardien attendit près de la porte ouverte, où il se tint en faction tandis que les trois hommes pénétraient dans le dortoir. Le plancher gémit sous leurs pieds chaussés de cuir. Le directeur demeura non loin de l'entrée tandis que son supérieur se mit à arpenter la salle, mesurant du regard l'espace entre les lits pareillement recouverts d'une couverture brune de laine et coton mélangés sur laquelle était rabattu le drap de chanvre et de lin de teinte écrue.

— La largeur des ruelles n'est pas respectée, remarqua l'inspecteur, dont l'œil exercé avait tout de suite noté cette première infraction.

— Nous avons reçu de nouvelles prisonnières. Ceci nous a obligés à augmenter le nombre de lits. Que pouvions-nous faire d'autre ?

— Evidemment.

Et, considérant le fond de la pièce, il resta un instant pétrifié :

— Quelle merveille !

Avec une espèce de retenue emplie de respect, il s'approcha du monument de pierre et de marbre surchargé de sculptures. Debout sur un piédestal, deux statues encadraient la hotte : un homme et une femme, le corps en partie drapé d'un tissu au tombé gracieux. Dans des poses alanguies, deux nus charmants ornaient la tablette de cette cheminée aux incrustations de marbre couleur chair et dont le foyer était hideusement fermé par un horrible rideau de toile d'un beige sale que monsieur l'inspecteur écarta d'un doigt avant d'être parcouru d'un frisson de dégoût. De l'humaniste ou de l'esthète, lequel était le plus choqué en découvrant le baquet de nuit ? Il recula afin de mieux estimer la valeur artistique du chef-d'œuvre voué aux besoins bassement humains. Il expira profondément :

— C'est irrespirable ! Cette pièce n'est-elle jamais aérée ?

Le directeur, qui se tenait à distance, répliqua :

— Les ouvertures ont été condamnées.

— Comme les pensionnaires…

— Il nous est impossible de renouveler l'air.

— Alors, établissez un courant d'air entre la porte et la cheminée.

— Les conduits sont fermés.

L'inspecteur soupira d'agacement :

— Il fait sombre et froid comme dans une tombe, et pourtant nous sommes à l'étage, et bientôt au début de l'été.

— Ce château ne reçoit plus les mêmes hôtes que du temps de sa splendeur.

— Une prison n'a jamais été un lieu de villégiature agréable, nous le savons, mais nous devrions pouvoir offrir des conditions de vie décentes aux détenues qui vivent ici !

Après ces considérations, l'élégant fonctionnaire s'empressa de quitter le dortoir. Il lui semblait que l'odeur imprégnait déjà ses vêtements. Cependant, la curiosité étant la plus forte, il demanda à poursuivre la visite. Il suivit le guide à travers les couloirs, posant des questions relatives au confort des prisonnières. Les réponses se trouvaient derrière les portes. Certains remugles, pires que ceux d'une étable, s'expliquaient par le manque de lavabos. Aucune installation digne de ce nom n'existait pour permettre à ces femmes de se laver. Ne disposant que de quelques cuvettes, elles n'en usaient qu'à tour de rôle. Combien de fois dans le mois étaient-elles autorisées à s'en approcher ? Ne bénéficiaient-elles d'aucune intimité dans ces moments particuliers ?

— Pour les malades, nous avons une salle de bains, précisa le directeur en voyant se peindre l'effarement sur le visage de son supérieur.

Il fallait donc être malade pour avoir droit à l'hygiène. Comment avait-on pu entasser une telle population sans prévoir une installation qui corresponde à ses besoins presque vitaux ?

— Nous avons aussi un évier dans l'entresol. Et sept lieux d'aisance répartis dans différentes parties du château.

Dans l'infirmerie, l'air était moins lourd. Les corps voyaient plus souvent l'eau et le savon. Il y flottait cependant une puissante odeur de maladie et de désinfectant, comme dans les hôpitaux.

— Les convalescentes sont-elles autorisées à sortir dans la cour ou dans les jardins ?

— Elles disposent d'une terrasse ensoleillée et, dès qu'elles sont capables de marcher, elles quittent l'infirmerie.

La terrasse donnait sur les remparts. Le soleil n'y faisait qu'une timide apparition. Trois femmes étaient assises dans des fauteuils en rotin. L'une d'elles se leva pour faire quelques pas, retenant à deux mains son ventre énorme. Elle paraissait porter dans ses entrailles les malheurs de la terre entière.

— Depuis quand est-elle ici ?

— Il faudrait consulter le registre d'écrou.

— On dirait qu'elle attend un enfant ?

— Son état ne passe pas inaperçu.

— Bien triste endroit pour donner la vie. Cela arrive-t-il souvent que des femmes entrent ici dans cet état ?

— Forcément quelques fois. Elles ne le disent pas toujours ou ne le savent pas.

— Et que faites-vous des nouveau-nés ?

— Bien peu survivent. Soit ils n'arrivent pas à terme, soit ils naissent tellement chétifs qu'ils meurent au bout de quelques jours. S'ils atteignent l'âge de deux mois, nous les plaçons chez une nourrice.

Ils revinrent dans la salle principale de l'infirmerie en passant par deux dortoirs de huit lits communiquant entre eux par un couloir. La porte s'ouvrit, livrant passage à deux femmes portant une lourde marmite. Les malades s'agitèrent. Celles qui le pouvaient se redressèrent dans leur lit. Les porteuses de soupe ôtèrent le couvercle. Trempant la louche dans le bouillon, l'une remplissait les assiettes en fer blanc que l'autre apportait aux prisonnières. L'inspecteur, dont le travail consistait à fourrer son nez dans tous les services, vint respirer la vapeur qui s'échappait du récipient et en examina le contenu.

— Est-ce l'unique plat que vous servez à ces patientes ?

— C'est le seul, monsieur, répondit la cuisinière.

— Je n'y vois pas de viande, pas le plus petit morceau qui surnagerait pour enrichir le bouillon.

— Je mets ce qu'on me donne.

— Bien pauvre nourriture pour des organismes fatigués.

L'inspecteur pensa que, trop heureux d'employer une main-d'œuvre bon marché, l'adjudicataire ne se préoccupait guère de la santé des prisonnières. Lorsqu'elles mouraient, de nouvelles forces vives arrivaient, puis s'étiolaient à leur tour avant de céder la place.

Les ateliers étaient un domaine à part. Dans celui de Joliane, l'irruption du citadin fit se lever bien des têtes. On s'interrogeait du regard. Qui était ce personnage aux allures princières à qui le directeur et le greffier témoignaient une sorte de déférence affectée ? Vaguement inquiètes, les ouvrières ralentirent leurs gestes. L'inconnu fit le tour de la salle, lentement, comme pour apprécier leur bonne tenue, leur application au travail, et ressortit sans avoir prononcé un mot.

Après son départ, quelques pieds remuèrent. Distinctement, on entendit deux claquements rapprochés suivis d'un seul, provoqués par le choc de pièces de bois. Joliane, qui commençait à se familiariser avec ce langage sommaire, répondit par un léger heurt de ses sabots. Un plaisir bien innocent qu'elle s'offrait, enfreignant un règlement qui, dans la durée, pouvait conduire ces femmes à la folie. La surveillante intervint :

— Que celles qui viennent de communiquer se lèvent !

Les yeux baissés sur leur ouvrage, elles ne bougèrent pas, mais bientôt plus de cinquante paires de sabots cognèrent ou caressèrent le plancher. Sœur Céleste se rapprocha de la gardienne et lui glissa quelques mots à l'oreille. Quelques instants plus tard, la porte s'ouvrit sur un gardien tenant en main un gourdin. Le bruit cessa aussitôt.

— Avez-vous besoin d'aide, ma sœur ?

— Je pense que ça ira, répondit-elle en agitant sa cornette. Cependant, ne vous éloignez pas trop.

Le travail reprit dans le cliquètement des outils qui seul tranchait l'épaisseur du silence.

L'inspecteur demanda à revoir le registre d'écrou. Entre ses doigts, les pages émettaient un bruit cassant. Il trouva ce qu'il cherchait.

— Montanier dites-vous ! La voici ! D'après sa date d'entrée à Cadillac, cette femme est ici depuis seize mois. Il ne peut y avoir d'erreur, n'est-ce pas ? demanda-t-il en s'adressant au greffier.

Celui-ci se pencha sur le livre avant d'approuver. La chronologie des dates d'inscription ne permettait aucune contestation.

— Comment se fait-il que cette femme se trouve grosse au bout de seize mois d'admission ? A moins d'une monstruosité de la nature, ce qui paraît bien improbable, je ne comprends pas.

L'inspecteur regardait les trois hommes que la gêne rendait piteux.

— Si je l'avais appris, croyez bien que j'aurais pris des sanctions sévères contre le responsable.

— Vous n'avez pas cherché parmi les gardiens celui qui aurait pu violenter cette femme ?

— C'est peut-être elle la vraie coupable. L'enfermement les rend hystériques. Vous n'imaginez pas à quel degré de lubricité sont rendues ces femelles privées de mâles. Les pires sont les habituées à la prostitution.

— Sont-elles plus perverses que les gardiens prisonniers de ces murs ?

— Dans cet univers clos de toutes parts, comment empêcher le vice de naître et de se développer ? Il m'est impossible de tout contrôler. Je suis bien obligé de faire confiance au personnel.

— Et ce personnel abuse de son autorité et des femmes dont il a la garde.

— Je reprendrai l'enquête, mais, ainsi que je vous le disais, je ne suis pas certain qu'il y ait eu viol.

— Quoi qu'il en soit, une prison n'est pas un lupanar ! Je conçois que l'abstinence forcée puisse créer l'obsession, mais si cette maison devient un lieu de débauche, il faudra sévir. En premier lieu, vous devrez vous montrer intransigeant sur la moralité de vos employés.

— En milieu carcéral, l'homme le plus doux devient une bête, qu'il soit gardien ou prisonnier. Les barreaux et les murs finissent par les rendre fous. Il faut comprendre qu'ils vivent le même internement.

— J'aviserai sur les mesures à prendre. Voyons maintenant les cuisines.

Le directeur se fit cauteleux :

— Ne voulez-vous pas que nous déjeunions avant de poursuivre l'inspection ?

— Je suis l'invité d'un ami qui habite dans la bastide, répondit l'inspecteur qui restait distant.

Dans la tour où s'élaborait l'immuable pitance des prisonnières, il assista à la pesée des légumes, apprécia la précision avec laquelle on mettait les quantités de graisse et de légumineuses réduites en farine. Des détenues épluchaient et lavaient. Il se pencha sur le seau rempli d'une eau qui venait d'être tirée et demanda une louche qu'il plongea dans le liquide saumâtre.

— Elle sent mauvais ! Vous n'allez pas cuire la soupe avec ça ?

— Nous n'en avons pas d'autre.

Il sortit afin de méditer sur cette découverte. Dans cette cour où l'on puisait l'eau de consommation, l'on avait aussi creusé des fosses d'aisance qui devaient contaminer les sources.

Monsieur l'inspecteur se félicitait d'avoir eu le réflexe de s'inventer un ami cadillacais pour échapper à l'invitation du directeur. Il n'était pas souhaitable d'établir des relations intimes avec un subalterne que l'on soumettait à la torture. Autour d'une table, les tensions se relâchent, les langues se délient, on se livre. Et il n'en avait pas terminé avec son inspection.

Il éprouva un soulagement à se retrouver sur la place. L'air y était plus respirable. A son cocher qui l'attendait, il fit signe de l'accompagner. Le cheval ayant reçu sa ration d'avoine et vidé un seau d'eau fraîche, les deux hommes descendirent la ruelle, l'un marchant à deux pas derrière l'autre, dans le souci du respect de la hiérarchie.

A l'auberge qui les reçut, ils prirent un repas simple et délicieux arrosé d'un vin du terroir qui réveilla les papilles de l'inspecteur et lui mit en tête une nouvelle idée. Revenu sur les lieux où l'attendaient d'autres surprises, il s'informa des produits vendus à la cantine. La liste n'était pas longue.

— Je vois que l'on y vend du vin, remarqua-t-il d'un ton qui s'efforçait de rester neutre. La cave est-elle ouverte au personnel ?

— Il faut bien que quelqu'un se charge du transport des bouteilles.

— Transport qui se fait avec l'aide des prisonnières ?

— Quand elles sont à l'entretien, elles obéissent aux ordres donnés ! Dans ces moments-là, il arrive que nous les perdions de vue. Il est difficile de maintenir la discipline dans chaque secteur de la maison.

— Je constate les résultats.

Lourd de sous-entendus, un silence plana. Le directeur fit diversion :

— Nous avons aussi une magnifique chapelle. Peu fréquentée, il est vrai. Nos pensionnaires ne sont guère portées sur les choses de la religion. L'école réunit quelques élèves, jamais les mêmes, excepté de rares assidues.

— Montrez-moi la salle de classe, voulez-vous ?

— C'est l'heure du repas. Il ne s'y trouve personne.

— Cela ne fait rien. J'aimerais la voir.

Ils traversèrent le réfectoire. Cette intrusion dans une salle qui les rassemblait pour le meilleur moment de leur épuisante journée troubla les prisonnières qui s'adonnaient à ce rite plus sacré qu'une prière. Les hommes longèrent en le frôlant le mur de cette vaste pièce voûtée. Ils surprirent des regards haineux, sournois. Accrochées à leurs gamelles comme à une planche de salut, les pauvres affamées se préparaient à défendre leur maigre soupe. Dans la crainte qu'on ne le leur reprenne, certaines s'empressaient de cacher dans la poche de leur tablier le morceau de pain qu'elles mangeraient le soir avant d'aller se coucher. « Des louves dangereuses », pensa l'inspecteur en pénétrant dans la petite classe. Il voulait tout savoir des matières enseignées. Hélas ! il fut déçu d'apprendre que la grande majorité des femmes étant illettrées, fort peu d'entre elles désiraient acquérir des connaissances qui ne leur seraient d'aucune utilité. Le visiteur de la prison était ici et son esprit vagabondait. Il murmura plus pour lui-même que pour être entendu : « L'Ecole des femmes. » S'identifiait-il au vieux barbon de l'histoire, amoureux d'Agnès, et supplanté par le jeune Horace dans le cœur de sa pupille ?

Puis il marcha entre les pupitres, remarqua quelques livres de lecture, des ardoises et des crayons. Une feuille de papier attira son attention. Sans bien savoir pourquoi, il s'en saisit. L'écriture était assez jolie, bien que l'on devinât l'effort. Il lut la page et demanda :

— Est-ce un texte dicté par l'instituteur ?

— Nous n'avons plus d'instituteur. Il faudrait s'informer auprès de sœur Céleste. C'est elle qui donne les leçons.

— Elle est de service dans le réfectoire, dit le gardien-chef. Je vais la remplacer et je vous l'envoie.

Elle arriva dans un bruissement de robe. Non, elle n'avait jamais lu d'histoire d'abeille. Ses élèves en étaient au B.A.BA. Enfin, presque toutes.

— Je viens de trouver ceci, dit l'inspecteur, sur ce pupitre.

La religieuse lut les quelques lignes. Son visage rosit de plaisir.

— C'est la 25 de la section I. Elle n'est pas comme les autres. Je m'étonne toujours de la voir ici. Elle n'a rien d'une criminelle.

— Elle n'est pas là pour un simple vol, dit le directeur.

— Et si elle n'était que la victime de fâcheuses circonstances ?

— Ces femmes ont été jugées et condamnées. Nous ne sommes pas habilités à refaire le jugement mais à appliquer les sanctions qui découlent de l'acte.

— Je sais, monsieur le directeur.

— Pouvez-vous l'appeler un instant ? dit l'inspecteur.

— Certainement.

Sœur Céleste revint avec la 25 dont les jambes flageolaient. Il lui montra la feuille de papier.

— Est-ce vous qui avez écrit ce texte ? Je veux dire l'avez-vous inventé ?

Elle était perdue ! Et pourtant, que faire sinon avouer ? Elle hocha la tête en signe d'acquiescement. Elle entendit alors :

— C'est très bien. Puis-je l'emporter ?

Le directeur intervint :

— Vous avez le droit de répondre.

Un faible « oui monsieur » filtra d'entre les lèvres de Joliane rouge de confusion et qui ne comprenait pas l'intérêt que ce morceau de papier représentait. La peur la paralysait encore.

— Continuez, reprit l'inspecteur, vous avez de l'imagination.

Il ne dit pas qu'il en fallait beaucoup pour s'évader seulement par la pensée de cette sombre citadelle mais il ajouta :

— Vous pouvez aller maintenant.

Tandis qu'elle rejoignait ses compagnes, l'esprit de Joliane travaillait à toute vitesse. Et si ce simple écrit allait lui valoir un supplément de peine ?

Elle finit par se rassurer en se disant que le courrier étant autorisé, pourquoi pas les rêveries épistolaires ? Une salle de classe étant le lieu choisi pour s'adonner à l'écriture, nulle infraction n'avait été commise. Ce qu'elle avait confié au papier ne mettait rien ni personne en cause. Le sujet était d'une banalité sans conséquence. Ayant ordonné ses pensées, elle se sentit plus sereine et prit mentalement cette résolution : « Dimanche, j'écrirai à ma tante. »

Monsieur l'inspecteur se préoccupa encore des questions d'ordonnance. Il apprit que les draps étaient ponctuellement lavés une fois par mois et que les femmes recevaient des vêtements propres chaque semaine.

— Disposent-elles d'un local approprié pour se changer ?

Sa surprise toucha à l'effarement quand il apprit que les détenues n'avaient d'autre salle de déshabillage que le passage entre les deux portes d'entrée de la conciergerie, ce couloir de sécurité muni d'un guichet où se pratiquaient tous les échanges. Dans cette immense bâtisse, comment n'avait-on pas prévu une pièce, fût-elle de dimensions modestes, afin de ménager la pudeur de ces femmes obligées de se dénuder en public ?

L'inspecteur portait sous le bras un dossier, et dans sa tête un bagage lourd de vices apparents ou cachés dans le fonctionnement de cette prison. Son rapport serait long et détaillé sur le désordre et les manquements.

Il prit congé du directeur et du greffier. La calèche était restée sur la place. Marcher lui serait salutaire. Un bruit infernal lui emplit soudain les oreilles. Quittant le réfectoire, des centaines de femmes remontaient l'escalier du sous-sol, passaient le hall d'entrée et descendaient le perron pour, toujours en file indienne, envahir la cour carrée. Et c'était hallucinant de voir ces silhouettes habillées à l'identique, la tête coiffée du même mouchoir blanc, se promener méthodiquement, les mains enfoncées dans les poches ou croisées sur la poitrine, chacune alignant son allure sur celle qui la précédait. Mais ce qui dépassait le tolérable, c'était le bruit des sabots de bois sur les pavés. Assourdissante et insupportable musique. Inoubliable image que celle de ce défilé le long des allées et des sentiers qui s'entrecroisaient entre les tilleuls. Une immense procession à tête unique se mouvait lentement, comme ces chenilles qui rampaient en lignes dans les forêts dès le printemps venu.

Pétrifié, l'inspecteur regardait ces fantômes gris et blancs surgis dans le vacarme et qui, tel un reptile géant, s'immisçait dans les allées, sous les arbres et jusque dans les recoins sombres du préau. Instinctivement, comme fasciné par cette étrange cohorte d'ombres faméliques, il se surprit à chercher la tête du monstre qui dégageait une puanteur horrible. Il comprenait pourquoi, dans cet espace clos de hauts murs, l'air était quasiment irrespirable.

Des centaines de comédiennes dans le même costume, interprétaient le rôle de l'unique personnage muet d'une drame dont l'auteur était anonyme.

Comment s'appelaient ces prisonnières? Toinette, Angélique, Cléante?

Où se trouvait la 25, cette « femme savante » perdue dans le bataillon de pauvres incultes? Il l'espéra très loin et détachée de cette réalité qui dépassait l'horreur.

VIII

Le fossé se creusait de plus en plus entre le personnel laïc et les religieuses ; ces dernières trouvaient injuste que leurs salaires soient inférieurs à celui des surveillantes civiles. Mais leurs compétences acquises auprès des malades internés en hôpital psychiatrique n'étaient pas reconnues en milieu pénitentiaire. Ce manque de considération de la part des autorités mettait la Debardi et les autres en position de supériorité, favorisant entre les deux parties une espèce de guerre froide perçue par toute la communauté.

Plus féroce que jamais, la Debardi réapparut. La maladie qui l'avait amaigrie laissait sa hargne intacte. Quand elle reprit sa place, les prisonnières surent que la guerre n'avait rien perdu de sa virulence. Pendant ses jours d'inactivité, la gardienne avait dû ruminer une revanche sur les sœurs qui, estimait-elle, prenaient de plus en plus d'emprise et réussissaient à s'imposer, autant auprès du directeur que dans les relations avec l'entrepreneur.

Dans le souci de la santé des femmes qu'elles voyaient dépérir, les religieuses rappelaient sans cesse ce dernier à ses devoirs de chrétien, mettant l'accent sur l'intérêt qu'il avait à mieux nourrir ses ouvrières qui mouraient les unes après les autres d'épuisement et de dénutrition. Tous les arguments étaient bons pour faire réfléchir l'exploiteur de la misère humaine.

— Les cercueils que vous leur achetez représentent des kilogrammes de légumes et quelques mètres de tissu. Les nourrir mieux retarderait cette échéance. Vous gagnerez bientôt assez d'argent pour vous offrir un monument funéraire d'aussi riche facture que le mausolée du duc d'Epernon. Pourtant, prenez garde ! Le moment venu, votre âme restera prisonnière des pierres que vous aurez entassées à la sueur de ces malheureuses que vous tuez en toute conscience. Le paradis n'ouvre ses portes qu'aux cœurs charitables et repentants. Pour vous, il est peut-être déjà trop tard.

L'entrepreneur n'avait pas médité longtemps sur ces considérations idéologiques. Seuls importaient pour lui l'organisation de ce secteur d'activité qu'il contrôlait rigoureusement, le rendement et la qualité du travail.

Dans ce système d'exploitation d'une main-d'œuvre bon marché, il avait emporté l'adjudication et considérait qu'il n'enfreignait aucune loi. Au troupeau des misérables criminelles que la société enfermait pour mieux s'en protéger, il apportait de quoi survivre alors que, dans son esprit ainsi que dans celui de nombre de bien-pensants, elles ne méritaient même pas d'exister.

La Debardi reprit ses tours de garde. Au lieu de rester dans son box de toile à veiller sur le dortoir, elle l'arpentait de long en large, si bien qu'il était impossible de dormir pendant ses deux heures de service. Quelques jours après son retour fracassant, la 19 fut libérée. Ses quatre semaines de cachot avec suppression du travail en atelier l'avaient rendue hagarde et apathique. De plus, elle sentait horriblement mauvais. La Debardi demanda qu'on lui accorde un bain. Elle assista à cette épreuve qui comportait un étrillage sévère, ricanant aux cris poussés par la prisonnière que l'on avait précipitée de force dans le bouillon, en immergeant même sa tête. Cette femme était devenue la bête noire de la surveillante qui restait pourtant vigilante avec les autres pensionnaires. Enfin, pour éviter un nouvel incident, la 30 devenue borgne appartenait à une autre section.

Depuis le retour de la féroce gardienne, Sidonie ne dormait plus. Crispée dans son lit, elle restait éveillée et disparaissait sous la couverture comme une enfant terrifiée, ou bien elle s'accrochait d'une main au lit de Joliane, cherchant d'instinct une protection. Pauvre petite fille égarée dans un monde qui l'engloutissait ! Elle se sentait proche de sa voisine sensiblement du même âge et qui possédait une force sur laquelle elle cherchait à s'appuyer. La 25 n'était pas une criminelle ordinaire. Elle n'avait rien de commun avec ces détenues haineuses, au regard assassin, que l'on sentait vouées au crime comme d'autres le sont à un sacerdoce. Elle estimait sa chance de l'avoir tout près, plutôt qu'un de ces monstres en jupons qui la terrifiaient. Depuis l'épisode de la paire de ciseaux, elle mesurait mieux les dangers encourus dans cet univers où fermentaient les germes de la violence. Multipliant les tentatives de rapprochement, elle n'obtenait pourtant qu'indifférence. Il avait fallu ce drame à l'atelier pour qu'elles puissent échanger quelques mots. Chaque fois qu'elle tentait de se glisser dans son lit, Joliane la chassait sans ménagement, presque brutalement. Que fallait-il faire pour se concilier son amitié ? Elle en avait tellement besoin !

Surprise de s'être endormie, elle s'éveilla en sursaut. Le dortoir était étrangement silencieux, mis à part le léger bruit des respirations. Même durant cette activité incontrôlable, on aurait dit que les dormeuses retenaient leur souffle. Sidonie se leva et se dirigea vers la cheminée à laquelle collaient deux lits, ne laissant qu'un étroit passage. Elle écarta les pans du rideau et se soulagea dans le baquet. Comment pouvait-on dormir avec cette affreuse odeur si près des narines ? Elle referma bien vite l'immonde seau dans lequel stagnaient des excréments et retint une toux de dégoût.

Il y eut quelques remuements, des reniflements inconscients. Sous la clarté blanchâtre des chandelles qui brûlaient en dégageant une odeur de suif, elle distingua la 25 et se pencha sur elle pour la regarder dormir. Qu'elle était belle ainsi abandonnée ! Et elle déposa sur ses joues un baiser. Joliane souleva les paupières, s'étonna de voir un visage si proche du sien.

— Je vous y prends ! tonna une voix.

Sur ses pieds nus, la Debardi se dressait, plus méchante que jamais. Le dortoir se réveilla tout à fait. Les femmes bougeaient sous leur couverture, s'asseyaient sur le lit ou se levaient pour se rendre au lieu d'aisance, l'une derrière l'autre, selon la règle. La porte de la salle s'ouvrit, livrant passage à une religieuse qui venait relever la gardienne. Comme à regret, celle-ci abandonna la ruelle, retourna à son box pour se chausser et, après avoir glissé quelques mots à l'oreille de sœur Humilienne, quitta le dortoir qui retrouva son calme.

Réalisant enfin la scène qui venait de se jouer, Joliane se retourna dans un mouvement d'humeur. Combien elle regrettait son élan d'amitié envers cette fille qui, depuis, la poursuivait de ses assiduités. Elle ne lui créerait que des ennuis. Ici, si l'on voulait survivre, il ne fallait se lier avec personne. Qu'adviendrait-il maintenant ? La Debardi avait le bras long et l'imagination fertile. Elle était capable de donner à ce fait une dimension excessive et une fausse interprétation.

Le lendemain étant un dimanche, les femmes se rendirent en double file à la chapelle pour y suivre l'office. Bien que l'administration n'accordât aucun crédit à la sincérité des sentiments religieux des détenues, le fait de s'agenouiller dans une attitude de contrition était de leur part un acte de soumission et de repentir. La plupart n'ayant reçu aucune éducation religieuse, pouvaient-elles croire en un Dieu qu'elles connaissaient si mal ? Et c'était bien cette ignorance qui les avait conduites dans les prisons du roi.

C'est dans la salle basse de l'appartement réservée à la reine, la plus vaste du château, qu'était installé le lieu de culte ; elle se prêtait bien au recueillement. Ici, comme dans les autres pièces de ce palais maudit, une cheminée massive meublait le mur du fond. Avec une figure allégorique ornant le fronton, elle rayonnait de la puissance et de la gloire des précédents occupants. Hélas ! deux statues d'origine décoraient la hotte, se détachant sur l'emplacement du monogramme du duc d'Epernon qui avait disparu, ainsi que tous les chiffres et blasons rappelant ses titres et son existence. Un panneau moderne de marbre noir, enchâssé dans le cadre central de la hotte, s'était substitué à un tableau. Ainsi transformé en retable, le motif avait été bûché[1] pour faire place à un tabernacle. Quelles cheminées étaient encore utilisées pour leur fonction initiale ? Pouvait-on les dénombrer ? En tout cas, celle-ci avait gagné en prestige. Elle n'était pas devenue un lieu puant à l'identique de celles qui trônaient dans les dortoirs.

Joliane aimait bien la solennité de la chapelle qui l'écrasait de sa grandeur et de sa magnificence. Tout ce qui était beau élevait son esprit et apaisait son âme. Un tapis recouvrait les marches de l'autel. Derrière la grille basse, l'aumônier officiait : toujours les mêmes paroles entendues cent fois, le même leitmotiv bourdonnant propre à endormir. A l'issue de ses prêches, les détenues repartaient plus coupables encore qu'elles ne l'étaient. Mettre l'accent sur leurs fautes passées, les enfoncer un peu plus profondément dans leur fange, voilà ce que cet homme de Dieu avait inventé pour aider ces femmes à trouver le chemin de la réhabilitation. Subissant inlassablement ses discours qui mettaient l'accent sur leur insignifiance, elles quittaient le lieu saint encore alourdies du poids de leurs péchés. Mais elles avaient, sans bien en prendre conscience, vécu un moment de paix dans la chapelle où flottait une odeur d'encens qui masquait celle des corps.

Joliane réussissait avec plus ou moins d'habileté, selon ses dispositions du moment, à se soustraire à l'effet de ces prônes moralisateurs débités sous la forme de sévères admonestations. Son imagination y pourvoyait en lui proposant des images et des sujets moins austères. Pourtant, ce matin-là, se remémorant la scène de la nuit passée, l'inquiétude la taraudait. Près d'elle, la 24 paraissait attentive au sermon et baissait la tête, en signe d'humilité. Pas une seule fois elle ne regarda sa voisine. Son attitude de

---

[1] *Bûcher : détruire au marteau les parties saillantes, moulurées ou sculptées.*

profond recueillement était-elle calculée ? Se repentait-elle de sa défaillance de la nuit ? Comment le savoir ? Joliane l'épiait furtivement sans parvenir à discerner un indice qui pût la renseigner. D'ailleurs, cela aurait-il changé quelque chose ? Elle pressentait que la machine infernale était en marche. Elle serait punie tôt ou tard par la Debardi qui l'avait surprise en flagrant délit.

La messe s'acheva par l'habituelle prière à la Vierge, mère de toutes les douleurs, sans qu'aucune prisonnière n'ouvrît la bouche pour seulement prononcer le mot amen. L'aumônier se tourna face à la grise assistance afin de bénir le misérable troupeau qui regroupait, selon son sentiment, plus de brebis galeuses que de femmes pieuses ou en passe de le devenir. Il était bien persuadé de l'inutilité de sa mission divine, surtout en ce lieu où la bonne parole ne trouvait nul écho. Il donna de la chasuble dans un large déploiement de manches qu'il avait avantageuses, geste qui pouvait signifier : « Allez en paix ! » Le spectacle se termina dans un bruit de sabots capable de réveiller l'âme de tous les saints qui habitaient en cet endroit.

Bien chère tante,

C'est dimanche et je me repose. Grand-père disait toujours que ce jour de la semaine étant celui du Seigneur, nous devions ne penser qu'à lui. Pourtant, il me semble qu'il m'a bien abandonnée. Je ne comprends pas encore tout ce qui m'est arrivé durant ces derniers mois. C'est comme si je faisais un cauchemar qui n'a pas de fin. Nous n'étions pas riches mais j'étais heureuse, jusqu'à ce que la maladie cloue ma mère dans son lit. Ses souffrances étaient les miennes. Ses plaintes me mettaient au supplice. Souvent, elle t'appelait. Je crois que quelquefois, dans ses crises, elle nous confondait. Parce que je te ressemble. Parfois, les gens croyaient que j'étais ta fille. Cela te plaisait bien. Ta sœur n'en prenait pas ombrage. Elle t'aimait tellement !

Si tu me voyais aujourd'hui ! Tu ne reconnaîtrais pas la Joliane d'autrefois. Je ne sais même plus à quoi je ressemble, ni à qui. Je ne suis plus la petite fiancée qu'Elie avait choisie. Je l'ai entraîné malgré moi dans une histoire épouvantable.

Tante Bertie, écris-moi, je t'en supplie. Dis-moi que tu as compris, même si tu ne peux pas encore me pardonner. Ici je souffre trop. Je paie chaque jour pour ma faute en mangeant toujours la même soupe. J'ai oublié le goût de la viande. Elèves-tu toujours des poulets ? Quand je sortirai de cette prison, j'en mangerai à me rendre malade, avec du riz arrosé de ce bon jus bien gras. Les deux cuisses, les ailes, la carcasse, les filets et le croupion, même le cou que je détestais, la tête et la cervelle. Je mangerai un poulet entier, et avec mes doigts ! Tu te rappelleras ? J'aime quand il cuit lentement et longuement. La chair en est plus tendre. Et quand on le parfumait avec le thym que je cueillais au jardin. Le poulet, c'était un plat du dimanche. Il embaumait toute la maison et me faisait saliver. Même le chien dans sa niche en respirait l'odeur. Il tirait sur sa chaîne et gémissait d'impatience dans l'attente des os qu'on lui lancerait en criant : « Attrape ! » Après, j'entendais les craquements sous ses crocs. Il bavait de plaisir ! Dès que l'on approchait, il grondait, prêt à mordre celui qui s'en prendrait au squelette qu'il écrasait sous ses molaires. Il était prisonnier de sa chaîne, mais on le libérait de temps en temps et on le traitait en ami. Il avait même droit à des caresses. Il était mieux traité que nous le sommes ici. Si tu savais, tante Bertie ! Nous marchons au son de la cloche, nous n'avons jamais un moment de solitude. Nous travaillons comme des bêtes de somme avec pour nous soutenir une pauvre soupe plus maigre que celle de notre Tobi. C'est vrai que son travail est d'avertir d'une présence, de signaler un rôdeur autour de la maison. L'en empêcher reviendrait à lui ôter son gagne-pain, mais je me rends compte qu'il le gagne facilement, ce pain que je paie de ma liberté et d'un labeur épuisant. Le pire est l'interdiction de parler. Imagine que Tobi n'ait plus le droit d'aboyer et qu'à chaque fois qu'il ouvre la gueule pour s'exprimer, on le prive de nourriture. Ou bien qu'on l'enferme. C'est ainsi que l'on punit les femmes détenues dans ce château.

Je ne sais plus rien de ce qui se passe hors de ces murailles. Nous sommes barricadées, tels des fauves dangereux. Je sais qu'il y a parmi nous de grandes criminelles, des femmes qui ont, selon certains, le vice dans le sang. Je passe sans doute moi aussi pour une créature nuisible. Pourtant, je sens que je pourrais me faire des amies parmi ces personnes enfermées avec moi. Toutes ne sont pas mauvaises, et les pires d'entre elles ne sont peut-être que des victimes de la misère. J'ai tellement le temps de penser, le soir, et dans la journée, à l'atelier. J'arrive même à m'inventer des histoires. Elles ne se passent jamais dans une prison, c'est trop triste. Je pense à Elie. Sais-tu ce qu'il est devenu ? Il me manque tellement ! J'ai envie de hurler. Mais il ne m'entendrait pas. Les murs sont bien trop épais. C'est la pire des punitions que de ne pouvoir dire ce que l'on ressent. Quelquefois, des gens rendent visite aux prisonnières. Les rencontres se font au parloir. Ce seul mot a quelque chose de magique. Tu devrais voir le visage de celles qui sont appelées ! Leurs lèvres tremblent tant elles se retiennent de sourire de crainte qu'en affichant leur joie on leur supprime ce plaisir. Toutes sortes de moyens sont employés pour nous faire payer nos erreurs.

Et toi, tante Bertie, quand viendras-tu me voir ? Je sais que ce n'est pas facile d'obtenir une autorisation. Je sais aussi que tu m'en veux pour le mal que j'ai fait, et pourtant, je n'arrive pas à me sentir totalement coupable. C'est comme si quelqu'un d'autre avait agi à ma place. Tu ne sauras jamais combien je souffre d'être enfermée et privée de tout, même de la lumière du soleil. Oh ! je n'aurais pas dû dire cela. Grand-père m'appelait son rayon de soleil. S'il me voyait aujourd'hui, il en mourrait de chagrin. Et toi, ma tante, ne me dis pas que tu te laisses mourir de la peine que je t'ai causée dans cette maison où nous vivions serrés autour du même foyer, soudés par le ciment de l'affection que nous nous portions.

Cela m'a fait du bien de me confier. Si tu m'aimes encore un peu, je t'en supplie, réponds-moi. Pense à la fille que j'étais avant le drame. C'est à elle que tu dois t'adresser. Ce sera plus facile. Et surtout, si tu sais ce qu'est devenu Elie, dis-le-moi.

Je suis jeune et forte, et courageuse, mais autour de moi elles sont si nombreuses à disparaître, et parfois au bout de si peu d'années, que je me demande combien de temps je pourrai survivre dans cet enfer. J'ai peur qu'un jour je ne sois plus capable de m'évader d'ici, même par le rêve. Alors ce sera ma fin.

Grand-père m'avait appris à goûter le vin, à le reconnaître et à l'apprécier. Celui que j'achète à la cantine vient des côtes de Duras : de chez nous ! Il est bon. J'en bois assez pour que l'alcool me monte à la tête et m'aide à oublier ce que je suis. La vie de château n'a rien de commun avec les histoires qui se racontaient dans le pays sur les belles dames qui l'ont habité avant nous. C'est en les écoutant que j'ai appris à rêver. Je m'imaginais dans le château de Duras ou dans celui-ci, que je n'avais jamais vu mais dont grand-père me parlait souvent. Il connaissait un charpentier qui avait travaillé à sa réfection. Pouvait-il deviner que j'écrirais mon histoire dans cette robe marquée du sceau du déshonneur ? Sa petite-fille est bien morte.

Il m'est arrivé une chose terrible que je ne peux pas te rapporter. Tu ne la croirais pas. Mais je me sens à jamais salie, perdue de réputation, définitivement, même si ce mot n'a plus aucun sens dans ces lieux.

Tante Bertie, si tu venais me voir, ne serait-ce qu'une fois en vingt ans, je pourrais y voir une forme de pardon et me mettre à espérer, à penser que je ne suis pas tout à fait pourrie de l'intérieur, comme nos geôlières le prétendent et nous le répètent.

Si cette lettre te parvient, sache que je t'attends. Si tu mets trop longtemps à te décider, je ne saurai peut-être plus parler. Ou bien j'aurai quitté ce monde.

Moi, Joliane à la triste robe, me permets-tu de t'embrasser ?

A travers le rideau de pluie, l'image des bâtiments du château se brouilla. Joliane essuya ses yeux mouillés de larmes. En remontant le cours de son histoire, elle se sentait au diapason avec le temps. Les souvenirs qui s'étaient formés, dessinés sous la mine de son crayon, elle les avait caressés, revécus dans la vérité des moments tout simples d'une existence banale. L'écriture les avait chargés d'une telle intensité qu'il lui restait au cœur le regret poignant et la mélancolie des jours enfuis. On ne recommence pas sa vie. C'était bien là le drame.

Elle plia les feuillets et les glissa dans une enveloppe qu'elle scella d'un peu de salive et écrivit l'adresse : Madame Bertille Cadenot – Duras – Lot-et-Garonne.

Ce pli ne mettrait pas longtemps à parvenir à sa destinataire.

En ce moment précis, elle aurait aimé parler à n'importe qui, sans intermédiaire d'aucune sorte, pas même celui de cette mine de crayon. Entendre sa propre voix articuler : « Sale temps pour un dimanche ! »

Même dans les prisons du roi, on respectait le jour du Seigneur. Les portes des ateliers restaient closes. Aussi s'ennuyait-on ferme à se suivre d'un lieu à un autre, à s'observer sans oser échanger une idée, un mot qui vous punirait, à se laisser seulement deviner par des regards et des soupirs.

IX

Félicien s'avança sous le préau. Il scrutait les visages, essayant de lire les numéros sur les manches des robes. Les prisonnières se laissaient examiner sans réagir. L'habitude créait l'indifférence et entraînait une certaine fatalité. Auraient-elles encore, par un sursaut de volonté, quelques velléités de défense qu'elles eussent été bien inutiles, le gardien-chef détenant tout pouvoir d'exécuter les ordres venus de la direction.

Assises sur des bancs, alignées en bon ordre, les femmes passaient à l'abri de la pluie le temps de la récréation. Mis à part quelques raclements de pieds, le silence régnait sous le préau fermé par la buanderie d'où s'échappaient à intervalles irréguliers quelques panaches d'une vapeur blanche.

Soudain, Félicien se figea. Son air de triomphe trahissait un contentement évident. La jubilation se lisait dans son regard où brillait une flamme mauvaise. Il venait de trouver.

— 24 ! Au cachot ! beugla-t-il.

Le soulagement était grand parmi le troupeau des prisonnières qui attendaient, la gorge serrée, cependant que Sidonie s'affaissait sur le banc. Telle une enfant prise en faute et qui craint la sanction, elle essayait de se faire toute petite, ramassant son corps sur lui-même, baissant les yeux sur ses mains qu'elle nouait et dénouait, faisant craquer ses jointures qui blanchissaient. Elle finit par les détacher l'une de l'autre et s'agrippa au banc avec ce qui lui restait de forces.

Félicien répéta :

— 24 ! Au cachot !

Sidonie se mit à crier. Et c'était surprenant d'entendre cette voix perçante jaillir de ce corps si frêle. Le gardien avait une mission à accomplir. Il n'allait pas se laisser impressionner par les hurlements d'une femelle hystérique. Il l'empoigna par un bras, mais elle se cramponnait avec tant d'énergie qu'il ne réussit pas à la faire se lever. Il fallut l'intervention de la Debardi pour que l'appelée décolle du siège auquel elle s'accrochait.

— Non ! non ! criait-elle.

Impassible, Joliane contemplait le navrant spectacle. Elle s'attendait à plus de tenue de la part de sa compagne de misère. Pitoyable ! Elle était pitoyable dans sa détresse, et bien décevante dans sa conduite indécente. Elle éprouvait de la honte pour cette fille qui se laissait traîner vers son supplice. Certes, la punition était sévère comparée à la gravité de la faute. Cependant, rien n'étonnait plus personne dans ce lieu de tous les interdits et de tous les excès. La scène aurait pu passer presque inaperçue si la 24 s'était résignée à suivre le gardien-chef sans provoquer de remous. Etre le point de mire de tous ces yeux braqués sur elle augmentait son effroi, mais ne l'empêchait pas de poursuivre ses hurlements. Il sembla à Joliane que d'autres voix se mêlaient à celle de Sidonie. Et tout à coup, c'est plus de trois cents gorges qui l'accompagnaient dans ce spasme ininterrompu d'une douleur qui prenait une dimension collective. L'esprit de solidarité jouait, et c'était peut-être la première fois que montait d'entre ces murailles une plainte aussi puissante, aussi impressionnante, pour exprimer une souffrance partagée. On en profitait pour bouger dans le désordre, proférer quelques paroles et protester contre cette condamnation si mal supportée. Jamais on n'avait vu prisonnière réagir à une telle mesure de façon aussi peu digne, mais on en profitait pour exulter sa colère et son ressentiment.

Les cachots n'étaient pas en nombre suffisant pour y enfermer toutes les pensionnaires. Plus bruyante que dangereuse, leur rébellion resterait donc sans effet. C'était tellement bon de pouvoir extérioriser son trop-plein de haine contre un système si cruellement répressif.

Sous la pluie qui continuait de tomber, les femmes n'hésitèrent pas à se répandre sans se soucier ni de la section, ni du rang auxquels elles appartenaient. Les surveillantes couraient parmi ces vagues de robes grises et mouchoirs blancs, leur intimant l'ordre de regagner leurs places. Mais leurs voix ne parvenaient pas à dominer l'immense clameur. Armés de leurs gourdins, les gardiens se précipitèrent dans la mêlée, cognant au hasard.

Le directeur travaillait dans son bureau, apposant sa signature sur des documents officiels. Le greffier mettait à jour le registre d'écrou. Il fallait agir, et vite. Le concierge tira sur la cloche, celle qui annonçait l'heure des repas, du travail dans les ateliers, de la promenade, enfin réglait l'emploi du temps à l'intérieur de la prison. Il l'actionna violemment, de façon à alerter les forces de l'ordre cantonnées dans la bastide et qui comprendraient l'urgence. Des maisons environnantes, on percevait la rumeur ample et sourde et l'on s'effrayait. Comme un coup de vent chasse brusquement les nuages, elle balayait les ruelles qui se vidaient. Tremblantes, les femmes se réfugiaient à l'abri de leurs logements. Celles qui habitaient dans les étages ouvraient les fenêtres après avoir verrouillé la porte d'entrée. Et si leur peur se justifiait ? Si les prisonnières, tellement supérieures en nombre, réussissaient à maîtriser le personnel et à s'évader de ces murs ? Elles vivaient dans cette hantise de voir un jour déferler en horde grouillante des criminelles qu'elles imaginaient fortes et déterminées, encore capable du pire. Quant aux hommes qui se voulaient détachés, presque sereins malgré la menace représentée par un adversaire en jupons, ils se contentaient de hocher la tête en prenant un air circonspect. A l'écoute des voix qui montaient d'entre les remparts comme d'une tombe, la bastide se taisait, craintive, attentive.

Un rayon de soleil filtra dans la cour d'honneur. La pluie cessa de tomber. Scintillant de milliers de perles d'eau, les tilleuls s'égouttaient en sourdine. Cet éclaircissement soudain eut l'effet apaisant immédiat que n'obtenaient pas les coups de bâtons. Après ce défoulement salutaire, les détenues se calmèrent d'elles-mêmes. On les vit reprendre leurs places dans l'interminable défilé ondulant parmi les allées, chacune étant un anneau mouvant de cette monstrueuse chenille vivante dont on ne distinguait ni la tête, ni la queue. La promenade s'effectua dans le silence obligatoire, cependant que le claquement des sabots heurtant les pavés mouillés emplissait la cour d'un bruit insupportable.

Joliane se tournait et se retournait sur sa couche étroite. Curieusement, sa voisine de lit lui manquait, sa respiration, sa main cherchant le contact qu'elle repoussait de crainte d'être surprise et punie. Maintenant, elle regrettait de l'avoir repoussée. Elle se remémora les événements de la journée. Pauvre Sidonie qui allait passer la nuit au fond d'un cachot qu'elle imaginait humide et glacial, peuplé de rats ou autres horribles bestioles de l'ombre qui profiteraient de son sommeil pour s'en prendre à sa chair. Elle frissonna sous sa couverture. Puisse-t-elle ne jamais vivre une telle humiliation ! Une seule nuit au fond d'un trou immonde, quelle abominable expérience ! Mieux valait mourir. Celles qui en revenaient reprenaient place parmi leurs compagnes, le regard encore plus grave, à la fois endurcies et affaiblies par le régime du pain sec et de l'eau.

A quatre heures le lendemain matin, heure d'été, la cloche sonnait pour le lever des prisonnières. Redevenues tranquilles et disciplinées, elles s'habillèrent dans le silence. Chacune tira sur les draps et la couverture pour faire un lit absolument net. Puis elles se rangèrent pour écouter la prière. Joliane fut désignée par son numéro pour être la récitante. Elle se racla la gorge. Dans la poche de son tablier, sa main trouva la lettre écrite la veille. Il faudrait qu'elle la dépose à la conciergerie afin qu'elle soit acheminée vers sa destinataire. D'une voix claire, elle récita la prière sans omettre un seul mot ni trébucher sur une seule syllabe.

« Dieu ! que j'ai sommeil ! », avait-elle envie d'ajouter. Elle savait qu'avant un bon mois elle n'aurait plus l'occasion de proférer un son.

Le défilé s'ébranla vers la sortie. Tous les dortoirs se vidant en même temps, c'était une armée en sabots qui descendait l'escalier d'honneur pour se rendre sur le champ de bataille, sans drapeau et sans armes. Sœur Humilienne envoya Joliane à la cuisine. Elle y prit un seau pour puiser l'eau de la soupe qui leur serait servie quelque trois heures plus tard. Dans ce mouvement, elle colla son front au grillage de la fenêtre. Sous les lueurs de l'aube elle distingua la forme des arbres qui bordaient le lit de l'Euille dont elle perçut le murmure. Comme l'oiseau, la rivière était libre. Libre de chanter, de courir par les champs et les bois, de dévier sa course pour s'en aller flâner par les prairies et les vallons ou chuter joyeusement du sommet d'une falaise. Arracher cette maudite ferraille, se jeter dans le vide ! Qu'importe de se rompre les os ! Elle se laissa aller à un gémissement. La femme de peine qui lavait la marmite de la soupe la regarda. Un sentiment de pitié se lisait dans ses yeux. Lâchant son chaudron et son chiffon plein d'eau, elle essuya prestement ses mains à son ample tablier et ouvrit un placard. Immédiatement, une odeur de nourriture se répandit dans la cuisine. Joliane se relevait. Elle ferma les yeux pour ne pas voir les reliefs du repas de la veille destiné au personnel et composé de légumes et de lard. Entraînée depuis toujours à reconnaître le parfum des choses qui ravissent le palais, ses narines frémirent. La femme de peine prit un couteau, trancha un morceau de viande et le roula dans une feuille de papier. « Elle vient de commettre un vol, se dit Joliane, et en ma présence ! Elle mérite une place parmi les prisonnières. Il est vrai que sa vie n'est guère plus gaie que la mienne, si ce n'est qu'elle mange à sa faim. » La femme, qui avait deviné le cheminement de ses pensées, s'approcha et enfouit vivement dans sa poche le produit de son larcin :

— Mange vite pour qu'on ne le trouve pas sur toi.

— Merci, murmura Joliane sans remuer les lèvres. Et cela donnait un mot privé de sa première consonne ; un « erci » sorti de son ventre, où le morceau de lard allait s'engouffrer.

Après la corvée d'eau, elle se rendit au lieu d'aisance le plus proche, très fréquenté à cette heure matinale : un moment où il était pratiquement impossible au personnel d'assurer une surveillance efficace. Il y avait les femmes qui procédaient à une toilette sommaire dans le peu d'eau que contenaient les petites cuvettes, celles chargées de seconder les femmes de peine dans le nettoiement des locaux, maniant le balai ou le torchon, celles qui remontaient des caves le bois et le charbon ou des sacs de pommes de terre. Enfin, en début de journée, à la porte de chaque édicule en nombre insuffisant pour cette population grouillante, il y avait une file d'attente impatiente et muette. Vint le tour de la 25 qui s'isola afin de satisfaire à ce besoin essentiel. Avant de s'accroupir, elle tira de sa poche le précieux petit paquet, le défit et sectionna d'un coup de dents un morceau de lard. Elle replia prestement le reste qui retrouva les profondeurs de sa poche. La 24 était parmi les femmes attendant leur tour. Joliane marqua un temps d'arrêt, la trouva très pâle, les yeux cernés par une nuit sans sommeil. Elle n'aurait pour pitance que du pain sec. Alors, plongeant la main dans la poche de son tablier, elle en retira le rouleau qu'elle glissa discrètement dans celle de sa voisine de chambrée.

Lorsqu'elles reprirent leurs places à l'atelier, Joliane remarqua le changement sur le visage de Sidonie. S'il ne rayonnait pas de bonheur, on y lisait cependant de la reconnaissance et une tendresse qu'elle ne parvenait pas à dissimuler. Il était évident que l'attention des autres, l'amitié partagée, lui étaient aussi nécessaires qu'un supplément à son croûton. Sa survie en dépendait. Comparée à cette fille, Joliane se sentait forte, aguerrie par une épreuve, celle qui l'avait conduite sous les verrous.

Tout en tirant l'aiguille, elle s'interrogeait :

« Les gens naissent-ils avec les mêmes atouts, la même force ou la même fragilité ? Ou bien est-ce la vie qui leur forge un caractère différent ? La méchanceté est-elle un trait de la nature humaine contre lequel il faut lutter, ou bien devient-on méchant à cause des injustices dont on est victime ?

« J'ai reçu de la tendresse et cela ne m'a pas empêchée de commettre le plus odieux des crimes. Ai-je agi sur un réflexe cruel ? Je ne le pense pas. Je sais qu'il est possible à un être doux et gentil de se comporter comme une bête sauvage. Il suffit qu'on le pousse à bout pour provoquer chez lui une crise de démence. Alors il ne se maîtrise plus. Qu'est-il arrivé à Sidonie ? Rien de très grave. Qui peut jurer n'avoir jamais été tenté de voler ? Car c'est bien pour cette faute qu'elle purge une peine de cinq ans. C'est beaucoup pour un geste malheureux. Cela lui est-il arrivé souvent ou n'a-t-elle trébuché qu'une seule fois ? Je l'ignore. Nous n'avons échangé que quelques mots rapides quand est survenu cet incident dans l'atelier. Nous ne savons l'une de l'autre que peu de choses. Je n'ai même pas osé lui avouer le motif de ma condamnation. Elle sait seulement que j'ai pris vingt ans. Elle a dû en tirer des conclusions. On ne condamne pas à une peine aussi lourde pour du chapardage ou de la prostitution. Pourtant, je n'arrive pas à m'assimiler aux « lourdes peines ». Beaucoup sont là pour des infanticides. C'est horrible de tuer son enfant. Ai-je le droit de les juger ? Sont-elles vraiment plus coupables que moi ? Avaient-elles des raisons de supprimer une vie qui les gênait ? N'y avait-il aucune autre solution ? L'abandon existe. Pourquoi ne pas y avoir recours ? C'est tout de même moins lourd à porter que du sang sur les mains. Avec la loi du silence, je ne devrais rien connaître des autres prisonnières. Mais les informations s'échangent par des regards. Les mains aussi parlent, traduisent des émotions, des chiffres. Je sais maintenant, ou plutôt je devine, pourquoi les histoires circulent. Oh ! nous n'en recevons que des bribes ! Des messages codés qui ne peuvent pas s'étendre sur des détails. Nous en apprenons assez pour imaginer ce qui se cache derrière chaque visage. Les « longues peines », je les reconnais toutes. Certaines ont les yeux fuyants, la bouche mauvaise. On les craint. Telles la 19, elles peuvent devenir dangereuses. D'autres semblent échouées là par erreur. Je me demande comment s'est déroulé leur crime. L'ont-elles préparé ? Sont-elles devenues des criminelles suite à une émotion trop forte ? Parfois, je nous imagine assises sous le préau, un dimanche, alors que nous sommes désœuvrées. Nous bavardons, nous nous racontons, chacune expliquant son propre cas. Les autres écoutent. Cela se passe exactement comme dans un tribunal, à l'exception près que les personnes présentes ne jugent pas. Elles essaient seulement de comprendre, et c'est beaucoup plus difficile, bien que dans mon prétoire de comédie, les membres du jury soient pétris d'indulgence. Elles sont toutes des femmes ayant vécu des situations au moins aussi épouvantables que l'accusée qui se livre à ses confidences.

« Je me demande pourquoi j'invente une histoire aussi invraisemblable. Ce n'est pas pour me rendre intéressante, d'ailleurs personne ne m'entend réfléchir. Non, même à mes yeux je ne cherche pas à briller. C'est une de ces idées fantasques qui s'agitent dans ma tête et m'aident à supporter la vie. J'ai toujours eu besoin de rêver, même quand tout allait bien pour moi. Je voyage ainsi par la pensée. Pas seulement en me transportant dans d'autres lieux, mais aussi en m'immisçant dans l'esprit des personnes qui m'entourent. C'est un exercice compliqué qui demande une grande concentration. Je n'y suis pas encore très habile. Je me suis découvert ce don depuis que je suis enfermée entre ces murs, obligée de vivre en communauté. Je m'attache à un visage que j'essaie de déchiffrer. Ce n'est pas facile ! Tous ne se prêtent pas à cet examen, mais je choisis les plus expressifs. Il en est qui restent résolument fermés. Il me faut ensuite beaucoup de temps pour vérifier l'exactitude de mes découvertes. Sur des sujets qui ne parlent pas, l'étude reste incomplète. Les attitudes révèlent aussi la personnalité.

« Sidonie, par exemple est une fille sensible, trop sensible. Je la crois un peu simplette. Elle a mon âge, et pourtant je me sens tellement plus vieille ! Elle n'a pas été aimée. A voir comment elle se tient, je jurerais qu'elle était une enfant battue. J'avais une camarade dans ce cas. Je reconnais sur le visage de Sidonie la même peur, le même tremblement de sa peau sur les ailes du nez, comme si elle gardait la mémoire des coups et se préparait à les recevoir. Ce qu'elle cherche auprès de moi, c'est un soutien moral, l'affection qu'elle n'a pas reçue. Ses yeux expriment le désespoir, un appel à la tendresse que je lisais dans ceux de Tobi. C'est vrai qu'il existe des humains moins aimés que des chiens. Elle a dû voler sur commande car je ne la sens pas capable d'agir par calcul. A moins qu'abandonnée, chassée de sa famille, si elle en avait une, elle ait simplement eu besoin de manger. Voler pour ne pas mourir de faim, est-ce une mauvaise action ? Je ne le pense pas. J'essaierai bien de l'aider, mais je ne veux pas me compromettre. »

Ainsi Joliane parvenait-elle à se détacher de ce monde marginal tout en demeurant solidaire de ses compagnes à qui elle ressemblait si peu. Dans son extrême malheur, elle ne mesurait pas sa chance de pouvoir échapper, par la seule richesse de son esprit, à la tristesse d'un univers peuplé de fantômes : ceux de ces misérables, décharnées, haves, auxquelles elle opposait, par la magie de son imagination, ceux en habits de velours et de soie, coiffés de perruques poudrées, hantant les dortoirs sous les riches lambris et ce qui restait des ors de ce palais. Elle en recomposait patiemment le décor, comme si elle avait appartenu à ce monde futile et jouisseur, uniquement préoccupé d'amasser des fortunes dans le souci de transmettre un patrimoine et un nom. Cette légèreté d'âme qui constituait la face cachée de sa personnalité se doublait d'une profondeur de sentiments, en apparence peu compatible, et pourtant si étroitement liée, que cette harmonie ne pouvait échapper à un œil exercé. En vérité, Joliane eût été parfaitement à l'aise et à sa place dans l'écrin des appartements ducaux tant sa grâce était innée. En entrant dans son jeu, on pouvait croire à une noble dame réincarnée qui s'était fourvoyée dans la fange du peuple, après des revers de fortune, afin d'assouvir quelque vengeance obscure. Depuis son arrivée à Cadillac et malgré les privations, la dureté des conditions d'existence et le triste uniforme, elle avait embelli. Elle avait peu de choses en commun avec les pauvresses auxquelles elle ne se confondait que par le costume. D'infimes détails en faisaient un être à part, et l'on eût été bien surpris de son langage châtié.

Aussi longtemps qu'elle vivrait, elle hésiterait entre se fustiger pour expier son crime et se chercher dans l'analyse des faits qui l'avaient condamnée. Les circonstances atténuantes n'ayant pas été retenues, elle n'en finirait jamais de régler sa dette avec sa conscience. Toutes les femmes enfermées derrière ces murs étaient-elles torturées par les mêmes scrupules ?

X

Joliane se présenta au guichet afin de prendre possession de son travail. L'entrepreneur n'ayant pas encore quitté les lieux, elle l'aperçut qui s'entretenait avec le concierge. Elle s'empara du paquet et tendit sa lettre ainsi qu'une pièce de monnaie tirée de sa poche pour payer le timbre qu'il collerait lui-même sur l'enveloppe. Si rares étaient les détenues sachant rédiger une lettre qu'il ne put s'empêcher de détailler Joliane. Jolie et savante, quel gâchis ! Comme elle partait, il se tourna vers l'entrepreneur.

— C'était précisément votre brodeuse de boutonnières, souffla-t-il.

L'homme sortit dans la cour. Joliane avait repris sa place dans le long défilé des robes grises. Il lui fut donc impossible de distinguer laquelle était la 25 parmi les silhouettes toutes semblables. Pourtant, à une certaine démarche, il aurait juré... Il la verrait samedi. Il devait d'abord parler avec le directeur, qui le reçut assez fraîchement.

— Aussi paradoxal que cela puisse paraître, votre avarice vous conduira à la ruine.

— N'y voyez de ma part que de la négligence.

— Le chargement de bois promis n'a pas été livré. Nous manquons de bougies. Les religieuses se plaignent de ne pouvoir surveiller efficacement les dortoirs dans cette obscurité quasi totale qui, selon leurs dires, favorise le vice. Dans les ateliers, l'éclairage est insuffisant. Ne vous étonnez pas si la qualité du travail laisse à désirer. Vu le peu de lumière naturelle qui pénètre dans les salles, les ouvrières ont besoin de la flamme des chandelles jusqu'à une heure avancée de la matinée. Elles ne sont pas toutes de la première jeunesse.

— A ce sujet, je voulais vous entretenir d'un projet…

— Nous attendons également des pansements pour l'infirmerie, des blouses pour le personnel et aussi un lot de sous-vêtements neufs pour les prisonnières. Il y a plus d'un mois, je vous avais fait passer une liste de nos besoins en linge, en médicaments et aussi en légumes frais, qui manquent cruellement dans l'alimentation des détenues. Petits pois et haricots verts accompagneraient heureusement l'éternelle pomme de terre qui compose leur brouet. Monsieur l'inspecteur a pris note des décès inscrits sur le registre et il n'est pas loin de penser qu'à Cadillac, nos pensionnaires meurent de faim ou de froid.

— J'aviserai, monsieur le directeur, j'aviserai.

— Comprenez bien que vous et moi avons à craindre pour notre avenir. A ses questions et ses hochements de tête, j'ai bien vu qu'il condamnait certaines de nos pratiques et s'offusquait de la pauvreté du régime auquel les prisonnières sont soumises.

— A Cadillac, la vie de château n'est qu'une apparence. On n'échoue pas entre ces murs pour mener l'existence dorée des princes.

— Pas plus que pour y périr de dénutrition.

— Ou de mauvais traitements.

— Les fêtes perpétuelles ne sont plus le quotidien de Cadillac, c'est un fait, mais ici, les prisonnières ne sont pas plus maltraitées que dans d'autres prisons du royaume.

— Ni plus mal nourries, je suppose.

— Je vous conseille toutefois de consentir un effort. Je n'ai pas envie de subir une autre inspection dans de semblables conditions. Arrangez-vous pour que les caves soient abondamment pourvues et pour pallier les manques que je vous ai signalés.

— Je voulais vous demander…

— Pour les doléances, ce n'est guère le moment.

Agacé, l'entrepreneur tourna les talons.

— Si ça ne doit pas être trop long, je vous écoute, se reprit le directeur, soudain radouci. Qu'aviez-vous d'important à me demander ?

L'adjudicataire fit volte-face :

— Je marie ma fille dans trois mois.

— Adressez-lui mes félicitations, ainsi qu'à l'heureux époux.

— Vous recevrez une invitation pour vous-même et votre épouse. Ce sera l'occasion de formuler vos vœux de vive voix.

— Je suis touché de votre attention.

— Je serais flatté de votre présence à cette fête de famille. A ce sujet, je voudrais solliciter votre permission. Il s'agit du travail des ouvrières. J'ai remarqué celui de petites mains particulièrement expertes, j'ai même noté de quels numéros provenaient les ouvrages, et j'aimerais que ces prisonnières réalisent la robe de mariée de ma fille et quelques pièces luxueuses de son trousseau d'épousée. Ma femme, qui s'y connaît en travaux d'aiguilles, n'a pas trouvé de meilleures confectionneuses à qui les confier dans toute la cité.

— Nous avons quelques couturières de métier et d'autres qui, avec le temps, ont acquis de l'expérience. Je ne vois aucun inconvénient à ce que ce travail se fasse dans nos ateliers qui sont aussi les vôtres.

Les deux hommes se séparèrent sur une solide poignée de mains qui effaçait les paroles acides du début de l'entretien.

L'enveloppe scellée sur laquelle Joliane avait écrit avec application l'adresse de sa tante passa de main en main avant d'échouer sur le bureau du directeur. Le concierge l'avait donnée au portier afin qu'il la remette au greffier, lequel, après son étonnement devant ce pli fermé, contrairement au règlement, l'avait confié à la Debardi, qui s'empressa de l'ouvrir. Plus douée dans le maniement du bâton que pour les activités de l'esprit, la surveillante en chef parvint cependant à déchiffrer la missive. Afin de s'en délecter, elle la relut, observant une pause entre chaque phrase. Un sourire étira ses lèvres minces. Dès la nuit prochaine la 25 coucherait au cachot. Le contenu de cette page révélant une nature rebelle et mauvaise, elle n'aurait même pas à exagérer la gravité de sa faute. Elle claqua de la langue. Pour qui la connaissait, ce tic était le signal d'une agitation intérieure extrême liée au plus vif contentement. En effet, plus elle vieillissait et plus cette vie lui pesait. Elle se sentait assimilée à la pire espèce de l'humanité. Sa famille n'avait pas tardé à la rejeter, comme si, reléguée derrière ces murs, elle était elle-même une criminelle. Aussi se vengeait-elle sur les détenues de cette exclusion du monde qu'elle subissait comme une terrible injustice. Chaque fois qu'elle pouvait enfermer une femme au cachot, elle savourait une revanche sur le sort qui la condamnait à partager le leur. Au moins, jamais elle ne dormirait dans un de ces trous à rats. Et c'est avec une joie mauvaise qu'elle les y enfermait, prenant un plaisir démoniaque à tourner la clef dans la serrure qui semblait émettre un sombre ricanement.

En cet instant, elle jubilait. Cette 25 avec son visage de madone et qui portait un prénom d'héroïne de roman, cela faisait longtemps qu'elle rêvait de la prendre en défaut, depuis son arrivée à la maison centrale. En punissant la 24, elle pensait l'avoir atteinte. Maintenant, elle n'en était plus aussi sûre. Joliane lui rappelait trop l'amie d'enfance avec laquelle elle avait entretenu des relations, jusqu'à ce que cette trop jolie fille lui ravisse le cœur de son amoureux. Elle n'avait jamais pu lui faire payer cette trahison, mais sa colère alliée au désespoir avait bien failli la conduire au meurtre. Ainsi libérait-elle sa haine demeurée vivace en s'acharnant sur les détenues. Chaque punition qu'elle infligeait était un coup porté à l'ancienne rivale.

Elle replia la lettre et la rangea dans son enveloppe. Puis elle heurta discrètement la porte du bureau. Sans réponse de la part du directeur, elle déposa la missive bien en évidence sur la table. Dommage ! Cette absence la privait d'une part de son plaisir. Découvrir sur le visage de « Monsieur » le premier étonnement et, au fur et à mesure de la lecture, la stupéfaction, suivie d'un sentiment de fureur à l'encontre d'une pensionnaire apparemment calme et sans histoires, voilà qui l'eût comblée. Elle aurait même pu en discuter, ajouter ses commentaires personnels, développer l'affaire afin de lui donner de l'importance. Elle excellait dans l'art de monter en épingle le plus banal événement. Enfin, elle imaginait aisément l'effet que produirait ce rapport détaillé sur la vie quotidienne des prisonnières du château de Cadillac. Après celui que l'inspecteur avait dû rédiger et déjà envoyer à monsieur le préfet, les nuits du directeur ne manqueraient pas d'être agitées. Tout de même, cette fille, quel aplomb ! Et aussi quelle naïveté de croire que l'on pouvait impunément dénoncer dans une lettre cachetée un système et ses effets pervers sans encourir de risques. Elle ignorait donc l'existence de la censure dans les prisons, qu'elles fussent du royaume de France ou d'ailleurs. Depuis quand et à quel titre les criminelles auraient-elles le droit de se plaindre ? Devait-on les traiter en invitées sous prétexte qu'elles étaient hébergées dans un palais ?

La Debardi sanctionnait les délits mineurs sans en référer à son supérieur qui, estimait-elle, avait d'autres chats à fouetter. En l'en déchargeant, elle goûtait au bonheur rare d'une froide revanche sur ses souffrances passées. Cette autorité et certaines libertés qu'elle s'octroyait gênaient bien un peu les surveillantes qui lui reprochaient son excès de zèle, mais elle spéculait sur son âge et sur son ancienneté pour maintenir sous une poigne de fer le personnel féminin comme les prisonnières. Cependant, les religieuses ne se laissaient plus intimider par la redoutable mégère. Elles prenaient de plus en plus de place dans l'administration de la maison, empiétant sur l'autorité de moins en moins souveraine de la vieille gardienne, qui avait pris du galon en même temps que des années.

Quelque deux heures après avoir déposé la lettre, elle se félicitait de ne pas avoir appliqué elle-même la sanction. Le cas s'avérait d'une exceptionnelle gravité, d'autant qu'il ne s'était jamais produit. Et pour cause : rares étaient les femmes capables d'exprimer des pensées sur une feuille de papier. La lettre circula de nouveau entre les mains des différents membres du service administratif. A la stupéfaction qu'elle provoqua succéda une admiration pour le style, le ton et la richesse du vocabulaire, qui firent oublier les fautes d'orthographe. Néanmoins, ce qu'il fallait retenir de ce courrier peu banal, c'était la longue plainte, telle une suite de doléances émises à l'encontre de la maison centrale. Comment cette scélérate se permettait-elle de porter un jugement sur le fonctionnement de la prison ? Quelle audace ! Quelle prétention, alors qu'elle aurait dû se montrer humble et repentante ! A travers les propos, l'on devinait la personne intelligente, sensée. Cependant, il fallait qu'elle fût bien naïve pour s'être laissé piéger. Ce séjour en milieu carcéral était le premier. Son inexpérience était bien la conséquence de son jeune âge. Il lui restait à découvrir quelques-uns des aspects de la répression. On n'expédiait pas une correspondance de l'intérieur des murs vers l'extérieur sans qu'elle fût soigneusement examinée. Habituellement, les quelques mots tracés d'une main malhabile sur une page de cahier ne faisaient pas l'objet d'une étude approfondie. Mais ce texte dense et nourri d'adjectifs licencieux décrivait avec une précision diabolique l'atmosphère qui régnait à Cadillac.

Le feuillet entre les doigts, le directeur remarqua :

— J'imagine cette lettre portée à la connaissance de l'inspecteur !

— Vous me rappelez un fait, souligna le greffier. Cette femme s'est signalée à son attention par un écrit que ce monsieur a emporté. Il y était question d'une abeille. Un délire adroitement tourné cependant que dépourvu d'intention mauvaise. Cette fille aurait une double personnalité que je n'en serais pas étonné.

— Une future meneuse ? De toute évidence, elle est à surveiller. Le danger vient toujours de ces gens qui ont reçu un début d'instruction. Ils se prennent pour des missionnaires et, sans évaluer les conséquences de leurs actes, emploient leur savoir au bénéfice des faibles dont ils se font les porteurs de voix. Nous materons celle-ci comme les autres. D'abord, et pour l'impressionner, nous allons lui offrir une séance dans le prétoire.

— Bonne idée ! Nous ne l'avons jamais utilisé.

— Nous manquons toujours de temps pour organiser ce genre de cérémonie mais, cette fois, nous allons le prendre. Comparaître devant un tribunal, bien qu'en réduction, amènera la délinquante à réfléchir. Il faudra s'arranger pour ébruiter l'affaire, sa honte n'en sera que plus vive et augmentera la crainte des autres. Lorsque vous verrez Félicien, transmettez-lui cet ordre. Nous avons un troupeau de près de quatre cents têtes et seulement quelques chiens de garde. Que ceux-ci n'hésitent pas à employer la force et à montrer les crocs.

— Je pense que ce conseil est superflu ; le gardien-chef n'est pas un tendre.

— Je sais. Je l'ai déjà sermonné pour une histoire de mœurs. Que voulez-vous, ces hommes ont leurs faiblesses. La première est la bouteille. Peut-on le leur reprocher ? L'alcool et l'odeur des femmes leur échauffent le sang.

— Leur puanteur est pourtant plus écœurante qu'excitante.

— Vous en parlez comme un homme comblé.

— Je l'admets. C'est la Debardi qui va se frotter les mains ! Elle déteste la 25. Et combien d'autres, mais elle nourrit pour celle-ci une haine que je ne m'explique pas.

— Les femmes et leur jalousie ! Dans une prison fermentent toutes sortes de sentiments, des plus admirables aux plus vils. Enfin, nous aurons à juger d'un cas sans précédent, un crime de lèse-majesté !

— Je ne l'avais pas réalisé, et pourtant vous avez raison. Critiquer l'administration de cette maison, c'est insulter le roi à travers le fonctionnement de ses institutions.

Le cœur de Joliane battait à tout rompre sous la cotonnade ternie par la poussière quand elle vit s'avancer vers elle une

Debardi dont l'œil flamboyait. Sa joie laissait présager quelque horrible catastrophe. Elle aboya :

— Toi, la femme savante ! Approche !

Sans le savoir, elle évoquait Molière et son théâtre, ainsi que s'était plu à le faire l'inspecteur dont on n'avait aucune nouvelle depuis qu'il était venu fouiner dans tous les coins du château.

Et, s'adressant aux détenues qui continuaient à travailler sous surveillance et dans le plus total silence, elle ajouta :

— C'est une chance pour vous d'avoir la tête vide ! A défaut de la langue bien pendue, votre compagne a la plume facile. Son instruction lui a gâté l'esprit ! Sachez que vous n'êtes pas ici pour penser mais pour subir un juste châtiment !

Ainsi qu'on lui en intimait l'ordre, Joliane se leva et se présenta devant la Debardi, grande et souveraine par sa fonction. Après lui avoir délégué le pouvoir de répandre la nouvelle, Félicien entrait dans l'atelier.

— Tu n'as qu'à suivre ton garde du corps, dit la surveillante en ricanant. Il te conduira au prétoire.

Le mot qui désignait ce lieu avait une consonance si solennelle que Joliane se sentit secouée d'étranges frissons. Il fallait pourtant qu'elle bouge, qu'elle marche, qu'elle suive cet homme haïssable pour être livrée à ses juges. Et si ce n'était qu'une mise en scène orchestrée par ces deux complices ?

Les ouvrières avaient suspendu leurs gestes. Tous les regards convergeaient vers la coupable : ceux qui s'apitoyaient sur son sort, d'autres que l'incrédulité élargissait, des regards abêtis par la fatigue et l'abrutissement, et celui de Sidonie inondé de larmes.

Cette affaire déballée devant la population carcérale était un puissant moyen d'intimidation dont chacune mesurait le poids. A leur connaissance, jamais aucune prisonnière, pour quelque faute que ce soit, n'avait été traduite devant ce parlement en réduction dont la plupart d'entre elles ignoraient l'existence. La 25 serait donc la première à gagner le prétoire où l'attendaient ses juges.

Lecture fut faite par le greffier du paragraphe délictueux de la fameuse lettre responsable de son malheur. Tandis qu'elle écrivait ces mots, elle n'en avait pas ressenti les effets compromettants. Maintenant qu'elle les entendait énoncés à voix haute, elle éprouvait des picotements à la surface de son épiderme. Sous le mouchoir de tête, ses cheveux se hérissaient et lui causaient une vraie douleur. La vérité qu'elle dénonçait dans ces lignes atteignait ces hommes responsables de l'administration de la maison centrale dans leur orgueil et leur intégrité. Elle les frappait. Le directeur demanda :

— Avez-vous envoyé cette lettre à votre parente avec une intention précise ?

Joliane le regarda d'un air effaré. Que devait-elle répondre sans risquer de se compromettre davantage ?

— Ne faites pas semblant de ne pas comprendre. Vous êtes assez intelligente pour saisir le sens de ma question.

Comme elle persistait dans son mutisme, il précisa :

— Vous vouliez que cette lettre parvienne en haut lieu, n'est-ce pas ? Par exemple à monsieur le préfet ?

La bouche de Joliane se mit à trembler. Elle ne contrôlait plus les muscles de son visage. Sa peau exsudait par tous les pores. Quelle imprudence de s'être confiée au papier ! Il représentait pourtant son seul exutoire et, bien que privilégiée parmi ses compagnes illettrées, elle se sentait tellement infirme, privée du moyen d'expression le plus primaire qui soit : la parole. Que restait-il en dehors du monologue intime avec soi-même ? Que de révoltes naissaient et bouillonnaient sous les crânes apparemment sereins !

— Vous n'avez tout de même pas perdu votre langue en quelques mois d'internement ?

— Non, monsieur, parvint à bredouiller la 25, dont le visage se teintait d'un fard rose de plus en plus vif.

— Cette lettre était adressée à votre tante, il me semble, dit-il en tournant la page. Est-elle votre seule famille ?

— J'ai un oncle et une tante à Bordeaux, et aussi des cousins.

— Avec qui vous entretenez également une correspondance ?

— Je ne les connais pas. Tandis que ma tante…

— Vous lui êtes très attachée, n'est-ce pas ?

— Elle a été pour moi comme une seconde…

La phrase resta en suspens.

— Vous voulez dire comme une seconde mère ?

Joliane baissait la tête. Parler de sa vie passée, c'était se remémorer tellement de souvenirs douloureux qu'elle ne parvenait pas à oublier, celui de sa mère surtout.

— Aimez-vous l'école ? demanda encore le directeur.

— Oh ! oui, monsieur. C'est là que je suis vraiment heureuse. J'ai toujours aimé apprendre.

— Vous avouez donc que la prison n'est pas un lieu aussi épouvantable que vous le décrivez dans cette lettre.

Décontenancée, Joliane ne savait que répondre.

— Si vous viviez dans votre village, qu'y feriez-vous ?

— Je travaillerais au rouet pour gagner mon pain.

— Auriez-vous le temps et l'occasion de vous instruire comme cela vous est possible ici ?

— Non, monsieur, je ne crois pas.

— Et vous vous permettez de vous plaindre de votre vie ? Savez-vous que beaucoup de malheureux aimeraient avoir un toit et le pain assurés ? De pauvres hères obligés de mendier pour ne pas mourir de faim et de se terrer dans quelque trou pour dormir. Après ce que vous avez commis, vous devriez remercier le ciel d'être encore vivante et louer le système qui vous protège, vous et les misérables de votre espèce !

Joliane supporta le sermon en courbant l'échine. Cela dura longtemps. Son esprit s'embrouillait. Terrorisée, elle rapetissait sous l'avalanche des reproches, telle une plante subitement privée d'eau qui se ratatine avant de mourir. Elle s'attendait au pire. Ce tribunal d'exception pouvait-il la condamner à mort ? Quel pouvoir ces hommes détenaient-ils, hormis celui de la maintenir en prison ? Leur jugement avait-il une valeur, un sens, au regard du peuple qui s'agitait hors les murs ?

Quelle importance puisqu'elle était coupée de ce monde-là ! C'est entre ces murs qu'elle vivait, et c'est de ce monde clos qu'elle subissait la loi.

Soudain, la voix se tut. Le silence la surprit à genoux, recroquevillée dans l'humble attitude de l'orante. Elle devait maintenant faire face, affronter ses juges pour écouter dignement la sentence. Elle déplia lentement son corps qui s'était affaissé, écrasé sous le poids de la litanie des mots. Elle osa même relever la tête, plus par correction que par défi. Et la phrase couperet tomba :

— Vous serez privée d'école pendant trois mois et ferez quinze jours de cachot. Toutefois, cette infraction au règlement étant la première, je vous accorde le droit de sortir pour vous rendre à l'atelier.

Ce qui revenait à dormir au trou pendant quatorze nuits. Ce cérémonial ne l'avait-il pas préparée à une punition exemplaire ? Plus que le cachot, l'interdiction d'assister aux cours représentait une cuisante humiliation. Cependant, elle conservait la vie et cette semi-liberté du travail en commun sur lequel elle ne toucherait aucun salaire.

Le papier l'avait trahie. Jamais plus elle ne lui confierait ses états d'âme.

XI

Lorsque Félicien ramena la coupable à l'atelier, tous les regards convergèrent sur eux. La Debardi aurait souhaité être présente dans le prétoire. Elle se sentait frustrée d'un plaisir qui lui revenait ; cette fille était sa prisonnière, l'élue parmi le troupeau des malheureuses, celle qui la fascinait par la finesse de ses traits, son allure de princesse et cette ressemblance par moments hallucinante avec l'amie qu'elle haïssait après l'avoir aimée comme une sœur. Parfois, il lui arrivait d'avoir envie d'oublier sa félonie pour se donner l'illusion qu'elle ne l'avait pas tout à fait perdue. Alors, un élan de tendresse la précipitait à sa recherche, élan qu'elle réfrénait bien vite en se gourmandant : « Trente années sont passées. Cette fille n'est pas la Pauline que tu as connue. Elle n'est qu'un numéro dans une procession sans fin. La revenante que tu crois voir en elle n'existe pas. Elle n'est que le fruit de ton imagination. Tu as aimé un rêve. »

Mais elle se rappelait aussi que du temps où elle était pour tous Laurentine Debardi, le garçon qui la courtisait l'avait rebaptisée Diane. C'était plus distingué, affirmait-il. Diane de Bardi, se plaisait-il à dire. Et ils riaient tous deux de ces amusements puérils. Où se trouvait-il à cette heure, son Séverin ? Quand il jouait à lui donner de la particule, présageait-il qu'un jour elle vivrait dans un vrai palais et pas dans un de ces châteaux en Espagne qu'ils construisaient en supputant leur avenir. Leur avenir brisé par cette catin !

Les yeux de Laurentine étincelèrent. Il passait dans ses pupilles un mélange de souffrance et de haine. Elle était ici et ailleurs, à la fois présente et absente. Son regard allait de la 25 au gardien-chef. Tout le monde savait qu'il l'avait bousculée dans les coins obscurs. Elle était sa préférée, c'était flagrant et notoire. Elle serra les dents et, se dressant de toute sa colère qui la défigurait, soudain, elle explosa :

— Nous sommes fiancés ! Tu m'as promis fidélité en m'offrant une bague !

Devant son pauvre public ébahi, elle examinait sa main gauche, y cherchant le bijou qui scelle une promesse.

— Pourtant, je la portais hier encore à mon doigt. C'est toi qui me l'as reprise ! Tu me l'as volée pour la donner à cette saintenitouche !

Sœur Céleste se demandait quels comptes se réglaient entre ces trois personnages dont deux paraissaient stupéfaits par cette crise qu'elle ne savait comment qualifier : jalousie, démence... Elle tenta le raisonnement en douceur :

— Allons ! Laurentine, calmez-vous ! Personne ne vous a rien dérobé.

— Qu'en savez-vous ? Si ce n'est pas Séverin, alors qui m'a volé cette bague ? Quant à cette gourgandine, elle n'a eu qu'à se coucher pour me prendre mon fiancé. La garce ! Elle doit payer !

De vagues sourires commençaient à éclairer la salle, et c'était une nouveauté plus rare qu'un arc-en-ciel après l'orage. La religieuse se rapprocha de Félicien et chuchota :

— Vous feriez mieux de sortir. On dirait qu'elle en a après vous.

Le gardien s'en alla et la Debardi en parut apaisée. Cependant, l'aparté ne lui ayant pas échappé, elle reprenait possession d'elle-même :

— Je suis la surveillante en chef de ce service ! C'est moi qui donne les ordres. Vous n'êtes pas dans un hôpital à soigner une bande d'aliénés ! J'ai la responsabilité de ces femmes et je vous dis que la 25 est une voleuse d'homme ! Qu'on me l'amène ! Et de force s'il le faut !

Hébétées, les ouvrières cessaient de tirer l'aiguille, ne sachant ni quel comportement adopter ni à quel ordre elles devaient obéir.

— Je veux que Pauline approche ! claironna la surveillante de plus en plus excitée.

Personne ne se décidant à bouger, elle se jeta en avant, bousculant les ouvrières, brandissant le poing en direction de celles qui demeuraient impassibles ou tentaient de freiner son avancée.

— Ah ! voici la fille qui écrit de si belles lettres à mon amoureux !

D'un geste, elle lui arracha son mouchoir de tête et empoigna la tresse ainsi libérée. Elle hurlait :

— Tu vas enfin payer pour tout le mal que tu m'as fait !

Face à une situation qui s'aggravait, sœur Céleste partit chercher de l'aide. On ne pouvait pas en espérer des détenues qui n'osaient intervenir de crainte d'une punition collective. Pourtant, il y avait bien parmi elles quelques femmes capables de maîtriser la forcenée ! Tant que la Debardi malmenait une des leurs sans mettre sa vie en danger, mieux valait se tenir en dehors d'une affaire à laquelle elles ne comprenaient rien. La tirant toujours par son épaisse et longue natte, la gardienne amena la 25 face à ses compagnes :

— Assieds-toi, ordonna-t-elle.

Joliane se laissa tomber sur la chaise, pleurant tant la douleur était vive.

— Qu'on m'apporte des ciseaux ! Pas de petits ciseaux de brodeuse. Non, je veux le bon gros outil bien solide. Vite ! J'ai dit !

Du premier rang une femme se leva et tendit l'objet sollicité. Il rappelait à toutes un événement pas si ancien qui s'était terminé tragiquement. Jeunes et vieilles avaient les yeux braqués sur leur surveillante armée de ces terribles lames d'acier. La plupart pensaient qu'elles auraient dû maîtriser la Debardi au lieu de lui fournir de quoi les intimider. La mèche de cheveux passa de la main droite dans la main gauche. On entendit distinctement le métal entamer la chevelure qui tomba sans bruit sur le sol.

— Ah ! ah ! ah ! J'en connais un qui te trouverait moins attrayante s'il te voyait en ce moment ! Et ce n'est pas fini !

Avait-elle prémédité cette scène avant sa crise de folie ? A n'en pas douter puisqu'elle sortit des profondeurs de la poche de sa blouse une tondeuse toute neuve. Dans le silence général, elle actionnait les poignées de l'engin dont les dents mordaient la racine des cheveux en glissant sur le crâne qui apparaissait lisse et blanc. Passive et comme absente, Joliane n'osait bouger. Pour elle, le supplice continuait, qu'elle acceptait et subissait sans broncher.

A Cadillac, on apprenait à se soumettre aux décisions disciplinaires, quelles qu'elles fussent. De grosses larmes coulaient sur ses joues. Tout aussi passives, les ouvrières assistaient à la tonte de la brebis qui avait le tort de posséder le talent d'écrire et s'en était servi pour vider son cœur. Elle n'était pas la première à endurer cet affront, le plus humiliant qui soit pour une jeune femme, mais les précédentes victimes de la tondeuse n'avaient pas eu de spectatrices. Secrètement, on la plaignait. Les plus aguerries se montraient pratiques : les poux qui se plaisaient dans la chaleur d'une toison abondamment fournie et proliféraient sous les foulards, la délaisseraient pour un temps. Elle en serait soulagée. Qu'aurait-elle à regretter d'une parure inutile en ce lieu clos où briller n'importait guère ?

La coiffeuse improvisée eut un geste brutal. Joliane ne put retenir un cri, le même qui lui avait valu son premier blâme :

— Aïe !

Une femme, deux femmes, toute la salle s'était levée. La Debardi y allait fort ! Du sang perlait sur le crâne de la patiente. Ses mains en étaient tachées. On ne pouvait pas la laisser maltraiter cette pauvre fille paralysée de terreur sur sa chaise.

Joliane ne comprenait pas ce qui se passait autour d'elle. Les faits s'étaient enchaînés si rapidement ! Se trouvait-elle au centre d'une conspiration ?

La porte de l'atelier fut poussée violemment. Un garde arrivait, suivi de deux cornettes :

— Arrêtez ! Vous n'avez pas le droit !

— Je suis ici chez moi ! J'ai tous les droits, même celui de me venger !

— Cette femme ne vous a rien fait !

— Elle m'a pris mon fiancé ! Elle doit payer !

Sœur Céleste se tourna vers le garde :

— Je vous l'avais dit, elle est devenue folle. Et subitement.

— En effet, ça ne fait aucun doute.

— J'ai l'habitude. Ne la brusquons pas. Avançons vers elle tout en lui parlant.

— Reposez-vous un moment, Laurentine. Vous devez être fatiguée. Il est l'heure de passer à table. La cloche va sonner. Posez donc vos outils. On dirait que vous êtes blessée. Votre blouse est toute tachée. Venez, je vais vous soigner.

— N'approchez pas ! Si vous approchez, je lui crève les yeux, et à vous aussi !

Et elle brandit les ciseaux qu'elle avait enfouis dans sa poche avant d'y prendre sa tondeuse. Un frisson parcourut la salle au souvenir de l'horrible accident qui avait laissé une prisonnière borgne. Allait-on revivre une scène semblable ?

S'encadrant soudain dans le chambranle de la porte, Félicien interpella la gardienne :

— J'ai retrouvé la bague de nos fiançailles.

Laurentine demeura interdite. Puis, soupçonneuse :

— Qu'y a-t-il de gravé à l'intérieur de l'anneau ?

Félicien, qui avait eu l'heureuse initiative d'entrer dans son jeu, resta un instant pétrifié. Puis il se ressaisit :

— Tu sais bien que ma vue est mauvaise. Viens voir toi-même si tu ne me crois pas.

— Tu devrais t'en souvenir.

— Ma mémoire n'est pas meilleure que ma vue. Je voudrais fixer avec toi la date de notre mariage. Si tu ne veux plus de moi, j'irai voir ailleurs…

Tout en parlant, Félicien s'approchait. Elle lui lança :

— Regarde ce que j'ai fait de ta Pauline ! Te plaît-elle toujours autant ?

— Tu sais bien que je n'ai jamais aimé que toi.

Laurentine lâcha les ciseaux dont les pointes se plantèrent dans le plancher. Le bruit fit sursauter quelques épaules. Son corps vacilla. Félicien bondit et l'empoigna à pleins bras. Elle ne résista pas, convaincue sans doute que l'homme qui l'étreignait était le Séverin de ses rêves, ce fiancé qu'une autre lui avait ravi. Aidées du gardien, les cornettes, expertes à cet habillage, lui passèrent sans difficulté la camisole de force qui immobilisait les bras. Opérant sans violence, elles dispensaient à la malade des paroles d'apaisement. Jamais elles n'auraient imaginé avoir à maîtriser cette maîtresse-femme, leur supérieure dans la hiérarchie de la maison et qui en imposait à tous par sa stature et sa personnalité.

Chaque être humain n'était qu'un tissu d'émotions, un tissu aux mailles fragiles qui pouvait se déchirer sous une tension trop forte. Dans la salle, il y eut des chuchotements, des murmures. La loi du silence était rompue et personne ne songeait à la faire respecter.

Félicien demeura dans l'atelier tandis que l'on emmenait Laurentine, alias Diane de Bardi, prisonnière d'un sarrau de toile bise et de ses souvenirs d'amour.

— Qu'est-ce qu'on va lui faire ? s'inquiéta une petite voix.

— L'hôpital psychiatrique n'est pas loin. Là-bas, on sait calmer les crises de folie, enfin je suppose. Moi, à part l'eau froide, je ne connais pas d'autre remède. De toute façon, dans son état, elle sera placée en isolement.

Un cri déchirant parvint de la cour.

— Ça la reprend, remarqua Félicien. Pourtant, elle paraissait calmée.

Il s'approcha de Joliane, toujours prostrée sur sa chaise. Deux surveillantes entraient pour assurer la relève.

— Suis-moi, dit-il, je vais t'emmener à l'infirmerie. Un seau d'eau sur la tête et tu seras guérie. La folie n'est pas contagieuse. Elle t'a arrangée ! apprécia-t-il.

La 25 se leva et traversa l'atelier, suivie par plus de cent paires d'yeux qui s'apitoyaient sur la pauvre victime. Grâce à la présence d'esprit de Félicien, on avait sûrement évité le pire. Joliane n'avait aucune idée de l'effet qu'elle produisait sur l'assistance. A son visage défait, on la devinait lasse, très lasse. Curieusement, elle n'éprouvait aucun sentiment de honte. Son crâne nu, elle ne le voyait pas. Depuis que sa tortionnaire l'avait lâchée, la peur l'avait abandonnée. Détachée de tout, même de son corps, elle avançait sans hâte, étonnée que ses jambes la portent encore, belle malgré ses blessures, un filet de sang coagulé sur la tempe droite. Ses yeux paraissaient plus grands, l'ovale de son visage plus pur. Si parfait était l'arrondi de sa tête qu'une fois débarrassée des souillures sanguinolentes, on se demanderait s'il ne faudrait pas regretter de le faire disparaître sous le carré de tissu réglementaire.

La 25 et son gardien quittèrent l'atelier où le travail reprit après cette scène de démence qui laissait dans l'esprit de ces femmes frustes un lancinant malaise. L'une d'elles venait d'être punie. C'était le lot quotidien des prisonnières de Cadillac ; aucune n'y échappait. Cependant, la crise qui s'était emparée de la Debardi leur avait rendu plus humaine cette femme unanimement détestée. Tenir en respect une bande de voleuses, de criminelles, de maquerelles perverses, n'obligeait-il pas à se forger une âme d'airain ? La fonction finissait-elle par modeler les êtres, tels des outils conçus à son service ? Ces hommes et ces femmes employés à la surveillance de leurs semblables ne devenaient-ils pas les victimes de leur métier, et malgré eux des bourreaux ?

A l'infirmerie, Joliane n'eut pas droit à l'aspersion promise par Félicien mais à un nettoyage délicat de ses plaies. Bouleversée par ce drame, l'infirmière ne cessait de répéter :

— Ma pauvre ! Ma pauvre !

Pourtant, elle en avait vu d'autres !

Félicien s'impatientait :

— N'en faites pas trop. Ce ne sont jamais que quelques égratignures. Ses cheveux auront repoussé avant la guérison de Laurentine.

Celle-ci gémissait sur le lit où on l'avait attachée car la camisole de force n'immobilisait que le haut du corps. Parmi les malades, l'émotion était vive de voir la surveillante en chef dans cette situation d'infériorité. Son état donnait à penser que sa carrière de garde-chiourme était terminée. Comment serait sa remplaçante ?

Impressionnés, les membres du personnel s'interrogeaient sur leur avenir dans la profession. Ce cas représentait un exemple d'une jalousie poussée au paroxysme. Ignorant tout du passé de la Debardi, qui avait pris en grippe le sosie de son ancienne rivale, ils manquaient d'éléments d'analyse. En auraient-ils eu qu'il était difficile de démêler le cheminement des idées dans la tête de la vieille femme et de deviner la lente montée d'une rancune pernicieuse, comme un poison qui s'était lentement distillé dans ses veines. Et c'était effarant de penser que même le temps qui apaise les plus grandes douleurs n'apporte pas l'oubli. A l'état latent, les chagrins sont toujours prêts à resurgir. Qui aurait pu soupçonner qu'une passion couvait, tel le feu d'un volcan, dans le cœur de cette femme sans grâce, cette espèce de mégère asexuée dont une double trahison avait fait perdre sa jeunesse et sonné le glas de ses illusions. Sa lutte finirait avec elle, entre les murs blancs du célèbre hôpital psychiatrique de Cadillac, cet asile de fous réputé dans la France entière. Elle pourrait hurler tout son saoul, personne n'entendrait ses cris. Nulle gardienne ne lui interdirait de parler, de chanter, de pleurer. Là-bas, exprimer ses sentiments ne donnait lieu à aucune punition. Cependant, oserait-elle se laisser aller à cette liberté qu'elle condamnait après s'être montrée tellement impitoyable avec les occupantes du château ? Ne serait-elle pas perpétuellement hantée par cette vie librement consentie qui l'avait fait basculer dans l'égarement pour mieux la précipiter dans un monde de morts-vivants ?

Appelé au chevet de la malade, l'aumônier marmonnait des prières. Le médecin n'était pas loin de penser qu'elles lui seraient aussi efficaces que les remèdes appliqués à ce mal étrange contre lequel la science restait impuissante. Aussitôt averti de l'affaire qui secouait la maison, le directeur avait fait mander une voiture afin de transférer la démente dans l'univers qui serait désormais le sien. Elle n'aurait plus sous les yeux les images de la belle Joliane et de Félicien, fantômes de sa jeunesse bafouée, pour alimenter ses délires. La jeune fille la plaignait. Vivre en dehors de la réalité ne signifiait pas pour autant être délivrée de ses tourments. Le cerveau de la Debardi continuait à fonctionner. Elle souffrait et il était à prévoir que les crises de violence alterneraient avec des moments d'abattement. Ses propos décousus lui avaient révélé la fragilité d'une femme blessée dans son amour-propre. Elle s'était bien trompée sur son compte. Jamais elle ne l'aurait crue capable d'aimer son prochain. Cette découverte la déconcertait. Elle aurait dû détester cette femme qui l'aurait tuée sans l'intervention de Félicien.

Depuis son entrée dans cet endroit maudit, ces deux personnages l'avaient encadrée, observée, marquée dans son corps et dans son esprit. Si elle en voulait toujours à Félicien qui, après l'avoir violentée à plusieurs reprises s'en prenait à d'autres, la pauvre loque emprisonnée dans sa camisole la touchait. Comment la délivrer de son obsession ? Cette remontée dans le passé avait ravivé une souffrance demeurée intacte et, si elle parvenait à la rejoindre dans cette époque lointaine où son rêve s'était brisé, pour renouer avec un lien d'amitié, peut-être réussirait-elle à la soulager en la délivrant de son obsession. Elle pensait ainsi tandis qu'elle s'abandonnait aux mains qui la soignaient.

L'infirmière jeta le pansement dans une cuvette :

— Rien de grave. Quelques éraflures superficielles. La vue du sang impressionne toujours les âmes sensibles.

— Je te reconduis, dit Félicien. Et plus un mot.

— Accordez-moi un instant, je vous en prie. Rien qu'un instant.

— Tu oublies où nous sommes et qui tu es. Aurais-tu attrapé la maladie de la Debardi ?

Joliane choisit de désobéir. Au point où elle en était, que risquait-elle ? Le pire lui était arrivé. Elle s'approcha du lit où gisait la gardienne. Son grand corps entravé de toutes parts l'émut. Elle geignait doucement. Après cette plongée dans son histoire, avait-elle réintégré le présent ? Comment le savoir ? Dans l'eau trouble de ses yeux, on lisait un immense désarroi. La malade semblait mener une lutte contre elle-même. Tantôt elle paraissait se noyer dans d'insondables profondeurs, tantôt l'on voyait son effort désespéré pour s'accrocher à quelques lambeaux de mémoire. Cela durait quelques secondes.

Alors Joliane s'adressa à Diane de Bardi :

— Tu m'as reconnue, je le sais. Je suis bien Pauline, celle qui a partagé tes jeux, tes secrets, la Pauline de ton enfance, ton amie. De nous deux, tu étais la plus jolie, mais aussi la plus intelligente. Si tu savais combien je t'enviais ! Oui, je t'aimais mais j'étais jalouse de ce que tu possédais et dont j'étais dépourvue : la grâce, la féminité, et cette intelligence qui t'a toujours attiré de nombreux hommages. Je t'enviais aussi d'avoir une famille qui t'entourait de son affection. C'est si rare d'être aimée ! Quand tu as rencontré Séverin, tu m'as tout de suite parlé de lui et j'ai voulu le connaître. Moi aussi j'en suis tombée amoureuse. Nous avions les mêmes goûts, la même attirance pour les êtres chaleureux et gais. Rappelle-toi les fous rires de Séverin, son regard si tendre quand il se posait sur toi. Comme il était bon et beau, lui aussi ! Vous formiez un couple superbe sur lequel les gens se retournaient. Vous étiez faits pour affronter la vie ensemble, et moi j'ai manœuvré pour vous séparer. Je ne supportais pas de te voir heureuse, alors je lui ai menti en lui disant que tu voyais un autre garçon. Il m'a épousée pour se venger de toi. Quand il a appris la vérité, sa colère a été terrible. Depuis, j'ai été bien punie de ma méchanceté. Il ne m'a plus jamais touchée. Il ne m'a plus jamais parlé. Nous avons vécu ensemble comme des étrangers. Côtoyer un homme que l'on aime et qui vous méprise me semblait la pire des souffrances, maintenant je sais que la tienne était plus insupportable encore. J'ai gâché trois vies et je m'en repens chaque jour. Je suis venue pour te dire que Séverin t'a aimée jusqu'à son dernier souffle. Je crois même pouvoir affirmer qu'il est mort de l'amour qu'il te portait. Lorsqu'il a su que tu avais disparu, il t'a cherchée par tout le pays. Il était fou de douleur. Quand il a compris que tu ne reviendrais pas, il s'est enfermé pendant trois jours et trois nuits. Je l'entendais sangloter comme un enfant à travers la cloison. Il ne m'a jamais pardonné ce mensonge et, aujourd'hui, je le comprends. Je comprends aussi que tu me haïsses et que ma présence te soit une torture. C'est la dernière fois que nous nous voyons. Je le sais. Je le sens. Aussi, je te demande de m'accorder une faveur. Si tu veux que nous retrouvions la paix, toi et moi, il faut que tu me pardonnes. Serre-moi la main et je saurai que tu m'as entendue.

Joliane prit la main de la surveillante, une main qui dépassait de la camisole et qui était soudée à son corps. Une pression l'avertit que la malade avait compris le message et l'absolvait, en quelque sorte. Savait-elle qui elle était vraiment en cet instant? Ses yeux s'emplirent de larmes. Elle murmura:

— C'est toi Pauline?

— Oui, c'est moi.

— Je te reconnais.

— Je suis venue pour te demander pardon.

— C'est bien. Tu diras à Séverin…

Félicien interrompit le dialogue:

— C'est fini cette comédie? Nous ne sommes pas au spectacle.

Sœur Humilienne s'approcha:

— Si l'on pratiquait plus souvent la charité chrétienne entre ces murs, tout le monde s'en porterait mieux.

— Nous sommes dans une prison, pas dans un hôpital pour malades mentaux. Et cette fille qui se croit obligée d'entrer dans les divagations d'une demi-folle, c'en est assez. Elles sont aussi dérangées l'une que l'autre.

— N'avez-vous pas fait la même chose ?

— Face au danger, j'ai bien été obligé d'improviser. Mon métier l'exige.

La religieuse observait Joliane et s'émerveillait :

— Ce geste est généreux. Je parierais qu'il lui a été inspiré par Dieu. Regardez le visage de Laurentine.

Les traits crispés et douloureux de la malade s'étaient détendus. Un vague sourire errait sur ses lèvres.

— Cette fille a un don, affirmait encore la sœur en branlant de la tête.

Une voiture entrait dans la cour. La Debardi allait partir et personne ne la regretterait.

Félicien raccompagna la 25 à l'atelier. Le menton de celle-ci tremblait.

— Tu ne vas pas me faire croire que cette harpie te manquera ?

— Je ne sais pas. Peut-être, dit-elle dans un murmure.

— Assez parlé, la récréation est terminée.

Et, de l'avis de tous, elle n'avait que trop duré.

XII

La couverture pliée sous le bras, la 24 et la 25 suivirent l'étrange cortège. Vers quelles profondeurs se dirigeaient-elles ? Tenant haut sa chandelle, une gardienne ouvrait la marche. Une grosse clef pendait sur sa jupe, attachée par un cordon qui lui enserrait la taille. La flamme vacillait parfois, lorsque un courant d'air venu d'un soupirail soufflait son haleine invisible. Une pensée vint à Joliane, et peut-être n'était-elle pas la seule à l'avoir eue : maîtriser la surveillante, attendre que la nuit soit complète, le château endormi, pour tenter l'évasion. Douce folie qui la transportait une fois de plus dans son monde de chimères. Elles étaient une bonne douzaine à suivre cette femme, mais un garde fermait la marche, prêt à jouer du gourdin en cas de nécessité. Une fois de plus, Joliane constatait que cette bâtisse était un véritable labyrinthe. Après un couloir desservant deux salles, un palier, un escalier à descendre, une porte, un passage voûté qui obligeait à courber la tête, encore quelques marches à monter et la troupe silencieuse se trouva dans une pièce aux dimensions raisonnables. « Un cachot plutôt agréable », eut le temps de penser la 25 avant qu'elle réalise que quatre de ses compagnes étaient poussées dans une espèce de placard dont on referma la porte. Opérant un demi-tour, il lui sembla qu'elle repassait par les mêmes lieux. Toutefois, quand il fallut monter un escalier à vis, elle comprit qu'elle se trompait. Se situer après avoir erré dans ce dédale de corridors, de chambres, de marches et de soupentes n'était possible qu'au personnel connaissant parfaitement les échappées de service de la forteresse.

Profitant de l'obscurité, la 24 se rapprocha de la 25 et lui saisit la main. A ce contact, Joliane devina un désir d'être rassurée qu'elle était bien impuissante à combler après ce qu'elle venait de subir. Un mouvement de bousculade dans ce boyau étroit les jeta l'une contre l'autre. Le grincement du métal dans le pêne de la serrure les avertit qu'elles étaient arrivées. Sidonie dégagea sa main non sans avoir appuyé tendrement son front sur l'épaule amie. Elles allaient passer la nuit ensemble, dans le même cachot, dans la même chaleur ! Quel bonheur ! Sachant qu'elle allait la partager avec Joliane, l'inconfort de la cellule ne l'effrayait plus autant. Elle s'imaginait déjà en train de la consoler de l'humiliation qu'elle avait dû supporter devant toutes les autres. Pour une fois, elle se voyait dans le rôle de la grande sœur qui réconforte. La surveillante fit entrer une à une les détenues :

— Toi, la tondue !

Et à Sidonie, qui se précipitait à sa suite, elle assena :

— La porcherie est pleine.

Brusquement, les jambes de la jeune fille fléchirent. Elle n'allait pas revivre l'enfer de la nuit dernière, en compagnie de ces trois horribles femelles assoiffées de sexe ! Pourtant, il ne restait plus qu'elles.

— Pitié ! dit-elle en s'appuyant au mur.

La gardienne se retourna :

— Qu'y a-t-il ? Tu es malade ?

Elle ne remarqua ni la frayeur, ni la pâleur de la 24 sur le point de s'évanouir.

— Pas de simagrées. Vous autres, aidez-la.

Les deux suivantes offrirent à Sidonie le soutien de leurs bras qu'elles avaient solides, et c'est appuyée à ses tortionnaires de la veille qu'elle pénétra dans les six mètres carrés de la geôle. Celle-ci gardait encore les traces des conséquences de l'horrible scène qui s'y était déroulée la nuit précédente. C'est du moins ce que ressentit Sidonie en se retrouvant entre ces murs dont l'un était percé d'une lucarne armée de barreaux et d'un grillage : ce grillage qu'elle avait essayé d'arracher. Tentative dérisoire d'échapper à cette tombe. Comme si l'espace entre ces barres de fer suffisait à réaliser l'exploit de s'évader ! Seul un bras aurait pu s'y glisser et, même en réussissant à les desceller, le corps d'un enfant ne serait pas parvenu à s'y engager. Ses ongles et le bout de ses doigts portaient les meurtrissures de son acharnement à se défendre qui avait fait rire les autres. Comme la Debardi cet après-midi, elle avait cru devenir folle. Battue, souillée, désespérée, elle avait voulu mourir. Jamais elle n'aurait osé imaginer que des femmes soient capables de telles atrocités sur une de leurs semblables. Et pourtant, elle l'avait vécu, dans la honte et dans l'horreur.

Joliane, pour qui l'expérience était nouvelle, découvrit sans surprise l'exiguïté du cachot. Elle ne s'attendait pas à une installation princière. L'endroit correspondait aux descriptions qu'elle avait pu lire dans les contes de son enfance. Habituellement, qui dit cachot dit isolement, solitude. Apparemment, ces lieux étaient en nombre insuffisant pour recevoir toutes les détenues punies en même temps, ce qui obligeait à l'entassement. Dès que les quatre femmes se retrouvèrent cloîtrées, elles s'organisèrent pour passer la nuit. Sans se concerter, elles s'assirent en tailleur et grignotèrent ce qui leur restait du pain reçu pour la journée. Une ration de misère. Epuisée par les émotions, Joliane avait encore la force de penser : « Nous sommes quatre petites souris enfermées dans le même trou. Des souris que la nuit n'effraie pas. Le gris est la couleur de nos vêtements, de notre vie, du temps, des jours et des mois qui s'écoulent, du pain que nous mangeons, des murs qui nous entourent. Tristes et grises de robes et de mines, nos pensées sont sombres comme la mort. »

Elle soupira. Après le sien, trois soupirs s'exhalèrent des lèvres de ses compagnes. Elle avait une furieuse envie de boire du vin. Rien qu'à en imaginer la couleur, celle du sang, de la vie, elle croyait en respirer l'odeur. Quand aurait-elle de quoi en acheter ? Punie de cachot, elle fournirait son compte d'ouvrage sans toucher le moindre argent. « Je suis jeune et forte, mais quinze jours de ce demi-jeûne, ce sera long. » La leçon était sévère. Elle avait fait preuve d'inconséquence et d'une grande ingénuité.

On entendit décroître le bruit des sabots dans l'escalier. Tel un parfum qui se diffuse dans l'air, ses réflexions étaient-elles interceptées à mesure que son esprit les formulait ? Elle fut tentée de le croire quand une voix chuchota :

— Tu te demandes si la lettre que tu as écrite sera distribuée ?

— Ou déchirée, renchérit une autre.

— Je sais que ma tante ne la recevra pas. Je me suis montrée stupide et tellement imprudente.

— Comme quoi on peut être à la fois intelligente et sotte !

— Cette lettre m'a non seulement coûté un timbre, mais aussi toutes ces assiettées de soupe qui me passeront sous le nez.

— Pour l'instant, tu n'en as vu passer qu'une. Au bout d'une dizaine, tu auras envie de hurler et tu n'en auras plus la force.

— De toute façon, c'est interdit.

— Pourtant, ne sommes-nous pas en train de parler ?

— C'est bien le seul avantage du cachot.

— Je ne pensais pas qu'on en avait le droit.

— Le droit n'est pas le mot qui convient. L'important est de ne pas se laisser surprendre.

— Moi, j'ai toujours peur que la gardienne fasse semblant de partir ou revienne en douce pour écouter.

— Toi, tu as toujours peur de quelque chose.

— Il vaut mieux se méfier. Je n'ai pas envie de crever dans ce château qui n'est même pas hanté.

Joliane écoutait ces bavardages. Comme c'était bon d'entendre ces femmes penser avec des mots, même exprimés tout bas ! Alors, claquemurée dans ce mitard sinistre, elle se livra à son jeu favori et se mit à raconter une histoire qui les emporterait dans un monde imaginaire peuplé de princes et de gentils fantômes, mais aussi de cruels seigneurs qui jetaient leurs ennemis dans les oubliettes. Et ce lieu était bien plus immonde que le cachot dans lequel on les avait enfermées. Elle avait un auditoire, ce qui n'était pas si courant.

— En quoi le sort de ces condamnés était-il pire que le nôtre ? demanda l'une d'elles.

— Tu ne sais donc pas ce qu'était une oubliette ? Une fosse creusée dans la terre. Personne n'en remontait vivant. Les squelettes y pourrissaient comme dans un tombeau. On dit même que dans certains…

Joliane s'interrompit. A quoi bon terrifier davantage ces femmes en leur parlant des pals plantés au fond de ces fosses où l'on jetait les corps des suppliciés.

— Tu n'as pas fini ta phrase.

— Je ne me souviens plus. Je vous disais que nous avions de la chance. Autrefois, les indésirables étaient bien plus mal traités que nous.

— En somme, ici, c'est la belle vie !

— La vie de château !

Cette remarque fut suivie d'un éclat de rire diabolique. Joliane frissonna : de peur, de froid, d'une angoisse qui lui étreignait jusqu'à l'âme. Elle pensa à Sidonie. Encore une fois, elle fut frappée d'entendre tout près d'elle :

— Pendant ce temps, j'en connais une qui ne doit pas être à la noce. A moins qu'elle ne prenne goût à la chose…

— De qui parles-tu ?

— De la 24, ta protégée.

— Qu'est-ce que tu veux dire à propos de la noce ?

— Tu serais tombée de la dernière pluie que ça ne m'étonnerait pas. Ta voisine de dortoir est enfermée avec une maquerelle vicieuse et deux criminelles converties aux plaisirs défendus. Elles vont se charger de son éducation. Tu ne reconnaîtras plus la jeune vierge que tu as quittée. Et peut-être qu'à son tour elle va t'initier.

Comme visiblement Joliane ne comprenait pas, la voix reprit :

— Tu n'as appris que des choses inutiles : lire, écrire, compter. Vois où tu en es avec tout ton savoir. Tu ne connais rien de la vie. Tu es une oie blanche. Ici, on apprend vite. Avec le temps, tu deviendras comme les autres : vicieuse, insensible et mauvaise.

— Jamais ! souffla Joliane.

— Avant dix ans tu ne te reconnaîtras plus. Maintenant, il faut dormir.

Chacune s'entoura de sa couverture et s'allongea en pestant contre la dureté de la pierre. Regrettaient-elles cette promiscuité qui leur avait permis d'échanger des idées, de communiquer autrement que par un geste ou un regard ? Joliane avait le cœur serré en pensant à Sidonie aux prises avec ses tortionnaires. Quel crime pouvaient bien commettre des femmes sur d'autres femmes ? A moins qu'on ne lui ait raconté cette fable pour se moquer de sa sensiblerie ou pour l'éprouver sur la nature de son penchant pour la 24.

Elle resta longtemps à méditer, n'osant bouger de crainte de gêner ses voisines et brûlant de les interroger plus avant sur le sort de son amie. Depuis qu'elle se trouvait prisonnière, c'était sa première conversation. Elle admit qu'elle la payait chèrement. Elle fit le geste machinal de ramener sa natte sur le côté et sa main rencontra son crâne encore douloureux. Ajoutée à la séance du prétoire, quelle épreuve ! Sa poitrine se souleva. Il fallait qu'elle pleure, sinon elle allait exploser.

— C'est bien que tu sois au cachot, chuchota une voix. Dans les dortoirs, les larmes sont interdites.

Les larmes, le rire, la toux, les éternuements, les reniflements, les bruits incongrus que le corps émet sous l'effet des flatulences, et même les soupirs ; tout n'était qu'interdiction.

— Ne te prends surtout pas pour une martyre. Tu en verras d'autres…

Au catéchisme, Joliane avait entendu raconter les martyres des premiers chrétiens. Sainte Blandine livrée aux bêtes dans les arènes romaines de la ville de Lyon. Saint Laurent placé sur un gril chauffé par des charbons ardents. Comment avaient-il fait pour résister à la douleur ? Serait-elle moins courageuse que ces gens qui avaient enduré d'épouvantables souffrances simplement pour ne pas abjurer leur foi ?

Ce qu'elle avait vécu aujourd'hui n'était rien en comparaison de ces supplices infligés à d'innocentes victimes d'un fanatisme religieux bien compréhensible en ces temps obscurs.

Joliane pleura sur Sidonie, sur tous ces fous morts pour un idéal. Elle pleura sur elle-même car les souffrances d'autrui, fussent-elles les pires tortures, n'atténuaient en rien les siennes.

Avant de s'endormir, elle revit la Debardi et eut encore le temps de s'apitoyer sur cette pauvre femme qui se donnait tant de mal pour paraître plus méchante qu'elle n'était. Elle aurait dû se sentir soulagée de ne plus être son souffre-douleur. Pourtant, il lui semblait qu'elle venait de perdre un être cher.

Benoîte n'avait jamais pu se faire à dormir sur un matelas, aussi dur qu'il fût à son dos. Aussi, après s'être roulée dans sa couverture, se ramassait-elle comme le hérisson et se cachait-elle sous le lit en tirant les draps qui touchaient presque le plancher. Là, elle se sentait en sécurité. S'isoler de cette manière n'était absolument pas toléré. Curieusement, personne n'étant parvenu à lui faire comprendre qu'il était interdit de dormir par terre, on avait renoncé à la harceler. Cette demeurée était incapable de réciter correctement une prière et de se plier à la discipline. Jugée complètement ignare, il fallait constamment la prendre par la manche pour la remettre à sa place dans le rang. Une pauvre fille qui ne semblait pas souffrir des privations infligées aux autres pensionnaires. Dans sa vie de sauvageonne, elle mendiait sa nourriture, et c'est bien ce qui l'avait conduite derrière ces murs.

Dans le dortoir faiblement éclairé, deux lits étaient vides : celui de la 24 et celui de la 25. Deux amies de cœur qui, lorsque la surveillance se relâchait, se serraient parfois l'une contre l'autre afin de se réconforter dans leurs chaleurs réciproques. De dessous son lit de fer blanc, Benoîte épiait les va-et-vient de la nuit. Il lui suffisait d'écarter son rideau de fortune pour voir sans être vue. Ces deux filles, elle les aimait bien. On devinait qu'entre elles était née une amitié très pure. Ce n'était pas le cas de certaines qui profitaient du sommeil des surveillantes et qui, dès les premiers ronflements venus du box en toile, se cherchaient pour se tripoter. Pensant aux deux absentes, elle se prit à espérer qu'elles partageaient le même cachot. Puis elle sombra dans le sommeil du juste.

Une douleur fulgurante la réveilla au milieu de la nuit. Elle mordit sa couverture pour ne pas crier. Si elle se permettait quelques fantaisies de comportement qui n'entraînaient pas de sanctions, en revanche, elle restait résolument muette afin de donner plus de vraisemblance à son personnage d'arriérée mentale. Ainsi composait-elle avec cette société afin de se protéger. S'étant créé une vie en marge, elle ne se pliait qu'aux règles qui lui convenaient. On ne bouscule pas un simple d'esprit. On le laisse exister en lui donnant parfois un coup de pied. Benoîte passait donc inaperçue, ne se distinguant ni par sa taille, ni par une personnalité d'ailleurs inexistante. Terne, elle était neutre, fade, et si peu vivante qu'on ne la remarquait pas.

Elle avait beau mordre le tissu, la douleur était toujours aussi vive ; elle irradiait jusque dans son cou. Elle ne se rappelait pas avoir jamais eu aussi mal dans sa chair. Les élancements lui donnaient des suées. Que fallait-il faire en semblable circonstance ? Rien ni personne n'interdisait de tomber malade en pleine nuit. Une rage de dents était-elle reconnue comme une maladie justifiant le déplacement d'une infirmière ? Les douleurs devenaient si aiguës qu'elles ne permettaient plus de réfléchir utilement. Benoîte se mit à geindre à la façon d'un enfant, d'abord doucement, puis de plus en plus fort, si bien que le dortoir entier fut tiré du sommeil par ses plaintes, deux heures avant le lever réglementaire.

Une voix gronda derrière la tente :

— Que se passe-t-il ?

Puis la gardienne prit un bougeoir et se dirigea entre les lits, guidée par les gémissements. Les prisonnières s'agitaient. On en profitait pour une visite sanitaire dans la cheminée et ce mouvement créait un déplacement d'odeurs fortes que la graisse fondue des bougies ne parvenait pas à masquer. Ayant localisé la malade, la religieuse poussa du pied le paquet roulé en boule :

— Sors de là-dessous et suis-moi !

Et, quand la petite se trouva debout devant elle :

— De quoi souffres-tu ? demanda-t-elle, encore ensommeillée.

Benoîte ouvrit grand la bouche et y enfonça son index en émettant des grognements.

Elles sortirent sur le palier. La surveillante monta les quelques marches qui conduisaient à un entresol et poussa la porte d'une petite pièce carrée qui servait de chambre aux trois religieuses. Elle pria l'une d'elles de la remplacer dans le dortoir. Par l'entrebâillement, Benoîte vit une sœur dans sa longue chemise de nuit, sans cornette et dépouillée des attributs de son sacerdoce. Avec ses cheveux répandus sur la toile blanche froissée, elle ressemblait à n'importe quelle autre femme. Pourquoi l'habit impressionnait-il tellement ? Cette question traversa son esprit avant qu'il ne se concentre sur la douleur insistante.

Elles prirent l'escalier d'honneur, mais, au lieu de se rendre à l'infirmerie, elles empruntèrent le passage menant aux cuisines. La sœur ouvrit plusieurs placards avant de trouver ce qu'elle cherchait : un litre d'eau de vie qu'elle déboucha et qu'elle huma, en connaisseur. D'un tiroir, elle tira une pièce de mousseline dont elle déchira un tout petit morceau qu'elle imbiba du précieux alcool.

— Mets ça sur ta dent, ça te calmera. Le dentiste ou quelque autre charlatan te débarrassera de cette molaire à sa prochaine visite. Et maintenant, tiens-toi tranquille. Les nuits sont faites pour dormir, et celles de Cadillac sont bien trop courtes pour qu'on nous les gâche.

Ceci étant dit, la religieuse s'accorda une rasade d'eau de vie « pour combattre les maux qui nous accablent, un remède du bon Dieu qui soulage de bien des peines ». Et le soupir accompagnant cette remarque en disait long sur les malheurs que cette personne de dévouement avait dû rencontrer lors de sa carrière. Etre une gardienne de prison doublée d'une religieuse n'excluait pas d'être avant tout une femme, et celle-ci ployait sous de bien lourdes charges. Le Très-Haut pardonnait volontiers leurs travers cachés à celles et ceux qui le servaient fidèlement. N'avait-il pas créé le monde avec ses tentations pour que les pauvres mortels y succombent ?

Lorsque la cloche sonna, deux heures plus tard, le château commença à s'animer. A peine si les fenêtres murées de l'imposante façade se soulignaient d'une clarté tamisée par les mailles serrées du grillage défensif. Impossible de s'évader ou d'espérer se donner la mort en se jetant par l'une de ces croisées définitivement condamnées. Les belles fenêtres à meneaux de l'ancienne demeure ducale avaient le regard aveugle et meurtrier. Elles offraient le triste tableau de la désolation.

Des sons annonçaient l'éveil matinal de la maison centrale : ceux de la chaîne du puits qui grince, celui du remue-ménage dans les cuisines et dans la buanderie. Les femmes de peine logées au château prenaient aussi leur service, poussées hors du lit par la fringale qu'elles assouviraient dès qu'elles auraient allumé le feu sous les chaudières. Déjà, le claquement des sabots dévalant de toutes parts couvrait ces rumeurs de vie. Il s'amplifiait, devenait une sorte de clameur immense et assourdissante, comme une énorme vague prête à se fracasser contre les remparts de pierre. Les dortoirs et les cachots se vidaient de toute une faune engourdie. Il y avait les visites aux édicules, les stations devant les cuvettes d'eau, le service du nettoyage qui commençait, et la vidange des baquets de nuit.

A Sidonie échut cette corvée. Joliane, qui la vit arriver, devina tout de suite son abattement. Leurs regards se croisèrent, mais, dans le demi-jour, elle ne discerna pas les signes de détresse. C'est son allure, ses épaules affaissées qui l'alertèrent.

A Cadillac, on n'avait pas le loisir de s'émouvoir sur les malheurs des pécheresses. A chacune son fardeau et sa façon de le porter.

XIII

Minutieusement rédigé et accompagné de remarques personnelles, le rapport d'inspection mettait en lumière le laisser-aller du service au sein de la prison. Il dénonçait le manque de nourriture fraîche, l'absence de viande de bœuf réputée hautement nutritive dans le bouillon servi aux malades, ce qui entraînait forcément des carences, d'où l'explication du taux élevé de mortalité. Il mentionnait l'état du vestiaire, qui n'était pas renouvelé, ainsi que le stipulait le cahier des charges. La tenue des livres en témoignait.

Cet inventaire avait abouti à une description détaillée des nouvelles règles de l'établissement pénitentiaire. Celles-ci devaient être appliquées dans toute leur rigueur, mais qui viendrait vérifier ? Et quand ?

Concernant le personnel, les religieuses étaient dorénavant chargées de distribuer les repas et les médicaments à l'infirmerie. Quant aux prisonnières qui fréquentaient l'école, elles devaient en suivre assidûment les cours, et pas seulement selon leur fantaisie ou leurs caprices. Une mesure qui ne coûtait rien à personne et pouvait être facilement observée. Dorénavant, les détenues ne changeraient plus de vêtements au guichet, c'est-à-dire dehors, au vu de tout le monde.

Les religieuses approuvaient cette décision qui ménageait la pudeur des femmes tout en décourageant les tendances au vice – un mot qui revenait souvent dans leur vocabulaire – tendance auxquelles, selon leurs dires, certaines s'adonnaient sans retenue. Un local fut aménagé pour les séances de déshabillage qui se dérouleraient désormais dans la discrétion d'une chambre. Cette mesure fut grandement appréciée par les détenues, qui ignoraient qu'elles devaient ce changement à l'inspecteur, ému, pour ne pas dire révolté, par une pratique indigne.

Malgré le rapport et ce qui en avait découlé, les punies de cachot continuaient à y coucher par terre et à plusieurs.

Dans chaque prison les règlements se trouvaient quotidiennement bafoués, par manque d'argent, de personnel, ou tout simplement de place.

On avait donc partiellement appliqué ces décisions. L'entrepreneur avait retardé de mois en mois le moment de s'exécuter. Il prétextait la difficulté des marchés, le travail que sa clientèle refusait quand il n'était pas de son goût, ce qui alourdissait d'autant sa trésorerie. Il se plaignait constamment. Nourrir et habiller cette population, assurer la marche de cette immense bâtisse, c'était si lourd qu'il lui tardait d'arriver à la fin de son mandat. Il n'hésitait pas à arguer des frais occasionnés par le mariage de sa fille, qu'il fallait doter de beau linge et de monnaie sonnante et trébuchante, pour ne pas satisfaire entièrement à ses obligations.

L'expertise et les conclusions de l'inspecteur général aboutissaient à la prescription de ces adoucissements dont les effets étaient longs à se manifester. L'administration de la prison reposant sur le bon vouloir de l'adjudicataire en place, il avait fallu toute l'insistance du directeur pour obtenir satisfaction. Seules les ordonnances ne relevant pas de l'intendance avaient été exécutées sans trop de retard. Cependant, on manquait toujours de cachots. Dans un château bâti pour recevoir dignement des invités de marque, il était déjà surprenant d'en compter cinq ! Du temps de sa splendeur, ces réduits avaient-ils abrité des hôtes de belle noblesse ou quelques marauds surpris à escalader les murailles ?

En tout cas, les architectes qui avaient travaillé au remaniement de l'édifice n'avaient pas prévu que les nouvelles occupantes seraient aussi nombreuses et tellement indisciplinées ! Dans cette promiscuité s'établissaient inévitablement des rapports de force. Malheur aux tendrons sans défense qui devenaient vite des victimes. Et les sévices subis les laissaient rarement indemnes.

Sidonie avait vécu une nuit horrible. Le corps meurtri des coups reçus, elle se demandait pour quelle raison ces femmes s'étaient acharnées sur elle. L'explication était simple. Face à ces bourreaux en jupons, elle représentait la pureté. Cette fragilité qui avait tant ému Joliane avait au contraire provoqué chez ces femelles une envie de destruction. Leur jouissance, elles la tiraient du spectacle de la souffrance. Leur lubricité n'avait d'égale que la noirceur de leur âme. La pauvre fille découvrait cette atroce réalité : la vie n'avait pas les couleurs que sa naïveté lui prêtait. Si, malgré son expérience de la prison, elle nourrissait encore quelques illusions sur la nature humaine, celles-ci se trouvaient complètement anéanties.

Quant à Joliane, qu'une seule nuit au fond du cachot effrayait tellement, elle avait goûté au réconfort de pouvoir pleurer à son aise. Bien ébranlée par la double secousse du prétoire et celle plus violente encore de la tonte par une Debardi, dont elle avait découvert le visage caché, cette épreuve lui avait fourni l'occasion de parler. De ce fait, elle ne l'avait pas ressentie comme une punition. Oh ! bien sûr, son dos était douloureux. Dans l'impossibilité de se retourner sans gêner ses compagnes, elle avait regretté le confort relatif des lits du dortoir. Le seau qu'on utilisait sans la moindre intimité, pas même l'abri d'un rideau crasseux, était une humiliation supplémentaire. « Même Tobi s'isolait pour faire ses besoins, songeait-elle avec raison. Nous sommes traitées plus durement que les animaux. »

Pourtant, elle ne voulait retenir que ce moment magique d'une veillée entre amies ; le mot lui arracha un sourire. Une veillée non pas autour d'un feu duquel on tirait les marrons grillés qui éclataient sous l'effet de la chaleur ou les pommes de terre que l'on dégageait de la cendre brûlante. Non. Ces images-là étaient rangées dans un coin secret de sa mémoire. Elle ne les revivait que pour se réchauffer le cœur. Paradoxalement, cette soirée au fond du cachot lui avait redonné le goût de vivre. Son talent de conteuse, elle l'avait mis au service de ces compagnes de hasard qu'au dehors elle n'aurait pas fréquentées. Cependant, flattée par leur attention, elle s'était sentie comprise. Ces femmes au regard farouche l'avaient écoutée. Elle avait même perçu une certaine admiration pour la fille qui savait non seulement raconter mais aussi lire et écrire des histoires. Elle les trouvait touchantes dans l'impatience qu'elles manifestaient à connaître la suite de ses récits et dans leur insistance à en redemander.

Joliane pesait mieux la richesse du legs transmis par son grand-père. Ces contes qu'elle faisait resurgir, elle les enjolivait, elle brossait le décor pour les rendre plus vrais. Sa faculté de visualiser émerveillait son auditoire. Charmée par son intérêt, elle forçait son imagination pour inventer d'autres histoires. Le sommeil mettait fin à la fable inachevée. Il fallait attendre le lendemain pour connaître la suite et le dénouement. On aurait été bien surpris d'apprendre qu'il tardait à ces femmes de regagner leur geôle sombre et froide, ce trou à rats dans lequel elles disposaient de si peu d'espace que le mouvement d'une seule devenait l'affaire de toutes.

Dix jours et dix nuits s'étaient écoulés depuis la condamnation de la 25, qui avait épuisé son énergie. Le pain sec et l'eau ne suffisaient plus à lui procurer l'élan vital nécessaire au fonctionnement de sa matière grise.

Au onzième jour, il se produisit un fait aussi exceptionnel que la première séance au prétoire. Elle crut défaillir en entendant le directeur en personne lui signifier sa remise de peine :

— Vous pourrez reprendre votre place au dortoir et la soupe vous sera servie comme aux autres, dans le réfectoire.

Qu'est-ce qui lui valait cette mesure particulière ? Existait-il des précédents ? Comment le savoir ? Cette faveur devait bien avoir une origine.

En se rendant dans ce lieu où se prenaient les plus graves décisions, son cerveau avait eu le temps de spéculer sur les plus folles suppositions. On l'avait espionnée, on savait qu'elle tenait conversation, ou plutôt qu'elle monologuait, le soir, au profit d'un public avide et qui l'encourageait dans cette initiative. Ces femmes allaient-elles payer pour son excès de zèle ?

Nier la faute serait inutile. Le mensonge ne ferait qu'aggraver son cas. Il lui fallait se fabriquer un alibi ! Simuler la folie, c'était finir ses jours en camisole de force entre des murs aussi épais que ceux du château, telle la Debardi. Autant dire renoncer définitivement à la liberté. Jamais !

Cette condamnation était donc suspendue. A qui devait-elle ce geste de clémence ? A l'inspecteur qui avait aimé sa prose ? Avait-il donné des ordres pour qu'on la traitât plus humainement que les autres ? Cette éventualité était difficile à concevoir, encore moins à admettre. A quel titre lui accorderait-il cette faveur ? Cet homme l'avait oubliée depuis longtemps. Alors, de qui venait ce soutien, ce bienfait inattendu ? Elle allait le savoir, mais on l'eût bien étonnée en lui apprenant qu'elle le devait à son habileté. Etourdie par la nouvelle qu'elle ne savait pas encore comment interpréter, elle attendait l'ordre de se retirer. C'est dans cet état d'hébétude qu'elle entendit et reconnut la voix de l'entrepreneur. Que venait-il faire dans le prétoire ? Et c'est à elle qu'il s'adressait :

— Je vais vous confier un travail délicat. Il nécessite que vous soyez en pleine possession de vos moyens.

Ainsi, Joliane apprit qu'elle devait cette interruption de sa peine à une jeune fiancée. Le temps pressait pour la confection du trousseau. Il y avait cette robe, surtout, un modèle comportant une multitude de ganses et de boutonnières. On avait besoin de ses doigts pour leur finesse d'exécution. A ce riche brocart, il fallait une ligne simple. La seule fantaisie serait l'alignement des boutons recouverts du même tissu. Une idée originale à double effet : accuser la minceur de la taille et souligner la rondeur du buste tout en laissant sa souplesse à cette étoffe brochée de soie, ce qui en assurait un tombé parfait. Le déshabillage prendrait du temps et décuplerait le plaisir de l'époux, tout en l'exacerbant. Les couturières avaient coupé, assemblé, faufilé d'après les mesures fournies par le patron de l'entreprise. La mariée avait choisi les différentes pièces de son trousseau, excepté cette robe qui serait une surprise. Une merveille de féminité ! Toutefois, avant de parachever cette œuvre, il convenait de procéder à un essayage, et c'était justement Joliane que le père de la mariée avait élue, non seulement pour ses doigts d'or, mais pour sa silhouette élancée. Ainsi que le lui avait signalé le directeur, le régime au pain sec et à l'eau lui avait certainement fait perdre du poids : on évaluait généralement cette perte à deux kilos par semaine de cachot.

— Ma fille a maigri dans de semblables proportions et dans le même laps de temps. C'est vraiment stupéfiant. On dirait qu'elles ont mangé à la même table.

— Je suppose que les raisons de son amaigrissement sont d'un autre ordre. L'amour et l'impatience l'auront privée d'appétit.

En vérité, l'entrepreneur mariait sa fille contre le gré de celle-ci, qui considérait cette union comme la pire des punitions.

De part et d'autre de ces puissantes murailles, deux jeunes personnes pleuraient sur une liberté perdue. En compensation, la fiancée se verrait toutefois couverte de présents, et ce riche mariage serait pour le père l'occasion d'asseoir une réputation grandissante. Celle aussi de parader en exhibant sa progéniture magnifiquement parée.

« Que m'arrive-t-il ? Où suis-je et qui suis-je ? Une princesse évadée d'un livre de contes ? Les souliers de satin sont un peu larges mais si légers ! Ce sont mes premières chaussures de bal. Elles sont prêtes à danser, si douces à mes pieds qu'ils en sont tout surpris, tout émoustillés. Mes pas sont tellement silencieux.

J'ai l'impression d'être une plume ! Sur mon corps la robe est pourtant si lourde ! Avant de l'enfiler, j'ai eu droit à un bain, une autre découverte. J'étais très intimidée et, ma foi, c'était plus agréable que l'épreuve de la tondeuse. Depuis bien longtemps ma peau n'avait goûté à autant d'eau. Elle s'en souviendra. Je crois que les prisonnières sont jalouses du choix qui s'est porté sur moi ; pourtant, je n'ai rien fait pour cela. Il se trouve que j'ai la même allure que la fille de l'entrepreneur, tout comme ma figure ressemble à celle de la rivale de la Debardi. De telles particularités peuvent vous attirer autant de désagréments que d'avantages. J'ai payé pour le savoir.

« Je ne sais que penser de ces événements qui s'enchaînent, l'un me sacrifiant sur l'autel des victimes, l'autre m'élevant au rang des bien-nés, de ceux que la réussite désigne à la convoitise. Je ne l'ai pas voulu. Je sais que ce rôle est éphémère mais il me plaît de le jouer.

« Cette robe, j'aurais aimé la dessiner. Je m'y sens mal à l'aise. Il en est ainsi je suppose de tous les vêtements d'apparat. On y est emprunté. A moins que ma gêne ne vienne du manque d'habitude. On me demande de tourner et je note une pointe de déférence dans le ton. Aurait-on gommé provisoirement la 25 ? La robe tourne avec moi, autour de moi. Elle me flatte.

« Elie, si tu me voyais ainsi vêtue, tu ne reconnaîtrais pas la petite Joliane en jupons de coutil. Je suis la même et pourtant si différente. Toutes les jeunes filles ressemblent à des princesses le jour de leur mariage, et je ne faillis pas à l'usage. Je te réserve la plus belle surprise qui soit : moi et cependant une autre. De ton côté, j'espère que tu auras fait le même effort et que ton habit de cérémonie s'accordera avec la toilette que voilà. Je n'ose bouger de crainte que cet essayage qui préside au plus beau jour de ma vie ne soit qu'un leurre. C'est impossible ! Ce rêve, je le vois, je le touche, je le caresse. J'aimerais que mon image se reflète dans une glace pour me faire une idée de l'apparition qui te laissera béat, sans voix, mais avec de l'amour plein les yeux.

« Et les alliances ? As-tu pensé aux anneaux d'or que nous avons choisis ensemble ? J'étais sûre que tu oublierais quelque chose. Tu es troublé, je le comprends. C'est que nous avons tellement attendu ce moment-là ! La fête sera grandiose, nos invités nombreux, le repas délicieux et le ciel clément. Comment pourrait-il en être autrement ? Notre vie débute sous les meilleurs auspices. Il en est ainsi pour tous les couples qui s'aiment.

« Ah ! je veux ajouter : nous serons heureux et nous aurons beaucoup d'enfants ! Ainsi se terminent toutes les histoires d'amour, et la nôtre ne fait que commencer. C'est dire que le bonheur sera de tous nos menus.

« A propos de famille, j'ai eu récemment une belle émotion. J'ai cru que j'attendais un enfant. Je le voyais déjà, minuscule dans ses langes et puis en culottes courtes. Il avait ton sourire, tes grands yeux frangés de cils noirs, ta façon un peu provocante de regarder de biais et de hausser l'épaule en rentrant le menton, comme pour te moquer du monde. Ce petit garçon aurait plu à ta mère. A travers lui, elle t'aurait retrouvé quelque vingt ans plus tard. On aurait même pu l'appeler comme toi. Et puis non. Deux Elie dans la même maison, c'est trop compliqué. On lui aurait forcément donné un surnom et, avec Elie, je ne vois pas très bien lequel. D'ailleurs, je n'aime pas les surnoms. Ils sont quelquefois amusants dans la petite enfance, mais ils deviennent vite ridicules lorsque l'enfant grandit. Alors, il est trop tard pour imposer le prénom inscrit sur l'acte de naissance. Tu dois me croire un peu folle de remuer de telles idées dans ma tête. Je pense que toutes les jeunes filles amoureuses se projettent ainsi dans leur avenir en attendant le prince charmant. Pour moi qui l'ai trouvé, ce rêve a un sens et se réalisera bientôt.

« D'abord, nous vivrons chez ma mère. Si elle me voit heureuse avec toi, et je le serai, elle guérira. Mon bonheur sera le remède le plus efficace contre la maladie. Tu verras, tante Bertie est discrète. Tu seras le seul homme de la maison, cette maison qui a bien besoin d'une présence masculine. Depuis la mort de mon grand-père, elle se laisse doucement aller. Les volets grincent à cause des gonds rouillés, les portes ne joignent plus. Les carreaux de terre cuite bougent sous les pas. Elle est comme une vieille femme rhumatisante qui souffre et qui geint. Ma mère dit qu'elles sont toutes les deux atteintes du même mal : l'usure. Je ne connais pas la date de construction de la maison, mais ma mère n'est pas si âgée qu'elle doive se dire usée. Il faudrait pouvoir comparer un corps humain avec des murs. On les croit éternels, pourtant on dit que la maladie touche aussi la pierre. Etonnant !

« Je me suis égarée. Cette robe blanche m'a entraînée dans un voyage, et maintenant je ne sais plus très bien où je suis, ni qui je suis. On m'aide à me déshabiller et ce n'est plus toi. Je ne reconnais plus tes mains.

« L'essayage est terminé, mais pas la robe. Il reste à coudre entre eux les panneaux. De toutes ces boutonnières, je ne viendrai jamais à bout. Rassure-toi, je tirerai l'aiguille à longueur de jour et de nuit s'il le faut pour être prête à la date fixée de notre mariage. Tu l'auras cette joie de défaire un à un les boutons avant de me coucher dans notre lit d'amour. Les draps sont parfumés à la lavande et brodés par mes soins. Des draps de lin à la fois lisses, frais et rugueux. Et tes mains chaudes sur moi, ta bouche qui cherche la mienne…

« La robe est tombée sur le sol. Je ne pèse plus rien, une plume que tu soulèves de terre. Tu es grand, tu es fort, tu es beau ! Cet éclat dans tes yeux, je ne l'ai encore jamais vu. J'ai peur de ton désir. Sois tendre avec moi. C'est la première fois. Il est important que j'en garde un beau souvenir. Oh ! Elie, je me sens mourir de trop d'amour ! N'éprouves-tu pas semblable déchirement, comme une explosion du cœur ? Me voici presque nue devant toi. Que notre fête commence ! »

XIV

Joliane, qui avait dormi tout habillée sur le sol en ciment du cachot, apprécia le matelas rembourré de mauvais crin tassé par des mois, des années d'usage. Elle poussa un soupir d'aise, soupir vite réprimé par une habitude à reprendre : celle du respect d'un silence absolu. Pourtant, qu'était-ce qu'un soupir ? Tout juste une expiration, une expulsion plus longue, plus profonde de l'air inspiré. Saisie par une irrépressible quinte de toux, une prisonnière enfouit sa tête sous le mince traversin. Dans la pénombre du dortoir, on voyait sa couverture se soulever à chacun des spasmes qui l'agitaient. Allongée dans cette demi-obscurité qui dessinait des formes et des ombres, Joliane joignit les mains sur sa poitrine. Qu'il était bon de pouvoir étendre ses membres encore endoloris par l'inconfort de la geôle, et surtout de ne pas se heurter à d'autres corps au moindre mouvement. Elle dormirait mieux dans cette position qui lui permettrait de se délasser. Tous ses muscles se relâchèrent. « Seigneur, comme je me sens bien ! » Elle réalisa qu'elle venait de louer le Créateur, elle qui avait si peu de religion. C'est dans une complète indifférence qu'elle écoutait les prêches ainsi que les prières du matin et du soir, un rituel qui ponctuait la vie carcérale. Si Dieu existait vraiment, se disait-elle, il ne devait pas aimer ses créatures pour leur envoyer tant d'épreuves. Elle n'était devenue une criminelle que par accident. D'ailleurs, elle ne parvenait pas à se considérer comme telle. Elle si douce, si aimante, comment expliquer ce geste de démence qui l'avait conduite entre ces murs ? La démence, c'était bien le mot qui convenait, lui avait fait commettre une action dont les conséquences étaient irréparables. Pourquoi Dieu, qui la connaissait, l'avait-il placée dans cette situation inextricable ? N'était-elle pas assez dévouée à son prochain ? « Je reconnais la tiédeur de mes sentiments pour vous, murmura-t-elle intérieurement. Est-ce une raison pour vous montrer si dur envers moi ? N'êtes-vous pas tout amour ? »

Joliane ne comprenait pas le dessein de ce Dieu qui envoyait à ses enfants des épreuves au-dessus de leurs forces. Etait-ce pour les convaincre de leurs propres faiblesses face à sa toute-puissance ? Dans ce cas, était-ce charitable ?

Toutes ces questions demeuraient sans réponse. Une autre la taraudait : Dieu avait-il réellement créé l'homme ? N'était-ce pas plutôt l'homme qui avait inventé l'Etre suprême afin de se doter d'une morale, de s'imposer des limites tout en rendant grâce au mystère de sa présence sur la terre ?

Il fallait que Joliane se trouvât entre ces murs pour que lui viennent ces réflexions. Un Dieu qui aime peut-il condamner et punir aussi cruellement ses enfants ? Si l'homme était bien son instrument, alors il ne faisait qu'agir en son nom…

Un conseil de son grand-père lui revint en mémoire : « Ne fais pas tiennes les opinions des autres. Apprends à penser par toi-même. Va plus loin que les idées toutes faites que l'on se transmet. Elles emprisonnent l'esprit et l'empêchent de s'évader. »

« Il serait fier de moi, se dit la jeune fille. Grâce à la sagesse de son enseignement, je vis une deuxième vie hors les murs. Je les repousse, je les franchis, je les brise. »

Puis elle réalisa qu'il serait moins fier de la savoir en ce lieu où l'on enfermait le rebut de la société. « Pourquoi m'as-tu quittée ? Je ne serais pas là aujourd'hui à pleurer sur la mort de ma mère… »

Dans ce vaste dortoir où près de cinquante femmes dormaient, écrasées de fatigue, était-elle la seule capable de raisonner ? Abêties par la misère et par le lourd héritage légué par l'alcoolisme de leurs pères qui coulait dans leurs veines, la plupart des prisonnières étaient privées de cette faculté. L'esprit ne fonctionne sainement que si le corps se nourrit en suffisance. D'où Joliane tenait-elle cette force intérieure que ni le jeûne forcé, ni les humiliations ou les souffrances ne parvenaient à abattre ? Par transposition, elle avait vécu un moment de rêve inoubliable : celui de son mariage avec l'élu de son cœur. Par la puissance de son imagination, elle avait presque réussi à le matérialiser. Elle dénoua ses mains toujours jointes pour explorer l'espace vide de son lit. Mais elle était bien seule, allongée sur cet étroit lit de fer qui n'avait ni le luxe, ni la douceur d'une couche nuptiale. Seule au milieu de quelques dizaines de dormeuses dont l'haleine fétide empuantissait l'atmosphère. Tout aussi vicié, l'air du cachot lui avait cependant paru plus respirable. Et surtout, ce qui lui manquait ce soir, c'était cette promiscuité redoutée de toutes et qui avait resserré autour d'elle un public ébloui par son talent de conteuse et ses connaissances. Manquait-elle à ces femmes autant qu'elles lui manquaient en ce moment précis ? Lui adressaient-elles la même pensée émue que celle qu'elle formulait secrètement ? Harassées, elles devaient dormir, à moins qu'elles ne fussent tenaillées par la faim et qu'alors leur estomac ne les torturât au point de leur refuser un repos bienfaisant.

« Je n'ai pas le droit de me plaindre. J'ai bénéficié d'un adoucissement de ma peine et j'ai été autorisée à manger de la soupe. Entre la satisfaction de l'estomac et le plaisir de la parole, on ne m'a pas laissé le choix. On dirait bien que depuis un moment je ne pense qu'à ma petite personne, à mon bien-être retrouvé. Je parle, je parle, enfin c'est façon de parler, car les sons restent bloqués au fond de ma gorge, et j'ai oublié mon amie Sidonie. Je n'arrive pas à croire à son supplice et pas davantage à l'imaginer. Je refuse ces laideurs que l'on m'a décrites. Cette peinture de la vie me dégoûte : elle me donne la nausée. Non, l'être humain ne peut pas être aussi sale, aussi dénué de sentiments ! Pourtant, que sommes-nous ici, sinon des femmes avilies ? N'ai-je pas moi-même été victime de sévices ? Comment se protéger des atrocités perpétrées au sein même d'une maison censée nous corriger de nos vices ? »

Vide, le lit de la petite Benoîte ramassée en boule comme un chien sous une roulotte. Vide, celui de Sidonie. Livrée aux mains de ses tortionnaires, que devenait la frêle jeune fille ? Sans défense, elle était bien incapable de se protéger de la méchanceté de ses compagnes de cachot. Joliane revoyait les yeux remplis de détresse de la 24, tel un appel à l'aide sans espoir.

Elle fut rassurée de la retrouver le lendemain à l'atelier, à la fois si proche d'elle et si lointaine, semblant détachée d'une réalité à laquelle toutefois elle se cramponnait, comme si le travail de l'aiguille allait la sauver. La nervosité de ses gestes, que l'on pouvait interpréter comme une énergie nouvelle, une volonté de bien faire, contredisait l'accablement qui donnait à son regard une profondeur inquiétante. « Serait-elle en danger ? », se demandait sa voisine qui se rapprocha d'elle imperceptiblement. Elle perçut le tremblement de son corps, sa peur du contact, son incompréhension et son désarroi.

Blessée dans sa candeur, Sidonie ne savait plus à qui accorder sa confiance, ni si elle pouvait se fier à quelqu'un. Et si la 25 allait la trahir ? Non, c'était impossible. Cependant, la méfiance était le meilleur système de protection. Elle se glissa sur le banc afin de se tenir à distance d'un possible danger. La pitié envahit le cœur de Joliane. Et si, détruite par cette triste expérience, la jeune fille décidait de mettre fin à ses jours ?

Tout en passant et repassant le fil devant son aiguille et en alignant les petits points serrés autour de la fente de la boutonnière, elle réfléchissait. En ce lieu clos où l'on avait tout prévu, l'éventualité d'un suicide était inconcevable. Les nombreuses fenêtres étant murées, le seul moyen d'en finir avec la vie consistait à se laisser mourir de faim. La dénutrition était indirectement à l'origine des maladies qui frappaient les détenues et entraînaient leur décès. Pourtant, il ne venait pas à l'idée des pensionnaires de se priver volontairement de nourriture afin d'en terminer au plus vite avec une existence misérable. Lutter pour survivre afin de retrouver un jour sa liberté, tel était le but à atteindre. Le découragement naissait avec le temps, l'épuisement. « Si cette idée me venait, songeait Joliane, je ne vois pas comment je m'y prendrais pour me détruire. Se jeter dans les douves ? Il faudrait trouver un accès. Sont-elles seulement assez profondes ? Si le sol est mou, il doit infailliblement amortir la chute. Notre champ d'action se limite à la cour d'honneur cernée de murs infranchissables. Et la cour du nord ? Le puits ! On y est tranquille puisqu'il se trouve éloigné des bâtiments. Le voilà, le moyen de mettre fin à ses maux ! Irrémédiablement ! »

La jeune fille frissonna : « Quelle mort horrible ! Epouvantable mais définitive. La mort n'est-elle pas toujours définitive ? Evidemment. Cependant, toute tentative peut être suivie d'un sauvetage. Il doit bien y avoir des suicides manqués. Il suffit d'une présence au moment crucial. Le puits est à écarter. Il faut trop de sang-froid. Mais l'anéantissement ne décuple-t-il pas le courage ? »

Elle s'imaginait penchée au-dessus du trou, l'eau noire reflétant son image. C'était regarder la mort en face et, pour basculer, il fallait une force d'âme, une détermination peu communes. Ou tout simplement un immense, un incommensurable désespoir.

Sidonie n'en était-elle pas rendue à cette extrémité ? Comment le savoir ? Joliane émit un souhait sous la forme d'une prière : « Seigneur, faites qu'elle tienne ! Secourez-la. Je ne peux rien pour elle. »

Elle se sentit mieux d'avoir adressé à ce Dieu invisible cette supplique au profit d'un être cher en péril. Elle s'aperçut qu'elle s'était attachée à cette fille comme à une sœur, tant il est vrai que les liens tissés par des souffrances communes sont plus solides que ceux du sang.

Elle passa encore en revue d'autres lieux propices à la réalisation de funestes projets. Se précipiter du haut d'un escalier ne pouvait que vous conduire à l'infirmerie. Cette action spectaculaire était vouée à l'échec.

Il apparut à Joliane qu'au sein d'une prison, il était aussi difficile de mourir que de vivre, à moins de solliciter le concours d'une comparse, ce qui ressemblerait fort à un crime. Qui accepterait d'aggraver sa peine pour délivrer autrui de la sienne ?

Perplexe, la brodeuse fixa son attention sur son ouvrage. Comme elle était loin des contes de la veille avec ses sombres pensées ! La cloche sonna qui interrompit le travail. Fébriles, les mains repliaient les pièces de tissu sur lesquelles elles coulaient l'aiguille en la poussant d'un dernier coup de dé. Quelques heures plus tard, chacune retrouverait l'œuvre inachevée rangée dans son panier. En file indienne, les ouvrières quittèrent l'atelier. Comme elles traversaient la cour, Joliane tourna la tête en direction du puits. Quelle tentation pour qui ne pouvait plus supporter le fardeau de la vie ! Mais aussi quelle horrible fin ! Elle leva les yeux vers le ciel qui s'obscurcissait. De lourds nuages gris s'amoncelaient. Un orage se préparait. Il pleuvrait avant longtemps. La pluie serait-elle la bienvenue sur le vignoble alentour ? Elle n'avait pas raisonné ainsi depuis bien des mois. Ses préoccupations avaient changé d'objet. Une question toute simple lui vint dont elle chercha la réponse avec angoisse : « A quelle époque de l'année sommes-nous ? » Etait-il possible de perdre ainsi toute notion du temps écoulé, d'accuser une rupture avec le rythme et le cycle immuable des saisons ? Les bêtes possèdent la perception intime du moindre changement dans l'ordre de la nature. Aurait-elle perdu cette faculté, cet instinct animal qui lui faisait pressentir l'approche du printemps ou l'arrivée de l'automne rien qu'en humant les effluves apportés par le vent ? Mais ce vent-là n'osait pas visiter les abandonnées du monde des vivants. Il contournait les murailles en hurlant comme pour ajouter à la honte des condamnées à l'enfermement. Ses « hou ! hou ! hou ! » s'enroulaient autour des murailles de la puissante bâtisse sans parvenir à en chasser les fantômes. Il ne balayait jamais à fond la cour d'horreur où stagnaient les miasmes exhalés par une population puant le vice et le crime.

Que se passait-il dans ce monde qui n'était plus le sien ? Quels bouleversements subissait-il ? Aucune nouvelle ne franchissait les murs ou n'ébranlait l'apparente inertie du château-prison. Que devenaient les gens de son village ? Avaient-ils quelquefois une pensée pour elle, ou bien évoquaient-ils à mots couverts l'affaire qui avait secoué la contrée ? Parlait-on d'elle comme d'une dangereuse criminelle ou bien la classait-on dans la catégorie des meurtrières occasionnelles ? Quel accueil lui réserverait-on si elle revenait un jour vivre dans sa maison ? En vingt ans, les esprits auraient eu le temps de s'apaiser, mais pas celui d'oublier. Son cas alimenterait longtemps encore les conversations au point de troubler les cœurs sensibles ou de révolter les incorruptibles. Seraient-ils nombreux à la plaindre ou, au contraire, la chargerait-on de tous les péchés de la terre ? Il est si facile d'accabler les absents. « Aujourd'hui, devant eux, serais-je capable de me défendre mieux que je ne l'ai fait durant le procès ? » Seul Elie avait su, face aux juges, expliquer son calvaire, mais ses accents de sincérité n'avaient ému personne. Que valait sa voix alors qu'il se trouvait lui-même inculpé dans une affaire qui le dépassait ? Dans quelle geôle croupissait-il aujourd'hui ? Elle le revoyait, saisi à la découverte du meurtre qu'elle venait de commettre. Inconsciemment, peut-être avait-il deviné quelle serait l'issue du combat qu'elle menait jour après jour, nuit après nuit. Il savait. Il comprenait. Il pardonnait. Alors il avait accepté de partager cette culpabilité, pensant alléger la sienne. Il avait agi par amour et sans calculs, avec la maladresse des innocents.

Une larme tomba dans l'assiette de Joliane. Sa voisine d'en face la considéra d'un air surpris. Pourquoi pleurer alors que sa peine venait d'être adoucie ? Trouvait-elle la soupe trop fade qu'elle la relevait du sel d'un pleur ? Elle lui adressa un sourire complice que Joliane lui rendit après un bref coup d'œil à la religieuse dont la cornette dissimulait une partie du visage. Un simple signe d'intelligence pouvait la renvoyer au trou. « Pourquoi pas ? se dit-elle. Cette première expérience du cachot n'a pas été aussi désastreuse que je le craignais. » Elle avait eu la chance de la partager avec des femmes qui n'étaient pas des monstres dépravés. Près d'elle, Sidonie mâchouillait un pain sec sans saveur. Il n'avait même pas celle de l'amitié.

Ah ! revenir sur ses pas, sur ses actes, sur sa vie... Remonter le chemin sur lequel on a trébuché, s'arrêter pour saluer le soleil, se baisser pour cueillir une simple, esquisser, seulement esquisser le geste fatal, mais se garder de l'achever afin de ne pas tomber dans l'ornière d'où il est impossible de se relever. Rester patiente jusqu'à l'usure, jusqu'au sacrifice, jusqu'à la folie pour éviter de sombrer dans celle de l'autre.

Résister à son appel, à son cri. En serait-elle capable aujourd'hui ? Elle en était à revivre avec une telle intensité le moment où son existence avait basculé qu'il lui semblait l'entendre, ce cri que la douleur rendait inhumain.

La cloche résonna si violemment à ses tympans que la 25 lâcha sa cuillère qui retomba avec fracas. Le choc se perdit dans le bruit des sabots qui se réveillaient sous les tables. Joliane se leva. Egarée dans sa méditation, elle n'avait pas vidé son assiette. La 24 qui la surveillait s'en empara. Elle profita du mouvement de foule et du tumulte pour avaler ce qu'il en restait.

La promenade aiderait Joliane à remettre de l'ordre dans ses idées, à reprendre pied dans la réalité. Machinalement, elle descendit les degrés du perron. La longue marche vers nulle part sinuait déjà à travers les allées dans un tracé immuable. A chacune de s'inventer son décor et ses découvertes. A ce jeu, Joliane était certainement la plus douée, mais elle avait épuisé son imagination dans cette remontée aux jours d'avant. Fixant la pointe de ses sabots, elle se laissait porter, partie intégrante d'un long corps qui se mouvait en de multiples ondulations.

Et c'était reposant de suivre le mouvement sans s'interroger sur la direction à prendre. Elle tournait sur sa droite lorsque la détenue qui la précédait penchait dans ce sens ou bien à gauche quand elle tournait les talons et que sa robe disparaissait de ce côté-ci. La chenille sans queue ni tête se faufilait partout : entre les tilleuls, autour desquels elle nouait des colliers de toile grise, sous le préau, où le rythme de la promenade ralentissait, chacune éprouvant l'irrésistible désir de s'attarder. Mais cela ne servait à rien de traîner, le directeur ayant fixé le nombre de tours à effectuer dans cette maudite cour qu'elles connaissaient par cœur.

En passant sous les tilleuls, Joliane reçut sur son épaule un bouquet parfumé. Elle le cueillit, le respira et l'enfouit dans sa poche. Ce n'était rien qu'une fleur détachée de sa branche, mais pour la jeune fille, cette offrande avait une signification. Prisonniers de ce château, de ces murailles austères, les arbres continuaient à vivre, à produire, à déployer leurs belles branches qui formaient un ensemble touffu, royal.

Dans cet espace clos consacré au seul exercice physique de plusieurs centaines de réprouvées, uniformément revêtues de la même pelure, rien ne subsistait des fastes de l'ample demeure. La seule impression de majesté qui s'en dégageait venait de ces arbres qui symbolisaient la patience, la sagesse. Sur leurs troncs aux profondes fissures se lisait leur âge. Ils mesuraient le temps écoulé. Ils seraient toujours debout que toutes ces femmes, et combien d'autres, parcourraient encore les allées, à moins qu'on ne les ait eux aussi abattus. « Quelle est la durée de vie d'un tilleul ? », se demandait Joliane en caressant les graines qui roulaient sous ses doigts. Curieuse petite grappe montée sur une tige d'où naissaient des ailes délicates. Elle chercha ensuite à détecter sur sa peau le frais parfum, mais celui des membres de la colonie pénitentiaire était si puissant qu'il couvrait les essences naturelles, des plus subtiles aux plus violentes.

Il était donc inutile de vouloir capter à travers elles les senteurs revigorantes et apaisantes de la liberté. Elles avaient fui ces lieux où dominaient des odeurs lourdes de captivité, de malnutrition, celles de boue et d'infamie qui imprégnaient l'épiderme des pécheresses. « A jamais entachées de vos crimes, vous n'aurez pas assez de votre vie pour vous en repentir et pour expier. » Telle était la phrase dont on leur rebattait les oreilles afin que de leurs errements elles continuent à porter la honte.

Même en abandonnant l'uniforme qui les désignait à l'opprobre collectif, elles ne se laveraient pas de leurs fautes. Partout où elles se rendraient, il se trouverait quelqu'un pour les reconnaître et les dénoncer à la méfiance du peuple. Rattrapées, poursuivies par l'odeur de leurs crimes, elles le seraient jour et nuit par leurs souvenirs, et ceci jusque dans leurs rêves.

Et si les arbres eux-mêmes possédaient un don de mémoire, seraient-ils capables, dans le futur, de raconter ce qu'ils avaient vu ? Dans les siècles à venir, porteraient-ils à la connaissance des hommes les souffrances de ces femmes qu'ils voyaient défiler en silence, marchant inexorablement vers leur fin ?

Au-delà du temps qui tait toute douleur, qui dirait aux vivants leurs peurs sinon ces géants, témoins immobiles enracinés au plus profond de leur histoire…

XV

Abîmée dans la contemplation de la sainte table, Sidonie se préparait à vivre un événement exceptionnel dans la vie d'une prisonnière. Elle regardait sans les voir les ors, le marbre du retable et la nappe de dentelle immaculée. Son regard se fixait tantôt sur la croix où souffrait le sauveur du monde, tantôt sur la statue de la Vierge Marie ou sur le tabernacle où était enfermé le mystère de l'eucharistie.

Pour ne plus ressentir cette souillure de son corps, elle avait eu une terrible envie de mourir, tout en sachant qu'en mettant un terme à son supplice elle encourrait le courroux de son Créateur. Sans le savoir, son esprit avait suivi le même cheminement que celui de Joliane, agenouillée auprès d'elle. Sa peine de cachot accomplie, elle rejoindrait le dortoir avec cependant la haine au cœur. Et c'est dans cet état de révolte qu'elle invoquait la miséricorde divine, un signe qui l'aiderait à surmonter son dégoût d'elle-même. Aussi s'adressait-elle à l'effigie de l'Eternel pour lui avouer ses doutes et ses craintes face à l'avenir, tout en se repentant sincèrement : « J'ai d'abord volé de quoi manger à ma faim et puis, voyant combien c'était facile, je me suis prise à ce jeu. Placée comme servante, je m'occupais du linge. Je repassais des jupons à volants, des chemises brodées et des robes en soie. Il m'est arrivé d'essayer une de ces jolies parures et de rentrer chez moi en gardant sous ma robe un jupon qui la faisait danser à chacun de mes pas. Qui peut comprendre le plaisir que j'éprouvais à me sentir une autre ? Ensuite, j'ai volé de l'argent. Le mal était en moi. Pourquoi les richesses ne se partagent-elles pas ?

On nous enseigne le respect du bien d'autrui, mais j'ai connu trop de tentations dans cette maison qui regorgeait de meubles, de beau linge, d'argenterie, de bibelots. On dissimulait l'argent entre les pages des livres, dans les tiroirs de secrétaires en bois précieux, et même derrière les cadres des tableaux où souriaient les ancêtres de la famille. Lorsque j'ai découvert les cachettes, je me suis servie et, malheureusement, j'ai été surprise. Voilà pourquoi je me trouve aujourd'hui bien punie. Mea culpa ! Mea culpa ! Le remords m'accable. M'accorderez-vous votre pardon ? N'ai-je pas payé assez cher mes vilaines actions ? »

Tandis que le prêtre balançait l'encensoir, Sidonie se frappait la poitrine en implorant la mansuétude de ce Dieu de bonté qui, l'ayant créée faible et mauvaise, ne pouvait pas l'avoir oubliée. Plus que d'autres, elle avait besoin que l'on se penchât sur elle. Pas plus que ses compagnes pourtant. Elle tourna la tête vers Joliane. Elle l'admirait sans retenue. Peu importait la faute qui lui valait vingt ans d'enfermement. Par son attitude, elle suscitait l'admiration. Sachant demeurer calme en toute circonstance, il lui semblait qu'elle détenait la clef du savoir-vivre en milieu carcéral. Etait-ce du fatalisme ? Où puisait-elle sa force ? A quelle source s'alimentait-elle pour garder ce fier détachement, cette réserve qui en imposait face aux humiliations et, surtout, à la perspective de toutes ces belles années perdues. La résignation était-elle sa seule arme ? Nourrissait-elle des aspirations qui la maintenaient vivante, malgré le mince espoir de revoir la lumière sans frontière ? Sa passivité était-elle feinte, ou était-ce un accommodement forcé à une situation sans solution ?

Dans ce milieu fermé d'où la parole était bannie, ses questions resteraient sans réponses. En ce premier dimanche du mois, Sidonie se préparait à un de ces bonheurs inespérés auxquels on ne croit même plus tellement on l'a désiré. Tout d'abord, elle goûterait à une toute petite joie bien innocente, celle de manger les trois onces de viande désossée servie dans le bouillon en accompagnement des légumes habituels. Un plaisir qui ne se produisait pas plus de dix-sept fois l'an.

C'est dans le recueillement qu'elle mit à tremper la fine tranche de pain rassis posée près de son assiette. Tandis qu'il s'imbibait lentement, elle s'occupait à compter les yeux éclatés à la surface. Un peu plus grasse qu'à l'ordinaire, la pitance avait un léger goût de rance. Les maîtres qu'elle avait servis auraient refusé de manger d'une soupe gâtée. Elle avait assisté au renvoi immédiat d'une cuisinière à la suite d'un dîner où figurait une viande douteuse dont, à Cadillac, les invitées du château se seraient délectées. Prolonger le plaisir du palais, c'était se mettre à la torture pour de perpétuelles affamées qui se jetaient sur leur écuelle avec voracité.

Il était donc prévu que ce dimanche ne serait pas semblable aux autres. Il arrivait que de ce lieu devenu sinistre par nécessité des visiteurs franchissent la porte. Oh ! ce n'était pas la curiosité qui les attirait, mais plutôt un élan subit d'intérêt ou d'affection pour une de ces exclues du monde. Avant, il leur avait fallu envisager le voyage, peut-être économiser de l'argent afin de s'offrir les services d'un voiturier, et surtout se plier à quelques formalités obligatoires, la première étant d'adresser une demande écrite au préfet du département qui signait l'autorisation de visite. La lettre passait au préalable entre les mains du maire du village où habitait la personne désireuse de se rendre au château de Cadillac. Après en avoir vérifié les termes, l'édile paraphait la demande. La plupart du temps, le parent ou l'ami qui entreprenait cette démarche étant illettré, un tiers se chargeait de la rédaction de la lettre, quand ce n'était pas le secrétaire de mairie lui-même.

Sidonie était satisfaite d'avoir accompli son temps de cachot. Qu'aurait pensé sa mère à qui l'on aurait refusé le parloir ? Que sa fille était un cas désespéré, que même dans une maison de correction elle trouvait le moyen de se singulariser, qu'elle était une fille perdue pour sa famille et pour la société. Ouf ! Pourvu que le directeur et les gardiennes restent discrets sur cette affaire de cachot !

Elle se trouvait sous le préau avec les autres lorsque la double porte livra passage à quatre personnes parmi lesquelles elle reconnut sa mère. Un gardien pria les visiteurs de le suivre. Sœur Humilienne appela les privilégiées qu'elle accompagna au parloir, cet endroit mystérieux où l'on avait exceptionnellement le droit de s'exprimer. Joliane tressaillit en entendant énoncer le chiffre 24. Elle ressentit un drôle de petit pincement au cœur, immédiatement suivi d'un sentiment de contentement. Après ce que venait de subir sa compagne, ce réconfort serait le bienvenu. Peut-être pourrait-elle s'épancher et retrouver un peu de sérénité et de cette innocence qui la caractérisait, bien qu'elle fût douloureusement marquée par les abus répétés.

Joliane essayait de deviner laquelle de ces quatre personnes était venue pour Sidonie. Le petit homme sec et nerveux, entre deux âges, et qui portait une moustache cirée ? Ou, parmi ces trois femmes, l'aïeule s'appuyant sur une canne et se tordant les chevilles à chaque pas sur les pavés irréguliers ? Lorsque la plus jeune tourna la tête, elle reconnut dans son profil celui de Sidonie. Sa mère ! C'était donc sa mère qui, apparemment, avait fait un effort d'élégance pour rendre visite à sa fille. Elle arborait un chapeau visiblement emprunté pour la circonstance et pas du tout en harmonie avec sa robe d'un mauvais drap délavé. En cherchant à se donner l'allure d'une dame respectable, elle avait réussi à paraître ridicule et, pour être touchants, ses efforts restaient néanmoins sans effet. Ils ne faisaient qu'accentuer la pauvreté de sa mise et trahissaient la modestie de sa condition.

Cette visite au château avait probablement provoqué une confusion dans son esprit. S'attendait-elle à l'austérité de cette façade, à ces alignements de barreaux, à ces grillages, à tout ce déploiement d'un système défensif dont la vue offensait le regard et glaçait le sang ?

Confrontée à la réalité de sa fille retenue dans cet univers concentrationnaire, elle avait le souffle coupé et une terrible envie de fuir. Quelle idée saugrenue d'être venue la voir ! De l'extérieur, le pavillon de la conciergerie masquait une partie du château, mais personne ne pouvait ignorer la prison installée dans cette citadelle dont toutes les issues étaient cadenassées, murées, verrouillées. Avant de pénétrer dans la cour, le concierge lui avait ordonné de vider le sac suspendu à son épaule. Il en avait examiné le misérable contenu. La prenait-on pour une voleuse, au même titre que sa fille ? Quand l'homme déplia le linge et prit le morceau de pain qu'il rompit, elle protesta contre le procédé qui gâchait la miche qu'elle venait d'acheter chez le boulanger de Cadillac, celui qui tenait boutique sous les arcades de la bastide. Impassible et muet, le fonctionnaire poursuivait son travail. Les miettes jonchaient la table sur laquelle se répandaient ses maigres biens : une escarcelle plus maigre qu'elle-même, un couteau de ménage qu'il confisqua, un sachet contenant des pommes et une grappe de raisin, une clef.

L'homme remit le tout dans le sac :

— Vous pouvez le garder. Vous repasserez pour chercher le couteau.

— Pourquoi ne me le rendez-vous pas maintenant ?

— Parce qu'il est interdit d'introduire un objet tranchant dans cet établissement.

— Je… je ne savais pas. Je l'avais pris pour couper le pain.

— Eh bien c'est fait ! Vous le saurez pour la prochaine fois.

— Curieuse façon de recevoir les gens.

— Sachez que vous entrez dans une prison. Les pensionnaires de la maison centrale ne sont pas toutes des enfants de Marie.

— Ma fille n'est pas une criminelle.

— Le règlement est le même pour toutes les détenues et pour tous les visiteurs qui pourraient s'introduire ici avec des intentions peu louables.

— Oh !

La mère de Sidonie avait ramassé son sac en grommelant :

— Grossier personnage ! Si j'avais su !

Où se croyait-elle et qui se croyait-elle ? Sous le léger vernis acquis au service d'une noble famille, il n'y avait rien d'autre qu'une femme ordinaire, la mère d'une voleuse.

Elle n'était pas au bout de ses surprises. Avant de pénétrer dans le parloir, la religieuse procéda à une fouille de sa personne qui la laissa interdite, profondément offusquée. Pourtant, elle n'avait fait que palper son corps au travers de ses vêtements, sans lui infliger la honte d'une séance de déshabillage. Mais la pauvre femme avait l'impression qu'elle entrait dans cette prison pour ne plus en ressortir, elle-même inculpée de quelque méfait. Les soins qu'elle avait apportés à sa toilette lui paraissaient maintenant déplacés, et dérisoire son souci de se présenter à son avantage. Ici, l'on ne se souciait que de sécurité. Elle aurait dû s'en douter.

Enfin, elle se trouva devant sa fille. Les deux femmes se dévisagèrent longuement sans que l'une ou l'autre parvînt à amorcer un début de conversation. Sidonie n'osait rompre le silence de crainte de retourner au trou. Il lui semblait que de longues années s'étaient écoulées depuis son emprisonnement. Elle n'osait croire à son bonheur et se retenait d'embrasser sa mère tant elle redoutait qu'un geste, un mot venus d'elle ne la fasse s'évanouir, comme un mirage.

— Tu as maigri, constata la visiteuse sans marquer autrement d'émotion.

Elle était donc réelle ! Elle était de chair et de sang, cette drôle de petite bonne femme attifée à la fois comme une dame et comme une servante.

« Je ne rêve pas », se dit la 24 que la surprise médusait.

Trois autres couples s'étaient formés dans cette salle attenante à celle de l'école. Dans un coin du parloir, se tenait sœur Humilienne, qui veillait au bon déroulement de ces retrouvailles et était le témoin de ces échanges verbaux :

— A partir de maintenant, vous pouvez parler, avait-elle dit en lâchant les quatre prisonnières.

Mais la perpétuelle crainte des représailles sanctionnant le moindre mot les paralysait. Entraînée par sa mère, Sidonie se retrouva assise à un coin de la table qui leur fut assigné.

— Regarde ce que je t'ai apporté, dit sa mère en espérant la dérider.

Le pain était en piteux état. Il disparut bien vite dans la poche du tablier de la jeune fille qui écarquilla des yeux avides sur les fruits. Elle commença à picorer la grappe de raisin.

— Je l'ai cueillie dans une vigne, un peu avant d'arriver à Cadillac.

Du raisin volé ! Ce geste ne donnait-il pas raison à l'adage : telle mère, telle fille... En goûtant de ce fruit, ne se rendait-elle pas complice de la voleuse qui s'était penchée sur elle pour avouer son larcin ? Avait-elle seulement conscience d'avoir commis un acte aussi répréhensible que ceux qui avaient conduit sa fille en prison ? Et juste avant de pénétrer dans cette maison centrale qui se chargeait de vous faire payer toutes vos erreurs, depuis le simple chapardage jusqu'au crime le plus crapuleux !

— Les pommes viennent du verger de ton oncle.

Sidonie interrogea sa mère du regard et d'un imperceptible mouvement de la tête qui lui fit redresser le menton.

— Il va bien, si c'est ce que tu veux savoir. On t'a dit que tu pouvais parler. Pourquoi t'obstines-tu à jouer les muettes ?

La jeune fille haussa les épaules.

— J'ai dû me réfugier chez lui après ton arrestation. A cause de toi, j'ai perdu mon travail. Monsieur m'a renvoyée comme une voleuse.

Sidonie accusa le choc. Elle allait parler mais ne trouvait plus rien à dire après cette révélation. Ainsi sa mère payait-elle chaque jour pour ses fautes passées.

— Je suis venue pour t'annoncer que je quitte la région. Un veuf m'a demandée en mariage. Il habite dans le Médoc. C'est un ami de ton oncle. C'est lui qui a arrangé notre rencontre. Pour moi, c'est une chance inespérée qui ne se produit qu'une fois dans la vie. Alors je pars. De toute manière, cet endroit est sinistre ; je n'y serais jamais revenue. On y est très mal reçu. Ma pauvre fille, je me demande comment tu peux te supporter derrière ces murs. C'est vrai qu'on doit s'habituer. Et puis tu as fait ce qu'il fallait pour mériter ce châtiment. Quand tu seras libérée, rends-toi chez ton oncle. Je pense qu'il t'aidera. Moi, je ne peux pas imposer ta présence à mon futur époux. Comprends-moi : je lui ai caché ton existence de crainte qu'il n'annule notre projet de mariage. Mon frère, qui le connaît bien, pense comme moi qu'il est préférable de lui taire la vérité : ma fille est absente pour le moment, elle purge une peine de prison. Enfin, je veux croire que tu es bien traitée dans cette maison. Un château ! Et quel château ! Tu auras de quoi raconter sur ton séjour chez le duc d'Epernon. Tout le monde ne peut pas se vanter d'habiter dans une forteresse où le roi lui-même avait ses appartements. Je me suis renseignée. Allez, va, sois patiente. Plus tu passeras de temps derrière ces murs, meilleure tu en sortiras. Et quand le moment sera venu, tâche de te tenir tranquille. N'oublie pas qu'aux yeux du monde tu es marquée à vie. Une voleuse reste une voleuse, quelle que soit sa conduite, et même si la condamnée devient exemplaire. Le rachat des péchés, cela n'existe que dans les sermons de curé. Aucune prière ne te lavera, ni aucune bonne action. J'en ai longuement parlé avec ton oncle. Il est de mon avis. Aussi, s'il prend le risque de t'accueillir dans sa maison, je te demanderai de lui montrer de la reconnaissance. Rembourse-le chaque jour de ta dette. C'est un conseil de mère que je te donne.

La visiteuse attendait une réaction, un mot qui ne venait pas.

— Tu n'as vraiment rien à me dire ? Dis-moi bonne chance tout de même ! Ne me laisse pas partir sans les souhaits de bonheur auxquels j'ai droit. Je suis inquiète pour mon avenir. Je ne te cacherai pas que l'inconnu m'effraie un peu, même si cet homme me convient. Il a un peu de bien. Comme je ne possède que ce que j'ai sur moi, je n'ai rien à perdre dans ce marché. Alors j'ai décidé de tenter l'aventure. Le grand départ est pour bientôt.

Elle se leva. Sidonie restait rivée à son siège. Elle n'en tirerait rien.

— Ma fille, je suis contente de t'avoir revue une dernière fois. Je ne pouvais pas partir sans t'avoir mise en garde contre tes penchants naturels. C'est bien la moindre des choses que je me préoccupe de toi. Tu as toujours été une enfant difficile. Ici, tu apprendras l'honnêteté et la discipline. Prends soin de toi, Sidonie. Et prie pour moi si tu en as l'occasion. Le temps de réfléchir ne doit pas te manquer.

Elle ramassa son sac et plaqua deux baisers sur les joues de sa fille qui ne réagit pas à ces effusions. Puis elle se dirigea vers la sortie et se ravisa :

— Les pommes ! J'allais les emporter ! Tu les mangeras en pensant à moi.

Sidonie regardait sa mère, ou plutôt elle la dévorait des yeux. Après l'avoir tant attendue, elle allait la perdre. Elle venait de se montrer ignoble, et pourtant la jeune fille aurait voulu la retenir encore un moment. Elle aurait voulu lui parler, lui raconter sa vie, ses souffrances, lui témoigner son amour, lui dire sa détresse. Un seul mot filtra d'entre ses lèvres, comme un murmure :

— Maman…

— Enfin ! Tu te décides ! J'ai bien cru que je n'entendrais pas le son de ta voix. Ce n'est pas facile de parler avec toi. Laisse-moi partir maintenant. Cet endroit me donne le cafard. Il est aussi triste que toi, ma pauvre petite.

Sidonie devrait se contenter de cet interminable monologue qui mettait en évidence la rancune de sa mère et son égoïsme. Elle n'était venue que pour l'accuser du tort irréparable qu'elle lui avait causé. Il fallait qu'elle se libère afin de se donner bonne conscience et avant de tirer un trait sur le passé, trop contente d'en rayer un élément gênant.

Sœur Humilienne, qui assistait aux entretiens, pensait qu'un silence plein d'amour et d'émotion eût été préférable à cette litanie chargée de reproches. Rien que la présence aimée, la chaleur d'un sourire pour redonner du courage et la force de supporter la punition combien sévère et excessive comparée à la faute, voilà ce qu'espérait la jeune délinquante.

Cette visite laissait la 24 plus coupable qu'avant, et surtout plus désemparée, abandonnée par la seule personne de qui elle attendait un soutien. Le malheur la poursuivait. Si sa mère la rejetait, c'est qu'elle devait être la pire des créatures : une espèce à bannir. Et c'est peut-être ce qui la désignait à la vindicte de ses congénères.

« Je suis une fille perdue, à jamais déshonorée », se répétait-elle en sortant de ce parloir dont elle espérait une telle joie, comme une lumière au milieu de toute cette noirceur. Hagarde, elle reprit sa place sur le banc du préau en attendant que s'étire le temps, baume à toute douleur. Un temps long comme tous les jours qu'elle venait de vivre avec, pour tenir, un quignon de pain sec et de l'eau.

Joliane lui lançait des coups d'œil furtifs et inquiets. De sa main droite qu'elle plongeait dans la poche de son tablier, Sidonie écrasait nerveusement son morceau de pain frais. De temps à autre, elle retirait sa main et des miettes se répandaient sur le sol. Autour d'elle, très vite, une nuée de moineaux s'abattirent pour venir picorer. Leurs pépiements attirèrent l'attention d'une gardienne qui dénonça ce gaspillage au directeur. Celui-ci prononça la sanction :

— Huit jours au pain sec lui apprendront à respecter la nourriture que Dieu consent aux plus ingrats de ses enfants.

Mais Sidonie était absente. Rien ne pouvait plus la toucher. Ce qui lui restait d'enfance s'était écroulé. On pouvait bien l'enterrer vivante. La chaleur de la terre serait sa plus douce consolation.

XVI

A Cadillac, on avait été long à appliquer les réformes, y compris la dernière. Une nouvelle religieuse remplaçait la Debardi. A la manière dont elle prit les choses en main, les gardiennes, et même les détenues, comprirent que la fermeté étant sa qualité première, cette femme de poigne n'admettrait aucune complaisance de qui que ce soit. Elle sévissait depuis deux semaines quand elle s'avisa de la non-observance d'un décret. Elle s'entretint longuement avec le directeur sur les mesures à prendre. L'arrêté édicté par le ministre de l'Intérieur devait impérativement prendre effet. On n'avait que trop tardé. Il était inadmissible que certaines pratiques fussent encore tolérées dans une maison centrale. Ces deux mots explicitaient parfaitement la mission de ce haut lieu dont l'objectif était de sévir par tous les moyens et d'étouffer dans l'œuf toute idée de rébellion. L'épouse de Dieu se déclarait outrée que l'on négligeât l'application de la nouvelle loi, aussi pressait-elle le directeur d'en énumérer lui-même le contenu aux détenues :

— La prison a le devoir de combattre les mauvais penchants et non pas celui d'encourager l'alcoolisme. Ce que je constate ici n'est guère édifiant et peu digne de cet établissement.

— Ne jugez pas sur quelques cas isolés. Le vin est un aliment dont les femmes ont besoin pour survivre.

— Je refuse ce point de vue. Il est contraire à l'ordonnance.

Sœur Léone, que tout le monde rebaptisa la supérieure, obtint que lecture soit faite de ladite ordonnance une fois les détenues regroupées dans la cour d'honneur.

Lorsque la cloche sonna pour annoncer l'heure de la promenade, une surveillante de chaque section frappa dans ses mains afin de rétablir le silence, car déjà les sabots amorçaient leur concert. Forçant la voix, sœur Léone déclara :

— Une fois descendues dans la cour, vous vous rangerez en ordre serré contre le mur de l'atelier et vous attendrez.

Que signifiait ce préambule ? « Il se passe enfin quelque chose ! », pensaient les plus confiantes. « Que nous prépare-t-on ? », se méfiaient les autres. Pour la plupart des gardiennes, c'était faire grand cas des prisonnières que de rompre avec les saines habitudes de la maison pour les avertir d'un changement. Cela risquait de créer une petite émeute que l'on n'aurait pas les moyens de circonscrire, tandis qu'en appliquant les récentes mesures avec autorité, on plaçait les détenues devant une situation qui n'autorisait aucune récrimination. Les réunir pour une lecture d'information, c'était donner beaucoup de solennité à l'événement, tout en accordant à ce gibier de potence une importance dont ces femmes seraient bien capables de tirer profit. Sœur Humilienne n'était pas d'avis de claironner ces nouvelles dispositions dans la cour d'honneur.

— C'est faire trop d'honneur aux détenues que de les traiter en personnes libres. Une simple communication dans chaque dortoir serait de loin préférable. Lancée telle une bombe sur plus de trois cents têtes, cette nouvelle risque d'engendrer une réaction violente. J'ai peur du nombre. Il suffit de quelques esprits vite échauffés pour entraîner toute une population. Que ferons-nous si elles s'insurgent ?

Ce à quoi Félicien rétorqua :

— Notre présence suffira à les intimider. Je vous garantis que nous n'hésiterons pas à distribuer du bâton. Le mien me démange déjà !

— Pas de brutalité, intervint sœur Céleste. On ne résout pas les crises par la force ; ce procédé doit être l'ultime recours.

— Nous n'allons tout de même pas nous en laisser imposer par une bande de criminelles !

— Je vous rappelle que ces femmes ne sont pas toutes des meurtrières et que les pousser à bout ne serait pas chrétien.

— En tant que chrétienne, quelle méthode préconisez-vous en cas de révolte ?

— Révolte est un mot excessif. Pour la déclencher, il faut des moyens dont elles ne disposent pas.

— Et de la force du nombre, qu'en faites-vous ? Nous ne sommes pas à l'abri d'une petite révolution. Nous aurons beau fourbir les armes, nous ne possédons que des morceaux de bois qui peuvent blesser sérieusement mais n'impressionnent guère. Ce n'est pas comme la poudre !

— Vous ne voudriez tout de même pas exercer votre métier avec le fusil au côté ?

— Et pourquoi pas ? Le métier de gardien de prison est reconnu comme suffisamment dangereux pour autoriser le port d'une arme, même dans une prison pour femmes. J'ai été plusieurs fois mordu par ces femelles, et si elles avaient eu la rage, je ne serais peut-être plus là pour en parler.

— Si vous n'en aviez pas abusé, elles n'auraient pas eu à se défendre.

— Si vous prenez leur parti, comment voulez-vous qu'on en vienne à bout ?

— Attendons de voir comment elles se comporteront à l'énoncé de cet arrêté. Rien ne nous dit qu'elles ne s'y plieront pas de bon gré.

— Je les connais mieux que vous ; toutes des vicieuses sans foi ni loi !

— Et vous, en avez-vous ? Etes-vous si différent ? N'avez-vous jamais enfreint la loi que vous êtes chargé de faire respecter. Tout est permis à condition de ne pas se faire prendre, n'est-ce pas ?

— Pour une bonne sœur, vous connaissez bien l'âme humaine. Vous n'avez pourtant aucune expérience de la vie.

— J'observe. Et ce que je ne vois pas, je le devine. J'ai pour les brebis égarées la plus grande indulgence ; je vous conseille d'être plus charitable envers ces pauvres femmes confiées à votre surveillance. Elles se montreraient sans doute moins farouches.

— Insinuez-vous qu'elles n'oseraient pas me résister ?

— Décidément, vous êtes un pervers de la pire espèce.

Ceci étant dit, la religieuse tourna les talons dans un bruissement de robe.

La gravité du moment apparut aux prisonnières dès les premiers mots de la déclaration. Hormis celles condamnées au cachot de jour comme de nuit, toutes se trouvaient alignées sur une dizaine de rangs, et cela était impressionnant de voir avec quel calme elles attendaient. Accompagné du greffier, monsieur le directeur en personne quitta son bureau pour se rendre face au bâtiment des ateliers. Afin de donner plus de sérieux à la déclaration qui serait faite, les deux hommes avaient apporté un soin particulier à leur tenue vestimentaire. Elégance et sobriété ajoutaient à leur autorité tout en assurant plus de poids à leur intervention. Sœur Léone vint se ranger à leur côté. Monsieur le directeur déplia avec lenteur la feuille qu'il tenait en main. Par-dessus ses lorgnons qu'il avait ajustés sur son nez, il promena son regard sur les prisonnières comme s'il cherchait à mettre des noms sur les visages fermés. L'impatience était vive dans la population silencieuse, mais les sabots se tenaient tranquilles. Même les oiseaux avaient cessé leur gazouillis. Un raclement de gorge pour donner à la voix une meilleure portée, et sur la cour où planait une sorte de paix religieuse qui précède toute tempête tombèrent les premiers mots.

— Par un arrêté du 10 mai émanant du ministre de l'Intérieur et contresigné par Sa Majesté le roi Louis-Philippe, il sera désormais interdit de vendre du vin dans les cantines des prisons du royaume.

Les aliénées du goulot accusaient un effarement proche de l'étouffement. Joliane elle-même, qui puisait une partie de son énergie dans le sang de la vigne, tremblait du menton. Sans l'alcool qui réveillait les papilles, communiquait au ventre comme au cerveau un bien-être, une chaleur compensatrice de toutes les carences, elle se voyait déjà privée d'un aliment qui, aux heures sombres, décuplait son imagination et l'aidait à meubler ses rêves.

Mais ce n'était pas fini. L'ordonnance stipulait une réglementation sévère des produits vendus à la cantine. En effet, tout autre aliment que le beurre, le lait, le fromage et les pommes de terre bouillies se verraient dorénavant supprimés. Prohibés les morceaux de viande et de poisson, heureux suppléments au régime pratiquement dépourvu de protéines. Ce qui manquerait le plus à Joliane, c'étaient les œufs durs qui vous calaient avantageusement l'estomac. Elle les gardait un long moment en bouche pour jouir de ce mets simple et tellement savoureux, riche en goût et qu'elle payait de ses deniers durement gagnés. Resteraient cependant le beurre à étaler sur le pain, parcimonieusement, les portions étant minces, le fromage qui flattait agréablement le palais, le lait qui agrémentait l'ordinaire mais ne remplacerait jamais cette boisson hautement stimulante, ce nectar béni des dieux qui présidait toute fête depuis l'Antiquité. Effondrées par cette première annonce, les femmes commencèrent à remuer, les sabots à protester, lorsque la supérieure leur intima le silence :

— La communication n'est pas terminée. Dès aujourd'hui, il vous sera interdit de garder par-devers vous de l'argent, pas même le produit de votre travail ; celui-ci sera mis en réserve et les denrées que vous achèterez seront déduites de votre compte personnel. Le pécule que vous aurez amassé vous sera remis au jour de votre libération. Cet arrêté signé des autorités suprêmes ne doit en aucun cas être transgressé. Il ne sera plus toléré aucun laisser-aller dans cet établissement. Je me charge d'y veiller.

Ces nouvelles restrictions léseraient l'entrepreneur qui verrait son commerce péricliter, d'autant que le vin représentait à lui seul une source appréciable de revenus.

Dans ce rassemblement où les silhouettes étaient noyées sous les mêmes oripeaux, se distinguaient toutes sortes de personnalités : les femmes plus ou mois passives, disciplinées, déjà éteintes par des années de captivité, et auxquelles le système répressif avait annihilé toute volonté. Celles qui, les poings serrés ou ramenés sur les hanches, s'insurgeaient contre des décisions qu'elles considéraient comme injustes. D'autres, tout aussi nombreuses qui, rompant avec la loi du silence, osaient protester. Devaient-elles accepter sans récriminer qu'on leur supprime les seules douceurs nécessaires à leur survie ? Voulait-on leur mort par inanition ? Disséminées dans les rangs, les fortes têtes se signalèrent en hélant leurs compagnes. Véhémentes, elles brandissaient le poing.

— Avez-vous entendu ? On veut nous obliger à travailler avec le ventre vide ! On cherche à nous tuer à petit feu, à nous pousser au suicide !

— Révoltons-nous ! A bas les surveillantes !

— A bas les sœurs ! A bas les sœurs !

De tous les coins du château accouraient les membres du personnel. Les gardiens, qui se tenaient prêts à intervenir et avaient prévu des échauffourées, encadraient les rebelles. Les surveillantes laïques et libres rassemblaient leurs forces. Même les femmes de peine, alertées par les cris, se précipitaient au-devant de la foule en colère.

On vit l'aumônier quitter la place en retroussant sa soutane et revenir peu après avec le curé de la bastide. De part et d'autre, on s'observait, on s'interpellait, des insultes étaient proférées. Dans leurs beaux habits, le directeur et le greffier se concertaient. Comment éteindre ce début d'incendie qu'ils venaient d'allumer ?

— Nous n'aurions pas dû procéder aussi brutalement. Une déclaration ouverte, ce n'était pas une bonne idée.

— Vous n'aviez que trop tardé, disait sœur Léone. Les lois sont faites pour être appliquées dès leur promulgation.

— Nous aurions dû opérer par étapes, très progressivement.

Pendant ces échanges d'appréciations, la température montait. De plus en plus nombreuses à se manifester, les femmes devenaient virulentes, les voix haineuses. Joliane ne savait quelle attitude adopter. Crier avec les autres ou courber la tête sous la catastrophe qui s'abattait sur la colonie pénitentiaire ? Elle pressentait que toute révolte était d'avance vouée à l'échec. Face à un décret sans appel, que représentait une bande de proscrites, fussent-elles des affamées réclamant le droit de manger à leurs frais ?

— Qu'elles crèvent ! hurlèrent les meneuses en désignant les surveillantes qui tentaient en vain de ramener un semblant d'ordre.

« Nous crèverons avant elles, songeait Joliane. Cette mesure vise à nous supprimer, sans violence et sans bruit. Le pays veut se débarrasser de ses pestiférés, hommes et femmes, qui sont le déshonneur du royaume. On veut nous éliminer pour éviter que le crime ne se propage comme une maladie honteuse. »

Son raisonnement était malheureusement fondé. L'arrêté précisait en outre et en particulier : « Le travail doit être la seule distraction de la détenue et la règle du silence doit avoir pour résultat de faire sentir plus vivement la captivité. » Si le monde allait de l'avant, il ne s'humanisait guère. Le mot clémence ne rimait décidément pas avec France.

Dans la cour, habituellement traversée de long en large par un régiment de femmes qui marchaient toutes dans le même sens et au même rythme, régnait aujourd'hui le plus grand désordre. On n'eût jamais cru possible une telle pagaille ! Un air de liberté soufflait sur la cour d'honneur ; il gonflait les poitrines, dessillait les regards dans lesquels il allumait des étincelles de vie. Les prisonnières parlaient entre elles, s'enivraient de paroles, vite, avant que l'interdit ne les prive de nouveau de cette faculté. S'exprimer haut et fort, et pas seulement à la semelle des sabots ou au frémissement des lèvres.

Les meneuses entraînaient les autres à leur suite. Ce n'était que harangues et chuchotements :

— Pour être entendues, il faut nous unir et nous montrer fortes.

— C'est la supérieure qu'il faut abattre.

— Je connais un moyen de nous en débarrasser.

Les criminelles les plus dangereuses se concertaient. Le complot prenait forme. Il s'agissait bien de tuer celle qu'elles considéraient comme la responsable de leurs malheurs. C'est elle qui dirigeait maintenant la maison centrale, elle qui appliquait la plupart des sanctions, décidait des cachots et se montrait intransigeante sur l'application de cet arrêté. Elle méritait mille fois la mort. On allait lui offrir une fin qui la ferait monter directement au paradis. Le puits ! Sa mort serait assez horrible pour que l'on se sente vengé des souffrances endurées par sa seule cruauté.

La nouvelle circulait de groupe en groupe, réjouissant les plus endurcies, celles pour qui le crime n'était qu'un simple règlement de comptes, une justification de leur existence ; elle agissait sur les autres comme un coup de tonnerre suivi d'une averse bienfaisante qui apaise en incitant à la réflexion. Se révolter pour obtenir le maintien d'une tolérance était une revendication légitime. Toutefois, ces dernières ne seraient pas du complot qui proposait un crime comme une solution à leurs déboires.

Joliane se laissait porter par le mouvement de va-et-vient des robes grises qui se frôlaient. Elle reconnaissait un numéro, cherchait un visage, écoutait, prenait le pouls de ce rassemblement insolite.

Cet après-midi-là, les ateliers restèrent vides. Les ouvrières avaient mieux à faire qu'à tirer l'aiguille. Le vent de révolte qui soufflait sur la cour du château voulait en balayer toute idée de changement tendant vers une régression. Il fallait se liguer contre l'oppresseur.

Sidonie suivait Joliane pas à pas, mais celle-ci ne la voyait pas. A un certain moment, la 24 se trouva nez à nez avec une de ses tortionnaires. Une deuxième puis une troisième l'entourèrent pour l'empêcher d'avancer.

— Alors, ma colombe, toujours amoureuse ?

— Toujours fidèle à la belle indifférente ?

— Décidément, tu en pinces pour les crânes rasés.

— Je parie que tu nous regrettes.

— Ça peut s'arranger, tu sais. Il doit bien rester quelques sous au fond de ta poche.

— Ce ne sera pas payer trop cher le plaisir que nous allons te donner.

Le visage déformé par la peur, la pauvre Sidonie était au bord de la crise de nerfs.

— Le moment est mal choisi. Nous allons d'abord décider du sort de la supérieure. Ensuite nous nous occuperons de toi, ma jolie. Tu ne perds rien pour attendre.

Et elles disparurent parmi les centaines d'uniformes. Sidonie se mit à courir. Elle ne savait dans quelle direction fuir pour échapper à une autre rencontre. Elle buta sur un pavé, tomba sur le sol inégal, se releva en titubant, et toucha ses genoux. Elle avait mal. Elle passa une main sous sa jupe et la retira tachée de sang. Les larmes lui montèrent aux yeux. Ce n'était qu'une blessure sans gravité, mais, perdue telle une enfant dans cette foule hostile, elle souffrait du corps et de l'âme, atrocement.

Aidé de l'aumônier, le curé invita les prisonnières à une prière commune. Dans la crainte des représailles, les plus dociles se taisaient, bousculées par les révoltées.

— Pas de cantine, pas de travail ! hurlaient les perturbatrices.

Brusquement, le bruit cessa. Vaincues par le discours des robes noires, les faibles s'agenouillèrent sur le pavé pour recevoir la bénédiction. La rébellion semblait conjurée, mais le tumulte reprit bientôt et dura jusqu'à l'heure du coucher. En gravissant les marches qui conduisaient au dortoir, les plus acharnées continuaient à tempêter, jurant qu'elles ne reprendraient le travail que lorsque leur seraient rendus tous les avantages que cet arrêté stupide prétendait leur ôter.

La nuit fut très agitée dans tous les dortoirs. Rares furent celles qui purent trouver le sommeil. La journée avait été torride et les menaces planant sur le château-prison créaient une atmosphère de colère collective proche de l'hystérie. Les gardiens se relayaient aux portes des dortoirs et dans les couloirs. Réfugiées dans leur tente en toile, les surveillantes s'attendaient au pire. Rien d'anormal ne se produisit.

Les fauteuses de troubles ayant été repérées dès le début de l'émeute, le directeur, tenu au fait de leur rôle, avait donné des ordres et pris certaines dispositions visant à se protéger d'une dégradation de la situation. Par ailleurs, il en avait informé le préfet dont il attendait un conseil, et peut-être un secours.

Dès le point du jour, la supérieure, accompagnée d'un gardien, fit irruption dans le dortoir de Joliane, qui les vit s'avancer entre les lits de fer. La religieuse secoua une dormeuse :

— Levez-vous et suivez-nous.

Le petit groupe quitta la salle. Que se passait-il ? Où emmenait-on cette femme et qu'allait-on lui faire ? On ne lui avait même pas laissé le temps de se vêtir. A peine quinze minutes plus tard, la sœur et le gardien réapparaissaient. Terrifiée, Sidonie se cacha sous sa couverture. Joliane fit mine de dormir tout en épiant le manège de l'étrange duo. Une des révoltées de la veille fut arrachée de manière brutale à sa couche, et peut-être à son rêve d'un fastueux banquet. Elle eut le temps et le réflexe d'attraper sa robe suspendue au dossier du lit et suivit en grommelant les deux acolytes. La scène se renouvela plusieurs fois. Joliane compta ainsi huit prisonnières emmenées hors de la salle et remarqua qu'elles étaient de celles qui avaient fomenté la mutinerie. « Je ne crains rien », se dit-elle en se levant pour une visite sanitaire. Et elle passa discrètement une main apaisante sur la forme lovée sous sa couverture.

XVII

Les responsables de la cabale avaient été conduites l'une après l'autre dans les cachots. Derrière les verrous, elles pourraient hurler à leur aise et cogner sur les portes à s'en briser les poignets. L'épaisseur des murailles étoufferait leurs cris. Joliane se félicitait d'être restée neutre. Elle savait bien qu'il était inutile de lutter contre un pouvoir. Le combat était inégal. Fussent-elles deux fois plus nombreuses qu'on les eût maîtrisées, écrasées, broyées.

Lorsque la religieuse revint, toujours accompagnée du gardien, les femmes se regardèrent. Qui serait la prochaine ? Une terreur animale s'emparait des plus faibles. Tout en s'habillant et en retapant leur lit, elles avaient pris le temps de réfléchir sur le sort de celles qui avaient quitté le dortoir, encadrées et poussées sans ménagement vers la sortie. Qu'étaient-elles devenues ? Les avait-on jetées dans des souterrains qui deviendraient leurs tombes? Entravées avant de les précipiter dans l'eau de l'Euille ? Le château comportait-il des oubliettes ? Et si la rumeur du complot était parvenue à la connaissance du directeur ou de la supérieure? Sachant la fin que les insurgées destinaient à cette dernière, aurait-elle décidé, par esprit de vengeance, de leur faire goûter de l'eau du puits ? Son âme était assez mauvaise pour que lui en soit venue l'idée.

Le gardien posa sur le parquet un sac qu'il portait sur le dos. Il l'ouvrit. Aidé de la cornette, il distribua le pain pour la journée à chacune des prisonnières. Avant de se retirer, sœur Léone déclara :

— Selon la décision prise par monsieur le directeur, vous serez tenues enfermées jusqu'à nouvel ordre. Ensuite, nous aviserons.

Tous deux disparurent sans ajouter un mot. On entendit la clef tourner dans la serrure avec un grincement sinistre. La même scène se répéta dans les autres dortoirs. Livrées à elles-mêmes, les mutinées se regardaient sans comprendre, un peu abasourdies.

Une pauvre lumière pénétrait dans la salle. Les remugles de la nuit stagnaient en une chape nauséabonde. Elles étaient seules, à la fois libres et prisonnières, inactives et tragiquement isolées du monde. Joliane avait beau se creuser la tête, essayer de trouver en elle le fil conducteur d'une idée qui l'entraînerait en des lieux qu'elle voulait idylliques, rien ne lui venait. Elle choisit de se pencher sur sa voisine afin de la réconforter. Elle s'assit un moment auprès d'elle, sans parler. Finalement, certains silences en disaient beaucoup plus long que des mots. L'habitude en était prise. Puis elle se leva, tira de sa poche le peigne devenu inutile. Elle défit le mouchoir de tête de Sidonie et se mit à démêler ses longs cheveux.

— Ils sont beaux, lui dit-elle. Leur couleur est rare.

— Ici, à quoi cela sert-il d'être jolie, et pour qui ?

— Un jour tu sortiras. Tu oublieras. Tu te marieras.

— Qui voudrait d'une malheureuse sortant de Cadillac ?

— Un autre malheureux, qui a perdu le goût du bonheur et qui te rencontrera. Ensemble, vous le découvrirez ou vous inventerez le vôtre, qui ne ressemblera pas à celui des autres.

— Ma mère m'a reniée. Elle est venue pour me le dire. Je suis maudite.

— Ne parle pas ainsi. Personne n'est maudit, pas même la pire des criminelles.

— Toi tu es trop douce, trop bonne. Tu ne peux pas avoir tué.

— Et pourtant je l'ai fait.

— C'était pour te défendre, pour te protéger ?

Et, comme Joliane demeurait silencieuse, elle reprit :

— Tes mains sont si blanches, elles ne peuvent pas avoir tué. Tu ne veux pas en parler ?

— Une autre fois peut-être…

— Nous n'en aurons plus jamais l'occasion.
— Ne dis pas ça. Je ne veux pas te voir triste.
— Je ne suis pas triste. Je ne suis plus, c'est tout.

Durant toute la matinée les femmes restèrent tranquilles, un peu désemparées. Quelques disputes éclatèrent, vite réprimées. Il y eut aussi quelques pleurs, des reproches, des regrets exprimés. La plupart du temps, les détenues s'adressaient à elles-mêmes. Elles remontaient le cours de leur passé, se persuadant qu'elles avaient eu raison d'agir ainsi qu'elles l'avaient fait et que, si l'occasion leur était donnée de revivre certains de ces instants décisifs, elles referaient les mêmes gestes, commettraient les mêmes atrocités, parce qu'il ne pouvait pas en être autrement. Leur histoire était écrite et devait s'accomplir.

Le fait d'être délivrées de toute surveillance et de la contrainte du silence leur donnait une liberté de penser, de dire ce qu'elles étaient, de refaire le cours de leur vie avec des mots. Et c'était étonnant de voir ces femmes enfermées dans leurs souvenirs monologuer, chacune avec son vocabulaire. Que découvraient-elles en fouillant ainsi leur mémoire, en exhumant des détails fossilisés par le temps ?

Joliane passait et repassait le peigne dans la chevelure aux reflets d'or d'une Sidonie absente de son enveloppe charnelle. Elle se souvenait des moments de paix vécus dans la petite maison des vignes. Les avait-elle caressés, les cheveux de sa mère qui ne pouvait plus ramener ses bras derrière sa tête. Elle tressait la lourde mèche, la torsadait ensuite en un chignon arrondi sur la nuque qu'elle fixait solidement avec quelques épingles en métal. Ensuite, elle habillait la coiffure d'un joli bonnet de dentelle, accompagnant chaque geste de paroles aimables. Il lui fallait sans cesse rassurer la malade, apaiser ses scrupules. Non, elle n'était pas lasse de s'occuper d'elle. Elle y prenait même du plaisir. Elle ne devait surtout pas s'inquiéter. Bien sûr, son état avait empiré ces derniers temps, mais avec le nouveau médicament prescrit par l'apothicaire, elle ressentirait bientôt du soulagement. Non, elle n'était pas une malade pénible, ni même exigeante. N'était-il pas naturel pour une fille de soigner sa mère ? Eh ! oui, les années passant, les enfants devenaient un peu les parents de leurs parents. Juste changement des rôles qui s'inversaient, et c'était très bien ainsi.

— Nous sommes seules, Sidonie, mais tant que nous resterons ensemble, nous nous soutiendrons, n'est-ce pas ?

— Quoi qu'il puisse nous arriver, je ne cesserai jamais de t'aimer comme une sœur.

Et c'était bien qu'il n'y ait entre elles aucun sentiment équivoque. L'une comme l'autre avaient besoin de pureté pour se laver de toutes ces laideurs.

Le messager dépêché auprès du préfet revint dans la matinée en assurant à monsieur le directeur qu'il pouvait compter sur l'appui des forces de l'ordre, mais celui-ci émit des doutes sur l'efficacité de la démarche :

— Je ne vois pas l'ombre d'un gendarme, constatait-il.

— Ils ne tarderont guère à se présenter et se rendront rapidement maîtres de la situation.

— Puissiez-vous dire vrai !

Midi sonnait au clocher de l'église Saint-Martin qui regardait le château. Un bruit de sabots ferrés retentit, rompant le silence habituel des lieux à cette heure où les ateliers auraient dû être occupés par les ouvrières. Après un coup d'œil par l'ouverture du guichet, le concierge s'empressa d'ouvrir les lourdes portes à une douzaine de cavaliers sanglés dans l'uniforme qui symbolisait leur autorité. Ils pénétrèrent dans la cour d'honneur avec à leur tête le commandant, qui salua et descendit prestement de sa monture afin de se présenter à l'administrateur de la prison. Les deux hommes échangèrent quelques civilités d'usage avant de se concerter sur la meilleure façon de conduire l'opération. L'affaire était simple. L'intimidation par les armes offrait toutes les garanties d'aboutir au dénouement escompté.

— Je veux éviter toute effusion de sang, précisa le directeur.

— Nous ne tirerons qu'en cas de nécessité absolue.

— Vous ne risquez rien ; ces femmes ne sont évidemment pas armées. Il s'agit seulement de les contraindre à reprendre le travail sans faire d'esclandre. La persuasion par le discours n'ayant donné aucun résultat, la seule vue de vos fusils devrait suffire à les mater. Les incitatrices sont sous les verrous, les fers aux pieds. J'ai cru bon de séparer les brebis galeuses du reste du troupeau. La contamination a vite fait de se propager. Quelques semaines au pain sec et à l'eau et elles ne penseront plus à revendiquer.

— Bien joué. Nous allons les attendre ici. Faites-les descendre, je vous prie.

Le commandant fit aligner ses hommes sous le préau. Les chevaux restèrent le long des bâtiments qui fermaient la cour, là où étaient installés les bureaux, quelques ateliers, et où débordait une partie de l'infirmerie.

Le personnel fut chargé de libérer les détenues, exception faite de celles condamnées au cachot.

Lorsque sœur Humilienne ouvrit la porte du dortoir, Sidonie pressa affectueusement la main de Joliane.

— A la vie, à la mort, lui souffla-t-elle.

Elle ignorait pourquoi elle venait de prononcer ces mots. Ou plutôt si, elle le savait. Elle savait que les sentiments vrais traversent le temps, perdurent au-delà de toute séparation, fût-elle définitive, et qu'ils grandissent malgré l'absence.

Elles se rangèrent en file indienne et descendirent avec les autres dans la cour et jusque sous le préau où les attendaient le commandant et ses hommes. L'affaire prenait une tournure officielle. La force publique aurait raison de la rébellion, et la présence des gendarmes signifiait que les menaces verbales étaient dépassées. Toutes les dispositions étaient prises pour faire céder les insurgées. Les sabots ayant cessé leur sarabande et les prisonnières étant alignées dans un ordre parfait, le commandant prit la parole :

— Monsieur le préfet ayant été instruit des troubles qui se sont produits dans la journée d'hier, mes hommes et moi-même sommes chargés de rétablir l'ordre et le calme. Je dois vous dire que nous n'hésiterons pas à employer la force si vous nous y contraignez. Vous êtes donc instamment priées de reprendre au plus vite vos travaux en exécutant l'ordonnance royale dont lecture vous a été faite, et ceci dans tous ses points. Dans cette heureuse éventualité, monsieur le préfet se dit prêt à oublier cette révolte. Dans le cas où vous refuseriez d'obéir, nous sommes autorisés à ouvrir le feu.

Sur ces mots, il donna à ses hommes l'ordre de mettre en joue, montrant ainsi sa détermination.

Quelques secondes d'un silence impressionnant suivirent l'allocution. Face aux fusils pointés sur elles, les femmes n'osaient bouger. Joliane sentait ses jambes mollir : la fatigue, la peur. Elle vit Sidonie enlever prestement ses sabots, en ramasser un et le brandir au-dessus de sa tête, menaçante, les yeux exorbités, puis se jeter au-devant de l'assaillant en criant : « La cantine ou la mort ! », et lancer de toutes ses forces le projectile qui atteignit en pleine face l'un des gendarmes.

Un coup de feu partit, foudroyant Sidonie

Effrayés par la détonation, des oiseaux s'envolèrent, quittant le refuge des branches.

— Reposez armes ! hurla le commandant.

Figés par la stupeur, les deux camps s'observaient, chacun épiant la réaction de l'autre.

— Qu'est-ce qui vous a pris ? criait le commandant à l'auteur du tir malheureux.

Pourtant, il avait parfaitement compris les raisons de ce geste. Le manque de sang-froid ne lui était pas imputable. Le responsable n'avait pas non plus enfreint la consigne. Ce malencontreux accident était tout simplement dû à une pression involontaire sur la gâchette.

— La douleur m'a fait perdre le contrôle de mon arme, avouait le tireur.

Et le pauvre garçon bredouillait de vagues excuses en couvrant d'une main la blessure de son visage qui saignait et enflait à vue d'œil.

Le commandant se reprochait d'avoir amené cette nouvelle recrue dans une mission qu'il croyait sans danger, mais l'attaque avait été si imprévue qu'elle laissait tout le monde stupéfait. Il se reprit cependant et, profitant adroitement de l'opportunité qui lui était offerte, il s'adressa de nouveau aux femmes qui demeuraient immobiles et atterrées :

— Je vous avais prévenues. Maintenant et pour la dernière fois, je vous ordonne de regagner vos ateliers et d'y reprendre le travail. L'incident est clos !

Sur le pavé gisait le corps de Sidonie. Une petite tache de sang maculait son tablier. Au mépris du risque et comme habitée par une vigueur soudaine, Joliane s'élança pour secourir son amie. On la vit s'accroupir auprès de la blessée. Elle délirait un peu :

— Remets-toi, ma petite mère. Je suis là. Tu aurais pu te blesser en tombant. Je ne te quitterai pas. Je te le promets. Tu guériras de ce mal comme de l'autre. Avec le temps…

Le commandant et ses hommes avaient rempli leur mission. La supérieure s'approcha de la 25 penchée sur son amie :

— Ne pars pas. Je ne veux pas te perdre.

Sidonie la regardait.

— Je n'ai pas mal, souffla-t-elle.

Sur un signe du directeur, deux gardiens se pressèrent pour transporter la blessée à l'infirmerie. L'un d'eux écarta brutalement Joliane mais la supérieure intervint :

— Laissez-la.

Puis, s'adressant à la 25, en pensant que sa compagne n'en avait plus pour très longtemps :

— Vous pouvez l'accompagner.

Joliane suivit le cortège qui lui en rappelait un autre tandis que les ouvrières, hébétées, regagnaient les ateliers. Etait-il écrit que les personnes qu'elle aimerait le plus partiraient d'une mort précoce et violente ? Etait-ce un débordement d'affection qui avait tué celle-ci, car elle allait mourir. Et pourtant, si le médecin réussissait le miracle d'extraire cette méchante balle et de la maintenir en vie… Son espoir était mince, mais son pas se faisait léger dans cette marche vers un possible sauvetage.

Pourquoi tenter de la sauver puisqu'elle voulait mourir ? « Pourquoi l'idée même de sa mort me cause-t-elle une si grande peine alors qu'elle la souhaitait, qu'elle s'est jetée au-devant ? Pourquoi n'ai-je pas su la retenir ? L'aimer, c'est peut-être la laisser partir selon son désir. »

Grande était la curiosité au cœur de la bastide. Le déploiement d'uniformes n'était pas passé inaperçu. Une émeute ? Cela devait arriver. Craintifs, les Cadillacais tendaient l'oreille. Ils ne pouvaient pas voir ce qui se tramait dans la cour de la prison. Ils pouvaient seulement supputer que ce coup de feu mettait fin à une mutinerie et ils en éprouvaient un immense soulagement.

A l'infirmerie, le médecin qui examinait Sidonie haussa les épaules d'un air désolé. La jeune fille eut le dernier mot. En regardant son amie qui lui tenait la main, elle dit avant que de rendre l'âme :

— A… dans une autre… vie…

C'est Joliane qui lui ferma les yeux. Ayant appris à réprimer ses émotions, elle ne pleurait pas. Pas encore. Cependant son souffle était court, saccadé.

Demain, le corps quitterait le château dans le corbillard qui l'emmènerait dans la maison de son oncle. L'entrepreneur perdait une ouvrière. Il paierait de ses deniers les frais de l'enterrement. La mère de la jeune fille n'aurait même pas à cacher l'existence de son enfant. Ce serait comme si elle n'en avait jamais eu. Ainsi ses affaires s'arrangeraient-elles sans le subterfuge qu'elle avait imaginé, et c'est le cœur léger qu'elle commencerait une nouvelle vie. Profitant du remue-ménage et dans une gestuelle qui leur était familière, Joliane demanda une paire de ciseaux à une prisonnière qui servait à l'infirmerie. Elle lui fit comprendre ce qu'elle souhaitait faire de l'instrument.

Elle glissa la mèche de cheveux blonds dans son corsage. Sa chaleur garderait vivante un peu de Sidonie. Puis elle déposa le mouchoir de tête de la défunte sur la nappe de l'autel destiné aux malades. Dieu, qui la reconnaîtrait, pardonnerait à la pécheresse.

Elle quitta l'infirmerie dans l'effervescence soulevée par les démarches à entreprendre et une certaine excitation dans le service que la présence des forces de l'ordre désorganisait. Ce drame mettait fin à la première révolte survenue dans l'histoire de ce château-prison.

Les larmes bienfaisantes se mirent à couler lentement sur les joues pâlies par des mois d'enfermement et de privations. Joliane pleurait. Ce serait sans doute le seul hommage rendu à une pauvre petite fille qui avait une si grande soif d'absolu qu'elle était partie l'étancher dans un autre monde.

XVIII

De la bastide montaient des bouffées de vie, une agitation inhabituelle. On entendait des bruits de charrettes. Ils cassaient l'air frileux de ce matin d'automne. Les roues écrasaient les pavés, s'arrêtaient, repartaient lentement, comme pour se chercher un emplacement avant de s'immobiliser. Des volets claquaient. Des voix s'interpellaient. Quelques cris d'animaux se mêlaient, se superposaient, composant une cacophonie indistincte qui restait prisonnière d'une brume épaisse.

Trompés par cette chape humide qui masquait les premières lueurs de l'aube, les coqs avaient tardé à lancer leurs cocoricos joyeux et intempestifs. Ils se répondaient maintenant d'un poulailler à l'autre, s'égosillant sur des notes suraiguës. Dans cet effort autour d'une compétition dont aucun participant ne sortirait vainqueur, l'on devinait les ailes gonflées, les crêtes dressées et les becs largement ouverts pour célébrer un jour nouveau.

Par moment, le bruit se faisait plus lourd, comme ceux des chargements qui entraient dans la ville, la secouant de sa torpeur. On avait l'impression que les chariots entraînaient les habitations dans leur mouvement et que la bastide elle-même s'en allait cahin-caha, bercée par les flots de rivières aventureuses.

Les échoppes ouvraient leurs portes sur des têtes hirsutes. En bâillant, en s'étirant, on préparait son corps à une empoignade de longue durée avec l'ouvrage. D'une boutique à l'autre on s'adressait les urbanités matinales en usage sur la place, une façon d'aborder heureusement la journée en entretenant les relations de bon voisinage.

Le sellier et le bourrelier tiraient l'alêne sous la flamme d'une lampe. Du fond d'une cour parvenaient les coups de marteau du maréchal-ferrant frappant l'enclume. Le débit de boissons servait ses premiers verres. On n'avait pas besoin de lumière pour s'apercevoir que l'on avait soif ni pour lever le coude.

Le barbier s'apprêtait à raser son premier client de la matinée alors que le boulanger quittait son fournil après une nuit à cuire pains et galettes pétris la veille et que sa femme allait mettre en vente.

De la campagne alentour arrivaient des petits marchands qui installaient leurs éventaires. On vendait ici des ustensiles de cuisine, là des chandelles, ailleurs des ballots de laine de mouton prête à filer, plus loin des outils, des sabots. Le rempailleur tressait les joncs pour réparer une chaise. Tout à l'exercice de son art, il attirerait des curieux qui ne manqueraient pas de lui apporter du travail. Sous ses doigts agiles prenait forme un dessin fait de quadrillages de couleurs nés de son inspiration. Des ménagères tendaient leurs couteaux à l'aiguiseur. Elles les reprendraient plus tard, la lame amincie du passage sur la meule et tranchante comme celle d'un rasoir. D'autres, encombrées de seaux, de bassines, cherchaient le rétameur. Une dépense de quelques sous prolongerait la durée de ces récipients qu'un usage intensif avait fini par tellement user qu'ils s'étaient troués.

Un bonimenteur prétendait détenir la formule magique qui lui avait permis de fabriquer un onguent miraculeux capable de guérir les douleurs de l'âge. On se pressait autour du bonhomme, fasciné par son bagout.

Un musicien ambulant chatouillait les cordes d'une viole. Le cœur de la bastide s'emballait. Peu habituée à ces flatteries qui réveillent les sens et charment l'oreille, la cité se mettait à palpiter. Elle en oubliait que derrière les murs de son château se jouerait bientôt un autre concert moins mélodieux qui monterait jusqu'aux fenêtres des étages pour rappeler au monde que la douleur aussi a ses chants, et qu'ils se déclinent sur une seule note, monotone et triste, comme une journée sans lumière et sans pain.

De même, dans la cour d'horreur de la forteresse du duc d'Epernon, parviendraient des rumeurs de vie, de liberté, de travail consenti ; des appels de joyeux lurons pour qui tout rassemblement prenait des allures de fête ; des harangues invitant la population à vider son escarcelle pour s'offrir l'objet insolite et inutile qui devait révolutionner le quotidien. Sans parler des odeurs qui se dilueraient dans l'air jusqu'à ne plus être identifiables sinon par quelque odorat exercé n'ayant pas encore eu le temps de perdre ses précieuses facultés olfactives. Deux mondes se côtoyaient sans jamais se rencontrer, séparés par des murs d'indifférence, de honte et de silence.

Félicien sollicita le secours du portier pour aller respirer un autre air que celui du crime et de la luxure. C'est du moins les raisons qu'il donnait à ses promenades hors les remparts, et, pour qui le connaissait bien, sa fourberie n'avait d'égal que son talent pour l'affabulation.

Cependant, ce matin-là, il quittait le château dans un but précis. Cette sortie faisait partie de ses fonctions, chargé qu'il était par le directeur de ramener à l'intérieur de la prison un de ces charlatans, soigneurs de profession, qui vous arrachaient une dent en deux temps trois mouvements, tout en inondant le patient d'une logorrhée propre à anesthésier la douleur. Le médecin de la prison se déclarant incompétent dans ce genre d'opération, il recommandait non sans chaleur les services de ces arracheurs de chicots, molaires ou autres incisives, doués, affirmait-il, d'une parfaite insensibilité à la douleur d'autrui. Ce qui n'était pas dans sa nature. Parmi les prisonnières de la maison, plusieurs se trouveraient bien soulagées après avoir confié leur mâchoire à ces pinces redoutables, mais ne fallait-il pas souffrir une bonne fois pour être enfin délivré d'un mal récurrent et tellement agaçant pour les nerfs. Lui-même avait eu recours aux mains d'un de ces barbiers-chirurgiens qui savaient extraire une dent gâtée avec autant de dextérité qu'ils maniaient le rasoir et les ciseaux pour tailler la barbe et couper les cheveux. Une fois le client assis sur le siège de torture, ils le débarrassaient de tout ce qui nuisait à son confort ou compromettait sa santé. Les nouveaux dentistes qui exerçaient cette profession se moquaient de ces soi-disant chirurgiens qui n'avaient appris d'aucun maître et ne connaissaient que la méthode violente de l'extraction, armés d'outils barbares. Mais l'étaient-ils moins que ceux qu'eux-mêmes utilisaient ? Leur science était-elle moins affinée ? Qu'importait aux pauvres mortels qu'une rage de dents tourmentait ? Ils se disaient prêts à ouvrir la bouche à qui leur promettait la fin de leurs souffrances.

Félicien s'en remettrait au barbier dont la réputation était établie depuis longtemps dans la bastide et dans les environs. Et puis, réfléchissait-il en descendant la ruelle jonchée de détritus, qu'importait que l'homme fût habile ou non. La clientèle qu'il aurait à soigner ne méritait guère d'égards. Poussant la porte de l'échoppe avec l'autorité d'un chef, il salua à la cantonade. On lui répondit avec un mélange de crainte et de respect dans lequel il crut déceler une once de mépris.

— Il reste un tabouret de libre, lui signifia l'homme de l'art.

— Je ne m'assieds pas, répondit Félicien.

— Comme tous ces gens, vous passerez à votre tour.

— Je ne viens pas pour moi.

Et le gardien-chef regardait autour de lui d'un air embarrassé.

— Qu'est-ce qui vous amène dans ma boutique ?

— Au château, nous avons eu des rages de dents. Pourriez-vous venir et vous en charger ?

— Au château ! Vous voulez dire à la prison ?

— C'est la même chose.

— Très peu pour moi. Je préfère opérer ici, dans mon officine. Dès qu'ils sont installés dans ce fauteuil, les clients se sentent en confiance. Le cadre les rassure. Je dispose du nécessaire qui se trouve à portée de main. Alors vous n'aurez qu'à accompagner les patientes l'une après l'autre, par mesure de sécurité. Pour le prix, nous nous arrangerons.

— Je pensais que vous auriez pu venir avec vos instruments.

— C'est possible en effet, excepté que jamais vous ne me ferez entrer dans une prison, château, couvent ou abbaye. Jamais vous entendez ! Quand je suis obligé de passer sur cette place, je détourne la tête pour ne pas voir ce que l'on a fait de cette noble demeure. Rien que la vue de la façade me donne des cauchemars.

— C'est regrettable. Je chercherai ailleurs mon arracheur de dents.

— Je sais que le forgeron s'y entend pour jouer de la tenaille. C'est un concurrent qui ne se laisse pas impressionner par les cris. Il se fait payer au temps passé, ce qui revient à dire que vous ne pouvez pas prévoir le coût de l'opération. C'est un malin qui prolonge le travail à plaisir. Moi, j'applique un tarif unique pour tous les quidams, quelles que soient les difficultés et la durée des réjouissances.

Ce trait amusa fort les personnes présentes qui imaginaient la scène.

Félicien trouva le forgeron très occupé à marteler le fer. Celui-ci l'écouta distraitement, puis il finit par avouer qu'il ne pratiquait plus ces interventions :

— La dernière dent que j'ai arrachée a failli me coûter plus cher qu'elle ne m'a rapporté. J'avais beau éponger, j'ai cru que le bonhomme allait se vider de son sang. Non, voyez-vous, trifouiller dans la bouche des gens, j'y ai renoncé. Mieux vaut entendre crier le fer. Lui, au moins, il ne saigne pas. Vous venez de me rappeler un bien mauvais souvenir. Je vous invite chez Prosper, nous le noierons ensemble… pas le tavernier, le souvenir. Je ne suis pourtant pas un émotif, mais à chaque fois qu'un mot me ramène à cette histoire, je me sens défaillir.

Il était donc inutile d'insister. Depuis cette affaire, le forgeron avait la tenaille susceptible. Et les deux hommes allaient terminer cette conversation devant un pichet de vin quand ils butèrent sur un attroupement.

— Vous boirez à ma santé et à celle de ce pauvre bougre, déclara le forgeron, qui en avait assez vu, en tournant les talons.

« Voilà notre homme, se dit Félicien. Un dentiste ambulant sera moins réticent que le barbier. Habitué à transporter sa boutique, il se montrera moins regardant sur le lieu. » Et il se mêla aux curieux pour voir l'officiant en pleine action. Assis sur une chaise posée sur une estrade, la victime observait les spectateurs non sans quelque appréhension. Parmi ces gens, le gardien-chef essayait de deviner quels seraient les futurs clients du charlatan qui tournait autour de l'estrade en vantant la qualité de ses soins :

— Ici on endort la douleur sous une rasade de bonheur ! clamait-il en montrant un flacon d'eau de vie qu'il déboucha et tendit à humer au patient.

L'homme voulut s'en saisir, mais l'arracheur de dents le lui retira promptement.

— Chaque chose en son temps. Pour être appréciées, les bonnes choses doivent se faire désirer. Grâce à ce puissant anesthésiant…

Et il bomba le torse en prononçant ce mot savant qui le faisait avancer d'un pas dans la hiérarchie des médecins en chirurgie dentaire. Puis, avec emphase, il reprit :

— Grâce à ce fameux et puissant anesthésiant, vous ne sentirez rien, ni des pieds, ni des dents. Ou presque rien. Mais avez-vous pensé à ce que je peux ressentir, moi, à cet exercice périlleux, proche de l'exploit ? Oui, de l'exploit ! Car de nous deux, il faut que vous le sachiez, je suis celui qui souffre le plus… volontiers. Il me faut non seulement une force peu commune pour enlever un mal solidement enraciné, mais aussi du cœur au ventre. Et qu'est-ce qui peut m'aider à supporter l'opération ? Je vous le demande ! L'anesthésiant que voici, excellent pour le patient, indispensable à l'officiant.

Et, devant la foule amusée par son boniment, il se versa dans le gosier une large rasade d'eau de vie. Ce préambule avait l'avantage de détendre l'atmosphère et d'attirer les clients autour de son petit commerce.

— Rincez-vous la bouche avec ça, dit-il en tendant le flacon au malade qui commençait à manifester des signes d'impatience. Ne craignez pas d'avaler la solution. Je suis sûr que vous n'auriez pas la mauvaise idée de la recracher. Personne ne l'a jamais fait.

L'homme s'adressa à son public, captivé par son numéro de comédien :

— Maintenant que mon partenaire est prêt, le vrai spectacle va commencer.

L'opérateur saisit sa pince et tourna le dos aux spectateurs.

— Ouvrez le four en grand que j'y voie clair dedans ! tonna-t-il.

Dans l'assistance, on pouvait remarquer des personnes qui, obéissant à l'injonction, ouvraient la bouche, s'imaginant être sur l'estrade.

— Montrez-moi cette vilaine quenotte, qu'avec adresse je vous l'ôte.

Le doigt plongeant dans la bouche, le patient émit quelques sons inintelligibles qui pouvaient signifier: « Celle-ci, au fond... »

— Une dent de sagesse ! Jolie promesse ! Et vous voyez, je m'en doutais ! Ce sont les plus mauvaises. Vous avez de la chance. Aucune ne me résiste. Je vous préviens pourtant : je vous demanderai un supplément. C'est pour les risques que je prends !

L'homme commençait à trembler sur son siège.

— Ce qui vous donne, mon bon, le droit de vider le flacon, acheva le rimailleur, chirurgien à ses heures.

Après quoi on le vit travailler longuement de la pince. De temps à autre, le client gémissait, repoussait d'une main son tortionnaire ou lançait un pied en avant tant la souffrance était vive.

— C'est comme ça que tu me remercies, pestait le bonimenteur qui n'oubliait pas son public.

— Il est douillet, gentillet, sensible comme une femme qui, sous les compliments, se pâme, déclamait-il en découvrant une denture parfaite.

L'opération dura trois bons quarts d'heure. Le client était à peine conscient lorsque la dent céda à l'outil et à l'acharnement de l'extracteur. Tel un acteur triomphant de sa prestation, il prenait la foule à témoin de son talent. Il transpirait mais il exultait :

— J'ai fini par l'avoir ! Admirez les racines en leur triste mine ! C'est la plus belle dent que d'une mâchoire j'aie jamais arrachée ! Et la plus vilaine aussi ! Encore une qui ne fera plus souffrir son propriétaire. Faut-il vous l'envelopper ? demanda-t-il à l'homme hébété qui se levait, saoul d'alcool et d'une séance qu'il n'oublierait pas de sitôt.

L'autre fit non d'un mouvement de la tête tout en essuyant sa bouche. A peine remis, il plongea la main dans sa poche et déposa dans celle tendue de l'artiste le nombre de pièces convenu plus deux autres : la sagesse avait son prix. Quand il quitta le lieu de son supplice, la voix de son tourmenteur retentit :

— Au suivant !

A sa stupéfaction, il vit les spectateurs se détourner de l'estrade où il venait d'officier et s'en aller sans commentaires, se tenant la joue en grimaçant, guéris de leurs maux pour un temps. Les plus argentés livreraient leur bouche à l'un de ces dentistes établis à Bordeaux dont on disait grand bien. Le barbier recevrait encore l'agrément de certains. Quant à Félicien, il demeurait immobile, fixant la chaise de la torture.

— Je nettoie mon outillage et je suis à vous.

L'homme rinça ses instruments dans un seau d'eau. Félicien le laissa faire. Quand il eut terminé, il lui expliqua ce qu'il attendait de lui :

— Ne vous encombrez pas d'une estrade. Il n'est pas question d'offrir un spectacle à quelques badauds. Vous pouvez l'abandonner là, ainsi que la chaise. Là où vous exercerez, le mobilier vous sera fourni.

— Vous dites qu'il s'agit de soigner des prisonnières ? Serait-ce dans le château du duc ?

— C'est bien là où je vous emmène.

— Sacrebleu ! Quelle aubaine ! Quand je raconterai cette aventure, les gens croiront que j'invente une histoire pour endormir leur confiance ou leur douleur.

— Si dans le futur la clientèle venait à vous manquer, vous pourriez toujours devenir conteur. Vous avez de solides dispositions. J'ai vu comment vous teniez l'auditoire en haleine.

— Ah ! vous avez remarqué ?

— C'était assez réussi. Maintenant, suivez-moi. Vos malades ne se déroberont pas, je vous le promets. Et pas de bavardages inutiles. Vous économiserez du temps et de la salive.

Le bonhomme pénétra à la suite du gardien dans le sanctuaire du malheur. Intimidé par l'imposante forteresse, il ne savait où poser son regard. Suivant aveuglément son guide, il longea l'aile gauche du bâtiment et se trouva dans une pièce attenante à l'un des dortoirs de l'infirmerie. On lui demanda d'attendre. Il fallait aller chercher les détenues, lesquelles, à cette heure, étaient occupées dans les différents ateliers. On lui amena une chaise et une table afin qu'il y déposât ses ustensiles qui se résumaient à deux pinces et un bistouri, qui ne quittait pas ses poches mais s'avérait inutile dans la plupart des interventions. Il réclama des linges que l'on s'empressa de lui apporter. Deux femmes arrivaient. Il se sentit mieux, enfin dans son élément. Le docteur étant absent, il serait parfaitement à l'aise, et cette découverte le stimula. Les esbroufes sur une estrade, face aux badauds, c'était son côté théâtral, amuseur public. Devant un professionnel, sa superbe s'effondrait. On n'impressionne vraiment que ceux que l'on peut dominer, et il connaissait ses limites en matière de médecine. Il se vit bientôt entouré d'une dizaine de personnes vêtues du même uniforme, toutes souffrant d'au moins une dent dont il devrait les débarrasser. Elles avaient l'air de prendre cette séance comme une diversion. L'une d'entre elles furetait partout ; elle jeta un coup d'œil dans le dortoir, s'avança prudemment entre les lits, fit mine de s'intéresser au travail d'une infirmière et, lorsque celle-ci laissa sa malade pour une autre, elle se dirigea vers une porte qu'elle poussa: une terrasse vide d'occupants, un mobilier abandonné, c'est ici que les convalescentes venaient s'asseoir pour reprendre des forces avant leur complète guérison.

Le cœur de Benoîte s'affolait. De l'autre côté c'était la liberté. Le mur d'enceinte était infranchissable; même si elle parvenait à y grimper, la chute au sol serait mortelle. De toute façon, elle ne passerait pas inaperçue. Les habitants de la bastide auraient tôt fait de la reconduire d'où elle venait. Et sans ménagements! Et cet autre mur qui séparait la terrasse de son prolongement? « Trop petite, je suis trop petite pour accéder au sommet et voir ce qui se passe de l'autre côté. C'est dommage. »

Toute l'attention se portait sur le cabinet dentaire improvisé. Les gémissements alternaient avec des cris étouffés. Félicien raccompagnait chacune des femmes après l'arrachage. L'une d'elles s'évanouit. On l'allongea sur une paillasse. Bientôt viendrait le tour de Benoîte. On la chercherait. Elle devait se décider. Revenir et attendre sagement ou tenter d'escalader ce mur gris. Elle n'avait plus de temps à perdre en hésitations. Cette petite échelle oubliée dans un coin de la terrasse semblait la défier. Elle ne pouvait en détacher son regard. Comment avait-elle abouti en ce lieu où justement l'idée d'évasion devait, plus qu'ailleurs, se faire impérieuse. C'était une incitation à laquelle on ne pouvait résister. Sans s'attarder à évaluer les difficultés de l'entreprise, elle l'appuya contre la clôture et se hissa, légère, agile comme une chèvre de montagne. Ainsi perchée, elle étira ses membres et réussit à se propulser sur l'arête du mur. L'affaire n'était pas gagnée. Fermant les yeux, elle se laissa glisser. Cela n'avait été qu'un jeu d'enfant. Un jardin! Quelle merveille! Elle s'accroupit dans une planche de choux et attendit. Comme rien ne bougeait, elle se mit à courir, puis s'arrêta. Tous les rideaux étaient tirés; ceux des fenêtres de l'étage comme ceux du rez-de-chaussée. Soudain, un grincement l'avertit d'un danger. Elle sentit son cœur lâcher dans sa poitrine. Perdue! Elle était perdue! Pourtant il ne se passait rien. Elle poursuivit son avancée vers un obstacle dont elle ignorait la nature et même l'existence. Quand elle arriverait au bout du jardin, elle se laisserait crever comme un chien car il lui serait impossible de revenir à son point de départ. Au moins aurait-elle respiré l'air de la liberté avant de mourir à la belle étoile. Elle y avait si souvent dormi ! C'était compter sans Sébastien, le saint patron des prisonniers qui veillait sur elle.

Quelques duvets d'oiseau collés à ses moustaches, le chat noir du directeur rentrait tranquillement d'une chasse apparemment fructueuse. Il la regarda de ses yeux jaunes, puis en rampant dans les allées, il disparut derrière une rangée d'arbustes. Sous une voûte masquée de lierre s'ouvrait un trou noir. Elle faillit ne pas le remarquer tant la végétation était dense.

Il s'écoula plusieurs secondes avant que Benoîte ne s'élançât vers cette issue inespérée. Ses jambes flageolaient. Elle descendit des marches en se cramponnant au mur. Haletante, elle parvint dans une espèce de grand hangar où s'entassaient de la paille, du foin, de vieux lits de fer cassés, des matelas pourris, des seaux et des outils. Aux murs étaient suspendus des faux et des harnais. Elle passerait la nuit dans cette décharge qui devait bien être visitée de temps en temps, vu qu'elle abritait du fourrage et des équipements. Quand on la surprendrait, ce serait la fin de son vagabondage. Elle se fraya un passage parmi les objets hétéroclites jetés au hasard, en prenant garde de ne faire aucun bruit. Un faisceau lumineux éclairait ces choses mortes, éparses, et qui semblaient attendre un signe pour reprendre vie.

Elle n'aurait jamais dû s'enfuir sans connaître parfaitement les lieux. Elle ne serait pas étonnée que le sol cédât sous ses pas. Un battement d'ailes l'effraya si fort qu'elle poussa un cri de surprise et couvrit aussitôt sa bouche d'une main tremblante. L'oiseau tournoya dans la remise. Par où était-il entré ? Tout en réfléchissant, elle continuait sa progression au milieu de ce vaste débarras. La lumière devenait plus intense, et elle découvrit bien vite une fenêtre ouverte sur les douves, sans barreaux, sans grillage, une véritable merveille de tentation ! C'était extraordinaire ! En levant la tête, son regard portait sur les remparts. En prêtant l'oreille, lui parvenaient des bruits de vie qui lui donnaient des palpitations.

Tout en bas, les douves étaient profondes. Il y poussait une herbe dense. Elle se pencha pour en apprécier la hauteur et se sentit happée par le vide. Il y avait bien au moins quinze pieds d'ici jusqu'au sol. Elle n'avait plus qu'à rebrousser chemin. Si on la surprenait, elle trouverait une explication à sa tentative d'évasion. Elle jouerait les demeurées, les simples d'esprit à qui l'on pardonne les incartades. Cette attitude l'avait maintes fois sauvée. Elle s'arrêta pour réfléchir, s'appuya un moment contre le mur puis s'affala. « Quel dommage d'être allée si loin et de devoir renoncer, pensait-elle. Arriver si près du but pour s'apercevoir que l'entreprise est irréalisable ! » C'était à se cogner la tête. Impuissante, elle exprimait sa colère à la manière des enfants, en frappant de ses poings la paroi de granit. Un double mur la séparait de la liberté. Elle était tombée dans un piège. Quand elle eut assez mal, elle s'appuya de tout son corps et regarda autour d'elle. La violence ne servait qu'à épuiser ses forces. On ne lutte pas contre une forteresse. Son aventure était vouée à l'échec, elle aurait dû s'en douter. « Je n'ai rien tenté et je suis déjà découragée. Quelle couarde ! Il y a dans cette dépendance de quoi fabriquer une évasion ! Il suffit d'oublier le lieu, le danger. »

Elle entreprit de remuer des matelas et des brassées de foin qu'elle approcha près de l'ouverture en partie obstruée par des toiles d'araignées. Elle prit une profonde respiration et les précipita dans le vide. Après ce travail, elle se plaqua contre le mur et attendit. Rien ne se produisant, elle jeta un coup d'œil au dehors et s'obligea, malgré le vertige qui la saisit, à regarder en bas. Trouverait-elle l'audace de sauter par cette fenêtre ? Etre allée si loin dans sa tentative d'évasion et y renoncer, c'était trop bête. Qu'on la prenne ici ou au fond des douves, le résultat serait le même, mais avec les regrets en moins. Alors elle s'accroupit sur le rebord de la fenêtre et se jeta en avant tout en fermant les yeux.

Devenu tout léger, son corps s'enfonça sur le matelas de laine et de foin qui amortit la chute et roula doucement. Elle était arrivée au fond des douves et se releva éberluée. C'est à peine si elle avait éprouvé le choc. Elle se sentait minuscule dans ce couloir à la végétation drue, composée de plantes et de fleurs sauvages qui se plaisaient dans ces profondeurs humides, entre deux murs d'une hauteur infranchissable.

Sa présence dérangea un couple de rats. Brr ! Elle ne s'attendait pas à trouver cette fosse habitée. Comment sortirait-elle de ce labyrinthe ? Existait-il seulement une trouée pour s'extraire de ce qui pouvait devenir sa seconde prison ou sa tombe ?

Ces fossés étaient un piège. Pourtant, ils ne tournaient pas autour du château. Après avoir vainement scruté en direction du pont, elle ne vit aucune échappée, pas d'escalier, ni même quelque anfractuosité utilisable. En revanche, avisant deux personnes qui se dirigeaient vers la conciergerie, elle se recroquevilla dans l'herbe en priant qu'elles ne remarquent pas cette silhouette en costume de prisonnière échappée de son bagne.

Quand elle se releva, ce fut pour songer à se débarrasser des oripeaux qui la signalaient à l'attention générale. Et c'est dans ce mouvement qu'elle aperçut la porte. Ne pas se précipiter ! Elle était sûrement fermée. Comment pourrait-il en être autrement ? Trop de circonstances heureuses l'ayant servie, il était impossible que la chance continuât à lui sourire.

Tranquillement, Benoîte arracha le tablier blanc qui recouvrait la robe grise. Elle hésitait à se débarrasser de son mouchoir de tête mais il était trop voyant. Aller en cheveux était mal vu, mais il valait mieux passer pour une ribaude qu'être repérée comme une détenue en cavale. Débarrassée de ces accessoires compromettants, elle se fit plus petite encore qu'elle ne l'était et rampa pour gagner, coudée par coudée, l'extrémité de la douve. Le plus difficile restait à faire. Comme pour l'épouvanter, un oiseau – était-ce le même qui l'avait frôlée de ses ailes dans la réserve ? – plongea en poussant un cri rauque avant de s'envoler par-dessus les murs de la citadelle. Il la narguait ! Demeurer calme. Elle se laisserait reprendre sans lutte inutile ; jouer les innocentes était sa seule défense.

Cette porte qui ouvrait sur le monde des vivants était solide, et ce qui avait commencé comme un défi à l'impossible allait s'achever dans un trou sans air et sans lumière. Elle se laissa tomber sur le sol. Que faire quand tout est perdu ? Elle n'allait pas s'avouer vaincue sans avoir touché à cette porte. Si elle en était dépourvue à l'intérieur, à l'extérieur, il devait bien y avoir un épart pour la consolider. Le système de fermeture était simple ; le verrou coulissa en grinçant un peu. La poignée résista et finit par céder aux petites mains de Benoîte.

Et le miracle se produisit ! Le panneau s'écarta, elle passa la tête et la retira promptement. Aucune âme en vue. D'un second coup d'œil elle observa la maison d'en face. Rien. Alors, elle se glissa au dehors, le cœur prêt à éclater… Elle referma.

Elle regarda autour d'elle. Personne. Toute la cité était sur la place du marché, face à l'entrée du château. Elle arracha le brassard trop voyant. Maudit uniforme ! Son premier acte de femme libre serait de se procurer une autre robe. Par le truchement d'un vol, elle répéterait le geste qui lui avait précisément fait perdre sa liberté. Décidément vouée au maraudage et au vagabondage, elle comptait sur sa petite taille et l'insignifiance de sa personne pour passer inaperçue. Benoîte la simplette, qui n'avait jamais pu s'habituer à dormir dans un lit, venait de réussir la première évasion dans l'histoire du château-prison de Cadillac. Elle ne répondrait pas à l'appel du soir. Non plus qu'à tous les autres.

Et si sa dent venait à la réveiller, elle mordrait très fort dans ce qu'elle gardait de l'accoutrement de la maison : le bois de ses sabots.

XIX

En descendant l'escalier, Joliane reçut une bouffée d'air glacé et resserra les pans de sa cape. De médiocre qualité, le tissu était lourd et, telles les couvertures qui recouvraient les lits, mauvais conducteur de la chaleur. A la lumière blafarde, plus intense que d'habitude, qui pénétrait par la porte largement ouverte, elle comprit que ce coin de terre de Guyenne avait revêtu avant l'heure son manteau d'hiver. Depuis le seuil, elle reçut la vision du paysage irréel qui s'était composé pendant la nuit et ressemblait à un rêve. Etait-elle vraiment éveillée ? Mais déjà les sabots crissaient sur la neige givrée et violaient le linceul immaculé. Sous le piétinement, l'on entendit souffrir l'épaisseur ouatée. Puis, après un premier passage, le sol ameubli se tut. Brusquement, le silence paraissait nécessaire. La nature participait de cette étrangeté : les sabots, eux aussi, étaient devenus muets. Les femmes entraient dans un tableau sans relief, sans couleur, qu'elles animaient de leur souffle, autant de légers nuages de vapeur qui s'exhalaient de leurs nez, de leurs bouches, comme les notes d'une musique inaudible aux oreilles profanes. La terre avait pris le deuil d'une nature morte, épuisée d'avoir donné durant deux longues saisons le meilleur d'elle-même.

« Je le savais, se dit Joliane. Cette neige précoce, je l'avais sentie dès hier. J'ai appris à en reconnaître les effluves. C'est comme une odeur dépourvue d'odeur, un air neutre, vierge de mémoire, qui imprègne les narines, envahit les poumons. Il n'a rien rencontré, ni prairies ni jardins. Il a la pureté des premiers âges du monde. J'aime le respirer. Il chasse les miasmes de notre pourriture. Il me rend ma virginité perdue. La neige aurait-elle le pouvoir de fabriquer une âme aux choses devenues inertes ? Ces fleurs de cristal suspendues aux branches des tilleuls ne leur donnent-elles pas, dans cette floraison spectaculaire, une nouvelle vie ?

« La mariée sera belle, enveloppée de soie et d'hermine, la tête auréolée de mousseline vaporeuse. Je l'imagine telle une fée glissant sur un sol inconsistant. Sa silhouette a la même pâleur immatérielle. Elle se meut comme une voile poussée par la brise. Ira-t-elle au bout du voyage ? Le port qui l'attend sera-t-il un havre conforme à ses rêves ? Et dans les bras qui vont l'emprisonner, trouvera-t-elle la jouissance du corps et celle de l'esprit ?

« Sur cette robe de l'hyménée, j'ai usé mes yeux jusqu'à la brûlure, j'ai tiré l'aiguille jusqu'à l'épuisement. Et pourtant, combien ils étaient doux ces moments où, sous mes mains, vivait l'étoffe. Comme je l'ai caressée ! Et quand j'y plongeais furtivement mon visage, je croyais voir celui d'Elie, mon bien-aimé.

« Le chef-d'œuvre achevé, j'ai eu le privilège d'un ultime essayage, et là, j'étais bien éveillée. Je savais qu'à ce jeu cruel j'éprouverais plus durement ma condition de recluse. J'étrennais une robe qui ne m'était pas destinée. L'épousée serait éblouissante, parée d'un bonheur à l'image de ses atours. Comme à chaque fois, mon esprit s'enflamme pour inventer une histoire. Toi, la jeune mariée que j'appellerai Aude, je te vois essayant une de ces tenues que nous portons, nous, les châtelaines de Cadillac. Dans une robe trop large ou trop courte, très grise et très raide, comment te sens-tu ? Et ce numéro sur ta manche, c'est ton nouveau prénom. Il sonne faux, il sonne plat, mais désormais c'est toi. Nos sabots vont-ils à tes pieds menus ? Quel bourgeois pourrais-tu séduire sous ce fanchon de toile grossière ? Les cheveux repoussent lentement sous le mien. Ils me préserveront heureusement des courants d'air qui s'engouffrent dans cette grande bâtisse.

« Si l'amour n'est pas invité à tes noces, ne pleure pas. Il en est de plus misérables que toi. Je voudrais te connaître, mais je ne peux que prier pour toi. »

Quelques heures plus tard, la promenade de l'après-midi s'achevait. Le soleil parut subitement, juste au moment où les cloches de l'église Saint-Martin se mettaient à carillonner pour célébrer l'union de la fille de l'entrepreneur avec un sien ami abondamment pourvu de biens terrestres. Les sons résonnaient aux oreilles de Joliane avec les accents d'un glas sur les prémices d'un bonheur délicieux, ô combien prometteur de félicité ! Les échos de ce mariage qui aurait pu être le sien emplissaient son cœur de désespoir. On lui avait volé cette fête. Une intrigante s'était glissée dans sa robe. D'un pas mesuré, elle marchait vers l'autel. Elle se recueillait longuement. Le mariage est un engagement total de soi-même.

« En cet instant solennel, elle prononce le oui qui va l'unir à un homme. Il deviendra son époux devant Dieu. Elle lui appartient à jamais. Ils sont liés par un serment indissoluble. Ils échangent leurs anneaux. Non ! Je ne vais pas me transformer en une seconde Debardi ! Il faut que je me reprenne. A vivre ces deux vies, j'arrive à ne plus savoir qui je suis. Qui peut m'aider ? Personne. Les états d'âme d'une criminelle n'émeuvent qu'elle. Derrière ces grilles, nous ne sommes que des bêtes fauves tenues en respect par des gourdins et des règlements, vouées à l'oubli. »

Joliane réalisait que ses délires risquaient de l'entraîner sur une pente dangereuse pour sa santé mentale. Afin de ne pas sombrer dans la folie, elle devait se montrer vigilante. Il devenait impératif et urgent qu'elle se reprenne, qu'elle cesse ces divagations, ces vagabondages oniriques pour se concentrer sur la réalité. Elle se rappela le conseil de sa mère, perpétuellement inquiète de sa tendance à la rêverie : « Embellir la vie ne fait que t'affaiblir. Affronte-la en toute lucidité si tu veux vaincre les difficultés. »

Et pourtant, si elle avait tenu bon jusqu'à présent, elle le devait à cette faculté d'évasion par la pensée. Sa force lui venait de la distance qu'elle prenait avec les événements. En y réfléchissant, elle admettait que l'exemple venait de la simplette : elle avait agi. Et qui pouvait affirmer que dans sa tête ne fourmillaient pas les idées les plus farfelues. A l'appel du soir, son numéro était resté sans réponse. L'ordre avait alors été donné de la rechercher dans tous les coins du château. On n'avait pas encore sondé le puits lorsque l'infirmière avait découvert l'échelle dressée contre le mur. On avait essayé de suivre son parcours dans le jardin du directeur. Les empreintes de ses pas étaient si légères qu'il était impossible de les distinguer nettement, mais l'on pouvait deviner que la seule sortie possible était par les douves. Les travaux défensifs, pourtant colossaux, comportaient une faille. Remplies d'eau, les douves eussent constitué une barrière infranchissable. En recomposant les détails de la visite du dentiste ambulant, il ne subsistait aucun doute. La prisonnière avait profité du moment où l'attention était tournée vers lui pour explorer les lieux et s'échapper par le moyen que l'on savait. Servie par son étiquette de simplette, elle avait saisi sa chance.

Depuis, une équipe d'ouvriers maçons était venue. C'était sûrement pour rehausser le mur de séparation entre les deux terrasses. De cette évasion, Joliane avait beaucoup rêvé. Elle ne devait pas être la seule.

Cette fille était dehors. Ce mot avait des consonances magiques. Il débouchait sur des horizons sans limites. Il n'enfer mait pas le monde entre des murs de pierre et de béton. Elle était dehors, dans la neige et le froid, mendiant son pain, mais libre. Peut-être avait-elle trouvé, avant l'hiver, une maison avec des gens à servir. Finalement, elle ne devait pas être aussi dépourvue d'esprit qu'il y paraissait. Elle avait assez de jugeote pour se protéger et savait composer avec son entourage. Elle l'avait prouvé. Curieuse fille que la nature avait dotée d'un sens pratique bien utile en toute circonstance. A défaut d'intelligence… Ce n'était pas le cas de Sidonie. Pauvre Sidonie ! Comme elle manquait à Joliane ! Il ne se passait pas de jour qu'elle ne pensât à son amie et à sa mort tragique. Le désespoir l'avait poussée en avant. Elle avait dû préméditer sa fin. « Et dire que je n'ai rien deviné ! », se reprochait son amie. Mais qu'aurait-elle pu faire ?

Cette disparition la laissait plus seule que jamais. L'horreur vécue au fond du cachot et la visite au parloir avaient poussé la pauvre jeune fille à ce geste fatal. Ne survivaient en prison que les plus forts. Elle se promit de s'endurcir pour revoir un jour ses collines onduler sous le vent, pour retrouver sa tante Bertille et sa maison.

Trois femmes surveillaient les ouvrières dans l'atelier où travaillait Joliane. Elle aimait bien Céleste qui lui témoignait un intérêt discret. Elle ne fut pas la moins étonnée lorsque, s'adressant aux prisonnières, la cornette déclara :

— Rien ne vous empêche, tout en tirant l'aiguille, de dire une prière au Seigneur ou de chanter un cantique à sa gloire.

Cette nouveauté dans un programme strictement établi surprit tout le monde. Les religieuses s'octroyaient de plus en plus de liberté dans le fonctionnement de la maison. Cette initiative était-elle insufflée par Léone, la supérieure qui tenait les rênes du pouvoir et jouait le rôle de sous-directrice ? D'emblée, elle avait réussi à se faire détester, mais elle n'avait pas été placée à ce poste pour s'attirer l'estime de criminelles notoires.

Cette idée de desceller les lèvres durant ces longues heures plaisait bien aux femmes. En revanche, la plupart d'entre elles considéraient que le Très-Haut, qui se souciait si peu de ses créatures misérables, ne méritait ni un chant, ni un Ave. Cependant, elles obéirent à sœur Céleste qui croyait tellement aux effets bénéfiques du repentir par la soumission et la prière. Pouvaient-elles faire autrement ?

— Répétez après moi : Vous qui d'une parole ouvrez et fermez les portes du ciel…

— Vous qui d'une parole ouvrez et fermez les portes du ciel…

— Faites, nous vous en conjurons…

— Faites, nous vous en conjurons…

— Que nos consciences coupables soient délivrées du péché.

— Que nos consciences coupables soient délivrées du péché.

La prière à Marie, mère du Christ et toujours vierge, provoqua de la part des avorteuses et des tueuses d'enfants des sourires entendus. A d'autres, ces contes pour attardés mentaux ! Elles connaissaient la vie mieux que quiconque. Mais cette idée de prier durant le travail permettait de sortir du mutisme forcé et de jeter à sa voisine quelques mots personnels sans rapport avec le texte.

La religieuse entraîna ensuite les détenues à chanter pour glorifier Dieu. Sa voix ne portait guère mais le ton était juste. Joliane joignit aussitôt la sienne, claire, chaude et ferme. Elle vibrait d'une telle ferveur que l'émotion gagna bientôt les plus endurcies, celles qui n'avaient jamais eu l'occasion de goûter à la beauté d'un chant, qu'il fût païen ou religieux. Toute la salle la suivit. Les mots n'avaient pas d'importance. Il suffisait de pousser les trois notes qui composaient le cantique. Les gardiennes laïques n'osaient se mêler à cette chorale improvisée, mais il leur semblait assister à une espèce de révolution, toute pacifique.

Joliane reçut de la part de sœur Céleste un regard de tendre connivence qui la bouleversa. Puis la cornette invita ses ouailles à s'unir d'intention aux nouveaux époux :

— Prions ensemble pour le couple uni ce jour par le sacrement du mariage.

Joliane récita avec les autres, tout en s'appliquant dans l'alignement de ses petits points, car ces psaumes ne devaient pas distraire les ouvrières de leur travail.

Enfin, les voix se turent. La religieuse gardait son rosaire serré entre ses mains jointes. Ses lèvres continuaient à remuer tandis qu'entre ses doigts filaient les grains noirs et luisants. Joliane vit ses épaules s'affaisser, son dos se détendre et s'appuyer au dossier de la chaise. Etait-elle si lasse brusquement ? Ses mains s'ouvrirent et lâchèrent le chapelet qui se répandit sur ses genoux. Que lui arrivait-il ? Elle n'allait pas mourir ? Pas elle ! Et pourtant, sa tête bascula légèrement en arrière, s'inclina successivement sur la droite, puis sur la gauche, cassant les ailes raidies par l'amidon. Puis ses paupières s'abaissèrent, ses lèvres se dessoudèrent. De la bouche entrouverte s'échappait une musique qui n'avait rien de céleste. La religieuse ronflait, et les visages des détenues s'éclairèrent de larges sourires, ce qui constituait une nouveauté.

Les prisonnières n'étaient pas au bout de leurs surprises. Cette journée commencée sous le signe de l'hiver serait à marquer d'une pierre blanche, mais elles ne le savaient pas encore. La neige commençait à fondre. Les branches larmoyaient et s'égouttaient en de doux clapotis. Quelques filets d'eau s'échappaient en rigoles peu profondes qui chantonnaient en drainant les pleurs des tilleuls entre les pavés. Traversant la cour, les sabots retrouvaient de la voix.

Dans le réfectoire flottait une odeur de fête. Elle était dans les assiettes où, fait d'exception, la viande tenait plus de place que les autres ingrédients. A quoi et à qui devait-on cette largesse ? Ce geste ne pouvait venir que de l'entrepreneur, fournisseur de toutes les denrées, alimentaires ou autres, qui entraient par la grande porte de la prison. Sa façon de remercier les ouvrières était de leur offrir ce luxe exceptionnel d'une table plus copieuse qu'à l'ordinaire. En faisant taire ses scrupules, cette générosité l'aiderait à digérer la multitude de mets prévus au repas de noces de sa fille parée comme une princesse grâce au talent des artistes en robes grises.

La viande de bœuf était un peu filandreuse, ce qui n'enlevait rien à son goût délicieux. Il fallait la mastiquer longuement. Elle tiendrait mieux au corps. L'estomac terminerait le travail laborieux commencé par les dents. Joliane se demandait si la jeune épousée avait de l'appétit. « Quelles sont ses pensées ? Est-elle heureuse ? Son mari se montre-t-il attentionné ? Lui fait-elle bon visage ? Le réfectoire pourrait-il contenir tous les invités ? L'entrepreneur a-t-il d'autres filles à marier, d'autres trousseaux à confectionner ? »

Tout en mâchonnant consciencieusement, Joliane considérait ses compagnes. Avait-elle les mêmes yeux avides, le même air sauvage ? Elles engloutissaient cette viande sapide à la manière d'un carnassier, avec une précipitation gourmande, et terminaient sur un claquement des dents qui la choquait et lui rappelait Tobi, bavant et grondant de plaisir en déchiquetant quelques morceaux cédés à ses crocs.

Et de l'autre côté du mur, comment se tenait-on à table ? Fourrait-on les doigts dans sa bouche à l'exemple de la 19 ou de la 24, remplaçante de Sidonie ? Faire bombance ou ripaille signifiait-il faire fi du plus élémentaire savoir-vivre, négliger les bonnes manières au profit d'une jouissance véritablement appréciée et au mépris de toute éducation ? Les bourgeois devenaient-ils aussi rustres que les gens du peuple à l'heure de laper leur assiette ?

Dans leurs fonctions essentielles, tous les hommes doivent se ressembler, pensait la jeune fille en portant sa cuillère à sa bouche. Ce qui différencie le bourgeois du gueux, c'est qu'il éructe avec plus d'élégance. Il y met plus de retenue qu'un charretier ou un paysan du vignoble. Il n'en subit pas moins les mêmes aigreurs, les mêmes écœurements que le corps expulse par les mêmes orifices. A lui de prouver qu'il appartient à une classe supérieure en y mettant la discrétion qu'impose la décence.

Joliane faillit pousser une exclamation de surprise en voyant arriver des plats chargés de biscuits et portés par le personnel de service. Etait-ce bien un dessert ? Il n'y avait aucun doute. Elles allaient donc faire un vrai repas ! Parmi ces femmes, combien se souvenaient encore du goût du sucre ? Après avoir salivé sur la viande, elles écarquillaient des yeux émerveillés sur cette pâtisserie pourtant bien rustique, tels des enfants privés de gourmandises.

Joliane fut tentée de garder ce morceau de gâteau au fond de sa poche. Puis elle se dit que, interceptant son geste, certaines de ses compagnes pourraient être tentées de le lui voler. Alors, cédant à la gloutonnerie, elle dévora le gâteau de son mariage imaginaire. Il manquait d'onctuosité, de parfum. On avait lésiné sur le beurre, sur le sucre. Le biscuit n'était pas levé, pas assez travaillé. Il aurait supporté un temps de cuisson plus long. Mais fichtre, quel régal ! Quel festin ! La pâte collait à la langue. En arrière-goût subsistait celui de la levure, âcre parce que trop vieille. Qu'importait que cette pâtisserie fût ratée ! Toutes la trouvaient délicieuse. Espérant vaguement un supplément, elles lorgnaient du côté de la porte où disparaissaient les plats vides. Hélas ! le ballet des soubrettes s'achevait sur la révérence d'une robe aussi grise que la leur ; une femme de peine rattrapait de justesse le plat qui lui échappait des mains et, dans ce mouvement involontaire, elle ployait le genou.

Cela fut si soudain, si inattendu, que, l'espace d'un instant, Joliane ne put s'empêcher de penser aux réceptions d'antan, au faste déployé autour des invités du duc qu'elle s'ingéniait à imaginer.

La cloche sonna la fin du repas. C'était aussi la fin d'un rêve qui ne se renouvellerait pas de sitôt. Le concert des sabots annonçait les premiers pas de danse. Le lent défilé quitta la salle du banquet. Rien ne restait, ni sur les tables, ni dans les écuelles, aucun relief de ce dîner de noces aussi copieux qu'exquis. Les convives à ces somptueuses agapes garderaient le souvenir d'avoir été traitées en véritables châtelaines.

XX

La France était en deuil. Un drame épouvantable venait de se produire, et dans toutes les églises des villes et des villages du royaume, les fidèles étaient invités à se recueillir. Agé de trente ans, le duc d'Orléans, fils de Sa Majesté Louis-Philippe, venait de périr accidentellement sur la route de Neuilly. Ses chevaux s'étaient emballés. Voyant que le postillon ne maîtrisait plus son attelage, il avait sauté hors du phaéton. Après avoir trébuché et suite à une mauvaise réception, sa tête avait percuté le pavé. En hâte, on l'avait transporté dans une épicerie toute proche, transformée pour la circonstance en infirmerie improvisée. Malgré la saignée et les ventouses scarifiées à l'aide d'un mauvais rasoir, il s'était éteint quelques heures plus tard.

Le chagrin de la famille royale était immense. Le duc laissait deux fils, le comte de Paris et le duc de Chartres, que lui avait donnés son épouse allemande, la princesse de Mecklembourg.

Cependant qu'aucun écho de la vie du pays ne parvenait jusque dans les prisons, celui de la mort du jeune duc, espoir de la monarchie de Juillet, avait forcé les murs de Cadillac, de par la volonté du prêtre soucieux du devenir de l'âme de ce prince intelligent, à la beauté altière, disparu en pleine jeunesse. L'on ne pouvait que s'associer au chagrin du roi et des siens, tout en souhaitant que le temps leur apportât un jour l'apaisement. Et ce n'était pas pour demain. Aussi les prières de tout un peuple accompagneraient-elles ce fils de roi dans son éternité. Sept mille personnes assistaient à la messe funèbre à Notre-Dame. Louis-Philippe pleurait de toutes les larmes de son corps la mort de l'héritier du trône. Il n'était pas un Français qui ne se sentît touché dans son cœur. La disparition d'un enfant était une punition injuste du ciel. Pas un homme, pas une femme qui ne fût atteint dans sa chair en apprenant la terrible nouvelle. Le sort n'épargnait pas plus les seigneurs que les simples citoyens, tous égaux dans l'adversité.

Quels sentiments suscitait cette mort prématurée chez les pensionnaires de Cadillac ? Les plus âgées, celles qui avaient des enfants et qui étaient encore capables de pitié, plaignaient les pauvres parents. Eux aussi auraient désormais leur croix à porter.

Pouvait-on raisonnablement éprouver de la peine au décès d'une personne qui vous était étrangère ? Joliane se sentait incapable de la moindre émotion. Pourtant, il s'agissait de l'un des fils de Louis-Philippe ! Jusqu'alors, elle n'avait jamais imaginé le souverain en père de famille. Et pourtant, bien qu'étant roi, il n'en était pas moins un homme. De ce monarque, elle ne savait rien ou que bien peu de choses. Elle connaissait son profil droit, la ligne du nez un peu fort, les cheveux courts et bouclés ramassés sur la nuque par son effigie sur les pièces de monnaie. Sa chevelure était-elle naturelle ou était-ce une perruque ? Des favoris habillaient son visage long. Son poil ondulait légèrement. Sur l'autre face de la pièce était gravée une couronne de lauriers dont les tiges se croisaient en se rejoignant. En faisant un effort, elle aurait pu pleurer pour ce père qu'elle supposait éploré. Cependant, l'univers des grands de ce monde lui était tellement étranger ! Leur peine se mesurait-elle au poids de leur couronne ? Elle et ses compagnes appartenaient à une race inférieure. Les barreaux et les grilles en faisaient des damnées, vouées aux flammes éternelles. L'enfer existait-il vraiment dans cette horreur que dépeignaient les représentants de l'Eglise, ainsi que le paradis qui devait accueillir les âmes pures ? Selon leurs dires, au royaume des cieux, les humains étaient groupés en deux catégories bien distinctes.

A ces questions qui la taraudaient souvent elle ne trouvait pas la réponse. « S'il faut souffrir l'enfer pour y gagner sa place, alors nous nous retrouverons toutes un jour en la céleste demeure », pensait-elle en regardant ses compagnes. Elle observait les silhouettes abîmées dans une attitude humble. Ces femmes n'avaient plus d'âge. On les avait dépossédées de leurs pauvres biens, quand elles en avaient, de leur identité, et ce n'était pas dans cet univers qu'elles retrouveraient leur dignité perdue. Avaient-elles seulement une âme ? Ces corps décharnés pouvaient-ils offrir un refuge décent à la flamme tremblante d'une conscience ? On pouvait en douter.

Mais de quoi se plaignait-elle ? Elle n'était pas ici par hasard. A l'entendre gémir intérieurement, l'on aurait pu la croire innocente comme une colombe. Et pourtant, elle faisait partie du troupeau, d'aussi sinistre apparence fût-il.

A quoi ressemblait le duc d'Epernon ? Les portraits jadis accrochés aux murs avaient été vendus, dispersés ou volés. La moindre miniature avait disparu. Si des tableaux et des tapisseries avaient survécu aux différents saccages de l'auguste demeure, ils avaient trouvé place dans d'autres châteaux. Les murs d'une prison se devaient de porter le même gris que les uniformes. L'on avait pourtant conservé ici les couleurs des plafonds, et les cheminées attestaient de la richesse passée de ces lieux. S'ils revenaient, que penseraient les visiteurs d'autrefois du sacrilège commis dans un unique souci d'économie ? La construction de nouveaux pénitenciers eût-elle été moins onéreuse que ces coûteux remaniements ?

Il était donc dit que le fantôme du duc errerait à jamais dans cette demeure chargée de son histoire. Bien que défiguré et ne se reconnaissant pas dans ces vastes salons d'où la Révolution avait arraché jusqu'aux cartouches, symboles de sa puissance et de son existence même, le château continuait à inspirer le respect en rappelant à la mémoire les dates marquantes de la vie de son prestigieux propriétaire.

En cet an de grâce 1842, cela faisait exactement deux siècles que Jean-Louis Nogaret de la Valette, duc d'Epernon, gouverneur de Guyenne, avait quitté ce monde. Si l'on considérait que l'ambition de ce cadet de Gascogne était de mourir riche, il avait réussi au-delà de ses espérances. Couvert de titres par Henri III, dont il était un des mignons, c'est-à-dire un pion sur l'échiquier mouvementé de la politique, il s'était retrouvé à la tête de l'armée, de la marine et d'un bon tiers du royaume. De quelle destinée plus extraordinaire pouvait rêver ce fils d'un nobliau de Caumont, modeste fief perdu dans le Gers.

Deux cents ans s'étaient écoulés, et voilà que l'on ressuscitait ce personnage dont le souvenir de l'ancienne gloire s'était éteint depuis longtemps. Il fallait qu'à l'intérieur de la citadelle érigée à la dignité d'un seul homme, sa grandeur s'imposât par-delà le temps. Et il fallait de surcroît que les femmes, ployant chaque jour l'échine devant une autorité suprême, s'inclinassent à la seule évocation de ce nom porté par l'histoire. La fréquentation de la chapelle étant devenue obligatoire depuis que les religieuses, arrivées en nombre, remplaçaient les surveillantes laïques, l'office de ce jour était dédié à l'intention du duc d'Epernon. Bien qu'hébergée dans ses murs, prier pour cet autre personnage qu'elle n'avait pas connu, laissait Joliane de marbre. Elle préférait orienter ses pensées vers Sidonie. Au moins pouvait-elle leur donner un visage. Minuscule étoile, elle avait scintillé un bref instant avant de s'éteindre à jamais, ne laissant rien que le souvenir de son cri appelant sur elle la mort. Ses ambitions étaient modestes : être aimée et respectée, payer sa dette à la société et recouvrer sa liberté en ayant compris la leçon.

Joliane laissait aller son esprit à la rencontre de cette petite fille qui avait traversé sa vie. Elle voulait la garder vivante dans sa candeur et sa souffrance.

L'oraison à la mémoire de l'ancien gouverneur de la Guyenne s'éternisait. La mort du duc d'Orléans avait réveillé son spectre. Le prêtre ayant laissé passer de quelques mois la date anniversaire, ceci expliquait que dans sa confusion, il s'attardât plus qu'à l'accoutumée dans la célébration de la messe.

Comme tout homme averti, il suivait avec intérêt les mouvements de la politique, et la monarchie de Juillet n'en était pas exempte. Périodiquement, elle subissait des secousses. Ainsi en allait-il de chaque règne. Diriger un pays n'allait pas sans mal. A Paris, les insurgés dressaient des barricades, revendiquaient. Aussi longtemps que le monde serait monde, le peuple lutterait contre l'oppression.

Une sombre affaire de corruption de hauts fonctionnaires éclatait. Comme si tous ces bouleversements ne suffisaient pas, une épidémie de choléra décimait la population. Des régions se soulevaient, des grèves éclataient jusque dans les grandes villes de province. On emplissait les prisons, on enterrait les morts par centaines. Un républicain tirait sur la personne du roi. Aidé de complices, Louis-Napoléon tentait de prendre le pouvoir. Victime d'un second attentat, le souverain graciait son agresseur. Le prince Napoléon réapparaissait sur la scène politique en débarquant à Boulogne. Capturé, il était enfermé au fort de Ham.

Malgré ces innombrables secousses, la monarchie survivait. Cette année tragique de la mort du duc d'Orléans était aussi pour la France celle de la création du premier réseau ferroviaire. Tous ces événements n'entravaient pas la marche du progrès.

Les trains qui parcouraient le pays sur de courtes distances effrayaient autant les gens instruits que les paysans qui regardaient passer ces engins avec terreur. Chaque fois que les ingénieurs proposaient une nouvelle ligne à construire, des tempêtes de protestations s'élevaient. Pourtant, l'Angleterre, où était née l'idée de tracter des wagonnets avec une machine à vapeur, avait déjà adopté cette invention de l'un de ses enfants et qu'un Français avait améliorée.

La grande innovation de cette année 1842, celle qui allait donner un essor considérable à ce mode de transport, c'était de relier les différents tronçons existants afin de constituer un réseau. Les chemins de fer recouvriraient peu à peu le pays de leur toile d'acier. « Toutes ces barres de fer posées sur le sol vont coûter horriblement cher ! » objectait un ministre. Mais le progrès n'avait pas de prix.

Que serait le monde lorsque Joliane quitterait l'ombre de la forteresse ? A quelle vitesse voyagerait-on ? Aurait-elle seulement l'occasion de voir un de ces monstres traverser la campagne, les vignes ? Même si on lui offrait le voyage, elle refuserait de monter dans ces cages d'acier posées sur roues. Cela lui rappellerait trop ces déplacements dans le fourgon cellulaire cahotant sur d'effroyables chemins.

Souvent, elle se demandait quel goût avait la liberté pour ceux qui en avaient été privés. Comme Sidonie aurait pu répondre à sa question sur la vie éternelle et sur le devenir de l'âme, la petite Benoîte l'aurait renseignée sur la liberté. Ces deux filles, pourtant si différentes, avaient un trait commun : la naïveté. Elle ôtait à la première toute idée de vengeance ou même de défense et n'empêchait pas la seconde d'exceller dans la manière de mettre à profit cette innocence feinte pour endormir toute méfiance. Autant l'une que l'autre, elles avaient marqué Joliane. Elles étaient parties, l'une avec fracas et l'autre sans bruit. Les prisonnières présentes lors de l'évasion comptaient les mois, les années. La 17 n'ayant pas été reprise était la preuve que l'on pouvait disparaître et se faire une nouvelle vie. Encore fallait-il trouver le moyen de traverser ces maudites murailles. Tout à fait par hasard, la simplette avait découvert la faille. Encore une preuve que la fortune tendait une main secourable aux êtres à qui la nature n'avait pas accordé ses bienfaits. Sinon, comment expliquer cette chance incroyable ? Etrange fille. Quelle force l'avait guidée, quelle volonté ?

Tout se mêlait dans la tête de Joliane. La plus grande confusion régnait entre les époques, les lieux. Elle mélangeait les personnages. Le roi Louis-Philippe annonçait sa visite à Cadillac,

Benoîte se préparait à le recevoir et l'on disait une messe à la mémoire de Sidonie qui reposait dans le mausolée du duc et de la duchesse d'Epernon. Elle essayait d'imaginer le monument funéraire tout de marbre et de bronze doré. Ce luxueux écrin convenait bien à la fragile relique qui y était enfermée. Monsieur d'Epernon chassait le lièvre avec son grand-père. Il le recommandait au roi qui le nommait gouverneur d'une province. Couvert d'honneurs et très écouté du souverain, son aïeul plaidait la cause des recluses de Cadillac. Il obtenait leur libération. Elle se représentait des centaines de femmes se répandant dans la cour. Elles allaient chercher des bottes de foin, les jetaient dans les ateliers, les dortoirs, l'appartement du directeur, dans la conciergerie et même dans l'infirmerie. Les malades ! Il fallait délivrer les malades, les faire sortir de leurs lits, les porter, les aider…

Les torches à la main, les détenues enflammaient le fourrage. On les voyait aller, venir, courir en transportant le feu depuis les cuisines ou depuis la buanderie où il était entretenu sous les chaudières. Elles se précipitaient en criant, mais Joliane n'entendait pas les voix. Seules lui parvenaient les images de destruction. Les flammes commençaient par lécher les murs avant de se communiquer à l'ensemble de la bâtisse. Et devant l'immense brasier, les révolutionnaires dansaient. Elles portaient de curieux costumes de pourpre et d'or. Armées de fourches qu'elles brandissaient, elles appelaient au soulèvement en criant : « La cantine ou la mort ! » Qu'est-ce que cela voulait dire ?

Un éclair de lucidité ramena Joliane à la réalité. Pauvre Sidonie ! Abandonnée, elle devait l'être tout à fait dans la tombe anonyme de quelque cimetière où sa mère l'avait fait jeter. Elle avait si peu existé, si ce n'était durant les dernières secondes de sa vie. Quel geste héroïque ! En s'offrant à la mort, espérait-elle obtenir un avantage pour ses compagnes de misère ? Pas celles qui l'avaient torturée, mais il y avait les autres. Toutes les autres qui mourraient tôt ou tard de dénutrition, d'épuisement. Elle était morte plus glorieusement qu'elle n'avait vécu, tout auréolée d'un courage à la mesure de son désespoir.

« Que serait-il arrivé si nous l'avions suivie ? Si, au lieu d'un seul projectile, dix, vingt, cinquante, cent sabots avaient été lancés sur les gendarmes. Ils auraient été contraints de capituler sous le nombre et aujourd'hui nous serions dehors. Libres ! Il n'est peut-être pas trop tard pour oser. Il suffirait de s'organiser, de préparer une mutinerie avec minutie. Sidonie nous a indiqué le seul outil possible : nos sabots. Si nous savons les utiliser, ils seront autant d'armes redoutables. En choisissant le moment propice, nous serions capables de maîtriser rapidement le personnel. D'abord les religieuses et aussitôt après les surveillants. Ils sont forts et bien nourris, mais leur nombre n'est pas si important que nous ne puissions en venir à bout. Ensuite et en douceur, il faudrait s'occuper du médecin et des sœurs infirmières. Elles ne sont jamais plus de deux, une parfois.

« Le plus délicat est de surprendre les femmes de peine, surtout celles qui travaillent à la blanchisserie. Elles sont capables d'opposer une résistance et de se défendre avec leurs battoirs. Tout comme les repasseuses. Recevoir en pleine tête un fer lourd et brûlant, cela doit vous laisser une blessure plus grave qu'un simple hématome. On ne peut pas mener une révolte sans qu'il y ait des pertes de part et d'autre.

« Reste le personnel administratif. C'est au début de l'émeute qu'il faut le neutraliser, juste après avoir mis hors d'état de riposter les gourdins des surveillants. Le plus difficile est de s'introduire dans les bureaux par surprise. Je sais ce qu'il faut faire pour ne pas attirer trop vite l'attention sur nous. C'est au moment de la promenade que nous devrons agir et nous précipiter par groupes dans les différents lieux à attaquer. Pour que l'assaut soit efficace, l'organisation doit être parfaite. Il faudra distribuer les rôles et donner des responsabilités aux plus résolues. Il en est parmi nous que le crime n'effraie pas et que la vue du sang excitera. La 31 par exemple, elle est méchante et dangereuse.

« Il faut un chef à cette rébellion, une femme de tête qui commande son armée et sache prendre les décisions aux moments opportuns. Je peux être ce chef. Mes soldats m'obéiraient-ils ? Ces pauvres épaves sont-elles capables de discipline et surtout d'action ? Elles ont su montrer leur détermination dans une autre circonstance. Les meneuses avaient bien comploté et si on ne les avait pas enfermées au cachot, qui sait si la révolte n'aurait pas abouti ? Allons donc ! Il faut être fort ou désespéré pour ne pas capituler devant la menace des fusils. »

Que cette messe était longue ! Elle n'en finissait pas. Par moments, on avait l'impression que le curé allait s'endormir, comme sœur Céleste un jour à l'atelier. Lui aussi avait dû s'égarer dans les arcanes de l'histoire et confondre les époques et les personnages. Cela n'avait pas d'importance. Personne ne l'écoutait. Le ronronnement de sa voix berçait les fidèles confiées à son sacerdoce.

Le duc d'Epernon était mort depuis deux siècles. Le prêtre qui officiait dans son château – ce qui aurait pu être en son temps un privilège – se retourna face aux travées où s'alignaient de tristes figures et leur demanda de se joindre à lui dans une ultime prière pour le repos de l'âme du prince disparu.

Mais ce qui préoccupait avant tout les pensionnaires de la maison centrale, c'était de savoir si, malgré ce terrible deuil, la fête du souverain continuerait d'être célébrée, selon la tradition et dans toutes les prisons du royaume, par une distribution exceptionnelle d'une ration de viande de bœuf, fût-elle une carne infâme.

C'était leur seule prière.

Ainsi soit-il…

XXI

Depuis plus de trois semaines, le temps était exécrable, à ne pas mettre un chien dehors. Les promenades se faisaient sous le préau, si l'on pouvait qualifier de promenade le fait de cheminer dans un corps à corps sous la surveillance étroite des religieuses. La population carcérale souffrait d'être confinée dans cet espace réduit. Les femmes étaient nerveuses, plus particulièrement celles que les appétits charnels tourmentaient et qui trouvaient une compensation dans cette promiscuité forcée. Nombre d'entre elles seraient condamnées au cachot. La supérieure, qui distribuait les sanctions, savait bien que cette double réclusion favorisait la tendance au vice, mais la sévérité du régime, espérait-elle, calmerait les plus ardentes. Lorsque le diable prenait possession d'un corps, il lui infligeait de tels supplices que seul l'isolement ou la prière parvenaient à l'en chasser. Pour avoir éprouvé de telles affres, les cornettes savaient comment lutter contre ces persécutions. Il y avait bien la flagellation. Encore fallait-il être assez forte pour reconnaître la nature de son mal et consentir à y appliquer le remède, qui n'était pas indolore. Ces femelles lubriques préféraient s'administrer mutuellement de honteuses satisfactions plutôt que d'offrir au Très-Haut le sacrifice d'un plaisir coupable. Elles n'en étaient pas à un crime près.

Sœur Léone se montrait féroce sur la moralité. Elle avait une façon malsaine de traquer son « gibier » qui la rendait comme folle. A croire qu'elle maîtrisait mal ses pulsions intimes et se vengeait de ses plaisirs solitaires en punissant sans concession les fautives prises sur le fait.

Selon le terme utilisé par l'inspecteur venu quelques années auparavant, à certaines heures, cette prison ressemblait à un lupanar. Mais le nombre de prisonnières ne cessait d'augmenter, alors que celui des surveillantes et des gardiens restait le même.

C'est sous cette pluie battante que se présenta, au guichet de la maison centrale, une petite forme habillée d'un sac en toile de jute qui la protégeait bien mal de toute cette eau tombée du ciel. Ayant traversé l'ancien pont-levis, elle tira sur le cordon relié à la cloche d'entrée. Aucun fourgon cellulaire n'était attendu ce jour-là. Par ailleurs, en ce lieu sinistre, les visiteurs étaient plutôt rares. Ce n'était pas non plus le jour des parloirs. Quelques minutes s'écoulèrent avant l'ouverture du judas ; des minutes pendant lesquelles l'averse augmenta d'intensité et se fit cinglante. Stoïque, la petite bonne femme ne perdait pas un pouce de sa taille et demeurait immobile sous son capuchon alourdi de pluie.

Enfin, le visage du concierge apparut à travers le quadrillage du judas. Son regard cherchait d'où venait l'appel. Il tomba sur le sac ruisselant :

— Que voulez-vous ? s'enquit-il poliment.

— Reprendre ma place dans le dortoir.

Incrédule, l'homme fronça les sourcils.

— Je ne comprends pas ce que vous voulez dire.

— Je suis le numéro 01-17.

— Cherchez-vous à me faire croire que vous êtes une détenue sortie pour se promener et qui sonne pour se faire ouvrir la porte ? Je vous avertis : cette plaisanterie pourrait vous coûter la liberté.

Un moment de silence plana. Puis le concierge referma brusquement le guichet. Mais l'obstination semblait être le caractère prédominant de celle qui se prétendait la numéro 01-17. Elle tira violemment une seconde fois sur la chaîne. Courroucé, le visage réapparut.

— Si vous n'avez rien d'autre à faire qu'à déranger les honnêtes gens dans leur travail, je vous introduis dans cette prison d'où vous ne sortirez plus.

— Je vous supplie d'ouvrir cette porte. Je ne sais plus où aller.

— Adressez-vous au curé de la bastide. Il vous trouvera un hébergement pour la nuit. Cadillac n'est ni un couvent, ni un hospice.

— Vous n'avez pas compris. Ma place est ici.

— Il faut avoir volé ou tué père et mère pour goûter à la vie du château. Ou bien être une de ces femmes de mauvaise réputation.

— Je sais. C'est pourquoi je vous demande de m'ouvrir.

— Qu'avez-vous commis d'aussi grave pour vouloir vous punir vous-même ?

— J'ai volé à plusieurs reprises.

— Avez-vous déjà été condamnée pour ces méfaits et de combien était la peine ?

— Je devais faire cinq années de prison, mais je me suis évadée au bout d'un an et demi. Cela fait quatre ans que je suis dehors. Je reviens pour accomplir le reste de ma peine.

Eberlué, l'homme regardait le sac de jute qui continuait à dégouliner.

— On ne s'évade pas de Cadillac.

— C'est pourtant ce que j'ai fait. Je m'appelle Benoîte.

Ainsi, cette prisonnière que l'on avait tant cherchée réapparaissait ! C'était effarant, une chose à ne pas croire. Après avoir réussi un tel exploit, la simplette revenait pour purger le reste de sa peine alors qu'elle pouvait tranquillement errer dans le pays. Sa conscience la torturait à ce point qu'elle ne pouvait jouir de sa liberté en toute impunité. Quelle incroyable histoire ! Cette fille à la cervelle dérangée n'avait donc trouvé aucun asile où terrer sa solitude ? Il fallait qu'elle fût devenue bien misérable pour implorer, et avec quelle insistance, celui de Cadillac. Elle disposait cependant d'une arme efficace, dont elle usait avec une certaine intelligence ; et c'était bien là toute la complexité de sa personnalité.

Le concierge ouvrit la porte. Benoîte s'engouffra dans le sas et laissa tomber sa pelure trempée.

— Je vais prévenir le directeur, dit l'homme qui disparut en la plantant là.

Un moment plus tard, on entourait l'arrivante, et ce n'était pas de sollicitude mais plutôt de curiosité. Cette fille était un véritable phénomène car, en effet, c'était bien la fuyarde. On la reconnaissait.

Qu'est-ce qui l'avait poussée à revenir dans cet enfer ? L'idée d'accomplir son temps paraissait bien improbable aux administrateurs de ce bagne. N'était-ce pas plutôt la recherche d'un toit ? Quelles difficultés insurmontables avait-elle rencontrées pour leur préférer la vie dans cette prison réputée la plus dure du royaume ?

Benoîte revêtit l'uniforme du déshonneur et de la honte avant de rejoindre la section dans laquelle elle avait vécu auparavant. Les femmes alors présentes la reconnurent. Aucune ne soupçonna la vérité. La numéro 17 était revenue et cela n'étonnait personne. Les récidives étaient monnaie courante. On ne les comptait plus.

Dans ses vêtements secs, Benoîte se sentait mieux. Elle appartenait de nouveau à une société, même si celle-ci comportait une majorité de sujets de douteuse réputation. C'est sans doute ce qui lui avait toujours manqué : une famille. Bien qu'elle rejetât d'emblée les règles de cette vie communautaire pour obéir aux siennes qui échappaient à toute logique, à toute discipline, la chaleur du troupeau lui était devenue nécessaire, avec ses remugles pires que ceux d'une écurie, ses silences de tombeau qui la laissaient à ses observations et l'horreur même d'un système qui maintenait sous tutelle une population grouillante et muette. Moyennant un travail assidu et forcé, Benoîte avait trouvé dans cette maison sa pitance de chaque jour servie à heure fixe. La vie libre lui avait parue plus âpre depuis qu'elle avait goûté à cette ponctualité. Son estomac le lui avait souvent reproché. Plusieurs fois dévalisée de ses maigres possessions qui se résumaient à un quignon de pain ou à quelques sous mendiés sous le porche des églises, battue, laissée inanimée dans le fond d'une cour où elle avait trouvé refuge, elle avait fini par se convaincre que la vie à Cadillac offrait certains avantages, telle la sécurité qui, pour être relative, n'en était pas moins appréciable. Il fallait avoir vécu son expérience pour le savoir. Revenue dans cette prison où, à sa manière, elle s'était adaptée, elle espérait bien qu'on la débarrasserait définitivement de cette molaire qui la faisait de plus en plus souffrir. C'était étonnant de penser qu'elle s'était évadée à la faveur d'un arrachage de dents collectif et que la même carie la ramenait sur le lieu de ses souffrances.

Toutefois, l'histoire de son évasion avait laissé apparaître que l'innocente l'était beaucoup moins qu'on le supposait. Connaître la nature de chaque détenue était quasiment impossible ; certaines se singularisaient plus que d'autres, et le comportement de Benoîte ayant attiré l'attention, elle faisait partie des numéros fichés, à oublier plus qu'à surveiller puisque déclarée inoffensive. Le personnel portait plus spécialement son attention sur les sujets réputés dangereux, dont une bonne dizaine par dortoir étaient tenus sous étroite surveillance.

Benoîte reprit donc sa place dans la section 01. Joliane s'en trouvait toute revigorée, comme attendrie de revoir un visage connu, bien que le plus souvent hermétique. Depuis que les religieuses occupaient les postes de gardiennes, la discipline s'était encore durcie. Il était devenu plus difficile de communiquer, mais les cornettes ne pouvaient pas être partout à la fois. Si la marche en file indienne interdisait tout rapprochement, elle se compliquait singulièrement les jours de pluie. Une vaste pagaille régnait alors sous le préau, les femmes se croisant dans le plus grand désordre. Elles en profitaient largement pour se toucher des mains et du regard ou pour exprimer par des mots quelques impressions ou des banalités. A ce jeu, Joliane était habile. Pourtant, depuis la mort de Sidonie, elle manquait cruellement de partenaires. Ses proches voisines étaient de pauvres filles qui avaient plus ou moins sombré dans l'abrutissement sans que l'alcool en fût responsable puisque le vin ne figurait plus parmi les denrées vendues à la cantine.

La mort qui hantait ces murs continuait à inscrire sur le registre d'écrou des mots et des chiffres éloquents. Un coup d'œil rapide de l'inspecteur aurait suffi pour constater qu'entre la colonne des dates de sortie et celle des dates et causes de décès, la seconde était la plus fréquemment visitée. On mourait toujours beaucoup à Cadillac, lieu d'élection de toutes sortes de maladies promptes à coloniser les organismes affaiblis. Il fallait jouir d'une condition physique assez exceptionnelle pour résister aux assauts des épidémies, notamment à la phtisie qui faisait tant de ravages. Dans cet univers clos, véritable bouillon de culture, rares étaient les spécimens de l'humanité qui triomphaient de la maladie ou réussissaient à s'en défendre. La promenade sous le préau était sur le point de s'achever. Au même moment, l'averse cessa. Comme pour saluer la fin de cette pluie diluvienne tombée en violentes rafales, un magnifique arc-en-ciel apparut. Ses couleurs mouillées se détachaient sur le ciel d'un gris irisé de mauve, et l'émerveillement fit oublier à Joliane toute prudence :

— Regardez ! lança-t-elle en montrant le sommet du bâtiment que l'arc semblait vouloir enjamber.

Et elle formula un vœu complètement fou : revoir Elie avant de mourir, lui parler, le toucher, l'écouter, se donner à lui pour sentir son corps vibrer de la même passion. Cet amour qui lui dévorait le cœur la brûlait, ce sentiment qui décuplait ses forces vives l'anéantissait faute de pouvoir se concrétiser.

Les femmes s'arrêtèrent brusquement de marcher. Levant la tête, elles contemplaient ce coin de firmament comme une porte de lumière entrouverte sur le paradis. C'était trop beau, trop irréel, et si lointain. L'eau stagnait par endroits sur la cour, formant de petites mares. Au centre, des rivelets couraient et disparaissaient dans d'invisibles gorges qui les conduisaient à une citerne installée sous le pavement ; un ingénieux et audacieux système de récupération imaginé quelque deux siècles et demi plus tôt par les premiers architectes du château pour installer l'eau courante dans les sous-sols où se trouvaient les cuisines.

Réserves qui facilitaient grandement le travail des servantes de l'époque.

Bien au sec dans son uniforme, Benoîte se pencha vers Joliane :

— L'Euille a débordé. Derrière le château la prairie est inondée.

Une inondation ! Une vraie inondation ! Ces flaques boueuses ne ressemblaient à rien de ce qui fait rêver…

Joliane voyait des eaux en furie emportant des ponts, déracinant des forêts en des vagues si gigantesques qu'elles seraient bien capables de soulever le château. Pourtant, il fallait davantage qu'une colère de l'Euille pour en endommager les fondations. Ce qui paraissait surprenant, c'étaient ces mots prononcés en territoire interdit de parole par la 17. Celle pour qui la mutité semblait être une seconde nature avait pris à l'extérieur des habitudes pernicieuses. Et l'on eût été bien étonné d'apprendre qu'elle devait son retour de voix à son retour au palais. C'était comme si, après un long périple où elle avait triomphé des embûches, elle se retrouvait enfin chez elle.

La cloche sonna, mettant fin au mouvement de curiosité qui avait rompu la chaîne. Attentives, les cornettes avaient repéré les fauteuses de troubles. Comme par magie, la chenille se reforma et déroula son interminable ruban de grisaille à travers la cour. Des sabots prenaient l'eau, d'autres s'embourbaient en passant sous les tilleuls, mais tous se dirigeaient vers les différents ateliers. Joliane reprit le travail avec dans la tête des images fabriquées à partir de la réflexion de Benoîte. A chaque instant elle s'attendait à voir sous ses pieds monter la rivière. Elle cherchait à reconnaître le bruit de l'eau au moindre froissement d'étoffe. La catastrophe naturelle que représentait une crue ne l'effrayait pas, au contraire. Elle souhaitait tellement que survienne un événement qui briserait la monotonie des jours en ouvrant une porte sur l'extérieur, sur la vie.

La menace annoncée n'avait rien d'agréable ni d'original ; elle s'inscrivait dans l'ordre du quotidien de Cadillac. Au soir de cette journée, Joliane fut donc conduite au cachot pour y être enfermée pendant trois jours entiers et deux nuits, interdiction lui étant signifiée de participer au travail en atelier. Le pain serait donc son unique nourriture. Elle aurait ainsi tout le temps de méditer sur les conséquences de la transgression d'une loi établie pour tous les sujets des communautés carcérales.

Quant à Benoîte, elle paierait très cher son exploit : six mois de cachot avec ce régime de misère, voilà qui risquait de lui faire amèrement regretter les dures conditions de vie en liberté. Bien qu'aguerrie aux privations de toutes sortes, elle n'avait jamais subi l'entassement dans la pestilence des corps et dans la durée. Cette réclusion lui parut d'une cruauté sans commune mesure avec sa faute. Pensait-elle atténuer sa peine en se livrant ? L'évasion restait une faute très grave, d'autant que celle-ci avait été réussie et dénonçait les déficiences de l'installation ainsi qu'un relâchement de la surveillance. Le manque de place et l'abondance de punitions ne permettaient toujours pas de respecter cet article du décret interdisant plus d'une prisonnière par cachot. Il en était de même pour l'obligation de mettre un matelas. Rien n'avait changé. C'est donc avec leur couverture sous le bras que Joliane et Benoîte se retrouvèrent à partager la même geôle que trois autres détenues. Joliane n'avait-elle pas inconsciemment souhaité revenir au trou, dans le souvenir de ces heures où elle avait senti s'éveiller autour d'elle des sentiments autres que l'indifférence, la haine et la suspicion ? De cette première expérience tant redoutée, elle avait acquis une certitude : les mots avaient le pouvoir d'apaiser les esprits. Les histoires qui vous entraînent dans des pays imaginaires vous amènent aussi à réfléchir, à effectuer des voyages intérieurs aussi enrichissants que la découverte de nouveaux paysages. Tout en parlant, elle avait vu s'éclairer des visages, s'humaniser des regards. Elle avait deviné l'intérêt chez des êtres primaires. A défaut de s'instruire dans une salle de classe boudée par la plupart des pensionnaires, celles-ci pourraient apprendre à l'ombre des cachots. Apprendre quoi ? La lecture ? L'écriture ? Cette étude nécessitait un minimum de matériel scolaire. Joliane se promit de continuer à les faire rêver avec des contes. Et réussir à faire rêver des recluses malades, frustes et souvent malveillantes, c'était déjà une prouesse.

La première heure derrière les verrous se passa dans le calme absolu. On entendit décroître les pas de la geôlière ; ce pouvait être un faux départ. Aussi valait-il mieux faire preuve de prudence. Après s'être tassée dans un angle du mur, la 03-46 dormait. Ses ronflements prêtaient à sourire.

— Je crois que nous sommes seules, remarqua la 02-33.

Joliane était de cet avis.

— Les gardiennes ont mieux à faire qu'à épier aux portes des cachots, surtout lorsqu'ils sont isolés comme celui-ci.

— C'est dur de travailler, mais c'est dur de ne rien faire, souligna Benoîte. Nous n'avons plus qu'à dormir.

— Toi qui as couru le monde pendant près de quatre ans, tu dois avoir des histoires à nous raconter.

— Je ne suis pas partie très loin. J'avais toujours peur d'être arrêtée. Dès qu'un uniforme apparaissait, je me cachais. Le monde, je ne l'ai pas vu. J'ai vécu comme une taupe. C'est comme si je n'avais pas quitté Cadillac.

— Tu me surprends, remarqua Joliane. Je te croyais plus entreprenante.

— Avant de chuter, je l'étais. Maintenant, je me sens marquée.

— Je te voyais servante dans une famille où tu aurais été nourrie et logée mieux qu'ici. Tu dois savoir tenir une maison ?

— Je suis plus habile aux travaux des champs ou dans les vignes. Je me suis louée pendant les vendanges, mais ça ne dure que quelques semaines. Quand l'hiver est arrivé, j'étais à la rue. C'est alors que je suis entrée comme lingère chez des commerçants de La Réole. Je m'y plaisais. Ils étaient contents de mon travail. Ils me disaient infatigable. Quand on a été formée à Cadillac on ne craint pas sa peine !

— Chut ! Ecoutez…

Ce n'était qu'une fausse alerte. La 03-40 roulait des yeux avides.

— Mangeais-tu à ta faim ?

— J'en engouffrais pour deux !

— Tu étais grosse comment ?

— Ah çà ! j'avais pris du poids !

— Tu n'as pas compris ma question. Etais-tu enceinte ?

— Pas du tout, mais je mangeais autant que deux personnes réunies.

— Et c'était bon ?

— C'était… fameux ! Inoubliable…

— Si c'était tellement bon, je me demande pourquoi tu n'es pas restée. Tu n'es revenue que pour nous faire saliver avec tes souvenirs de ripailles !

— Le pain sec et l'eau claire te manquaient donc à ce point ?

Ce disant, les deux femmes devenaient menaçantes :

— Prends-lui sa ration. Elle s'est suffisamment gavée avant de revenir pour nous narguer.

— Tu as raison. Elle mérite une bonne raclée.

Ces deux femelles devenaient redoutables. Joliane plaida la cause de Benoîte :

— Laissez-la poursuivre et s'expliquer. Elle ne s'est pas gavée depuis longtemps. Regardez comme elle est maigre !

Les autres se calmèrent. Joliane renoua le fil de la conversation :

— Elles ont raison. On ne quitte pas une maison qui soigne si bien ses domestiques. Qu'est-il arrivé ?

— Un jour, j'ai appris par la cuisinière que la police recherchait une prisonnière évadée de Cadillac. Forcément, le signalement correspondait au mien. J'étais entrée dans cette maison sous un faux nom. Je m'étais même inventé un passé de fille honnête.

Je parlais assez pour ne pas paraître sournoise, pour ne pas éveiller la méfiance – on se méfie des gens trop secrets – mais pas trop non plus, sachant que les employeurs apprécient avant tout la discrétion de ceux qui les servent.

— C'est bien observé, remarqua Joliane. Raconte-nous la suite.

— Elle est toute simple. Je me suis sauvée en pleine nuit avant qu'on vienne me cueillir au domicile de mes maîtres. Je crois que la cuisinière avait fait exprès de me parler pour que je déguerpisse avant l'arrivée des gendarmes. Après cette aventure, j'ai vécu comme une bête, me cachant de terrier en terrier. Je volais dans les champs pour survivre. J'évitais les agglomérations. Je n'osais pas mendier ma nourriture de crainte d'être reconnue et reprise. Pour obtenir quelque chose, je parlais par gestes. On me croyait muette. Je faisais peur. Les gens me lançaient une pomme ou un croûton comme à un chien sauvage que l'on veut éloigner. J'ai vécu ainsi pendant presque deux ans, ou davantage, je ne sais pas exactement. Un jour, j'ai décidé de me rendre pour ne pas devenir folle. Lorsque je sortirai, je serai en règle avec la société. Alors il me semble que je marcherai d'un pas plus léger.

Cette dernière phrase laissa l'auditoire perplexe. La 01-40 laissa tomber :

— Je ne crois pas que mes semelles seront plus légères dans dix ans d'ici, même si je ne porte plus de sabots. Le prix de mes erreurs est trop élevé. Je retrouverai ceux qui m'ont dénoncée et je me vengerai !

— C'est le meilleur moyen d'en prendre à perpétuité.

Le corps endormi dans sa couverture bougea. Il avait une voix :

— Puisque je vous dis que je suis innocente…

— Elle rêve, constata la 33.

— Elle est en plein cauchemar, tu veux dire. Elle est en train de se défendre alors qu'elle a déjà perdu.

— Une qui était sans doute innocente, c'était la Bancal.

A ce nom, Joliane leva un regard interrogateur.

— Tu l'as connue ?

— Non, mais son affaire a fait grand bruit. Elle est morte ici, à Cadillac.

— J'ai entendu parler de ce crime par ma mère. J'en ai oublié les détails. C'était assez sordide il me semble.

— La France entière a été secouée par cette histoire. La victime était un haut fonctionnaire, un grand personnage. Toi qui sais lire, regarde !

Gravées dans le ciment, à la verticale du mur, on pouvait déchiffrer : « Je suis inocente C-B. »

— Qui a écrit ces mots ?

— Qui veux-tu que ce soit ? La Bancal a séjourné entre ces murs. Elle s'appelait Catherine Bruguière. Elle a laissé son message pour que tout le monde sache qu'elle était une erreur judiciaire. Bancal était le nom de son homme.

Et même la faute d'orthographe avait un air de flagrante authenticité.

— Tu crois vraiment que la justice peut se tromper sur des affaires aussi graves ?

— Plus elles sont graves, plus elles sont difficiles à démêler.

Et ce raisonnement sonnait juste.

— Alors, raconte…

Joliane, qui adorait les anecdotes, invitait sa compagne de geôle à endosser le rôle de conteuse pour rapporter les éléments de l'affaire du siècle qui, tant aux Amériques que dans toute l'Europe, avait passionné et fait couler beaucoup d'encre.

— Cela se passait dans la nuit du 19 au 20 mars de l'an 1817…

XXII

Bertille ne chercha pas longtemps. Elle se rappelait parfaitement dans quel tiroir sa nièce rangeait ses accessoires d'écriture. Avec deux crayons, le porte-plume gisait, oublié ; il gardait les traces indélébiles de l'encre laissée par les doigts de l'absente. Elle s'en saisit avec une espèce de crainte proche du respect, caressa la plume d'acier : un bel outil inventé par un Anglais et que personne n'avait plus touché depuis presque dix années. La pointe n'était pas abîmée. Joliane était tellement soigneuse ! Ce présent venant de son grand-père l'avait marquée. Si peu de gens en possédaient encore.

Depuis son veuvage, Bertille vivotait dans cette petite maison bâtie en dehors du village, à la lisière des vignes. Après la mort de son époux et l'affaire qui avait secoué la bourgade, anéantissant sa famille, elle s'était retrouvée complètement démunie. Son père ayant relevé de ses mains la demi-ruine achetée pour une bouchée de pain, elle avait au moins un toit sur la tête. Ainsi exprimait-on par une image l'avantage de posséder un logis. Quelques travaux de couture suffisaient à remplir son assiette et à alimenter sa lampe. Tobi était mort, autant de tristesse que de vieillesse. Les chiens sont capables de mourir d'amour. Les caresses de Bertille n'étaient pas celles de Joliane et sa voix n'avait pas ses intonations. Il l'avait tant attendue, l'œil rivé sur le bout du chemin, poussant des soupirs devant ce vide qu'aucune apparition ne venait troubler. Alors, elle lui disait : « Fais comme moi, pleure ! Tu seras soulagé. »

Mais si les chiens pleuraient, c'était de l'intérieur, par pudeur.

Personne ne voyait leur douleur. Et un matin, Bertille avait été réveillée par le silence : un silence inquiétant, inhabituel. Même le coq n'avait pas salué l'aube. Quand elle ouvrit sa porte, elle vit le chien allongé sur le sol, le museau entre les pattes, parfaitement immobile. Il avait cessé de souffrir.

N'ayant plus de gardien, plus d'ami, elle s'accommoda tant bien que mal de sa solitude. Parfois, lorsque le vent d'hiver soufflait, soulevant des pans de toiture, elle se laissait aller à regretter ce fidèle compagnon.

L'encre… Où se trouvait le flacon si précieux ? Elle le chercha un moment avant de se souvenir qu'elle l'avait elle-même rangé après le départ de Joliane. Elle le retrouva au fond d'une niche aménagée dans l'épaisseur du mur. Le bouchon avait séché et s'était soudé au flacon. Elle passa un chiffon humide pour le décoller. L'encre avait heureusement gardé sa consistance. Elle mit aussi la main sur le cahier d'écolière sur lequel l'absente s'était appliquée à tracer des lettres en respectant les pleins et les déliés. Elle le feuilleta nerveusement avant de s'arrêter sur une première page vierge de signes. Elle n'avait ni le droit de se tromper, ni celui de gâcher du papier. Elle réfléchit longuement. Paralysée par la crainte d'abîmer celle en acier, si précieuse, elle tailla une plume d'oie. Puis, le cœur battant, elle se lança dans la rédaction de sa lettre, d'après le modèle suggéré par le prêtre.

Monsieur le Préfet,

J'ai longtemps hésité avant de vous adresser cette requête, mais bientôt dix ans se sont écoulés et je n'ai aucune nouvelle de ma nièce. Elle s'appelle Joliane Cassen, elle est âgée aujourd'hui de 27 ans. Elle a été enfermée à Cadillac où elle doit rester jusqu'en 1859.

Je n'ai jamais reçu de sa part la moindre lettre et pourtant elle sait écrire. Peut-être n'a-t-elle pas le droit d'envoyer du courrier. Aussi je viens vous demander de m'accorder une permission :

celle de lui rendre visite dans sa prison où, je suis sûre, elle se repent chaque jour de sa faute. C'était une bonne fille, obéissante et travailleuse.

Monsieur, je vous supplie de me donner cette joie, pour elle aussi qui doit se sentir bien abandonnée de la seule famille qui lui reste. Je me rendrai à Cadillac au jour et à l'heure qui me seront imposés.

Vous assurant de toute ma reconnaissance, votre très humble et dévouée servante.

Bertille Cassen, veuve Cadenot
Chemin des Vignes - Duras

Bertille plia la feuille, puis elle se rendit au village pour déposer cette demande à la mairie. Il n'y avait plus qu'à attendre.

La veuve Cadenot venait d'accomplir un geste qui avait valeur d'un début de pardon. Elle avait d'abord haï sa nièce, ô combien ! Puis elle l'avait plainte. Cette enfant, elle l'avait tellement aimée ! Après le drame, elle n'était pas loin de la considérer comme une scélérate, indigne de porter le nom des Cassen. Jour après nuit, en son for intérieur, elle l'avait maudite. Dehors, elle ne supportait plus le poids de ces regards qui la suivaient comme si elle était la coupable. Jamais, non, jamais elle ne reverrait cette fille qui avait déshonoré sa famille, entraînant son promis dans sa chute. Un brave garçon qui s'était perdu pour la sauver. Dieu seul savait ce qu'il était devenu, pauvre victime d'une lamentable histoire ! Parfois, il arrivait à la veuve de souhaiter la mort de Joliane. Elle se persuadait qu'il serait préférable qu'elle ne sorte jamais de cet endroit abominable. Elle y voyait le seul moyen d'échapper à la honte qui la marquait d'un sceau infamant, elle, la tante de la meurtrière.

Pourtant, le temps aidant, elle s'était lentement remise à aimer cette enfant qui, pour n'être pas de sa chair, avait hérité de la couleur de ses yeux, de sa bouche et de ses pommettes hautes qui rosissaient au moindre compliment. Si Joliane n'était pas sa fille, elle était néanmoins celle de Pulchérie, sa sœur aînée, et une poupée vivante qu'à tour de rôle elles avaient bercée, s'attendrissant ensemble sur l'adorable frimousse. Elle s'était remise à penser à la jeune fille avec de la compassion qui, peu à peu, s'était teinte de tendresse. Des sentiments contradictoires s'affrontaient encore dans son esprit. Sa nièce était derrière les barreaux pour vingt longues années. Son père, son mari, sa sœur étaient morts. Tobi était mort. Quels étaient les plus à plaindre entre ceux qui avaient quitté ce monde et elle qui pourrissait dans sa solitude ?

S'était alors insinué le lancinant remords de s'être montrée si peu généreuse envers sa nièce. Parfois, elle se gourmandait : « Si tu ne l'aimes plus, c'est que tu ne l'as jamais vraiment aimée, comme saurait l'aimer une mère. » Le prêtre à qui elle confia ses tourments lui avait conseillé de tenter cette démarche afin d'être enfin en paix avec sa conscience.

Elle dormait plus paisiblement depuis qu'elle avait pris cette décision. A la mairie, on la toisa sans complaisance avant de lui demander ce qu'elle désirait.

— Pouvez-vous faire parvenir cette lettre à monsieur le préfet ?

Un secrétaire dédaigneux parcourut la missive :

— Envoyez-la vous-même au destinataire. Je peux vous donner son adresse.

— Elle doit être accompagnée d'une lettre écrite par le maire du village où je réside.

— Ah ! je vais voir.

Il disparut dans le bureau de l'édile avant de revenir quelques minutes plus tard.

— Nous ferons un courrier à monsieur le préfet.

— Combien vous dois-je ? demanda encore Bertille en faisant cliqueter le fermoir de sa bourse.

— Rien. Vous pouvez aller. Nous recevrons la réponse à cette requête, mais je ne peux pas vous préciser dans combien de temps.

Le temps importait moins que la réponse elle-même.

Monsieur le Préfet,

J'ai l'honneur de vous retourner, avec les renseignements recueillis sur la pétitionnaire, la demande par laquelle la dame Bertille Cadenot, demeurant au chemin des vignes, à Duras, sollicite l'autorisation de visiter sa nièce détenue au pénitencier de Cadillac.

La veuve Cadenot, couturière de son métier, passe pour être de bonne conduite et moralité. Elle jouit de l'estime de tous ceux qui la connaissent dans le village.

En conséquence, je suis d'avis qu'il y a lieu de lui accorder l'autorisation qu'elle demande.

Veuillez, monsieur le préfet, agréer ma très haute considération.

La lettre ainsi rédigée dans les termes qui convenaient, il n'y avait plus qu'à espérer l'agrément du plus haut fonctionnaire du département. Lorsque Bertille travaillait dans son coin de potager, elle tressautait au bruit de roues sur le chemin. Pourtant, elle savait bien que le facteur effectuait sa tournée à pied. Il devait en user, des paires de godillots ! « Je devrais peut-être adopter un chien pour remplacer Tobi. Il m'avertirait de la moindre présence. Au besoin, il me défendrait. Je vis trop isolée dans cette campagne. » Cette idée lui traversa l'esprit à plusieurs reprises. Puis elle l'oublia, ou plutôt la laissa de côté. Un chien, c'est une bonne compagnie, mais c'est aussi une bouche à nourrir. Il ne chasse pas comme le chat. En ces temps si durs, était-ce raisonnable ? Et si elle s'absentait, qui s'en occuperait ?

La réponse à la lettre tardant à venir, la veuve refermait chaque soir sa porte sur un soupir, si bien que lorsque le messager des bonnes et mauvaises nouvelles s'annonça d'un heurt discret, elle n'y croyait plus. Il lui tendit non pas le pli officiel qu'elle attendait, mais une lettre venant de la mairie. Avant longtemps, avant même qu'elle prenne le chemin de Cadillac, tout le village saurait que la veuve Cadenot avait reçu ce courrier. Nul n'ignorant sa démarche, chacun se demanderait quelle en était l'issue. Et le facteur serait le premier interrogé. Elle le remercia avant de refermer l'huis qui gémit sur ses gonds, lui rappelant sa négligence. Une goutte d'huile lui redonnerait un peu de sa verdeur. Elle avait besoin d'être seule pour prendre connaissance de cette lettre tant attendue.

Deux semaines plus tard, elle partait avec son baluchon sur le dos. Elle descendit le versant de la colline, franchit le Dropt, qui dessinait une frontière liquide entre les hauteurs du pays et l'affaissement de la vallée, et se retourna pour contempler le corps du château qui dressait ses tours orgueilleuses. Un chariot s'arrêta bientôt à sa hauteur et le bouvier lui offrit une place. Elle gagnerait du temps en économisant sa peine. En partant la veille, elle était assurée de ne pas manquer l'heure de ce premier parloir. Elle coucherait à l'auberge, même si cela devait paraître incongru de la part d'une femme seule. Cela ne lui était jamais arrivé. Ce serait aussi la première fois qu'elle pénétrerait dans une prison, mais de cela elle se demandait s'il fallait s'en réjouir. Avant de prendre possession de sa chambre, elle s'en alla errer autour de la forteresse, scrutant la façade bardée de ferraille.

Derrière quelle fenêtre se trouvait Joliane ? Etait-il possible qu'elle fût parmi les prisonnières, elle si fine, si pétrie de bons sentiments… Un frisson la parcourut. Elle avait envie de vomir, de s'enfuir.

Sa nuit dans la bastide fut agitée. Six heures sonnèrent au clocher de l'église. Elle faillit se lever. Il était beaucoup trop tôt. Que ferait-elle jusqu'à quatorze heures ? Elle se retourna sur sa couche et se rendormit. Un rêve la transporta dans cet autrefois qu'il lui arrivait d'évoquer en pensée, lorsque sa vie s'écoulait, si douce, auprès de ses parents bien-aimés et de sa sœur aînée qui était un peu comme une seconde mère. Ce plongeon dans le passé lui laissait toujours au cœur une douleur et dans la bouche le goût amer des choses qui ne sont plus.

De quoi serait-il fait, ce moment qu'elle s'apprêtait à vivre ? Avait-elle eu raison de venir ? Sa visite n'allait-elle pas remuer des souvenirs qu'il valait mieux enterrer ? De quoi et de qui parlerait-elle à cette femme inconnue ? Se rappellerait-elle seulement de son existence et des faits qui l'avaient conduite dans cette prison ?

« Pourvu qu'elle ne soit pas devenue folle ! » Sitôt après avoir formulé cette crainte, Bertille réalisa que dans ce cas, sa nièce ne serait plus dans la maison centrale, mais bien enfermée derrière d'autres murailles, celles de l'asile d'aliénés.

Marchant à pas comptés dans les ruelles de la cité, il lui semblait que tous les gens qu'elle croisait la regardaient comme une pestiférée. Etait-elle marquée d'un signe qui la désignait à l'opprobre simplement parce que, par la pensée, elle se trouvait en mauvaise compagnie ? Elle se secoua. Devait-elle porter la honte d'une faute qu'elle n'avait pas commise ? Elle avait trop longtemps renié Joliane. Si elle était venue aujourd'hui, c'était pour assumer pleinement sa parenté avec la meurtrière. Afin de lui offrir, dans ce parloir, un souffle d'air frais, elle éviterait le sujet brûlant. Ce serait délicat de renouer après toutes ces années. Elle ne se le cachait pas. Elle laisserait à sa nièce le soin d'orienter la conversation, se contentant de répondre à ses questions, de l'écouter.

Bertille revint rôder autour du château qu'elle contourna et découvrit la rivière qui longeait la bâtisse. Un bel endroit pour se reposer en attendant l'heure de la visite.

Pensive, déjà recueillie dans la préparation de cet instant, elle mangea un morceau tout en suivant des yeux la course des eaux vives. Ne parvenaient à ses oreilles que le glouglou mélodieux et les trilles des oiseaux voletant de branche en rameau. De cette immense bâtisse qui retenait isolée du monde la population d'un petit village, aucune voix, aucun cri ne parvenaient. A croire qu'aucun être vivant n'habitait ce lieu. L'arrière du château montrait la même façade aveugle soigneusement barricadée. Elle revint sur la place et attendit. Dès que les deux coups retentirent, elle traversa l'ancien pont-levis avec en main son autorisation. Tout se passa beaucoup plus facilement et rapidement qu'elle ne l'avait craint. Elle ne s'offusqua pas de la fouille. Ce qui importait, c'était de revoir Joliane sous sa nouvelle identité. On était allé chercher la 25 et la 25 lui apparut. « C'est toi ? » furent ses premiers mots.

Elle interrogeait une étrangère. Elle lui demandait de lui donner une raison de reconnaître dans ce visage grave, que les souffrances avaient déjà marqué de fines ridules, la jeune fille en fleur des temps heureux. L'une déchiffrant l'autre, elles demeuraient immobiles, face à face. Joliane esquissa l'ombre d'un sourire, un de ceux qui étiraient si joliment ses yeux. Des yeux si tristes.

— Ma belle ! dit encore Bertille.

Ce seul mot fit jaillir les images d'autrefois. Elles s'étreignirent en silence, un silence où seuls les battements précipités de leurs cœurs disaient le chagrin de l'absence, la détresse, les doutes, le poids du malheur et la tendresse infinie, intacte, qui était la plus forte et que le temps n'avait pas émoussée. Lorsque leurs corps se désunirent, elles restèrent à se dévorer. C'est encore Bertille qui trouva les mots, des mots inoffensifs qui ne demandaient pas de réponses, de ceux qui reculaient l'instant de se livrer aux confidences.

— Je t'ai apporté quelques douceurs, dit-elle tandis qu'elles s'asseyaient côte à côte.

Quand elle déplia le linge qui enveloppait le saucisson et les crêpes, elle crut que sa nièce allait défaillir. Des larmes perlèrent à ses cils qu'elle essuya d'un geste nerveux.

— Tu as fait des crêpes… exprès pour moi ?

— Je n'ai pas oublié combien tu les aimais. Goûte-les tout de suite si tu en as envie.

Joliane en engloutit quatre d'affilée sans prononcer un mot. Puis elle réalisa qu'elle avait une visiteuse.

— Tu n'en manges pas ?

— Elles sont pour toi, rien que pour toi. Je n'en suis pas privée.

— Elles sont trop bonnes. Je voudrais garder toujours leur goût dans ma bouche. Oh ! tante Bertie, je suis si contente que tu sois venue me voir.

— N'as-tu pas le droit d'écrire ?

Pour répondre à cette question, Joliane raconta sa lettre, la censure, le cachot.

— J'ai pensé que c'était un avertissement, un signe que je ne devais pas communiquer avec toi, que tu ne m'avais pas pardonnée, que tu préférais m'oublier. Je pouvais le comprendre. Alors j'ai cessé d'espérer qu'un jour tu puisses franchir cette porte et ces grilles. Tu vois, j'ai vieilli. Je me suis endurcie. Je ne suis plus la petite Joliane fragile que tu coiffais et habillais de si jolies robes. As-tu des nouvelles d'Elie ?

— Je ne sais rien de lui. Il a dû être emmené dans un bagne, sans doute à Rochefort.

— Je croyais que tu me rendais visite pour m'apprendre sa mort. Les bagnes pour les hommes sont encore plus durs que ceux pour les femmes. On les tue au travail. Bien peu en sortent vivants.

Elle baissa encore la voix :

— Ici par exemple…

— C'est donc si terrible ? Parle ! Ça te soulagera.

Son regard croisa celui de la cornette qui assistait de loin à l'entretien.

— Je n'ai rien à dire. De quoi me plaindrais-je ? J'ai tué ma mère…

Elle se tut. Bertille entoura ses épaules de son bras :

— Ma pauvre petite…

— C'est la première fois que je prononce ces mots, mais je ne suis pas une criminelle ordinaire. Je suis une parricide. Sais-tu comment Rome punissait les coupables d'un meurtre aussi épouvantable ? Non ? Moi, je le sais. Ils étaient fouettés jusqu'au sang et ensuite jetés à l'eau dans un sac grouillant de vipères. Les Egyptiens avaient une autre méthode. Ils enfonçaient des roseaux pointus dans toutes les parties du corps d'un parricide. Puis ils le jetaient sur un monceau d'épines auquel ils mettaient le feu.

— Qui t'a raconté ces horreurs ?

— C'est la supérieure : sœur Léone. Il paraît qu'aucune loi n'avait été prévue pour sanctionner ce crime que l'on ne croyait pas possible. Autrefois, en France, on condamnait ces coupables à avoir le poing droit coupé et à être rompus vifs sur la roue. On brûlait ensuite leurs corps et l'on jetait les cendres au vent. Moi, il y a dix ans, on aurait dû me conduire à l'échafaud en chemise, nu-pieds et la tête couverte d'un voile noir. Si j'ai échappé à la punition suprême, c'est parce que le jury a tenu compte de la maladie de ma mère. Si tu savais combien elle souffrait ! La nuit surtout. Elle me suppliait de l'aider à mourir. Elle voulait que je lui prépare une infusion de ciguë. Elle savait où il en poussait. Et comme je refusais de lui obéir, elle criait : « Tu ne m'aimes pas ! Si tu m'aimais, tu ne supporterais pas de me voir tant souffrir ! »

Bertille était atterrée. Elle savait sa sœur malade, mais elle l'ignorait atteinte à ce point. Son mariage l'avait éloignée de la maison des vignes où elle ne se rendait plus que rarement. Trop rarement pour se faire une idée de ce que vivaient les deux femmes.

— J'aurais dû venir vous voir plus souvent, se reprocha-t-elle.

— Elie me soutenait autant qu'il le pouvait. Mais la nuit il était absent et dans la journée il travaillait. Chaque matin et chaque soir, il passait et m'aidait à soulever maman pour la porter du lit au fauteuil et du fauteuil au lit qu'elle ne quittait plus les derniers temps. Jamais je n'aurais pu l'empoisonner comme elle le souhaitait. Préparer une potion et la lui faire boire comme elle le demandait, c'était au-dessus de mes forces. Les derniers temps, ses crises étaient devenues plus fréquentes. Elle souffrait le martyre. Plus rien ne la soulageait. Entre l'épilepsie et les rhumatismes articulaires, elle n'avait plus de repos. Et moi non plus. Elle devenait méchante et me harcelait sans cesse avec son obsession d'en finir. Jour après jour elle m'a poussée à bout. Et c'était pour que je la tue !

— Pourquoi n'as-tu pas expliqué tout cela au juge ?

— A quoi bon ? Elle était morte. Je n'allais pas raconter son calvaire et le mien. J'ai eu comme un accès de folie. Je ne savais plus ce que je faisais. Quand j'ai appliqué l'oreiller sur son visage pour qu'elle se taise, elle ne s'est pas défendue. Elle avait épuisé ses forces et ma patience. Je me souviens que je ne dormais plus.

Les yeux dans le vague, Joliane continua de raconter :

— Ce jour-là, Elie était à la maison. Il était habitué à entendre ses cris. Le brusque silence l'a alerté. C'est alors qu'il s'est précipité dans la chambre, comme s'il se doutait de quelque chose. Il m'a trouvée avec l'oreiller entre les bras, couchée sur elle et sanglotant. Irénée était en train de bêcher au jardin. En échange de son travail, il emportait toujours quelques légumes ; c'était un marché entre nous. Il est entré dans la maison pour boire un verre avant de s'en aller. Ne me voyant pas dans la salle, il a pénétré dans la chambre pour prendre congé juste au moment où Elie me relevait en me tenant par les épaules. Ensuite, il l'a vu ôter l'oreiller. Il a compris qu'elle était morte, mais il a cru qu'ensemble nous l'avions tuée, que nous étions complices. Epouvanté par ce qu'il venait de voir, il s'est enfui et nous a dénoncés. Nous avons été arrêtés peu après. Tu connais la suite. Les menottes aux mains, encadrés par les gendarmes, nous avons traversé le village sous les regards hostiles. Jamais je n'oublierai ma honte, et surtout mon désespoir d'avoir involontairement mêlé Elie à un drame qui ne le concernait pas. Jusqu'à la fin du procès, j'ai clamé son innocence. En vain. Par solidarité et par amour, il s'est tu.

Joliane avait échappé à l'échafaud et à la perpétuité à cause de l'état physique et mental de sa mère et grâce à la complicité reconnue de son promis.

Ayant épuisé le sujet, les deux femmes restaient silencieuses, chacune revivant la tragédie à sa manière. Joliane posa la tête sur l'épaule de sa tante. Ce geste leur rappela une vieille habitude.

Un raclement de gorge signala la présence de la nonne qu'elles avaient oubliée. Elles se séparèrent sur la promesse de Bertille de revenir. Il lui faudrait à chaque fois renouveler sa demande ; une fois par an, afin de ne pas indisposer ces messieurs de l'administration. Une lettre par mois entretiendrait les liens qu'elles venaient de renouer.

— Je serai prudente. Tu sais, si je dois m'en tenir aux banalités, je n'aurai pas grand-chose à te raconter. La vie de tous les jours est monotone. Les grands événements sont une exception et toujours des drames qu'il vaut mieux taire à cause de la censure.

— Nous parlerons du passé pour faire revivre ceux que nous avons aimés dans leurs plus belles années.

Joliane hocha la tête. De quoi pouvait-on parler à une prisonnière sans avenir et dont le présent était dépourvu de reliefs, de couleurs… Et elle regarda la silhouette un peu voûtée disparaître en claudiquant sur un dernier signe de la main, avec le douloureux pressentiment qu'elle ne la reverrait pas.

XXIII

Cela n'était un secret pour personne et surtout pas pour son entourage : Louis-Philippe, roi de France, avait perdu tout ressort. La mort de son fils l'avait à ce point affecté qu'il se désintéressait des affaires du royaume. Certains prétendaient que son intelligence restait intacte malgré ses trois quarts de siècle d'existence et l'aggravation de sa manie du verbiage. Entre un souverain démoralisé et un ministre dépourvu d'imagination, l'opposition républicaine avait beau jeu pour exploiter à son profit les scandales et faire trembler le trône sur ses bases.

Une fois de plus, Paris se révoltait : émeutes, fusillades, conjurations précipitaient la capitale dans le désordre et le chaos. Des campagnes étaient organisées dans le but de déstabiliser le gouvernement. On dénonçait des trafics, des malversations, des complaisances. Des troupes tenaient les émeutiers en respect et finissaient par pactiser avec eux.

Pressé d'abdiquer, le roi renonçait à sa couronne au profit de son petit-fils, le comte de Paris, qui n'était encore qu'un enfant. « Puisse-t-il réussir dans la grande tâche qui lui échoit aujourd'hui. » Ainsi terminait-il la lettre qui le destituait de son titre. La deuxième République naissait.

Louis-Philippe, d'abord réfugié à Dreux, où il était placé sous haute surveillance, quittait le sol français pour l'Angleterre. On supprimait les titres de noblesse. Les ouvriers demandaient des réformes immédiates. Dans les ateliers nationaux s'ouvraient des chantiers qui embauchaient des chômeurs. Les volontaires affluaient. Il en venait même de la province. Le monde explosait jusque dans les colonies où l'on abolissait l'esclavage.

La journée de travail était fixée à 10 heures. Dans tous les secteurs éclataient des mouvements de grève face au refus des employeurs de se soumettre à la loi. Enfin, on supprimait les ateliers nationaux qui coûtaient trop cher. La révolte prenait une tournure violente et faisait des milliers de morts.

A la fin de cette même année, Louis-Napoléon Bonaparte était élu président de la République à une très forte majorité.

La révolution avait secoué la France dans ses structures, dans ses institutions. Le peuple réclamait plus de justice, plus d'égalité entre les classes. Il s'insurgeait contre l'abrutissement dans le travail pour des salaires qui ne permettaient pas de sortir de la misère. En cas de crise, les Parisiens étaient toujours les premiers à se soulever. Ils étaient si proches du pouvoir, au cœur même des événements, prêts à revendiquer pour une avancée sociale et pour la reconnaissance du travail. Ils n'avaient pas oublié 1789 et gardaient de leurs aînés l'esprit frondeur et le goût des barricades.

Bertille évoquait ces événements dans une lettre adressée à Joliane. Du coup, la jeune femme était moins prisonnière. Il lui semblait appartenir un peu à cette masse populaire en mouvement. En lisant ce courrier, elle se sentait emportée par un courant bien plus puissant, plus vivant que celui de la chenille de gueuses qui déployait ses anneaux sur les pavés de la cour d'honneur.

Elle en était à la moitié de sa peine et ces nouvelles de l'extérieur, c'était déjà une porte entrouverte sur la liberté. Cette révolution, elle la sentait palpiter dans ses veines, battre à ses tempes, et pourtant, ces quelques mots tracés sur le papier étaient le seul écho qui lui en parvenait. Dans l'immédiat et dans sa situation présente, que retenait-elle de ce changement ? La France n'était plus un royaume. Fallait-il en conclure que la viande servie traditionnellement le jour de la Saint-Louis serait absente des assiettes des prisonnières de Cadillac ? A moins qu'en remplacement, l'on célébrât la fête du premier citoyen du pays qui, comme tant de rois avant lui, portait aussi ce noble prénom ! Joliane se sentit rassurée, comme s'il lui était essentiel que perdure une certaine constance dans le fonctionnement de la maison. Sans en avoir conscience, elle subissait ce qu'elle craignait au début de son enfermement : sa préoccupation première était devenue la nourriture. Quel fumet aurait le contenu de son assiette était son principal souci. Les gens libres étaient-ils si différents ? Pourquoi s'étaient-ils révoltés ? Vers quoi tendaient leurs revendications ? Sans les lettres de Bertille, la révolution ne serait jamais entrée à Cadillac.

Le passage de Louis-Philippe à Louis-Napoléon, président de la toute jeune République, n'apporta guère de changements dans le quotidien de l'ouvrier qui devait sans cesse lutter pour une improbable amélioration de ses conditions de vie et de travail.

Le courant des réformes n'ayant pas soufflé dans ces directions, le régime des prisons ne fut pas modifié. Cependant, le nouveau gouvernement envisageait la création de bagnes coloniaux afin d'y déporter les prisonniers politiques, indésirables sur le sol français, et tous les individus considérés comme dangereux pour la société. Ainsi, l'Algérie et la Guyane recevraient les forçats évacués des bagnes métropolitains de Brest, de Toulon et de Rochefort. Autant dire que ces malheureux ne reverraient jamais leur pays.

Joliane recevait de sa tante des lettres de plus en plus courtes, de plus en plus mal écrites. Elle en comprit la raison le jour où la plume avait quitté la ligne. Le texte était presque illisible. Sa tante perdait la vue.

Elle réalisa que ses réponses n'avaient pas de lien avec les propos qu'elle lui avait tenus. C'était une preuve supplémentaire qu'elle ne voyait plus. Que deviendrait Bertille seule dans cette maison ? D'où et de qui pourrait-elle espérer un secours ? « Si seulement je pouvais être ses yeux ! Elle qui m'a tant donné ! » Cette découverte la laissait atterrée et son impuissance face à ce drame la tourmentait au point de la rendre malade.

La religieuse passait entre les pupitres. Elle s'arrêta et demanda à la 18 :

— Quand serez-vous libérée ?

— Après-demain, ma sœur.

Ses compagnes la regardèrent avec envie. Des sabots s'agitèrent. Subitement, Joliane devint fébrile. Des mots se bousculaient dans sa tête : « Elle sort… elle sort… Si seulement… Si j'osais ! » Comment devait-elle s'y prendre ? Son geste ne passerait pas inaperçu. Pourtant, il fallait essayer. Mais elle était si maladroite dans ce genre de situation ! A quoi bon tergiverser, le risque en valait la peine. L'occasion ne se représenterait plus. Elle tira de sa poche la dernière lettre de sa tante. Au dos de l'enveloppe, elle écrivit son nom et son adresse, très lisiblement. Lorsque la nonne frappa dans ses mains pour signifier la fin de la leçon, Joliane manœuvra pour s'approcher de la 18 et glissa la lettre dans la poche de son tablier. Malgré l'ampleur de la coiffe qui réduisait son champ de vision, sœur Céleste surprit le manège. Son visage changea. Toute douceur s'en était retirée :

— Apportez-moi ce billet, ordonna-t-elle sèchement.

La 18 se vit piégée. La 25 venait de lui jouer un très mauvais tour, et à deux jours de sa sortie ! Elle était au bord des larmes. Puis, sous l'effet de la colère, le rouge lui monta au visage. Elle était bonne pour le cachot ! Elle prit l'enveloppe et la tendit. Sœur Céleste déplia la lettre qu'elle déchiffra non sans peine. Ne comprenant pas où se situait la manigance, elle déclara :

— Je vous faisais confiance. Vous me décevez. Expliquez-moi ce que vous vouliez faire.

D'une voix sourde, Joliane raconta la visite unique de sa tante, le courrier échangé d'abord régulièrement, puis ses lettres de plus en plus espacées, de moins en moins lisibles.

— Elle est en train de perdre la vue. Et je pensais… Si la 18 s'en va et qu'elle est sans foyer, elle pourrait aller habiter dans ma maison. Elle aurait un toit et ma tante une compagnie pour veiller sur elle. L'adresse est écrite sur l'enveloppe. Elle n'aurait qu'à dire qu'elle vient de ma part. Ma tante est une brave femme qui lui fera bon accueil.

La religieuse se tourna vers la future libérée :

— Que dites-vous de cet arrangement ?

— J'ai un homme et trois gosses qui m'attendent. Alors, la tante de mademoiselle…

Sœur Céleste glissa le pli dans l'ample manche de sa robe. Elle lut l'inquiétude dans les yeux des deux femmes et laissa tomber :

— Il n'y aura pas de sanction.

La tentative de Joliane avait échoué. Elle était désespérée. Le parloir que Bertie lui avait consenti était le premier ; il serait sans doute le dernier. Elle ne s'était pas trompée.

« Quel âge a donc ma tante ? Elle n'est pas si âgée ! Voyons, elle avait 18 ans à ma naissance. Elle a donc 46 ans. Elle n'est pas encore une vieille femme. Comment ce malheur peut-il la frapper ? Je continuerai à lui écrire, même si je ne reçois plus aucune lettre. Elle ira voir le curé. Il aide les gens qui ne savent ni lire ni écrire. Elle a bien eu recours à son savoir pour la rédaction de sa lettre au préfet. Ces gens-là connaissent les tournures à employer pour s'adresser à des personnalités. Tout comme moi, Bertie a eu la chance qu'il y ait un prêtre dans la famille, sinon elle n'aurait jamais appris, et peut-être que moi non plus. Je serais aussi inculte que la plupart des pensionnaires de Cadillac. Les gens d'Eglise sont instruits et ne rechignent pas à vous secourir. Cela fait partie de leur ministère. J'ai peut-être tort de me faire du souci pour ma tante. Dans un village où tout les habitants se connaissent, on n'est jamais tout à fait abandonné. Bien sûr, ils ne lui redonneront pas la vue. »

De sa plus belle écriture, sœur Céleste écrivit au préfet afin de solliciter quelques jours de liberté. Pour ces femmes dévouées à une tâche qui ne leur laissait aucun répit, que ce fût le jour ou la nuit, la plus courte absence ne pouvait être accordée sans passer par cette formalité qui n'aboutissait pas forcément à l'assentiment du haut fonctionnaire. Elle avança le motif d'une visite à sa famille, à ses vieux parents qu'elle n'avait pas vus depuis près de trois ans.

La permission demandée lui fut accordée à la condition que ce séjour ne se prolonge pas au-delà de six jours.

« Tante Bertie, je me rappelle du jour où tu as rencontré ton futur époux. Tu ne savais pas qu'il le deviendrait, mais moi qui n'avais que sept ans et qui t'accompagnais, je t'ai vue perdre contenance. Tu n'étais plus une toute jeune fille. Tu croyais bien ne jamais trouver à te marier à cause de ce léger boitillement. Pourtant, tu étais si jolie ! Aubin n'a vu que ton visage. Il a lu la bonté dans ton regard, la douceur, et il a immédiatement été séduit. Moi j'avais conscience d'assister au miracle de l'amour. Plus tard, j'ai su que votre rencontre avait été organisée par la marieuse chez qui elle avait eu lieu. Grand-père l'avait payée pour te trouver un prétendant. Cet homme avait deux fois ton âge, il était veuf, pauvre, mais sérieux et tellement gentil ! Tu étais en droit de le refuser. Cependant, tu as accepté de te fiancer avec lui. Un jour, je t'ai entendue parler à ma mère. Je me suis approchée. Tu lui disais : “Je ne me marie pas pour être heureuse puisque je le suis déjà, ici, avec vous tous. Je me marie pour ne plus être une laissée-pour-compte, la vieille fille boiteuse et bientôt laide, le temps s'en chargera. Je voudrais un foyer bien à moi, et peut-être des enfants avant qu'il ne soit trop tard. J'aime Joliane comme si elle était ma fille mais c'est la tienne.”

« Ce à quoi ma mère avait répondu : “Ma fille n'a pas de père, mais elle a eu deux mamans. Je n'ai jamais été jalouse de son attachement pour toi. Tu as raison de vouloir un bonheur bien à toi. Surtout, ce que je te demande, c'est de revenir souvent.”

« Toi, tante Bertie, tu as répondu : “Je voudrais partager ma vie avec un homme, et si celui-ci n’a pas le visage de mes rêves, je ne corresponds sûrement pas à la compagne idéale qu’il pourrait souhaiter.”

« Ton ambition était facile à satisfaire. Tu n’as pas eu d’enfants et je n’ai jamais su si ton union t’avait comblée. On ne parle pas de ces choses intimes. Je le regrette. Cela m’aurait aidée à imaginer ma vie avec Elie. L’amour, ça ne peut pas être cette force brutale qui transforme un homme en une bête sauvage, immonde. Ça ne peut pas être pour l’homme cette jouissance barbare et pour la femme cette souffrance que j’ai ressentie, ce déchirement, cette brûlure. J’aurais voulu savoir. Elie n’a pas eu le temps de m’apprendre. A qui faudrait-il écrire pour chercher sa trace ? Et si je connaissais son lieu de détention, comment communiquer avec quelqu’un qui ne sait ni lire ni écrire ?

« Je suis perdue pour lui. Il est perdu pour moi. Oublier, c’est ce que j’ai de mieux à faire. Peut-être y est-il lui-même parvenu ? Moi, je n’y arrive pas. Je ne le peux pas. Je ne le veux pas. Tante Bertie, j’ai si mal de lui… »

XXIV

Parfois, Joliane se prenait à envier les prisonnières qui travaillaient à l'entretien du linge. Entre l'amidonnage, le pliage et le repassage, ce dernier emploi présentait l'avantage de produire une chaleur appréciable en hiver. Elle savait aussi combien les fers étaient lourds. A les manier pendant des heures et jour après jour, les bras et les épaules devaient être bien fatigués. Dans l'empesage, qui se faisait à l'aide d'une machine, et le lissage, les ouvrières jouissaient d'une atmosphère réchauffée par la vapeur. Rien n'était facile ou idéal.

Pour avoir vu passer des panières qui en étaient remplies, elle savait que dans un atelier l'on confectionnait des gants de peau et des tricots.

Le soir, elle se sentait bien lasse d'avoir tiré l'aiguille. Son dos lui rappelait le manque d'exercice et cette position courbée sur son ouvrage. Dans ces moments-là, elle se promettait qu'une fois libérée, jamais plus elle ne toucherait à une aiguille.

Si la révolution n'avait guère secoué la tranquille cité de Cadillac, des rumeurs trahissaient cependant un profond mécontentement. D'abord sourdes, elles se rapprochaient, se précisaient. La maison, ou plutôt ses pensionnaires, continuaient à vivre au rythme des promenades et de la cloche qui annonçait le début et la fin des réjouissances inscrites au programme d'une immuable monotonie.

Le nouvel adjudicataire en place depuis trois ans ne se contentait plus des travaux classiques existants. Ambitieux, il avait développé une autre activité, probablement très lucrative, et ceci sans autorisation préfectorale. Habile homme d'affaires, il faisait face sans sourciller aux dépenses de la prison, remplissant ses obligations avec diligence, sans jamais se faire prier. Le directeur appréciait son intégrité et sa volonté manifeste à satisfaire à tous ses engagements.

Malgré un taux de mortalité élevé, spécialement pendant la saison froide, la population carcérale ne cessait d'augmenter. Ces femmes représentaient une main-d'œuvre intéressante pour leur exploiteur. Il en était conscient et mesurait sa chance. S'il manœuvrait avec intelligence, il se constituerait, au terme des huit années, un beau pécule et, si le mandat était renouvelé, c'est fortune faite qu'il se retirerait des affaires pour vivre de rentes confortables.

La politique de son prédécesseur consistait à exiger un fort rendement contre un maigre salaire et en économisant le plus possible sur la qualité des denrées alimentaires. Le résultat aboutissait à l'épuisement du cheptel qui ne résistait pas longtemps au manque d'hygiène et aux ravages causés par les épidémies.

Pour compenser un effort exceptionnel, un cheval reçoit une double ration d'avoine. Afin de soutenir les efforts continus de ses ouvrières, l'entrepreneur veillait à faire livrer des quantités suffisantes de légumes secs et frais aussi variés que possible. Néanmoins, il ne pouvait intervenir dans la répartition qui continuait à s'opérer selon le système établi depuis l'ouverture de la prison. Chaque détenue recevait le même morceau de pain et dans son assiette le même poids de légumes. Seules variaient les saveurs de la soupe qui était devenue plus nutritive et plus appétissante de par la fraîcheur des matières grasses qui en corsaient le goût. Loin d'être de premier choix, la viande était cependant moins coriace. Afin de créer une sorte d'émulation entre les ouvrières, l'entrepreneur décida d'instaurer le principe des primes au rendement. A priori, la direction n'y voyait pas d'objection. Quand il s'agissait de pousser au labeur les esclaves de la colonie pénitentiaire, on ne pouvait qu'approuver l'idée.

L'arrêté daté de 1839 stipulait que le travail devait être la seule distraction des détenues. Aucune modification des textes n'étant intervenue, rien n'avait changé. Et depuis que les religieuses régentaient la prison dans toutes ses structures, le mot d'ordre qui s'imposait était plus que jamais la réhabilitation par le travail et la prière. Pour ces femmes, que leur fonction avait rendues impitoyables, aucune tâche n'était assez rude, assez avilissante pour forcer les coupables à expier leurs péchés. Si on leur en avait fourni, elles auraient volontiers usé du bâton afin de punir sur l'instant les réfractaires à la discipline. A vivre dans cet univers de répression terrible, elles en oubliaient jusqu'aux principes de charité chrétienne.

Cette nouvelle méthode de récompense n'allait pas non plus à l'encontre de leur politique d'exigence. L'entrepreneur vendait à la cantine des compléments de nourriture. Les centimes gagnés par les plus courageuses ne devaient en aucun cas grossir leur pécule. Cet argent figé ne l'intéressait pas. Il fallait qu'il soit immédiatement dépensé pour le bien des travailleuses, et surtout pour celui de leur employeur. Celui-ci augmentait son prestige auprès de la direction qui approuvait les initiatives, et auprès des prisonnières prêtes à forcer la cadence pour produire plus et satisfaire les exigences insatiables de leurs corps en survie. Joliane y voyait l'occasion de consommer plus de fromage et de lait. Les œufs lui manquaient terriblement. Ils étaient un heureux complément à l'ordinaire et elle regrettait le temps où l'on pouvait encore s'en procurer. A la cantine, elle achetait trois ou quatre pommes de terre par semaine en supplément de celles qu'elle trouvait dans la soupe. Plus que le pain, elles calmaient bien ses tiraillements d'estomac. N'en voulant rien perdre, elle ne les épluchait même pas.

L'entrepreneur avait aussi introduit, en complète violation d'un article contenu dans le cahier des charges, l'industrie des peaux de lapin. Pendant quelque temps, l'affaire resta secrète. On ne sait comment les histoires traversent les murs les plus épais, mais la concurrence eut vent de la chose. Il est vrai que les chariots entrant et sortant du château parlaient d'eux-mêmes. Chargés de ballots recouverts d'une bâche, ils se dénonçaient par cette précaution suspecte. En effet, tout acheminement de fournitures, d'objets et de vêtements finis, s'effectuait dans la plus totale transparence, les corbeilles s'entassant dans les voitures ouvertes à tous les regards.

Mais les Cadillacais n'étaient pas soumis à la dure loi du silence de la population en marge. Les langues fonctionnaient à double vitesse, comme pour compenser l'interdit pratiqué au-delà des grilles. Afin de les préserver, certains parents avaient imaginé de punir leurs enfants d'une peine calquée sur celles prononcées par les tribunaux pour des fautes dont ils les obligeaient à se confesser. Ils avaient si peur de les voir un jour trébucher et payer par des années de leur vie un simple moment d'égarement, une tentation à laquelle on cède et qui fait basculer au fond du trou !

Les condamnations prononcées variaient selon les cours et les tribunaux. On pouvait requérir cinq années d'emprisonnement pour un vol de pain, de légumes ou de blé en gerbe. Pour donner à réfléchir à leur progéniture, les citoyens bien informés citaient le cas de ce garçon condamné à perpétuité pour un vol de six cents francs sur un chemin. En revanche, l'infanticide n'était puni que de deux ans : ce crime ne lésait personne. La vie d'un enfant n'avait pas la valeur d'une bourse pleine de monnaie. Le respect de l'argent passait avant celui de l'être humain.

Qui avait mis le feu aux poudres ? La nouvelle était passée de bouche en bouche avant de parvenir aux oreilles du précédent adjudicataire. Lui qui avait honoré le fameux article 58 du cahier des charges s'estimait trahi par un successeur sans scrupules qui raflait tous les marchés. Il y avait là une injustice parfaitement intolérable. Il ne décolérait pas. Après avoir confié la responsabilité de ses ateliers à son plus ancien employé, il s'en fut réveiller les consciences assoupies de ses concurrents. Il leur exposa les raisons de son mécontentement. Le travail qui se faisait au château par un personnel payé en timbales de lait en réduisait considérablement le coût et nuisait à leurs propres entreprises en augmentant le chômage. Les gens honnêtes se verraient à plus ou moins longue échéance privés de leur moyen d'existence. C'était une honte de penser que les ateliers en plein essor dans les prisons ruinaient ceux qui peinaient à tenir la barre de leur affaire, à former du personnel capable de leur succéder et de transmettre à son tour un savoir. L'ouvrage serait-il bientôt réservé aux malfaiteurs ? L'ouvrier serait-il obligé de voler pour se nourrir ou pour entrer avec les fers aux pieds en ces lieux où ses mains trouveraient à s'occuper ?

Tôt ou tard, les ateliers fermeraient leurs portes. La concurrence était trop sévère et déloyale puisque par cette main-d'œuvre bon marché, le prix de revient du travail était impossible à soutenir. Il fallait s'organiser et, pour cela, rencontrer les propriétaires des ateliers de Cadillac et de la région. Mieux, les réunir.

Certains firent remarquer au plaignant qu'il avait largement profité du système pendant huit années et qu'alors il ne se souciait guère de savoir en quel état se trouvait leur propre trésorerie. Ce à quoi il rétorqua qu'au jeu de l'adjudication, ils n'avaient pas été écartés, et que si son offre avait été retenue, ils n'avaient à s'en prendre qu'à leur manque de perspicacité ou plutôt à leur rapacité.

— A l'avenir, à vous de négocier et votre tour viendra peut-être. Rappelez-vous qu'il n'y a qu'un élu. Autant dire que les chances sont minces et qu'il faut jouer serré. Ça ne donne pourtant pas tous les droits, et certainement pas celui d'ouvrir des activités non autorisées.

— Nous devrions en informer le préfet.

— Par une lettre bien sentie, signée de chacun de nous.

— Une lettre, on la lit puis on la jette au panier.

— Pourquoi ne pas nous rendre à la préfecture, en délégation ?

— Il a raison. Si nous arrivons en force, notre groupe impressionnera le préfet.

— Pourquoi ne pas en parler d'abord avec le directeur de la prison ? Il me semble que ce serait plus correct que de passer outre à son autorité.

— Je le connais ; il ne fera rien. Il nous promettra de prendre en compte nos doléances et nous raccompagnera avec de bonnes paroles qu'il oubliera aussitôt. Peu lui importe que nos affaires périclitent, que le monde crève de faim. Il a ce spectacle sous les yeux tous les jours et ça ne l'émeut pas.

— Il s'agit de prendre des mesures pour sauver nos entreprises.

— S'adresser à l'administration, c'est aller au-devant d'un échec. Nous nous heurterons à l'indifférence des fonctionnaires. Moi, je n'attends rien d'une telle démarche.

— Il faut pourtant tenter une action.

— Nous sommes huit. C'est plus qu'assez pour intimider notre homme.

— Qu'entendez-vous par intimidation ?

— Une bonne raclée assortie de menaces pour qu'il sache ce qui l'attend en cas de récidive.

— Je ne vous suis plus ! En nous érigeant en tribunal, nous risquons de nous retrouver face aux juges.

— Tout de même ! Ce type mérite une leçon !

— Il ne nous appartient pas de la lui donner.

— Et qui s'en chargera ? Si nous ne le faisons pas, il nous ruinera, nous et notre personnel.

— N'exagérons pas. La prison ne peut fournir toute la région. Il faudrait pour cela y enfermer la population entière de Cadillac et elle n'y tiendrait pas.

— Avec son système de prime, moi je vous dis qu'il obtiendra un tel rendement qu'avant longtemps c'est vous qui me supplierez d'intervenir. J'aurais dû agir seul et selon ma méthode.

— Peut-on savoir en quoi consistait votre méthode ?

— A nous débarrasser définitivement de ce trouble-fête. Un bon coup derrière les oreilles et en avant pour le paradis !

— Je ne marche pas dans cette conspiration. Débrouillez-vous sans moi. D'ailleurs, pour ce genre de travail, vous n'avez besoin de personne. Ce n'était pas la peine de nous déranger.

— Ne partez pas ! J'ai une autre idée.

— Vous avez l'imagination trop meurtrière à mon goût.

— La colère m'a mis hors de moi.

— Ce n'est pas une raison pour nous faire complices de vos crimes.

— Je me suis laissé emporter. Je ne serais pas allé jusqu'à cette extrémité.

— Je l'espère. Il en faut moins que ça pour finir sa vie les chaînes aux pieds ou au fond d'un cul-de-basse-fosse. Alors, cette idée ?

— Inciter les ouvriers à se soulever. La révolution a dû leur donner l'envie d'en découdre. Ils n'ont suivi les événements que de loin. La crise, aujourd'hui plus qu'hier, ils la subissent. Touchés dans leurs emplois, ils savent parfaitement d'où viennent nos difficultés.

— Ce plan me paraît plus sage.

— Il me convient aussi.

— Le plus difficile sera de nous organiser.

— Le nombre nous fera triompher.

— Je suis de cet avis. Une requête signée de quelques patrons n'aboutirait à rien. On n'y verrait que jalousie de notre part, tandis qu'une manifestation des sans-travail…

— Et de ceux qui se porteraient solidaires de la classe ouvrière…

L'affaire était engagée. Dans chaque entreprise existaient quelques fortes têtes, des meneurs qui sauraient provoquer l'agitation parmi leurs camarades et réveiller ceux qui courbaient l'échine sous le poids de la fatalité. Pourquoi ne pas monnayer leurs services ? Encore une idée qui ferait son chemin !

Manifestation silencieuse ou soulèvement ? On n'allait pas dresser des barricades dans les ruelles de Cadillac ! Attaquer le chariot rempli de peaux de lapin ? Se rendre en force au château ?

Le concierge n'ouvrirait pas la porte. Escalader les fortifications ? Mieux valait n'y pas songer. C'était du domaine de l'utopie, on n'était plus au Moyen Age. Cela revenait-il à admettre que la meilleure formule était le courrier dûment adressé au préfet qui enverrait une note au directeur de la prison ? On l'avait déjà envisagé. Cela prendrait des mois ! On connaissait l'inertie de l'administration, sa négligence aussi. Chaque jour passé représentait une perte d'argent et coûtait des emplois. Il fallait qu'éclate le conflit pour assainir la situation. Au terme de palabres laborieuses, il fut décidé d'attaquer le chariot, comme les redresseurs de tort qui, dans un souci d'équité, s'en prenaient aux riches voyageurs pour secourir les pauvres.

Mais il fallait développer une action sur plusieurs fronts. Les patrons se rendraient au château afin d'y rencontrer le directeur. Forts de leurs droits, ils exigeraient de visiter les ateliers. Le précédent entrepreneur, qui avait fréquenté les lieux pendant huit ans, connaissait toutes les salles. Il demanderait aussi à consulter le cahier des charges afin de s'assurer du bien-fondé de sa plainte. Pendant ce temps, le chariot serait immobilisé avec son cocher.

Un troisième groupe se rendrait chez l'entrepreneur. Sa famille habitait dans un appartement attenant à la fabrique où travaillaient des ouvriers. Le message était de ne faire aucun mal, d'envahir les locaux tout en se montrant poli mais ferme et déterminé, éventuellement de détruire la marchandise sans toucher un seul cheveu des employés.

Tout se déroula selon le plan prévu. C'est dans les sous-sols que se traitaient les peaux de lapin. Les patrons y découvrirent l'existence de l'atelier. Le cahier des charges ne comportait aucun article légalisant cette activité. Après de longues et tumultueuses délibérations, ils obtinrent la promesse qu'elle serait supprimée. La crainte des représailles sur la personne de l'entrepreneur en place et sur les membres de sa famille avait joué. Avant de céder, le directeur hésita, sceptique quant au soi-disant déploiement de forces dont les patrons arguaient la mise en place.

Envoyés en éclaireurs, deux gardiens revinrent en confirmant les dires. Ils n'eurent pas à aller bien loin pour s'en convaincre. En effet, toute la bastide frémissait déjà dans l'impatience d'assister à des affrontements, mais les ordres furent respectés. L'affaire se régla dans le calme. Comme les gendarmes, alertés par la rumeur, arrivaient sur la place du château, la foule se dispersait. Le chariot rebroussait chemin, conduit par un postillon pressé de mettre une certaine distance entre son véhicule chargé d'une marchandise illicite et la masse ouvrière grondante qui affluait de toute part. Sauver sa vie était autrement plus important que sauver son emploi. Encore éberlué d'être sorti vivant de ce coup fourré, il fouetta son cheval. Toute cette agitation pour des peaux de lapin !

« Des hommes sont entrés dans l'atelier. C'était étrange. Brusquement nous paraissions encore plus muettes qu'à l'ordinaire. D'étonnement, de stupeur. Venaient-ils pour nous libérer ? L'espace d'un instant, je l'ai cru. Ils se promenaient dans la salle en nous regardant travailler, jetant des coups d'œil furtifs et inquiets aux fenêtres bardées de fer. Certaines d'entre nous étaient impressionnées. D'autres les dévisageaient avec une telle insistance que cela en était indécent. Les hommes nous manquent autant que la liberté. Ils nous manquent tellement ! Je l'ai réalisé aujourd'hui en les voyant. Parmi eux, j'ai reconnu l'ancien entrepreneur, celui qui a marié sa fille dont j'ai cousu la robe. Je me demande ce qu'ils sont venus faire. Ils avaient l'air de chercher quelque chose. Ils sont repartis sans avoir prononcé un seul mot. Ceux auxquels nous pensions sont restés sur nos lèvres. Ils ont dû trouver notre silence assourdissant. Les femmes sont habituellement réputées pour leurs bavardages.

« Je pense qu'ils ne reviendront pas. Hormis ceux qui travaillent à la maison et que nous apercevons quelquefois, je crains qu'ils ne soient les derniers mâles que je verrai jamais. »

XXV

De retour de ces quelques jours de liberté accordés par le préfet, sœur Céleste reprit ses fonctions. Après avoir été au service d'aliénés mentaux, elle l'était d'une population de malades d'une autre espèce : des malades de la misère, des victimes de la société ou de tares familiales graves. La tâche des religieuses était de surveiller, de punir, de dénoncer.

En entrant en religion, sœur Céleste avait une haute idée de l'exercice de sa vocation. Elle rêvait de réformer les institutions, d'insuffler, par sa seule présence, l'esprit divin. A l'asile psychiatrique, elle avait échoué dans la mission qu'elle s'était donnée. Pour réussir dans cette voie difficile, il faut trouver les arguments capables de toucher le cœur et l'âme des êtres en détresse. Face à la folie, que peut-on proposer ? Maintes fois, elle tenta d'établir le dialogue. Sans résultat. Pourtant, il lui semblait que la parole restait le seul remède efficace pour sortir ces épaves de leur enfermement. Découragée, elle finit par comprendre qu'elle ne pouvait rien pour eux et elle fut obligée de convenir, malgré sa foi, que Dieu les avait abandonnés. Nourrissait-il d'autres desseins pour ces âmes égarées, dans un monde où ils seraient enfin acceptés ? Ce monde-ci n'était pas fait pour les faibles. Il n'y avait aucune place pour les êtres à part, ceux que la nature avait oubliés et qui, à force de moqueries et d'indifférence, devenaient méchants. Tous ceux qui, par la violence, exprimaient une souffrance que personne ne comprenait. La science saurait-elle un jour les soulager de leurs maux ?

A certaines heures, dans le silence des dortoirs et des ateliers, la religieuse entendait encore les cris inhumains poussés par ces fantômes blancs qui la visitaient. Sans regret, elle avait changé de prison. Celle-ci était ceinte des mêmes murailles, des mêmes grilles, la population pouvait s'y montrer aussi dangereuse, mais au moins trouvait-on parmi ces centaines de femmes quelques esprits ouverts à la connaissance. Son école était sa fierté. Ce travail l'avait arrachée à cette peur de perdre la raison qu'elle éprouvait parfois entre les murs de l'hôpital. A essayer de tirer les fous de leurs délires, elle avait bien failli sombrer avec eux. Depuis plus de six ans qu'elle avait quitté cet univers, c'est à peine si elle se considérait comme guérie. Elle avait tant de fois passé la camisole de force aux malades pris d'une crise de démence que, lorsqu'elle s'habillait, elle ne pouvait s'empêcher de revivre certaines scènes hallucinantes qui se jouaient journellement entre les murs blancs.

Oh ! la prison lui causait aussi bien des déceptions. Elle y connaissait des moments de découragement. Le taux de fréquentation de l'école était si bas ! Sur cent prisonnières, à peine cinq suivaient les cours : quelques jeunes délinquantes ayant l'espoir de recouvrer leur liberté et qui, bien souvent, arrivaient avec une base de connaissances élémentaires. C'est dire le peu de curiosité de la part des détenues pour les activités intellectuelles.

« Tout n'est pas perdu, se disait sœur Céleste. Du temps où il était ministre de l'Instruction publique, Guizot n'avait pas fait du si mauvais travail en organisant l'enseignement primaire. Il avait été un novateur, même si, de son gouvernement sous le règne de Louis-Philippe, l'on ne retenait que son entêtement à refuser des réformes. »

La religieuse déplorait l'effrayante loi du silence et se déclarait favorable à des trêves. Parfois, dans leur réfectoire, elle en débattait avec les autres sœurs. Une heure ou deux de suspension de cette cruelle interdiction, pendant la récréation du dimanche, lui paraissait salutaire à l'état mental des pensionnaires. « Dieu nous veut compatissantes et miséricordieuses », insistait-elle. Mais le règlement ne prévoyait pas d'exception, fût-ce à Cadillac. Le directeur supporterait-il une suggestion quant à son allégement, même présentée par de respectables nonnes en mal d'absolution ?

Seule avec sa requête, sœur Céleste l'avait ravalée. Son âme guerrière prenait une petite revanche dans les exercices scolaires. Si son idée aboutissait, ce n'étaient pas une douzaine de femmes qui suivraient les cours, mais trente, cinquante, et peut-être davantage. Il suffirait que cette poignée d'assidues raconte pour éveiller la curiosité de dizaines d'autres et déclenche leur envie d'apprendre. Quelle magnifique victoire gagnée sur l'illettrisme, sur l'obscurantisme ! Il subsisterait toujours des cas désespérés, de ceux sur qui les meilleures volontés se brisent. Elle ne voulait pas rester sur son échec de l'hôpital. Ici, il y avait tant à entreprendre, et auprès de personnes qui n'étaient pas toutes les monstres que l'on se plaisait à dépeindre. Ses élèves étaient évidemment celles qu'elle connaissait le mieux. Bien qu'incultes, les autres ne pouvaient pas être dépourvues d'intelligence, de capacité de comprendre et d'apprendre qui existe en chaque être humain. Comme elle aurait aimé provoquer l'étincelle ! Finalement, elle réalisait que sa vraie vocation était l'enseignement. Quand les femmes seraient-elles admises à enseigner d'autres matières que le catéchisme, et dans de véritables écoles ?

Cette courte escapade lui avait permis de revoir ses parents, de les rassurer sur sa santé. Ils étaient plus inquiets de la sienne que de la leur, pourtant déclinante.

— Tu t'étioles à vivre ainsi cloîtrée, répétaient-ils.

— Ne confondez pas l'ordre des Filles de la Sagesse avec celui des Carmélites. Nous vivons forcément un peu retirées du monde, mais nous sommes entourées, un peu comme dans une famille, et il nous arrive de sortir ! La preuve en est que je suis ici, auprès de vous.

— Ce n'est pas ce que nous avions rêvé pour toi. Manges-tu au moins à ta faim ?

— La nourriture destinée au personnel est plus riche que celle des détenues.

— Je devine sous ta robe que tu n'es pas épaisse.

Ah ! cette mère ! Toujours à s'alarmer.

— Quand je pense que tu es enfermée comme une criminelle, toi, ma fille, si honnête, si courageuse, si…

— Mère ! C'est assez. Je ne vaux guère mieux que beaucoup de ces délinquantes qui pourrissent au fond des cachots et que le hasard a fait trébucher.

— J'aurai tout entendu ! se lamentait la brave femme.

— J'ai eu la chance de grandir entre des parents qui m'ont préservée du mal. Sans vos attentions de chaque jour, sans votre affection, qui sait si je n'aurais pas chuté moi aussi ? Le drame de la plupart de ces femmes est d'avoir manqué d'exemples et de ne pas aimer Dieu qu'elles connaissent si peu…

Ses journées lui laissaient trop peu de temps pour adorer ce Dieu qui était au centre de ses pensées les plus intimes. Après une méditation volée sur le temps de travail, il lui en coûtait de redescendre sur terre, mais elle avait besoin de ces voyages pour se régénérer, se purifier des horreurs qu'elle avait sous les yeux. Avant de les quitter, elle avait encore rassuré ses parents :

— Ne vous inquiétez pas pour moi. Je suis heureuse et je vous le dois. Prenez soin de vous.

Un double regard affligé, éperdu, l'avait accompagnée. Quand comprendraient-ils qu'elle avait fait ce choix par amour, que dans sa dévotion aux saints et au Créateur, par son dévouement à autrui, elle trouvait son épanouissement ? Jamais ils n'admettraient ce point de vue. Et pourtant, combien ils l'aimaient !

Elle avait encore une visite à rendre avant de revenir s'enfermer pour un chapelet de jours et de nuits qu'elle égrènerait sans fin entre ses doigts. Duras n'était pas tout près. Cependant, le devoir lui commandait d'y aller. Il se trouve toujours des voitures pour vous prendre en chemin, surtout lorsque l'on porte l'habit religieux orné d'une croix.

Cette visite dépassait le cadre de ses fonctions. Elle ignorait ce qui la poussait à l'accomplissement d'une semblable démarche. La charité chrétienne ? Elle se savait bien imparfaite. Oui, elle devait s'avouer que parmi les prisonnières, il en était une pour laquelle elle éprouvait un intérêt particulier, une véritable attirance, un sentiment sans la moindre équivoque : celui d'une sœur aînée pour sa cadette. Son plaisir à transmettre un savoir, à découvrir un cerveau qui ne demandait qu'à emmagasiner des connaissances la payait de ses efforts et la comblait. Elle avait beau s'interdire toute préférence pour l'une ou l'autre de ses élèves, celle-ci lui donnait tant de satisfactions, son esprit était si riche qu'elle s'y était attachée dès son arrivée, et bien malgré elle. Parmi toutes ces femmes, elle était l'élue. Cette 25 baptisée d'un prénom qu'aucune sainte n'avait porté... Tout en formulant cette pensée, elle réalisa que Joliane n'avait sans doute pas reçu le sacrement du baptême et que son âme, déjà chargée d'un si grave péché, brûlerait à jamais dans les flammes de l'enfer.

Elle trouva la tante dans l'état que Joliane avait deviné. Sa vue avait d'un coup considérablement baissé. Elle se dirigeait parfaitement dans sa maison dont elle connaissait le moindre recoin, mais le voile qui se formait devant ses yeux allait en s'épaississant.

— Si seulement ma nièce était au bout de sa peine ! Sa bonne conduite et mon état ne peuvent-ils lui valoir l'indulgence des juges ?

— Le tribunal ne revient pas sur une affaire jugée, d'autant que son cas ne relève d'aucune erreur judiciaire.

— Elle est une si bonne fille ! Si vous saviez !

Et Bertille déroula l'écheveau de ses souvenirs. Elle oubliait toutes ces années où elle en avait tellement voulu à la jeune criminelle. Le temps ayant accompli son œuvre, la réflexion aidant, le pardon était venu, un peu tardivement. Dans son geste désespéré pour soulager sa mère du fardeau de sa vie, Joliane s'était à jamais perdue de réputation et d'honneur.

— Je suis sa seule famille. Ceux de Bordeaux, elle ne les voyait jamais et, sachant ce qu'elle a fait, ils l'ont certainement bannie de leurs pensées.

— Je suppose que vous l'attendrez ici, dans cette maison ?

— Ces murs sont aussi les siens. Qui voudrait se charger d'une femme sortie tout droit de l'enfer, je vous le demande ? Mon devoir serait de l'accueillir, de la soutenir dans ces moments où elle affrontera une population prête à la condamner une seconde fois. Ce sera une nouvelle épreuve dont elle n'a pas idée. A cause de cette infirmité qui me frappe, j'ai peur de ne plus en être capable. Que va-t-elle devenir ?

— C'est justement pour vous parler de son avenir que j'ai voulu vous rencontrer. D'ailleurs, l'idée ne vient pas de moi, mais de votre nièce. Une idée que je reprends à mon compte pour vous faire une proposition.

Sœur Céleste raconta l'anecdote de la lettre et l'intention de Joliane d'envoyer à sa tante une pensionnaire qui prendrait soin d'elle en échange de l'hébergement.

Le menton de Bertille trembla, ainsi que sa voix :

— Quand je vous disais qu'elle est une bonne petite !

La religieuse exposa son projet. Parmi les femmes libérables, elle choisirait celle qu'elle estimait repentie et décidée à reprendre une vie honnête.

— Si elle avait un enfant, y verriez-vous un inconvénient ?

— Au contraire ! Son babil me rappellerait celui de Joliane.

— La plupart de celles qui terminent leur peine ne savent où se réfugier, soit parce qu'elles n'ont pas de famille, soit parce que celle-ci les a définitivement rejetées.

Bertille hochait gravement la tête, se gardant de porter un jugement sur un comportement qui avait été le sien pendant si longtemps.

Comme le soir approchait, elle offrit l'hospitalité à la religieuse qui l'accepta de bonne grâce. La compagnie de cette femme lui était agréable. Bertille posa maintes questions sur la vie carcérale, ce lieu plein de mystères. Sœur Céleste demeura discrète. Qui n'était pas curieux de savoir ce qui se passait derrière les murailles de la redoutable citadelle ? Cependant, la surveillante ne se sentait pas le droit de décrire l'existence lamentable des prisonnières. Par pudeur, ses réponses furent évasives. Elle rassura la brave femme en lui promettant qu'elle veillerait sur sa nièce.

— Sachez cependant que je ne dispose d'aucun pouvoir. Tout comme en religion, les règles qui régissent la vie à l'intérieur d'un couvent ou d'une prison ne peuvent être transgressées. Il ne m'est pas permis d'intervenir auprès des familles, aussi, mieux vaut ne pas ébruiter le motif de ma visite. Si l'on vous interroge, dites que je suis une amie de passage. Dieu me pardonnera ce mensonge par nécessité. Il recevra ma confession sans intermédiaire. Ainsi sera préservé notre secret.

— Je me garderai bien de compromettre les chances de réussite de notre affaire. Je vous suis très reconnaissante de ce que vous faites pour moi.

— De ce que je vais tenter. Rien ne dit que je réussirai.

Les deux femmes se séparèrent, ayant convenu d'un arrangement qui permettrait à la veuve de rester dans ses murs tout en offrant un asile à une de ces délinquantes tristement marquées du sceau de l'infamie.

— Il est peu probable que nous nous revoyions en ce monde. Aussi je vous dis adieu, chère Bertille. J'aurai été heureuse de vous connaître. J'ai vécu chez vous de douces heures. Je ne vous oublierai pas dans mes prières.

— Adieu ma sœur. Que Dieu vous aide et qu'il vous accueille en son paradis. Il ne doit pas y recevoir beaucoup d'âmes nobles comme la vôtre.

— Qu'il vous épargne les souffrances du corps et de l'esprit.

En quittant la petite maison des vignes, elle sentit son cœur se serrer. La vie devait être bonne dans cette nature que l'homme domestiquait pour en tirer sa subsistance tout en la respectant. Dans sa rusticité, la minuscule habitation avait plus de charme que le palais du duc d'Epernon. Même du temps de sa splendeur passée, elle aurait eu le choix que la simplicité de la fermette l'aurait emporté sur la magnificence de la prétentieuse demeure.

Le lendemain du retour de la religieuse à la maison centrale, la 25 trouva deux œufs cuits à dur dans son pupitre. De stupéfaction, elle sentit la chaleur lui monter au visage. Se pourrait-il que ce soit un miracle ? Le ciel l'aurait-il entendue penser ? Sœur Céleste parut ne pas remarquer son trouble. Pourtant, Joliane aurait parié qu'un imperceptible sourire avait étiré ses lèvres.

Un peu avant la fin du cours, la cornette circula parmi les bancs, se penchant sur une épaule, montrant du doigt une faute, une erreur de calcul. Quand elle arriva près de son élève préférée, elle tira de sa manche un billet qu'elle glissa sur le pupitre. Personne ne le remarqua, sinon l'intéressée. Ce morceau de papier n'était autre que la lettre de tante Bertie, pensait-elle, qui avait disparu de la même façon dans l'ampleur du tissu. Elle faillit le mettre directement dans sa poche, mais elle remarqua la qualité différente du papier, aussi le déplia-t-elle discrètement. Il disait ceci : « J'ai rendu visite à votre tante. Elle se trouve bien dans l'état que vous redoutiez. Je m'occuperai de lui envoyer du secours dès que l'occasion s'en présentera. Elle vous envoie ses affections et cette gâterie à consommer très vite. »

Aussitôt qu'elle eût parcouru le billet, elle chercha la nonne du regard. Celle-ci refit le tour de la classe. Parvenue à la hauteur de la 25 elle posa un livre devant elle et subtilisa adroitement le billet.

— Lisez-nous cette parabole. Elle sera le sujet de votre méditation pendant vos heures d'atelier.

Claire et assurée, la voix de Joliane s'éleva. Un sentiment tout neuf gonflait son cœur d'un bonheur qu'elle n'avait éprouvé depuis longtemps. Elle dut attendre le soir pour satisfaire sa gourmandise. Ces œufs n'avaient pas la bonne et saine odeur de paille qu'ils lui évoquaient. Celle de l'édicule où elle s'était réfugiée pour cette dégustation clandestine lui gâchait le plaisir simple de savourer un pur produit de sa campagne natale.

Sœur Céleste avait pris de gros risques. Elle lui témoignerait sa gratitude en travaillant doublement à l'école.

Jamais le directeur n'avait entendu formuler une telle requête. Qui, jusqu'à ce jour, s'était préoccupé du devenir des prisonnières à leur libération ? Le greffier leur remettait une feuille de route. Après avoir fouillé sur les étagères, le concierge trouvait le baluchon marqué de leur numéro d'écrou, la femme rendait ses vêtements d'emprunt pour endosser ceux qu'elle portait à son arrivée. On lui ouvrait la porte et elle se fondait dans la nature.

— Personne ne s'est jamais soucié de ce que deviennent ces femmes. Pourquoi vous et aujourd'hui ?

— Il s'agirait d'un double sauvetage, en quelque sorte.

Et elle expliqua le drame d'une amie qu'elle avait revue durant ces quelques jours de repos accordés par la préfecture.

— Parmi les condamnées, n'y aurait-il pas une jeune mère délaissée par les siens ?

— Elles le sont presque toutes. Il faudrait voir parmi nos libérables et savoir quelle est leur situation de famille. Nous en ignorons tout.

Le greffier apporta le registre d'écrou.

— Je sais que la numéro 03-215 arrive au terme de sa peine.

— Quel âge a-t-elle ?

— Voyons… elle est née aux environ de 1790. Elle ne connaissait pas la date exacte. Elle doit avoir entre cinquante et soixante ans.

— Quel est le motif de sa condamnation ?

— Prostitution et meurtre.

Sœur Céleste eut un rictus.

— Je pensais à une femme plus jeune, si possible moins lourdement condamnée. Pour un vol par exemple. Je ne voudrais pas que mon amie se sente en danger.

— Des voleuses, il n'en manque pas. Dans deux semaines, la dénommée Justine Auger sera rendue à la liberté. Elle a dérobé de l'argent dans le tronc de l'église. Autant dire qu'elle a commis un péché mortel. Cela ne vous gêne-t-il pas ?

— Cette boîte dans laquelle les plus nantis déposent leur obole, quelle tentation pour les plus pauvres !

— Je dois ajouter que cette vicieuse a donné le jour à un bâtard, et dans nos murs. Sa famille n'a pas voulu l'élever.

— Insinuez-vous que l'enfant serait vivant ?

— Il est né vigoureux. Nous l'avons placé chez une nourrice. A Cadillac, il est bien rare que les nouveau-nés survivent.

— Depuis combien de temps était-elle incarcérée au moment de la naissance ?

— Je sais ce que vous voulez me faire dire. Oui, cet enfant a été conçu dans nos murs. Que voulez-vous ! Nos gardiens ne sont pas des saints. Nous avons également une certaine Germaine…

— J'aimerais parler à cette Justine Auger.

— Vraiment ! Etes-vous sûre qu'elle puisse convenir ?

— Je le saurai quand je lui aurai parlé.

— Si je cède à vos instances, c'est bien pour vous être agréable et parce que votre travail ici est remarquable. Toutefois, je préférerais que cette histoire ne s'ébruite pas.

Ainsi, avec l'aide d'une religieuse au cœur généreux, une jeune repentie retrouva-t-elle l'enfant né de ses tripes et d'un viol honteux, qui lui avait été arraché malgré ses supplications. L'infirmerie n'était pas une nursery. Elle ignorerait toujours à quel concours de circonstances elle devait cette faveur providentielle, mais elle promit à sœur Céleste que sa vie serait désormais exemplaire. Elle prierait chaque jour la Vierge Marie pour cet heureux dénouement à son drame.

— Et surtout, lui recommanda la nonne, prenez soin de Bertille. N'oubliez jamais ce que vous lui devez.

— Je ne sais pas ce que nous serions devenus sans vous, mon fils et moi.

— Je ne suis que l'instrument de Dieu. C'est lui qui guide mes actes. En me plaçant à la croisée de nos chemins, il avait sans doute de bonnes raisons. Tâchez de vous en souvenir. Vous voici responsable de deux vies.

— J'ai peur de ne pas être à la hauteur.

— Cette crainte est précisément le signe que vous saurez vous en montrer digne.

Cet entretien avait lieu dans la pénombre du parloir, le dimanche avant la libération de Justine Auger. Dans cet endroit propice à la conversation, elle se sentait déjà renaître. Elle promit de se conduire en fille reconnaissante, aimante envers cette Bertille qui tirait un trait sur son passé en lui offrant un foyer et une chance de rachat.

Joliane pouvait être rassurée. Le plan qu'elle avait élaboré s'était mis en place.

Hélas ! Si elle continuait à écrire, plus aucune réponse ne lui parvenait. Néanmoins, elle savait que sa tante Bertie n'était plus seule et qu'elle l'attendrait dans la petite maison des vignes. Grâce à sœur Céleste, elle échapperait à l'enfermement dans un hospice où l'on recueillait les vieillards et les infirmes.

Elle cessa de lui envoyer du courrier. A quoi bon ? Justine faisait partie des quelque trois cent cinquante analphabètes qui peuplaient le château-prison.

XXVI

La neige recouvrait le sol de la cour, étouffant le bruit des pas. Ornés de guirlandes précieuses, les tilleuls paradaient. Parfois, un fragment se détachait d'une branche et chutait dans un frémissement mouillé. Blancs étaient les toits dont les tuiles et les ardoises disparaissaient sous l'édredon duveteux. Blanches aussi les ferrailles accrochées aux fenêtres comme pour leur donner cet aspect féerique, surprenant de beauté, de fragilité. Les pieds de Joliane obéissaient mécaniquement, suivant l'invisible chemin qui ne menait nulle part. Sa tête était ailleurs, réfugiée sur ses hauteurs, perdue dans un paysage magnifié qui prenait d'autres dimensions, un paysage décoloré, purifié, régénéré.

Revenue à la réalité d'un nouveau jour, elle respira profondément, gonflant sa poitrine amaigrie. Le froid tuait les miasmes. Il était sain, vivifiant. Son grand-père disait que la neige fortifiait la terre. La plupart des oiseaux avaient déserté la cour. Où se cachaient les moineaux qui tenaient habituellement conciliabule et dont les querelles l'amusaient si fort qu'elle s'imaginait les partageant. Avait-elle son mot à dire ? Aucun règlement ne les atteignait. Personne n'avait réussi à les priver du moyen d'expression le plus naturel à tout être vivant. Malgré l'interdit qui pesait sur la cour d'horreur, ils continuaient leurs pépiements. Seul le froid les paralysait en ce matin d'hiver. Joliane se demandait où ils avaient trouvé refuge. Comme pour lui répondre, une touffe duveteuse se posa sur le sol, tremblant des ailes et de la queue. Elle sourit et frissonna dans sa robe de futaine grise. Malgré la protection des bas de laine, ses pieds souffraient.

L'humidité du sol traversait les sabots déjà trempés de cette promenade feutrée dans la neige.

Le marché prenait place dans la bastide. Des rumeurs de vie parvenaient d'autant plus nettement que les sabots ne butaient pas sur le pavé qui d'habitude en décuplait le bruit. Au-delà des murailles, les marchands devaient installer leurs étals. Elle les entendait s'interpeller. Elle aurait aimé saisir les paroles, mais seul le son des voix trahissait leur présence. La neige avait dû fondre sous le passage fréquent des véhicules. Elle reconnut le roulement d'une charrette. Des interjections volaient dans l'air. On hélait un cocher, ou peut-être était-ce lui qui appelait un ami. Pourquoi ces hennissements ? Les chevaux souffraient-ils du froid ? Depuis qu'elle vivait au château, jamais Joliane n'avait perçu aussi intensément les battements de cœur de la cité, un cœur qui s'accélérait jusqu'à l'emballement, précipité par une activité accrue. Tous ses sens tendus afin de capter la vie du dehors, la jeune femme en oubliait le froid et ses morsures. Enfermés dans une cage, les lapereaux se disputaient une feuille de chou. Elle les voyait ! Vendus au plus offrant, on les nourrirait jusqu'à satiété et ils finiraient en civet. Pourquoi ne traiterait-on pas les prisonnières de la même façon ? Le gavage, quel bonheur ! Crac ! un coup sur la nuque et c'est terminé. Ces bêlements venaient-ils d'une chèvre ou d'un mouton ? L'animal était-il destiné à la boucherie ou à la reproduction ? N'était-ce pas plutôt une jeune bête, un agneau ou un chevreau que l'on s'apprêtait à égorger ? Non, pas en plein marché ! Les petits d'animaux sont si attendrissants ! Comment peut-on les tuer ? Ce mot la fit frissonner.

Enfant, on lui avait offert un agneau. « Quand je sortirai d'ici et me réinstallerai dans ma maison, je n'élèverai pas des bêtes pour m'en nourrir. Les sacrifier après les avoir caressées, aimées, non, je ne pourrai pas. » Malgré toutes ces années de souffrance, serait-elle demeurée aussi sensible, aussi vulnérable ? On lui avait pourtant prédit qu'elle deviendrait aussi dure que ses geôlières. Fourrer ses mains dans les poils de Tobi, subir sa langue humide sur ses joues… Elle renifla ses larmes. Tobi n'était plus.

Son esprit se concentra de nouveau sur les bruits confus. Cette évasion la transportait dans un autre monde. Il y flottait des odeurs de marrons grillés, de pain chaud, qui la faisaient saliver. Ce monde perdu la fascinait en même temps qu'il l'habitait d'une crainte bizarre: celle de ne plus s'y sentir à l'aise, de le trouver trop vaste et à l'humeur si joyeuse qu'il lui serait douloureux, voire impossible de s'y réadapter; un monde confortable, doux comme un tissu soyeux sur la peau. Ses mains se crispèrent dans ses mitaines. Elle se remémora un marché où elle était allée avec son grand-père. Il avait acheté un caleçon molletonné et elle avait choisi une cotonnade fleurie pour en faire des tabliers. Retrouverait-elle ses vêtements laissés dans le coffre en chêne, héritage familial?

Redevenue attentive au présent, elle vit plusieurs prisonnières lutter contre des accès de toux. Elle remarqua qu'elles étaient moins nombreuses à parcourir les allées que leurs sabots redessinaient dans la neige tout en imprimant leurs empreintes. Six détenues avaient quitté son dortoir depuis le début de la semaine. Aucune n'étant revenue, on pouvait supposer que la mort les avait emportées, les délivrant du fardeau d'une vie sans joie, sans avenir.

Annonçant la fin de la promenade, la cloche tinta d'un son cristallin. Le marché aux couleurs, aux sensations, aux odeurs, était terminé et repliait ses vantaux.

La fièvre la prit dans la nuit. Elle se réveilla en sueur, les yeux et le front brûlants. Elle se leva pour une visite derrière le rideau de la cheminée et faillit tomber. En s'appuyant d'une main sur les lits, elle réussit à effectuer l'aller et retour et revint se jeter sur sa couche, épuisée de cet effort et grelottante. Environ une heure plus tard, la surveillante traversait le dortoir, furieuse d'être dérangée. Qui se permettait de crier ? Elle serait punie selon la règle ! N'était toléré que le bruit des respirations.

— Détachez-moi ! Ouvrez la fenêtre ! Je veux partir ! Laissez-moi partir ! Je veux le rejoindre ! J'ai besoin de lui ! Il ne faut pas qu'il meure…

Sœur Bénédicte s'approcha, une bougie dans la main gauche et la droite prête à frapper. Elle distingua le rouge des pommettes et y posa sa main fraîche. Renseignée, elle s'en fut chercher un gardien.

Un moment plus tard, la 25 reposait dans le lit d'une salle de l'infirmerie chauffée par un énorme poêle en fonte. Elle ne s'était pas rendu compte qu'on la transportait. Elle ne délirait plus. Une infirmière humectait des linges qu'elle appliquait sur son front. Profondément abattue, Joliane geignait doucement.

— Encore un cas de grippe. Deux femmes sont décédées hier au soir. Je vais essayer de la faire boire. Voulez-vous m'aider ?

— Pensez-vous vraiment que ce soit utile ? demanda la surveillante. Ce ne sont pas quelques gorgées de tisane qui la maintiendront en vie ou la guériront.

— Ne serait-ce que pour la soulager, mon devoir est d'essayer.

Elles soulevèrent la malade et réussirent à lui faire avaler un peu d'une infusion de thym. Joliane toussa, s'étrangla avant de retomber inerte sur sa couche.

— Nous avons bien du mérite à travailler en pleine nuit pour des gueuses qui ne nous en sauront aucune gratitude, remarqua la religieuse.

— Mon métier est de soigner tous ceux qui souffrent, quels qu'ils soient. Vous et moi, nous exerçons une sorte de sacerdoce. J'ai toujours souhaité me consacrer aux déshérités et je n'en attends nulle reconnaissance.

Sœur Bénédicte venait de recevoir une leçon d'humanité.

Dans les trois dortoirs de l'infirmerie, le nombre de lits avait doublé. Ils se touchaient. On manquait de place, de médicaments, de personnel pour s'occuper des malades. Le médecin et les infirmières étaient fourbus. Quant à l'apothicaire, il voyait avec inquiétude s'épuiser les réserves de son officine.

Dans cet univers où macérait une population privée de la plus élémentaire hygiène et nourrie à l'économie, la maladie trouvait tout naturellement un terrain favorable à son développement. Les organismes étaient fatigués par un travail forcé et par un hiver sans fin qui plongeait le pays tantôt dans l'épaisseur de brumes visqueuses, tantôt sous le rideau d'une pluie aussi serrée que persistante.

Les premiers cas s'étant déclarés dans la bastide, la maladie avait très vite franchi les murs du château et s'abattait sur les plus faibles. Le médecin dénonçait l'atmosphère glaciale et confinée des dortoirs qui, si elle ne propageait pas le fléau, le favorisait grandement. Mal protégées sous une unique couverture de médiocre qualité, les moins frileuses grelottaient et ne parvenaient pas à s'endormir.

— Vivre dans un palais et dans de telles conditions d'insalubrité, c'est absolument honteux. Inacceptable ! C'est une véritable porcherie. Même l'eau sent mauvais.

Dire que cette bâtisse avait reçu et logé somptueusement les oisifs d'un temps révolu et que, deux siècles plus tard, on avait à ce point manqué de sens pratique et d'humanité en négligeant le confort élémentaire. Quelle aberration ! De la part d'une société qui se voulait progressiste, était-ce charitable d'offrir à ces femmes d'aussi lamentables conditions de vie ?

Il avait beau se révolter, le médecin n'obtiendrait aucune amélioration. Dessinées, élaborées dans des bureaux qui fleuraient bon le cuir et l'opulence, les installations avaient été conçues plus que sommaires afin d'en réduire le coût. Ceci sans le moindre respect pour les misérables qui peupleraient ces lieux. Sa colère ne servait à rien, sinon à le libérer du sentiment d'impuissance devant une situation insoluble.

La neige fondit rapidement. Une journée de soleil suffit à liquéfier les fragiles parures des tilleuls, à déshabiller le paysage de son linceul immaculé, à lui ôter sa magie. Rendu à ses grillages rouillés, le château, qui n'abritait nulle princesse esseulée rêvant d'un preux chevalier, paraissait encore plus sinistre. En même temps que la bâtisse retrouvait sa façade austère bardée de ferraille, le visage de Joliane perdait ses rougeurs inquiétantes. La fièvre était tombée. Bien que très affaiblie par une semaine de lutte que son corps avait soutenue contre la maladie, elle offrait une figure amaigrie mais curieusement rajeunie, comme si elle venait de triompher d'un duel avec la mort. Et c'était bien le cas, puisque autour d'elle quatre femmes parmi les plus âgées avaient quitté cette terre. Tantôt terrassée par une poussée de fièvre, tantôt somnolente, elle en avait à peine eu conscience.

Qu'il était bon de renaître, fût-ce dans cet endroit triste et déprimant ! Elle s'étira. Les ressorts grincèrent légèrement. Ce matelas était plus ferme et rendu meilleur que celui du dortoir par l'épaisseur du rembourrage. A l'instant où elle allait s'assoupir, arriva le chaudron de soupe fumante porté par deux puissantes matrones. En réveillant ses papilles, l'odeur lui fit douloureusement ressentir le vide de son estomac. Aurait-elle le droit de s'alimenter après ce jeûne forcé ? Elle n'avait pas sitôt formulé cette pensée qu'une femme de service commençait la distribution. Elle se redressa, s'assit dans le lit, s'appuya contre le dossier métallique et attendit. Elle vit passer le chaudron, en huma le fumet. Pas de doute, on avait cuit de la viande dans ce bouillon-là. Avec envie, elle regardait les convalescentes se jeter sur leur brouet qu'elles dévoraient goulûment. « Comme Tobi sa pâtée », pensa-t-elle.

Une infirmière surprit son expression de détresse.

— A celle-ci ne donnez-vous rien à manger ?

— Elle n'était pas prévue dans nos comptes. Hier encore elle était mourante !

— Ce matin elle est guérie. Et je suis certaine que si elle meurt, c'est bien de faim.

— Nous allons manquer de soupe ! rétorqua la femme de peine.

— Il faut aller tout de suite en chercher, répliqua l'infirmière avec humeur.

Rien ne l'agaçait tant que ce respect draconien du règlement. Une nourriture pesée au gramme, mesurée au centilitre près, quelle ineptie et quelle cruauté ! Elle devait sans cesse se rappeler qu'elle exerçait dans une prison, et non dans un hôpital ordinaire ou dans une quelconque maison de santé.

Joliane reprenait des forces, surtout grâce à ce bouillon enrichi de morceaux de viande auquel son statut de malade lui donnait droit. Hélas ! ce régime de soutien ne lui serait administré que pendant les cinq premiers jours de son rétablissement. Ensuite, la soupe redeviendrait aussi fade que celle du réfectoire. Aussi souvent qu'elle le pouvait, elle se levait pour marcher dans le couloir, la saison ne permettant pas aux convalescentes de fréquenter la terrasse extérieure. Un jour qu'elle s'y promenait, sœur Céleste fit irruption, bousculant le gardien qui en surveillait l'accès. Apercevant la 25 un peu branlante dans sa chemise de toile de chanvre bise, elle eut un sursaut d'étonnement :

— Ne vous voyant pas à l'école, je pensais bien vous trouver là.

Et son regard disait son soulagement.

— Vous sentez-vous mieux ? Je veux dire : avez-vous passé le plus mauvais ?

Joliane approuva d'un signe de tête.

— Vous vous remettrez vite. Il fait tellement moins froid ici que dans les étages !

Ce qu'elle lut sur le visage de la jeune femme, dans ses yeux, la renseignait mieux que des mots. Très vite, c'est-à-dire dans un jour ou deux, elle quitterait cet endroit momentanément surpeuplé pour reprendre le travail à l'atelier. Elle demanda encore :

— Depuis combien d'années êtes-vous enfermée ?

Joliane ne savait si elle devait répondre par la voix ou par le geste. La religieuse lui vint en aide :

— Dix ? Douze ou davantage ?

La 25 hocha tristement la tête

— Quinze peut-être ? Plus encore. Entre quinze et seize ?

Sœur Céleste avait sa réponse et son élève n'avait pas failli à la règle. Qu'il était donc difficile de travailler et de se comprendre sans le secours de la parole !

Dans cette infirmerie où elle pouvait, en évitant de gêner le service, se déplacer entre les lits pour gagner son déambulatoire, Joliane éprouvait une sensation grisante : celle d'une semi-liberté. Des idées insensées lui venaient alors à l'esprit. Par deux fois, elle fut tentée de franchir la porte. Appuyée au mur du corridor, elle s'admonestait : « Folle ! Tu es vraiment folle ! En chemise et par ce froid ? Ce n'est ni la tenue qui convient, ni le moment choisi pour s'évader. Tu n'irais même pas jusqu'au perron. » Un soupir profond comme une tombe, long comme les heures qui lui restaient à vivre en ces lieux, la ramena à la réalité. L'exploit de Benoîte était unique. Personne ne réussirait plus à quitter cette forteresse autrement que par la grande porte, et le plus souvent dans une caisse.

Benoîte... Etrange petite bonne femme qui jamais n'avait pu s'habituer à dormir dans un lit... Un jour, une nouvelle occupante en avait pris possession. Telle la population du quartier d'une ville, celle-ci se renouvelait. Les femmes libérées ou décédées étaient vite remplacées. Si l'on mourait toujours beaucoup au château de Cadillac, au-delà des murs, par tout le pays, les mauvaises actions se multipliaient. Un simple vol coûtait toujours cinq ans de liberté. C'était payer cher le morceau de pain ou les pommes cueillies dans un verger. « S'il se trouvait seulement quelques bonnes âmes pour les prévenir de ce qu'ils encouraient, ils hésiteraient à se mettre en péril », se disait Joliane. Mais elle savait aussi combien il est difficile de résister à la tentation lorsque la faim vous laboure les entrailles.

Benoîte… La croyant à l'infirmerie, elle avait attendu son retour. Elle l'avait vainement cherchée des yeux sous d'autres lits, le soir, dans le dortoir. Il était impossible qu'elle fût morte. Donc elle avait été libérée. On avait ouvert la porte exprès pour elle. Ici, tout se passait dans le mystère absolu. Même un départ, il n'était pas permis de l'accompagner d'un mot d'amitié ou d'un geste pour souhaiter la bonne fortune à celle qui s'en allait. A ce point de ses réflexions, un éclair de lucidité ramena Joliane à une certaine nuit d'été. Elle avait été réveillée à plusieurs reprises. Quelqu'un tirait sur sa couverture et pourtant, quand elle regardait par terre, elle ne distinguait aucune forme humaine à son chevet. Sa couverture avait fini par glisser sur le parquet. Maintenant, elle en était sûre, Benoîte avait passé sa dernière nuit sous son propre lit. C'était sa façon de lui témoigner son attachement, de lui faire ses adieux.

Benoîte… Sidonie… Si différentes l'une de l'autre, ces deux femmes avaient marqué sa vie.

Des cris, puis une explosion de voix, arrachèrent Joliane à sa rêverie.

— La 102 nous fait une crise !

— Je vous avais dit de l'attacher ! tempêta le docteur.

Deux infirmières se précipitèrent dans la salle voisine.

— Nous n'avons pas eu le temps, répliqua sœur Céleste d'un ton tranchant. Avec cette épidémie, nous n'avons même plus celui de respirer. Voyez ces tisanes en train de refroidir. Nous ne sommes plus assez nombreuses pour toutes ces malades à soigner et à servir.

Oserait-elle ? Timidement, la 25 quitta son lit. Sur les bas qu'elle n'ôtait même pas pour se coucher, elle marcha jusqu'à la table où fumaient les bols.

— Excellente idée, déclara le médecin. Si vous vous en sentez capable, je vous garde ici pour nous aider. L'ouvrage ne manque pas.

La religieuse jeta un coup d'œil à sa protégée avant d'ajouter :

— Je venais justement de demander son changement à monsieur le directeur. Désormais, cette femme travaillera à l'infirmerie.

Appuyée par le médecin, sa requête avait toutes les chances d'aboutir.

Si ce n'est en période d'épidémie, cette situation présentait un avantage certain. Durant l'hiver, les salles étaient mieux chauffées que les ateliers où tirer l'aiguille avec les doigts boursouflés d'engelures tenait du supplice. Supplice aussi que ces longues heures à écouter filer le temps, le dos arrondi sur son ouvrage. Au moins, dans cette nouvelle activité, aurait-elle l'occasion de bouger et de goûter à d'autres privilèges inhérents au statut de femme de service.

La regardant aller et venir, la religieuse la trouva bien à sa place, comme transfigurée par son évident contentement à se rendre utile.

XXVII

La supérieure était furieuse. Elle entraîna sœur Céleste dans le vestibule central.

— Qui a décidé que la 25 travaillerait à l'infirmerie ?

— Voyant ses dispositions, le médecin l'a suggéré. J'ai moi-même transmis la demande au directeur qui n'a fait aucune objection. Cette femme a été malade et c'est bien ce qui a motivé notre choix. Cependant, guérie de la grippe, elle se montrera plus résistante qu'une autre. Nous sommes très satisfaits de ses services.

— Confier des malades à une criminelle qui a précisément tué sa mère, soi-disant pour abréger ses souffrances, n'est-ce pas la placer en situation de récidive ? La 25 est dangereuse ! En pareille circonstance elle refera le même geste. J'ai consulté le registre d'écrou. Je me suis renseignée sur l'affaire qui a défrayé la chronique locale et également nationale et je vous le répète : elle recommencera. Supprimer une de ces malheureuses serait un moindre crime. Voler ou prendre la vie à de braves gens est autrement plus grave, mais il vaudrait mieux éviter qu'un tel drame ne se produise dans notre maison. Vraiment, employer cette femme à l'infirmerie, quelle erreur ! Je ne comprends pas la direction.

Sœur Céleste demeura stoïque sous l'avalanche des reproches. Depuis le début de cette affaire, elle se savait coupable de faiblesse envers la prisonnière. Elle avait menti par omission, déguisé la vérité, inversé la chronologie des faits, en avait passé certains sous silence, tout cela au bénéfice de la 25. La prudence lui recommandait l'attente et le détachement. La supérieure se calmerait. Elle dit simplement :

— Cette femme est là depuis plus de quinze ans. Elle fréquente assidûment mon école. Si elle était dangereuse, nous le saurions. Je n'ai jamais discerné de jalousie ou de haine dans son comportement. Je crois même que c'est une belle âme. Son crime était un acte de désespoir. Je me porte garante de son honnêteté.

— Vous semblez la connaître personnellement.

— Seulement à travers ses écrits, mais il est des regards qui ne trompent pas.

Sitôt cette phrase prononcée, la nonne s'aperçut de son imprudence. La supérieure n'allait-elle pas imaginer quelque relation douteuse entre elle et son élève ? Son acharnement à démasquer les coupables de liaisons concupiscentes révélait une nature suspicieuse, devenue perverse par la frustration consécutive à un célibat mal vécu. Dans ses efforts à taire les exigences de son corps, elle soutenait une lutte qui la rendait féroce.

Sœur Céleste prit son air le plus humble :

— Agissez ainsi que vous l'entendez. Celle-ci ou une autre, peu m'importe, pourvu que l'ouvrage se fasse. Je pense toutefois que le médecin a voix au chapitre. C'est lui le responsable de ce changement de poste. Je n'ai fait que l'approuver dans son choix. Il y avait urgence.

Et, avec un soupir de lassitude :

— C'est beaucoup de paroles autour d'une histoire sans importance, ne trouvez-vous pas ?

— Si vous la jugez ainsi, l'affaire est close. Je craignais que vous ne vous soyez impliquée personnellement, ce qui serait contraire au règlement.

— Je connais le règlement autant que mon devoir, ma Mère. Toutefois, je vous remercie de me le rappeler. On ne se méfie jamais assez de soi-même et des pièges que nous tend parfois le Malin.

Après ces tergiversations dont elle n'avait pas idée, Joliane fut admise en tant que femme de service à l'infirmerie. Le côté répugnant des bassins à vider, des pansements à jeter, du sang, du pus, les odeurs et les plaintes ne la gênaient pas. Les soins qu'elle avait donnés à une personne aimée, elle les prodiguait à des inconnues et ne ressentait pas pour leurs souffrances l'affliction qu'elle avait éprouvée pour sa mère. Parfaitement sereine et détachée, elle se dévouait à chacune, attentive à répondre au moindre appel dans cet antre de la mort. Et c'était peut-être son spectre prêt à s'abattre sans prévenir sur de nouvelles victimes qui lui faisait mesurer sa chance d'être vivante. Infatigable, elle servait les potions, les repas, elle balayait, lavait aussi bien les sols usés par le passage des sabots que les corps décharnés. S'il lui arrivait de regretter l'atelier de couture, cela ne durait pas. Auprès des malades son travail était plus varié. Ses mains savaient se faire caressantes pour donner, en plus du remède ou de l'écuelle de soupe, un peu de chaleur humaine. Lorsqu'une femme quittait l'infirmerie sur ses deux jambes, elle avait l'impression d'avoir œuvré à sa guérison. En revanche, elle devait s'armer, se durcir, comme les fenêtres du château-prison, pour procéder à la toilette mortuaire qui s'avérait nécessaire lors de la restitution d'un corps à sa famille. Dans ces moments-là, elle n'était plus aussi sûre que sa vraie vocation fût d'aider ses semblables à surmonter l'épreuve de la maladie. La mort qu'elle côtoyait dans ce service la ramenait inévitablement à son crime.

Le dessein de sœur Céleste était-il de la remettre chaque jour face à sa faute passée afin de lui en faire mesurer l'horreur pour qu'elle expie dans la douleur ? Ou bien avait-elle des vues plus terre à terre ? Elle se le demandait en rapportant à l'office deux gamelles que les malades n'avaient pas eu la force de vider. Elle engouffra une cuillère, puis une autre. Elle faillit s'étrangler. Il ne manquerait plus qu'elle se laissât surprendre ! Elle avait la bouche pleine lorsque surgit une blouse blanche :

— Vous n'avez pas vu sœur… ?

Rouge de confusion, Joliane déglutit. Le médecin la regarda avec compassion :

— Je ne dirai rien. Pourtant, méfiez-vous. Certaines de nos malades sont tuberculeuses. C'est une simple mise en garde. Vous êtes suffisamment avertie pour reconnaître les sujets atteints.

Certes, elle l'était, mais quel crève-cœur de jeter de la nourriture quand elle vous est si mesurée ! Elle n'était pas la seule à terminer les reliefs des prisonnières, de celles dont c'était le premier repas pris après une diète forcée ou une intervention chirurgicale. L'essentiel était de ne pas se laisser surprendre. Désormais, elle se montrerait plus vigilante, tant dans le procédé que dans les gamelles à éviter. Pouvait-elle risquer la mort pour augmenter ses chances de survivre ? La prudence l'emporterait-elle sur la faim, ce mal des prisons et de la pauvreté ? Elle ne le pensait pas. Elle succomberait forcément à la rage de manger, quitte à compromettre sa santé. Dans l'infirmerie, le silence était aussi de rigueur. On y tolérait cependant les gémissements et tous les bruits d'expectorations, de toux, émis par l'effet des bacilles qui brûlaient les poumons. Les malades avaient le droit de demander un verre d'eau, le bassin, de répondre aux questions du personnel habilité aux soins ou d'exprimer tout haut une douleur. Cela était particulièrement réconfortant pour Joliane d'entendre ces femmes formuler un désir qu'elles s'appliquaient habituellement à refouler, même en des termes si brefs et d'une voix presque éteinte. C'était une brèche dans le silence, un souffle ténu mais bien réel qui traduisait la vie. Lorsqu'elle regagnait le dortoir, sa respiration se faisait plus courte. Elle aurait bien aimé dormir à l'infirmerie, roulée en boule sous un lit, comme la petite Benoîte, mais cela n'était pas permis. Les femmes qui assuraient le service de nuit ne disposaient que d'une chaise sur laquelle elles ne trouvaient guère le temps de s'asseoir.

Une plainte provenant de la petite salle contiguë à la terrasse attira son attention. Elle venait de mettre de l'eau à bouillir. Elle jeta un coup d'œil. Une femme s'agitait sur sa couche et personne n'était libre.

— J'ai soif, gémit-elle.

Joliane s'approcha et, l'instant d'après, revint avec un gobelet d'eau. La femme s'assit et tendit la main.

— Toi ! murmura Joliane.

Il était impossible de ne pas reconnaître la 30 dans ce visage où saillait un œil qui roulait dans son orbite.

— Je vais mourir, lui confia-t-elle très bas, comme si elle la chargeait d'un secret.

Joliane lui prit la main et la serra. Et, de sa voix la plus rassurante, dit :

— Il ne faut pas avoir peur. Je suis là.

— Tu m'aideras ? Dis, tu m'aideras ?

— Je te le promets.

Et comme la maladie ne choisit pas ses victimes parmi les plus misérables, la grippe frappa une religieuse, sœur Honorine, surveillante de l'atelier où l'on confectionnait les faux-cols et les gants, gardienne aussi du dortoir situé au-dessus de l'infirmerie.

Faute de place, on l'installa dans un local où l'on rangeait des dossiers administratifs, transformé en chambre pour la circonstance et qu'elle ne tarda pas à partager avec une autre religieuse. Toutes deux étaient l'objet de soins particulièrement attentifs. Ainsi tenues à l'écart du troupeau conserveraient-elles, une fois remises, toute leur autorité. Il n'était pas souhaitable qu'on les vît dans le même état de délabrement physique que les pensionnaires qu'elles reprendraient en main une fois guéries, la position allongée n'incitant guère le respect qu'elles étaient censées imposer.

La supérieure venait de remplir le cahier des punitions dans le bureau du directeur. Chaque jour elle exposait soit un cas de rébellion contre une surveillante, soit une dispute entre deux détenues ou un refus de travailler. De vol, il n'y en avait plus depuis que le décret interdisait la circulation d'argent entre les ouvrières et la cantine. Parfois, il arrivait qu'un morceau de pain change de poche. On voyait alors la voleuse et la victime s'empoigner et s'entre-déchirer, telles des louves se disputant le produit d'une chasse. Cela se terminait inévitablement par un séjour au trou pour les deux antagonistes.

Ce soir, malgré l'infirmerie surpeuplée, les cachots seraient pleins. Sœur Léone s'enorgueillissait de son statut de sous-directrice. Les initiatives qu'elle prenait étaient rarement contestées. A punir elle ressentait un plaisir intense, proche de la jouissance. Elle exerçait ses talents avec un zèle qui faisait dire au directeur: « Cette femme est née pour diriger. Je la verrais bien à ma place. »

Exigeant des autres surveillantes la même sévérité, elle se vantait de mener les prisonnières tambour battant sur la voie de la rédemption, clamant que, pour les âmes damnées, il n'était point de salut qui ne passe par une implacable répression de tous les instincts.

Debout sur le perron, elle regardait monter le défilé des uniformes dans le claquement sonore des semelles de bois sur la pierre. Elle désigna trois numéros qui sortirent du rang pour suivre un gardien qui les conduirait dans l'obscurité d'une cellule. On les vit descendre vers les sous-sols. Quant aux autres, elles se dirigeaient en bon ordre vers le dortoir du premier étage. La supérieure eut comme un éblouissement. La scène tourna, elle s'appuya contre la porte ouverte et se ressaisit. Un vertige sans gravité... Pourtant, cette fatigue qui lui coupait les jambes n'était pas normale. La dernière prisonnière franchit le perron et grimpa les marches. Sœur Léone referma la porte qui claqua bruyamment. A son tour elle monta l'escalier, plus lourdement que de coutume. Lever les pieds et propulser son corps représentait un véritable effort. Parvenue à la hauteur de l'entresol, elle chercha un appui mais ne le trouva pas. Son cri fut couvert par le bruit des sabots frappant le calcaire. Elle perdit l'équilibre, bascula, dévala brutalement la vingtaine de marches et s'affala.

Les deux dernières détenues qui avaient entendu redescendirent au niveau du palier. Uniques témoins de la chute, elles se consultèrent du regard et se comprirent sans l'aide des mots. Très vite rendues auprès du corps inanimé, elles jetèrent un rapide coup d'œil alentour. Fermée, la porte donnant sur le couloir de l'infirmerie ! Verrouillée, celle qui ouvrait sur le dortoir ! Personne dans l'escalier conduisant au sous-sol. Alors, rageusement, elles rouèrent de coups la nonne allongée sur le dallage, cognant dans les mollets et dans le dos, offerts à la pointe de leurs sabots. Elles y mettaient toute leur haine pour un système et pour celle qui l'appliquait avec une énergie et une rigueur sans faille.

Etalée dans ses amples jupes qui la protégeaient mal de la fureur de ses agresseurs, la cornette cassée, la figure tournée vers le sol, la supérieure poussa un gémissement. Elle n'était donc pas morte. Les coups l'avaient ramenée à elle. Les deux femmes l'abandonnèrent pour remonter rapidement à l'étage. La scène s'était déroulée si vite que leur absence était passée inaperçue. La raclée qu'elles venaient d'administrer à leur tortionnaire les soulageait. Le hasard offre parfois des opportunités qu'il faut saisir. Leur vengeance accomplie, elles se sentaient plus fortes. A l'avenir, cette redoutable gardienne cesserait peut-être de les impressionner. Qui sait si, après cette mémorable correction, elle ne deviendrait pas plus féroce qu'avant ? Dans son inconscience, serait-elle seulement capable de se souvenir du déroulement des faits ? En voyant les blessures, qui pourrait se douter qu'elles ne provenaient pas toutes de la chute dans l'escalier mais étaient l'œuvre d'intentions criminelles ? On louerait le Seigneur qui l'avait protégée.

Ces pensées diverses s'agitaient dans l'esprit des deux coupables. Profitant de cet accident, elles avaient assouvi leur désir de revanche et resteraient impunies. Elles étaient partagées entre la satisfaction d'avoir trouvé le courage de rosser la surveillante et le sentiment d'être frustrées du plaisir que cet acte resterait anonyme, les privant d'une gloire méritée.

En remontant des souterrains, le gardien buta sur le corps inerte :

— Diantre ! ne put-il s'empêcher de s'exclamer en reconnaissant sœur Léone.

Il se précipita à l'infirmerie afin d'alerter le personnel qui se préparait à assurer le service de nuit. Le médecin s'en était allé rejoindre sa famille. Il restait une infirmière et deux femmes de peine venues de l'extérieur, employées à des tâches ménagères sans rapport avec les soins médicaux. Elles aidèrent le gardien à transporter la religieuse qui fut placée sur un lit de fortune en attendant mieux. On la déshabilla et l'infirmière l'examina. Nouvelle victime de la grippe qui décimait les populations, la sœur avait dû être prise d'un malaise avant de tomber du haut de l'escalier. C'était quasiment un miracle qu'elle fût vivante. En lui ôtant ses bas et sa coiffe, l'on découvrit les premiers hématomes. La tête portait des traces de contusions sans doute reçues en heurtant les arêtes des degrés sur lesquels elle avait roulé. Quant à la bosse située sur le côté gauche du crâne, on la supposait due au choc sur les dalles après un roulé-boulé spectaculaire.

Et personne n'avait rien vu, rien entendu, ne s'était donné la peine de signaler l'accident ! Pouvait-on déplorer que la terrible loi du silence fût observée avec pareille intransigeance alors qu'un être humain se trouvait en danger de mort ?

« Voilà où conduisent les abus de pouvoir », pensait l'infirmière en continuant l'exploration des blessures, qui lui paraissaient trop nombreuses et trop profondes pour être attribuées à une simple culbute, même du haut d'un escalier. La peau qui commençait à gonfler se colorait méchamment. Par endroits, on distinguait des traces de coups portés si violemment que l'épiderme s'était déchiré, laissant perler le sang qui affluait.

Effrayée par cette découverte, elle s'appliqua à soigner les plaies qu'elle nettoya, désinfecta et banda. La malade présentant les symptômes identiques à toutes les grippées de l'hôpital, le diagnostic fut facile à établir et elle administra le même traitement. Le médecin aviserait le lendemain. Toutefois, elle pria le gardien d'aller chercher la 25 qui assurerait la fonction de garde de nuit afin de veiller sur cette auguste malade. Elle se protégeait ainsi d'une éventuelle accusation de négligence. L'état de la supérieure l'inquiétait presque autant que les déductions que le médecin pourrait tirer de son examen. Cette histoire risquait d'avoir des suites fâcheuses, aussi ne ménagerait-elle aucune précaution pour éviter qu'elle ne rejaillisse sur elle ou sur les responsables de ces coups. Au moment où cette pensée lui traversait l'esprit, elle comprit d'où venaient les multiples contusions et put aisément reconstituer l'événement. La seule arme dont disposaient les recluses, c'étaient leurs sabots. Sidonie avait su montrer l'usage qu'on pouvait en faire.

Elle se pencha sur la blessée : « Pauvre femme ! Sa méchanceté n'a d'égale que sa volonté de bien administrer. Elle hait le genre humain autant que l'indiscipline. Par son excès de zèle, espère-t-elle mériter le paradis plus sûrement qu'en s'abandonnant à la clémence ? »

N'avait-elle pas reçu personnellement un exemplaire de la circulaire invitant tous les religieux embauchés par l'administration à la sévérité la plus absolue : « Par l'austérité de la discipline, on imprime la crainte salutaire du châtiment. » Les termes n'étaient que trop clairs. Ils précisaient encore : « Epargner aux condamnés des punitions justes et nécessaires serait les exposer, par une funeste indulgence, à encourir plus tard des condamnations judiciaires et à les abandonner au péril de la récidive. »

Ainsi, au lieu de céder aux premiers élans d'une pitié irréfléchie, les sœurs se pliaient-elles à cet argument : la charité passait par l'implacable discipline et par la panoplie des punitions qui devaient aboutir à l'amendement des femmes confiées à leur surveillance. Rompues à cet idéal, elles œuvraient dans ce sens et en toute conscience.

XXVIII

La porte du dortoir s'entrouvrit. Aussi vite qu'elle le put, sœur Humilienne accourut. On entendit des chuchotements, puis la voix de la religieuse :

— On demande la 25 à l'infirmerie.

Joliane réagit aussitôt. Elle quitta la tiédeur du lit tout en se demandant ce qui pouvait motiver cet appel. La 30 la réclamait-elle à son chevet ? Depuis quand accédait-on au désir des mourantes dans ce lieu dépourvu d'humanité ? C'est dans un état de grande fébrilité qu'elle suivit le gardien jusqu'à l'hôpital. Et d'abord, que lui voulait-on ? Elle n'osait risquer la question. Rêvait-elle ? L'étrangeté de la situation l'intriguait tellement qu'elle doutait d'être éveillée.

N'ayant jamais vu la supérieure sans sa cornette, elle ne la reconnut pas. Enfin, l'infirmière de nuit arriva :

— Je vous autorise à parler.

Joliane ne saisit pas le sens de la phrase. Elle n'avait rien à dire puisqu'on ne lui demandait rien. Son air ébahi disait son évidente incompréhension.

— Nous avons trouvé sœur Léone évanouie au bas de l'escalier. Elle a été battue et peut-être poussée dans le vide. Elle a aussi une fièvre de cheval !

Le regard effaré de la 25 allait de la malade à l'infirmière. Celle-ci réalisa que la prisonnière ignorait tout du drame. Elle n'avait même pas reconnu la victime. Elle se décida à parler :

— Qui l'aurait battue ?

— Une ou des femmes de votre section. N'avez-vous rien vu ?

— Absolument rien, je vous assure.

— Elle est couverte d'ecchymoses. Ce n'est pas beau à voir.

— Il faudrait lui mettre des compresses d'arnica.

— Suis-je bête ! J'avais oublié les vertus de cette plante. Nous allons pouvoir la soulager. Vous allez m'aider.

Ce fut un moment d'intense bonheur pour Joliane que de travailler avec une professionnelle de la médecine. Elle défit les bandages et appliqua la préparation en tamponnant doucement les parties tuméfiées, évitant cependant de toucher à celles qui présentaient des écorchures.

— Bien ! Bien ! l'encourageait l'infirmière qui suivait ses gestes et appréciait son efficacité. Avez-vous déjà soigné des malades ?

— Seulement ma mère, répondit Joliane après une hésitation.

— Maintenant, nous allons la laisser se reposer. Elle est si abattue par la fièvre qu'elle s'est à peine rendu compte de son accident. Tout son corps doit être une souffrance. Je voudrais que vous passiez la nuit à son chevet pour répondre à ses besoins si nécessaire. Je reste dans le service. Appelez-moi si vous la trouvez trop agitée ou si son état vous paraît inquiétant. Une chaise est à votre disposition. Tâchez de demeurer vigilante. Dans l'autre salle, il y a cette femme borgne qui demande quelque chose et que je ne comprends pas. Son état empire d'heure en heure. Elle ne peut plus prononcer un son. Vous devriez aller la voir avant de vous installer pour votre veille.

Quand elle reconnut la 25, la 30 s'agita. Que disait-elle qui ne sortait pas de sa bouche ? Joliane avait beau se pencher et suivre les mouvements de ses lèvres, elle ne saisit pas le sens du message. Cela devait être important. Voulait-elle que l'on prévienne sa famille de sa fin qu'elle sentait proche ? « Moi qui ne suis rien, que puis-je pour elle ? Je ne sortirai pas avant des lunes, si je sors un jour. Ici, les désirs ne sont jamais exaucés et je n'ai aucun pouvoir, si ce n'est celui de l'assister dans ses derniers moments, et encore ne suis-je pas certaine que l'on m'y autorise. »

Elle essaya en vain de deviner ce que voulait cette femme avant de mourir. Elles renoncèrent l'une et l'autre dans leur tentative de communiquer. Désappointée, la 25 s'en fut, les épaules lasses, prendre son poste dans la première salle. Par une sage précaution, ou n'y avait-il plus d'autre place, le lit de la supérieure se trouvait collé contre l'autel.

Et la nuit commença, ponctuée bientôt par des soupirs, des râles, des quintes de toux, des délires et des cris. Où s'évadait l'esprit quand il quittait le corps ? Quel monde affrontait-il ? Avec quels monstres devait-il lutter pour garder son intégrité ? Enfin, de quelles aventures devenait-il le héros, ou la victime, et quelles voies mystérieuses empruntait-il pour revenir de ses voyages dans l'inconscient ?

Non ! Joliane ne resterait pas rivée à cette chaise alors que des autres lits montaient des plaintes. On souffrait, on s'agitait sur ces couches étroites si rapprochées qu'on pouvait à peine se glisser entre les ruelles.

Dans son nouveau rôle, elle ne se sentait plus prisonnière des murs et d'un système. Sans perdre de vue la cornette libérée de ses attributs, elle allait de lit en lit. Ses compagnes éveillées la reconnaissaient. Elle portait un verre d'eau, apaisait d'un sourire ou d'une pression de main. Puis elle revenait à son poste, grandie par cette responsabilité toute neuve. Vint une heure où la salle dormait d'un sommeil plus ou moins profond et agité. Ces souffles réguliers, ces ronflements, la berçaient d'un fond sonore propice à la rêverie, à l'endormissement

Rester vigilante. A ce mot d'ordre elle se devait d'obéir, ne fût-ce que pour ne pas décevoir la confiance de l'infirmière. Parfois, celle-ci venait s'assurer du sérieux de la garde-malade et repartait satisfaite cependant que soucieuse de l'état stationnaire de la supérieure.

Une femme de peine qui avait quitté l'infirmerie réapparut quelques instants plus tard, suivie d'une seconde, amenant une odeur à vous chavirer le cœur.

— Venez, dit-elle en passant devant la 25.

Joliane quitta sa chaise et son immobilité pour la suivre à l'office.

— L'avantage du travail de nuit, c'est la collation.

Appuyant ses dires, elle déballa quelques victuailles qui eurent pour effet d'agrandir les pupilles de Joliane. Elle ne put s'empêcher d'énumérer les délices du festin :

— Des œufs ! Du lard ! De la saucisse et du fromage !

Epuisée par cet effort, elle se laissa retomber sur un banc et, couvrant son visage de ses mains, elle pleura. Il ne manquait plus que la bouteille de vin du pays pour se croire revenue dans la petite maison des vignes, à Duras.

— Eh ! ce n'est pas le moment de flancher !

Que n'était-elle de service chaque nuit pour avoir droit à ce somptueux banquet auquel elle n'osait même pas toucher.

— C'est trop beau ! soupira-t-elle en bavant d'envie.

— C'est surtout très bon. Nous les femmes à tout faire, nous ne sommes guère mieux nourries que vous autres. Et pourtant, nous ne sommes pas des criminelles ! Pardon, je ne voulais pas… Vous êtes tellement différente des autres…

Joliane était si absorbée dans la contemplation de ces mets rustiques offerts aux promesses du palais qu'elle ne releva pas la réflexion ou fit mine de n'avoir rien entendu. Elle attendit que les deux femmes se fussent servies pour prendre dans le plat et manger avec les doigts de ces délicieuses charcuteries rissolées qui laissaient dans la bouche un parfum d'épices et dont la graisse inondait les muqueuses d'une agréable onctuosité. Elle insalivait chaque parcelle de cette nourriture terrestre au goût de paradis perdu. Et soudain, un souvenir monta à ses lèvres, à ses joues qui rosirent, et donna à son regard un air un peu absent, comme égaré. Elle venait de comprendre le message que la 30 avait vainement essayé de lui faire passer.

— Est-ce que je peux ? demanda-t-elle en désignant le plat.

— Autant que vous le voulez, lui répondit-on.

Le désir d'une mourante se devait d'être satisfait, autant qu'il était possible. Elle s'en fut à son chevet. Elle ne dormait pas mais reposait, tranquille, comme en attente.

« De la viande ! » Voilà ce que la 30 avait articulé et qu'elle n'avait pas su lire. Pourtant, c'était facile. Ce qui l'était moins, c'était de lui procurer cet ultime plaisir. D'où tenait-elle qu'une détenue soit capable de l'aider à accéder à son vœu ? Implorer cette faveur auprès d'une religieuse eût été plus logique. Le temps pressait. Elle ne pourrait bientôt plus manger. La malade se releva sur un coude, toussa, expectora dans la cuvette placée près de son lit. Son œil unique brilla de convoitise. Joliane remarqua un filet de sang. Comment pouvait-elle encore éprouver les affres de la faim alors qu'elle crachait ses poumons ? La seule explication tenait à l'idée fixe qui hantait son esprit. Le ventre affamé, perpétuellement insatisfait, transmettait d'obsédantes compulsions au cerveau, malade lui aussi de trop d'abstinence.

Elle ouvrit grand la bouche et reçut ce morceau de porc comme on reçoit une hostie. Ses mâchoires se mirent en mouvement, lentement. Elle abaissa les paupières. On ne voyait plus le globe oculaire blanchâtre qui la défigurait. Par cet acte quasi religieux, elle communiait avec une dévotion qui la sublima un instant. Elle gémit de contentement avant de retomber épuisée sur sa couche. Joliane lui caressa le front et s'en retourna prendre sa faction.

A plusieurs reprises, elle faillit s'endormir et sursauta, comme aiguillonnée par une force qui lui commandait de ne pas relâcher son attention. Venue prendre le pouls de sœur Léone, l'infirmière fronça les sourcils. La maladie étant à son tout premier stade, on ne pouvait espérer aucune amélioration avant plusieurs jours. Afin de vérifier l'état des blessures, elle défit quelques bandages et fut surprise de constater que l'enflure avait diminué. Même la couleur de la peau était redevenue presque normale. « L'arnica et ses bienfaits », pensa-t-elle. La malade était éveillée et ne se souvenait que du vertige qui l'avait saisie. Ensuite, elle avait ressenti la vague impression qu'on la rouait de coups.

— Ce n'était qu'une impression, souligna l'infirmière. Descendre un escalier à l'horizontale ainsi que vous l'avez fait, ça vous ébranle le corps de douloureuse façon. Vous auriez pu mourir de cette chute.

— Je remercie le Seigneur de m'accorder un sursis. On a tellement besoin de moi dans cette maison !

Et puisque dans cette maison la consigne était précisément de se taire, l'infirmière ne dit rien des coups suspects observés sur le corps de la patiente. Le médecin constata ce nouveau cas de grippe qui serait traité avec les médecines traditionnellement en usage pour ce type d'affection. Il arracha quelques plaintes à Léone en vérifiant qu'elle ne souffrait d'aucune fracture.

— C'est presque un miracle que vous vous en tiriez avec de simples meurtrissures. Le ciel est avec vous.

La supérieure acquiesça en étirant ses lèvres minces dans ce qui se voulait un sourire.

L'infirmière renchérit :

— La 25 vous a veillée toute la nuit. Nous vous avons soignée ensemble. Vous lui devez certainement un soulagement rapide de vos blessures.

Et elle expliqua comment, épuisée par des nuits de travail, le réflexe lui avait manqué pour appliquer le bon remède.

— L'émotion de vous voir dans cet état m'avait vidé la tête.

— Comme quoi il est parfois dangereux de soigner ses proches, constata le médecin. On a si peur pour eux que l'on en perd ses moyens, jusqu'à en oublier ses connaissances les plus élémentaires.

— Cette femme est adroite. Elle s'est montrée très efficace. J'étais contente de l'avoir à mes côtés. Elle n'a pas quitté votre chevet.

— De qui parlez-vous ? demanda la sœur.

— De la 25. Elle doit être encore dans ces murs.

Horrifiée, la supérieure haleta :

— Vous m'avez confiée à cette criminelle ?

— Et vous voilà plus vivante que jamais ! Je puis vous assurer qu'elle possède l'art de soulager. Ses mains sont faites pour cela.

— Une criminelle m'a déshabillée ! Elle m'a touchée !

— Ne vous énervez pas. Vous allez faire monter la température.

Pour les plus valides, il était l'heure des visites aux lieux d'aisance et à la chambre de bains. Joliane ayant procédé à quelques ablutions avant l'affluence, elle se sentit revigorée. Une des femmes de peine qui n'avait pas encore quitté l'infirmerie vint l'avertir que son « amie » était en train de passer :

— Celle à qui vous avez donné à manger. Vous feriez bien d'aller la voir.

Elle ne prit pas le temps de lui expliquer que l'amitié était un sentiment inconnu entre détenues. Seul jouait parfois l'esprit de solidarité, et des liens se tissaient entre les victimes de tortionnaires.

Elle accourut au chevet de la 30. Dès que celle-ci la vit, elle lui empoigna les mains. Joliane recula instinctivement : son haleine puait déjà la mort. Elle lui proposa un verre d'eau. L'autre fit non d'un mouvement de la tête qu'elle balançait doucement sur l'oreiller.

— Veux-tu manger quelque chose ?

Même cette envie l'avait quittée.

— Veux-tu que je reste avec toi ?

La 30 abaissa les paupières. Puis ses lèvres remuèrent. Elle réussit à émettre un filet de voix et le son accompagna faiblement le dessin des mots.

— Au... mô... nier.

— L'aumônier ? Bien sûr, j'aurais dû y penser.

Dans le même instant, elle se demanda ce qu'elle faisait là. L'assistance aux malades et aux mourants n'entrait pas dans ses attributions. Au cours de la nuit, elle avait déjà quelque peu débordé de ses fonctions. Elle avait parlé. Elle avait mangé.

Autrement dit, elle s'était offert une orgie d'interdits qu'il faudrait qu'elle paie d'une manière ou d'une autre. La liberté qu'elle s'octroyait en portant secours à la 30 lui ouvrirait plus sûrement la porte d'un cachot que celle du ciel. Tant pis ! Ce ne serait pas la première fois qu'elle y passerait la nuit. « Tu t'oublies, ma fille », se sermonnait-elle tout en revenant dans la salle où officiait le médecin. Quand il la vit plantée devant lui, muette et livide, il la bouscula :

— Que se passe-t-il ? Parlez !

— Une femme est en train de mourir. Elle demande un prêtre.

— Qu'on aille le chercher ! On ne le voit guère ces temps-ci. La peur de la contagion lui fait oublier ses devoirs. Sa place est pourtant là où on souffre.

Et, s'adressant à la 25 :

— Retournez auprès de cette malade. Je vous y rejoins.

Malheureusement, personne ne pouvait plus rien pour la pauvre femme qui s'en allait sans bruit, comme elle avait vécu durant tant d'années. Son unique sursaut de révolte avait été cette terrible colère qui lui avait coûté un œil. Qu'aurait-elle à regretter de ce monde dominé par la cruauté ?

Le médecin ne se donna pas la peine de l'ausculter. A quoi bon ? Il la savait perdue. Il lui prodigua des paroles de réconfort qui sonnaient faux. Pour trouver le ton juste, il faut croire à ses propos. Il faut avoir la foi. Ici, la plupart des femmes mouraient seules. Celle-ci avait de la chance. Quand arriva l'aumônier, le médecin lui céda la place. Deux personnes suffisaient pour accompagner une âme au purgatoire. A moins que ce ne fût en enfer. Celle-ci aurait la faveur suprême de recevoir l'extrême-onction, ce dernier sacrement administré à tout chrétien sur le point de mourir, à sa demande ou à celle de son entourage. Dans ce lieu maudit, maudites étaient les prisonnières qui assistaient aux offices contraintes et forcées. Elles avaient abandonné Dieu comme il les avait lui-même abandonnées.

Joliane prit dans sa main celle de la malade qui lui adressa l'ombre d'un sourire, la lueur de son regard borgne. Elle était bien trop faible pour se confesser de ses péchés. Ses fautes ? Joliane se dit qu'elle les avait expiées depuis longtemps.

La cérémonie fut rapidement expédiée. Pas de chasuble d'apparat, pas de mots inutiles et superflus. L'homme d'Eglise rabattit la couverture avec une grimace de dégoût. Rapidement, il oignit les pieds de la mourante en psalmodiant les paroles incompréhensibles de la formule consacrée. Le front reçut le signe de la croix de la même huile sainte. Jamais il n'avait respiré d'aussi près l'odeur de la mort.

La 25 resta près du lit jusqu'au moment du dernier soupir. Elle s'aperçut alors que la 30 était partie et qu'elle ne savait absolument rien de cette femme sans âge. Pas même son nom.

XXIX

La tête remplie d'images d'autrefois, Joliane se demandait ce qu'elle en retrouverait. Comment était-ce, dehors ? Après vingt ans d'enfermement, l'angoisse et la joie mêlées lui faisaient appréhender une liberté à laquelle elle craignait de ne pas savoir s'adapter. Elle se posait une foule de questions : sa tante l'attendrait-elle ? Une place lui serait-elle réservée dans sa propre maison occupée par une étrangère ? De quoi vivrait-elle ? Quel accueil recevrait-elle des familles qui l'avaient connue ? Aurait-elle des nouvelles d'Elie ?

Ne vaudrait-il pas mieux rompre avec son passé et, aussi dur que cela paraisse, se détacher aussi du souvenir de ceux qu'elle avait aimés. Partir ailleurs, très loin, pour oublier. Hantée par cette idée, elle savait cependant qu'elle emporterait partout avec elle ce passé si lourd : dans son cœur, dans sa mémoire, à la semelle de ses sabots. Il lui collait aussi à la peau. Et puis, elle en avait tellement rêvé de ce retour au bercail ; l'enfant prodigue revenant d'un voyage au bout de l'horreur.

Elle s'habilla avec une espèce de fébrilité communicative. Bientôt, tout le dortoir baignait dans le même état d'effervescence. Sa précipitation la rendait maladroite. Elle rabattit le drap et la couverture qu'elle retourna sous le matelas. Elle était prête. A l'appel de son chiffre, elle répondit « présente » d'une drôle d'intonation étouffée. « Mon Dieu ! Aidez-moi ! supplia-t-elle intérieurement lorsque la surveillante lui demanda de dire la prière. Je ne me souviens plus. Je ne sais plus parler. On va me condamner au cachot pour désobéissance alors que je suis paralysée par l'émotion et la peur. »

Elle s'entendit réciter le Notre Père d'une voix qui n'était pas la sienne. Allait-elle se perdre au moment où elle s'apprêtait à redevenir Joliane ? Machinalement, elle prit sa place dans la file qui se formait pour marcher vers une nouvelle journée de travail. Elle se rendit à l'infirmerie, attendant fébrilement que l'on vînt l'y chercher. La veille, au réfectoire, elle avait avalé sa dernière soupe.

Durant l'hiver, lorsque le puits du jardin nord se couvrait d'une couche de glace, la citerne de la cour d'honneur fournissait les besoins en eau de la prison. Elle se trouvait tellement plus proche des bâtiments que l'on ne se donnait pas la peine d'aller la chercher plus loin. Le médecin fulminait :

— Dire qu'il y a deux siècles, un aqueduc amenait une eau pure directement au château et qu'il ne reste rien de cette installation !

— En êtes-vous sûr ? demandait la supérieure qui avait résisté à toutes les épidémies et que l'âge rendait acariâtre.

— Si je vous le dis ! Il suffirait de le reconstruire et nous aurions enfin une boisson potable en toute saison. Elle pourrait même être distribuée aux Cadillacais et à l'hôpital psychiatrique. Avec une eau propre à la consommation et des aménagements nécessaires à l'hygiène, bien des maladies pourraient être évitées. Je suis sûr que le taux de mortalité serait moins élevé si certaines mesures étaient prises, et celle-ci est primordiale.

— C'est une entreprise considérable. Vous rendez-vous compte de l'argent que coûterait une telle réalisation ?

— Quand il s'en gaspille tellement pour le prestige, permettez-moi de me révolter. L'état de santé de ces malheureuses laisse le monde indifférent. J'ose avancer que leur disparition débarrasserait la société de ses sujets indésirables.

Sœur Léone haussa les sourcils d'un air outré. Exprimer haut et fort ce que beaucoup pensaient tout bas, voilà qui choquait profondément la vieille nonne.

— Ce que vous dites-là est terrible.

— Ne soyez pas hypocrite. Je lis dans vos pensées. Ce monde de recluses vous fait horreur. Vous n'éprouvez aucune compassion pour leurs souffrances.

— Elles sont avant tout des pécheresses.

— Si vous consentiez à les regarder comme vos sœurs, cela vous aiderait à comprendre que l'humanité est faillible.

— Docteur ! Vous vous égarez ! Me comparer à ces misérables !

— Je ne vous compare pas, je vous assimile. Nous sommes tous issus de la même glaise. Je suis bien placé pour le savoir. Je crois fermement que ce qui nous différencie les uns des autres dépend des mains qui nous ont façonnés. Le travail du modeleur donne à la matière sa forme définitive. C'est presque toujours ainsi et nous n'y pouvons rien. Ajoutez à cela le hasard et les rencontres qui sont à l'origine de nos destinées.

— Dieu n'est guère présent dans votre histoire.

— Comme tout géniteur, seul l'intéresse le plaisir de la création. Ensuite, il se détourne de son œuvre. Se souvient-il seulement que nous existons ?

— Docteur, vous blasphémez ! Vous n'êtes qu'un mécréant !

Le rire du praticien ébranla les murs de la bâtisse – peu habituée à ces joyeux épanchements – à défaut des convictions de la mère supérieure pour qui la charité chrétienne passait par une inflexible autorité.

Le ballet des seaux transportés depuis le fond du jardin nord était un spectacle assez affligeant. Il fallait quitter la tour, descendre quelques marches, suivre un long corridor, pousser deux ou trois portes pour arriver jusqu'à un palier qui desservait un escalier. Une autre porte donnait accès au pont de pierre enjambant les douves, lui-même bardé de ferraille afin de prévenir le suicide ou l'évasion.

Ensuite, il fallait traverser cet immense jardin dont il ne restait rien de la splendeur passée. Disparue la statue de Neptune dont le jet du phallus ruisselait au miroir d'une fontaine. Du verger subsistaient quelques pommiers et poiriers devenus stériles avec le temps et le manque de soins. Les allées disparaissaient, envahies par les herbes sauvages. Aucune beauté ne venait plus cueillir la rose exquise. Une odeur de charogne remplaçait son parfum subtil. Sous les charmilles en berceau, plus aucun couple d'amoureux ne venait échanger leurs serments éternels. Privé de jardiniers, le parc se mourait d'ennui.

Des robes grises se suivaient et se croisaient, et celles qui revenaient en direction du château ployaient sous leurs fardeaux. Les seaux débordaient un peu à chaque pas et la terre se gorgeait de cette manne. Observant le défilé des porteuses d'eau, le médecin ne pouvait s'empêcher d'imaginer ce qui se produirait en cas d'incendie au château. De quels moyens disposerait-on pour circonscrire le sinistre ? Mentalement, il évaluait le nombre de personnes vivant dans ce périmètre ; entre les prisonnières, les surveillantes, les gardiens et les femmes de peine et autre personnel de l'administration et de l'infirmerie, c'est plus de quatre cents personnes qui devraient former une chaîne pour jeter sur les flammes l'eau prélevée au puits et dans la citerne. Si une telle catastrophe se produisait, on ne sauverait rien. Les points de puisage étaient insuffisants et trop éloignés pour être d'une quelconque efficacité. « Nous n'avons ni confort, ni sécurité », constatait l'homme de science.

Les femmes en avaient terminé avec leur corvée. Que ce jardin devait être beau ! Les limites avaient changé. Du temps du duc d'Epernon, l'Euille traversait la propriété. Ce n'était pas seulement un jardin mais un parc immense qui entourait le château. Tout y avait été pensé pour le plaisir des yeux et celui de vivre. Il existait même un jeu de paume. Des écrits laissés par des voyageurs de l'époque, éblouis de leur visite, le précisaient. Dans les bassins de marbre et de pierre, d'une grotte en coquillages, l'eau jaillissait et ruisselait en cascades, et le vert intense du gazon charmait le regard en apaisant l'âme. Pour se représenter ce qu'était le domaine de Jean-Louis Nogaret de la Valette, il aurait fallu retrouver les plans qui situaient les écuries : celle où logeaient les chevaux « fins » et ceux tirant les carrosses, ainsi que les deux autres pour les chevaux de chariots et les mulets. Savoir aussi qu'un manège existait, que l'on citait comme étant le plus beau du royaume. De quoi rendre jaloux le souverain lui-même.

Mais la fierté de Cadillac, c'était sans conteste l'orangeraie qui produisait en quantité et qualité les fruits les plus délicieux. Ce n'était plus qu'un souvenir transmis par les mémoires. La propriété avait été morcelée et se trouvait réduite à cet espace clos par des murs de pierre. « Pourquoi ne pas redonner vie au potager ? songeait le médecin. J'en parlerai au directeur. Le travail de la terre est une saine activité et des légumes frais seraient les bienvenus aux menus de nos pensionnaires. »

Que faisait donc cette femme tournant autour du puits ? Aurait-elle perdu quelque chose ? Elle avait dû se cacher et surgissait maintenant alors que les autres étaient rentrées. Cherchait-elle à s'évader ? Ce projet paraissait irréalisable. La hauteur des murailles les rendait infranchissables.

« Voilà qu'elle se déchausse. Quelle curieuse idée ! Et son seau, qu'en a-t-elle fait ? Pourquoi a-t-elle ôté ses sabots ? Les bas vont-ils suivre ? Veut-elle profiter de sa solitude pour se laver ? Elle s'assied sur la margelle, se relève, écarte la chaîne. A quoi joue-t-elle ? Je ne vois toujours pas le seau. Pourquoi enlève-t-elle son mouchoir de tête ? Pour laver ses cheveux ? Elle s'assied de nouveau sur la margelle. Oh ! non ! j'aurais dû m'en douter depuis le début ! »

Soudain conscient de la tragédie dont il venait d'observer chaque figure préliminaire, le médecin se précipita. Le temps d'accéder à la terrasse et de traverser le pont, le corps avait disparu. Il courut jusqu'au fond du jardin. Parvenu près du puits, il se pencha et vit trembler la surface de l'eau qui se ridait. Il pesta bruyamment contre lui-même qui n'avait rien deviné et n'avait donc rien pu tenter pour éviter le suicide de cette femme. Il pesta contre le système cruel et inhumain, contre la société qui, par sa rigueur, poussait les captives au désespoir. Cette femme n'était pas la première à mettre fin à ses jours de cette horrible façon. De rage contre lui-même et son aveuglement, le médecin se frappait le front. Et dire que de loin il regardait la scène comme un tableau vivant en méditant sur la splendeur des jardins d'antan !

Derrière le puits, il ne restait que le seau. Et comme preuve du drame, une paire de sabots. Furieux de son impuissance, il arpentait le sol en parlant tout haut. « Le rôle d'une prison est de punir. Nous avons ici de grandes criminelles. Toutes ces délinquantes auraient besoin d'être éduquées pour se donner une chance de recommencer une nouvelle vie, une fois rendues à l'extérieur. A les traiter comme du bétail, nous les désespérons davantage. Toutes ne sont pas irrécupérables. Un énorme travail serait à accomplir de la part de l'aumônier qui se contente de leur asséner des sermons moralisateurs. Ce n'est pas assez qu'elles se repentent chaque jour dans la douleur. Il faut qu'il leur rappelle sans cesse leurs fautes passées, leur petitesse. Prières et meaculpa ne les préparent pas à la guérison. »

Il devait bien exister des hommes et des femmes capables de tenir d'autres discours pour aider ces femmes à retrouver leur dignité, les préparer à affronter le monde avec un regard neuf et leur redonner l'estime d'elles-mêmes.

On connaîtrait le nom de la défunte lors de l'appel du soir. Les chiffres inscrits sur le bracelet ramèneraient au numéro d'écrou figurant sur le registre que le greffier avait rempli à son arrivée. Dans la première colonne on trouverait son nom. Il n'y aurait plus qu'à inscrire la date du 20 mars 1859 à celle du départ. Un départ pour l'éternité. Lorsque les poumons gorgés d'eau feraient remonter le corps à la surface, on appellerait le puisatier qui s'en chargerait. Macabre besogne ! Sans compter la souillure de l'eau empoisonnée par le séjour du cadavre.

Le dégoût montait aux lèvres.

— Ce qu'on me rapporte est-il exact ? demanda sœur Céleste en pénétrant dans l'infirmerie.

Le médecin opina du chef.

— Voyez où mènent la solitude et le désespoir. On a beau vivre au sein d'une communauté, le silence vous tue. Il est une arme redoutable.

— Nous manquons de moyens mais aussi de bonnes volontés pour soutenir les femmes. Il faudrait les écouter.

— C'est bien là le drame. Enfermées entre ces murs et en elles-mêmes, comment les maintenir hors de l'eau.

Et cette image jeta un trouble.

— La 25 est-elle arrivée ? s'informa la religieuse.

— Je crois que vous la trouverez sur la terrasse.

Reconnaissant le fin visage sous la cornette immaculée, Joliane sentit son cœur se serrer. La nonne vint à elle.

— Le directeur vous attend dans son bureau. Etes-vous prête ?

— Oui, souffla-t-elle, je le suis.

Cela faisait deux décennies qu'elle se préparait à ce moment. Elle plongea son regard dans celui de sœur Céleste :

— Je ne vous oublierai jamais, articula-t-elle.

— Je lis très bien sur les lèvres mais vous pouvez y ajouter le son.

On ne se débarrassait pas de vingt ans de mutisme forcé. La sœur dit encore :

— Transmettez mon souvenir à votre tante. J'aurais voulu faire plus pour elle, pour vous, mais il m'est interdit de m'attacher aux pensionnaires de cette maison. Avec vous, j'ai un peu transgressé les ordres de mes supérieurs. On ne peut pas toujours dominer ses sentiments. Je suis sûre que vous me comprenez.

Joliane ne trouvait pas les mots. Ses yeux parlaient pour elle La religieuse traça le signe de la croix sur son front.

— Allez, ma fille. Oubliez ce que vous avez vécu ici. Et que Dieu vous garde !

— Adieu ma sœur. Merci pour… pour… pour…

Les larmes l'étranglaient. Les deux femmes s'étreignirent. Témoins de ces effusions, les convalescentes n'en croyaient pas leurs yeux. La surveillante se dégagea la première, honteuse d'être surprise en flagrant délit de sentimentalité. Ce qui la rassurait, c'était de savoir que les observatrices de cette scène resteraient muettes.

Le médecin et les infirmières souhaitèrent bonne chance à la 25.

— Vous avez travaillé si longtemps avec nous, nous aimerions connaître votre prénom.

— Je m'appelle Joliane, répondit-elle en détachant si nettement les deux premières syllabes de la troisième que cela donnait : Jolie-Anne.

— Comme c'est original ! remarqua l'une d'elles. On dirait le prénom d'une héroïne de roman. Bien triste en l'occurrence…

Sœur Céleste était soulagée. Anne étant une sainte, ô combien vénérée, sa protégée devait certainement être baptisée. Elle préférait n'en pas douter et il n'était plus l'heure de tourmenter l'intéressée.

J'ai l'honneur de vous informer, Monsieur, que la dénommée Joliane Cassen, en vertu de l'arrêté du préfet en date du 20 mars 1839, aura terminé son temps de prison le 20 mars 1859.

En conséquence, elle ne devra plus être à la charge de la maison.

Deux semaines auparavant, le greffier avait rédigé cette lettre destinée au sous-préfet, afin d'avertir ses services du départ imminent de la prisonnière arrivée au terme de sa peine.

Le directeur tendit à Joliane une enveloppe contenant son pécule. Devant elle, il recompta la somme et lui tendit un reçu à signer :

— Mettez une croix ici, précisa-t-il en posant son index au bas de la feuille.

Et, relevant la tête, il la reconnut :

— Evidemment, celles qui savent écrire signent de leur nom.

Elle saisit la plume et parapha le document d'une écriture tremblée. Ecrire, elle savait. Elle avait même fait beaucoup de progrès avec sœur Céleste comme professeur.

— Voici votre feuille de route. Elle précise que vous devez vous rendre à Duras, mais puisque vous savez lire, vous en prendrez connaissance.

Feuille de route à la dénommée Joliane Cassen, mise ce jour en liberté après avoir subi une détention de vingt années par suite d'un jugement rendu contre elle le 16 mars 1839 par le tribunal d'Agen. La présente feuille de route est valable seulement pour aller à Duras, dans le département du Lot-et-Garonne.

Le directeur de la maison centrale de force et de correction de Cadillac.

La signature du directeur était illisible.

Ainsi, son crime la suivrait-elle partout et toujours. Nulle part où elle puisse se rendre sans en demander l'autorisation. N'importe ! Le seul endroit où il lui tardait d'arriver pour l'instant, c'était bien à Duras, dans la petite maison aux volets bleus dans lesquels son grand-père avait découpé des cœurs.

Prévenu de sa sortie, le concierge vint la chercher pour lui remettre ses effets personnels :

— Vous devez restituer à l'administration ceux que vous portez. Ils ne vous appartiennent plus.

Elle faillit répondre qu'elle ne les regretterait pas mais se retint de ce commentaire. Rester humble, ne pas s'attirer d'ennuis, telle serait désormais sa ligne de vie. Elle s'isola afin de changer de tenue. Ses habits vieux de vingt ans étaient ceux d'une jeune fille. « Je dois paraître ridicule. » Elle en aurait pleuré ! Elle jeta un coup d'œil à l'uniforme de la prison, cette pelure qu'elle portait depuis si longtemps. « Allons ! Pas d'attendrissement. »

Au fond du baluchon, elle découvrit la petite bague, l'anneau en faux or que son promis lui avait offert. Le bijou était devenu trop grand. Même ses mains avaient maigri. Son corps aussi flottait dans sa robe. Il lui semblait qu'elle avait endossé celle d'une autre, d'une très jeune fille aux courbes gracieuses.

La bague glissa sur le sol. Elle ne voulait plus d'elle. Elle n'avait pas reconnu sa main. Elle faillit la pousser du pied puis se ravisa et la ramassa pour la ranger dans l'enveloppe avec sa petite fortune. Ensuite, elle remit au concierge le paquet de vêtements qu'elle venait de quitter avec le brassard portant son numéro d'ordre, ainsi que les sabots.

Les formalités étaient accomplies. Et maintenant ? Moins de vingt minutes avaient suffi pour tirer une croix sur vingt ans d'enfer. Se défait-on de tout ce temps qui crée des habitudes, génère des gestes, comme on se défait de ses vêtements ? Est-ce si simple de passer de la prison qui a tout pouvoir sur vos pensées et vos actions, qui vous asservit au point de vous rendre complètement dépendante d'un système, à une liberté qui laisse une responsabilité entière de soi-même ?

— Le portier va ouvrir. Je vous souhaite la bonne chance !

Elle remarqua qu'il n'avait pas dit « au revoir ! »

Elle aurait voulu jeter un dernier coup d'œil sur la cour, mais cela était impossible. On ne revient pas en arrière. Le bonheur, la peur, l'importance de l'événement qu'elle vivait, la mettaient en situation de faiblesse. Allait-elle s'évanouir, juste au moment de quitter ces lieux exécrables ?

La porte se referma derrière elle, violemment ; elle la chassait ! Ici, les choses avaient un langage qui leur était propre, une voix qui ne trompait pas.

Joliane respira profondément avant de s'engager sur le pont. Elle offrit son visage à l'espace, à la lumière, à la liberté. Elle se trouva bien silencieuse à marcher sur le cuir des sandales. La châtelaine de Cadillac venait de quitter ses terres et elle dansait sur un nuage…

Remerciements

Je remercie monsieur Norbert Pouvereau pour son travail d'historien sur le mémoire *Les Blessures du château de Cadillac,* ainsi que les membres de l'association des Amis du château de Cadillac, dont le président, monsieur Hervé Dorian, m'a offert une aide précieuse. Si ce livre existe, je le dois à leurs recherches et collectes de documents qui m'ont été indispensables.

Achevé d'imprimer sur les presses de

BUSSIÈRE

GROUPE CPI

à Saint-Amand-Montrond (Cher)
en avril 2006

N° d'impression : 061413/1.
Dépôt légal : avril 2006.

Imprimé en France